The SONG of ACHILLES

阿基里斯之歌

瑪德琳・米勒 Madeline Miller ——著
黃煜文——譯

【導讀】

《阿基里斯之歌》勇士輓歌下的絕美愛情

作家／鍾文音

在精神不濟時我總是避免讀希臘神話，免得被諸神的名字搞得頭昏。但讀新銳作家瑪德琳·米勒獲得柑橘獎之作《阿基里斯之歌》卻是津津有味。

阿基里斯，見到這個名字，馬上浮起阿基里斯的腳踝，這也是阿基里斯最脆弱之處。他是國王佩琉斯和海洋女神忒提斯所生之子。米勒在寫凡（男）人與女神時非常精彩，甚至帶點女性主義，海洋女神是非常厭惡和凡人結合的（即使貴為國王）：「佩琉斯被她抓傷的傷口流出的血，與忒提斯大腿上的流淌的初夜污跡融合在一起。」女神把精力放在兒子阿基里斯身上，鍛鍊兒子成為希臘第一勇士的方法首先是她在兒子襁褓時，將他倒提著放入冥河中，以天火粹煉出一身的銅皮鐵骨，故全身能刀槍不入，然而忒提斯手裡抓著他的腳跟，因此這個小點卻沒浸到河水，故成了他的致命傷。

諸神與凡人的愛情與婚姻寫得栩栩如生，諸神混雜著人的七情六欲，而人卻隱隱有著神性。當然諸神不是這本小說的核心，這本小說環繞的人物一如書名：希臘大英雄阿基里斯。

然而別以為這本小說是照著神話軸線走，相反地卻有著極其特別的敘述視角：以「我」，來寫阿基里斯（Achilles），而這個「我」，小說逐步揭開身分謎底卻是死去的遊魂：戰死的阿基里斯好友帕特羅克洛斯（Patroclus）。

華爾街日報認為這是改寫自荷馬史詩小說中最好的一部，原因是即使大家都耳熟能詳阿基里斯的神話傳說，但作者卻能注入創意，將人物的黑暗面勾招出來，讓讀者閱讀時產生一種對人物的奇異懸念，彷彿故事脫離了神話，而化為生活中的我們。

米勒如何將神話賦予新意？那就是不將小說故事放在特洛伊與引發戰爭的美豔美女海倫身上，相反地整本小說的重心是阿基里斯與帕特羅克洛斯，兩個男人的情誼，在米勒筆下卻陰柔無比，彷彿是同志之愛，也是生死摯交，連死後骨灰都要「混」在一起。

小說一開始就很好看，「我」帕特羅克洛斯開始自述成長歷程，米勒逐步寫出羸弱男孩的成長故事。被欺侮的無自信男孩，遭自己父親的放逐，遇到阿基里斯，性格因愛才被激發出堅毅。一開始閱讀，恍然以為在讀愛情小說，非常陰柔，米勒帶著某種陰性書寫地凝視這段迷離的神話關係。小說當然也超越一般的愛情小說：「我」說著自己的孱弱，小說逐步浮現出阿基里斯的剛強，兩人的形象逐漸增強，孱弱男孩最後代替愛人出征，且戰死沙場，且成了捍衛愛情的男人，也讓愛他的男人阿基里斯為他復仇，並遺言同葬一起。

小說尤其強調兩人那種奇異的特殊關係，且少見的同性之至死不渝。但小說並非是以神話來穿鑿附會「男男」相愛的故事，相反地是帶著深邃「生死契闊」的高度。

小說最後的焦點是，特洛伊戰爭末期，阿基里斯因故受辱不願出戰，後因帕特羅克洛斯被赫克特殺死，他氣憤前往報仇，怒殺特洛伊王子赫克特，且還駕馬車拖行其屍體以宣洩悲憤。

這是小說為愛復仇的高潮（且是為了同性之愛）。

米勒運用「關鍵」的神話元素，將兩人的關係寫得非常生動，愛情與戰爭，女性與男性，凡人與神人，人神共體的阿基里斯卻仍困陷俗世的愛情與友誼裡，這使得這本小說不再是希臘神話，而是藉著希臘神話還魂了人性，且又將人性放置於凡聖的糾葛（神界的戰爭不亞於人間）。荷馬的古老史詩，有著濃濃的現代人情味了。

至於神話裡關於兩人的愛情關係，一直存著多元看法。究竟是兄弟之誼，或同性愛戀？作者米勒特意一廂情願採取了「同性戀」觀點（也許為了一新耳目），但她可非憑空想像，她考證了古希臘對於男性情愛的習俗等等，且因作者的用字獨創古典，敘述充滿熱情與細膩，因此這本小說雖站在古老的神話之上，卻讓隱晦且議論的同性關係，有了獨特魅力，且即使不瞭解荷馬史詩的讀者，也能因閱讀這本小說而有了較為清晰的故事圖像。

由此，不難明白為何這本小說在出版時，據說讀英國文學者讀了不禁哀道：「以前讀伊里亞德可是非常痛苦，如果能先讀到這本小說就好了。」

小說雖是以男性觀點書寫，但小說幾個鮮明女性卻亮眼，連多被描寫成美麗絕倫但卻柔弱的海倫，在小說裡也有自己的發言權（她自己選擇要結婚的對象）。而阿基里斯之母忒提斯也可說是小說最精彩的女性人物，她為兒子所做的一切，在作者敘述強烈下，幾乎渲染了整本小說的悲劇力量，彰顯出連「女神」也無法抵抗宿命的悲愴。母親這個角色，即使是神，也無法挽回失子的悲慟，作者細膩的書寫，展現女性作者獨有的敏感。且為了突顯阿基里斯與帕特羅克洛斯生死與共的愛情，作者為此還安排了女性對照組：公主與特洛伊俘虜布莉瑟絲，這兩位女性都因為愛慕心儀的對象而導致了一生的悲劇。

女神，國王，凡人，男孩，戰爭，憤怒，溫柔……看著諸神與凡人的各種愛欲與痛苦，心神也跟著晃蕩。愛情的毀滅就像天神阿波羅以利箭命中阿基里斯的腳跟，他倒下，死在特洛伊城。阿基里斯的腳跟，他全身唯一的弱點，卻足以令他致死，這也可以視為際遇的隱喻，我們禁不起生命關鍵點的致命傷，也受不了愛情海一丁點的風吹草動。

但小說給了我們「失去」的慰藉：靈魂的相會。黃昏中兩道身影雙手緊握，太陽光明遍照大地。

這是永恆的愛情故事，迷人迷離，在張力十足的故事中，我目不轉睛。

【國際盛讚】

柑橘獎評審團主席卓勒普（Joanna Trollope）盛讚：「這本小說是實至名歸的贏家，原創、熱情、獨創且撼動人心。荷馬會引以為傲。」

二〇一二年度最令人興奮的處女作，魅力無窮且娛樂性強。想像著阿基里斯和全心奉獻的帕特羅克洛斯之間親密的友誼，作者召喚出這對靈魂伴侶，讓這本書像電影一樣——有些人可能說像一部史詩，令人耳目一新、又在細節上對人性充滿了說服力。

——Vogue 雜誌

緊湊、真實且令人獲益良多，這本書是卓越的成就。

——USA Today

狂烈的浪漫和驚奇的懸疑，讓這幾個黑暗的角色重新活了過來。

——時代雜誌

巧妙地透過人神共體的阿基里斯和有著傳奇色彩的凡人帕特羅克洛斯，將想像中的古希臘風景栩栩如生地呈現出來。這個陷在愛情、戰爭和不凡女性之中的男人，以及這個世上最古老的史詩因為作者而有了新的突破。

——出版者週刊星級評論．當週選書

這是改寫自荷馬史詩的小說中最好的一部，當中充滿對阿基里斯突出、面面俱到又充滿感情的描繪，作者為這個故事早已註定的結局，注入了新意和懸念。

——華爾街日報

有力、有創意，感人且極美的文筆。

——波士頓環球報

以如荷馬般乾淨簡約的文字完成這部完美的作品，作者捕捉到少年間友誼的熱烈和奉獻，讓我們相信這兩個已經死去許久的孩子之間的情感，也讓這個傳頌三千年的故事深刻而豐富。

——華盛頓郵報

你不需要熟讀荷馬史詩伊里亞德，或者看過布萊德彼特主演的電影特洛伊，才能看出作者的《阿基里斯之歌》有多吸引人。作者寫出的自負、憂傷和愛情的變換看起來歷久彌新。這是一個永恆的愛情故事。

——O magazine

作者出色的初試啼聲之作是阿基里斯和帕特羅克洛斯之間偉大而熱烈的愛情，重寫西方世界第一部也是最偉大的戰爭史詩是龐大的責任，而作者這樣優美的文字和結局的懸念實在驚人。

——達拉斯晨報

《阿基里斯之歌》應該當成獨立的作品欣賞和閱讀，不過作者的小說同時將讀者送回荷馬和荷馬後繼者的時代，就這點而言，他們應該感謝作者。

——華盛頓獨立新聞網站書評

作者獲獎的處女作環繞在帕特羅克洛斯，一個活在阿基里斯光環下的年輕王子，作者同時讓許多本來在陰影中無聲的女性角色有了說話的機會。

——出版者週刊二〇一二年春季十大文學小說書評

巧妙地刻畫劇情、勇士和特洛伊悲劇。喜愛名歷史小說家瑪麗．雷諾（Mary Renault）作品的讀者將會對作者描繪的古希臘非常喜愛。我等不及作者的下部作品面世了。

——圖書館學刊星級書評

這本史詩伊里亞德的當代新寫，充滿了愛情和榮耀的功績，以開放、抒情而靈活的風格呈現在讀者面前。

——出版者週刊

雖然這個故事的細節是作者獨創，但史詩伊里亞德的世界是我們愛的，也是所有追隨者能一眼認出來的。閱讀這本書讓我回想起我第一次愛上古典文學，那種屏息的感覺。

——布林茅爾學院古典文學教授凱瑟琳．柯尼比爾（Catherine Conybeare）

作者驚人地以某種方式混合了動作的商業性情節和如此唯美纖細的文字，讓你有時不得不駐足凝視。

——獨立報

作者的文字幾乎可說比任何荷馬史詩的翻譯更加詩意，這是關於阿基里斯深刻感人的版本，一個擁有三種身分的男人——兒子、父親、丈夫／情人——如今就出現在當年所有英雄戰士戰鬥之處。

——衛報

承繼名歷史小說家瑪麗·雷諾（Mary Renault）的傳統，作者巧妙地運用她對古典文學的所有資源，節奏完美、迷人且耐人尋味。

——泰晤士報文學副刊

非凡的作品，完美的描繪和心痛的抒情文字，敏感善感的你會發現這其實是一個愛情故事。

——每日郵報

獻給我的母親、梅德琳和納撒尼爾

1

我的父親是國王，他從列祖列宗繼承了尊貴的稱號。父親的身材矮小，與眾人相比並無特殊之處，然而他的體格如同公牛般強壯，足以承擔一切重任。父親迎娶母親時，母親只有十四歲，祭司祝福他們多子多孫。這是一門好親事：女方是獨生女，她父親的遺產最後將歸給她的丈夫。

父親直到婚禮當天，才發現母親生性愚癡。在此之前，外祖父一直想盡辦法遮住她的臉龐，希望能將此事隱瞞到婚禮之後，而父親不知內情，也就順從他的安排。如果她的容貌醜陋，那麼旁邊總還有女奴與侍奉的男孩。最後，當大家揭開面紗，他們說，我的母親笑了。眾人這才知曉我的母親是傻子，因為新娘一般是不笑的。

當我出生時——是個男孩——父親將我從母親懷裡抱走，轉交給奶媽撫養。可憐的母親，接生婆塞了枕頭到她懷裡，她竟以為那是我，緊緊摟著不放。她完全分不清枕頭與嬰孩的不同。

不久，眾人對我的期望轉為失望：我長得瘦弱矮小。我跑得很慢，不夠強壯。唯一可稱許的是我很少生病。同齡的孩子經常罹患的感冒與痙攣，在我身上從未出現。然而這反而讓父親起了疑心。莫非我是低能兒，還是我根本不是人？他總是垮著一張臉看著我。我的手似乎也感覺到他的不悅，一股勁兒地顫抖著。此時我的母親卻只是一臉癡呆，任由嘴裡的酒流淌下來。

我五歲那年，輪到父親舉辦奧林匹克運動會。競技者從各地聚集而來，其中有遠從色薩利

（Thessaly）與斯巴達來的，他們帶來的黃金讓我們的府庫為之充盈。一百名僕役花了二十天的時間努力錘打出平整的跑道，並且清除所有的石頭。充滿雄心的父親，矢志舉辦一場當代最盛大的運動會。

我對賽跑選手的記憶最深刻，他們在深棕色的皮膚上抹油，整個身體看起來光滑晶亮。陽光下，他們在跑道上伸展身子，進行賽前熱身。各年齡層的選手混雜在一起，有肩膀寬闊的成年已婚男性，也有臉上白淨尚未長出鬍子的少年與男孩，他們的小腿肌肉賁張，一副蓄勢待發的樣子。

公牛已被宰殺，血液緩漫流入帶著塵土的深色銅碗中。公牛並不掙扎，平靜等待著自己的死亡，對即將來臨的運動會來說，這是個好兆頭。

選手齊聚在高臺前，父親與我坐在上頭，四周擺滿準備頒給優勝者的獎品。有黃金的調酒器，精心打製的銅鼎，以及用梣樹葉子裝飾的貴金屬。不過真正的獎賞其實在我手裡：這是剛用灰綠色葉子製成的花環，在我的拇指撫磨下泛著光亮。父親把花環交給我，但他似乎不太放心，他不斷叮嚀我：我只要專心做一件事，就是好好拿著花環。

年紀最小的男孩先跑，他們的雙腳不安地踩踏沙土，等待祭司點頭起跑。這些男孩正值成長發育的時期，尖銳細長的骨骼，在緊實的肌膚下特別凸顯。數十顆深色蓬亂的人頭攢動著，唯獨一名金髮男孩吸引我的目光。我忍不住向前想瞧個仔細。他的頭髮在陽光下閃耀著蜂蜜的顏色，當中閃爍著金光——那是王子才能佩戴的飾環。

他比其他男孩來得矮小，氣宇間仍不脫幼兒的圓潤與稚氣。他用皮革從後面繫住長髮，對比著背部古銅色的肌膚，他的金髮顯得更為光亮。當他轉頭時，可以看到他臉上的神情跟成人一樣認真專注。

當祭司敲打地面時，他很快就從其他男孩的厚實身軀當中脫穎而出。他的腳步輕盈，粉紅色的腳跟就像舔舐的舌頭一樣。他贏了。

我看著父親從我膝上拿起花環，為他加冕；在他的金髮映襯下，花環的葉子似乎暗沉了不少。他的父親佩琉斯（Peleus）走到他身邊，微笑著，露出自豪的神情。佩琉斯的王國比我們小，但據說他的妻子是女神，而他也深受人民的愛戴。我的父親看著他們，眼神中充滿欣羨之情。他的妻子是蠢貨，而他的兒子跑不過比自己年幼的孩子。他轉頭對我說。

「看到沒有，這才是一個兒子該有的樣子。」

少了花環，我的雙手空虛無比。我看著佩琉斯國王擁抱他的兒子。我看著男孩將花環擲向空中，又接住了它。他笑著，臉龐因為勝利而熠熠生輝。

回想當時的自己，除了這件事以外，似乎只剩片段的影像：父親眉頭深鎖地坐在寶座上，我喜愛的一個小巧玲瓏的玩具馬，我的母親在沙灘上看著愛琴海。在最後的記憶中，我為她打水漂，石頭在海面上跳了三下，發出輕巧的聲音。母親似乎喜歡看著漣漪來回散布，最後恢復平靜的樣子。或許，她喜愛的是海本身。她的太陽穴有一塊星形的白色疤痕，看起來像骨頭一樣，那是外祖父用劍柄打她所留下的。她把腳趾頭埋進沙裡，然後又攪動沙子，我在尋找石頭時特別留意不去打擾到她。我找到一顆石頭，用力將它擲出去，我很高興自己還擅長打水漂。這是我對母親的唯一記憶，但似乎太過美好，我已經無法確定這是否出自我的想像。畢竟我的父親不可能允許我和母親單獨相處，一個愚蠢的兒子，一個更加愚蠢的妻子。而且，我們在什麼地方呢？我無法認出那片沙灘，以及海岸線的景觀。因為在那之後發生了好多事。

2

我受到國王的召見。我記得自己最討厭的，就是通往王座廳這段漫長而無止盡的路程。在廳前，我跪在石階上。有些國王會在石階鋪上地毯，讓報信內容較多的使者跪起來舒服一點。但我的父親偏不這麼做。

「廷達略斯王（King Tyndareus）的女兒終於到了可以談婚事的年紀了。」父親說。

我知道這個名字。廷達略斯是斯巴達國王，他擁有廣大而肥沃的南方土地，令我的父親垂涎不已。我也聽過他女兒的事，傳聞她是全希臘最美麗的女子。她的母親蕾妲（Leda）據說曾遭偽裝成天鵝的諸神之王宙斯侵犯。九個月後，她生下了兩對雙胞胎：克呂泰涅斯特拉（Clytemnestra）與卡斯托耳（Castor）是她與凡人丈夫的孩子；海倫（Helen）與波呂丟克斯（Polydeuces）則是神留下的引人注目的小天鵝。然而眾所皆知，諸神向來未能善加撫育自己的子女；不難想見，最後還是由廷達略斯負起照顧四名子女的責任。

我對於父親接到的信息沒有任何反應。這種事對我毫無意義。

父親清一清喉嚨，他的嗓門在靜默的房間裡顯得特別響亮。「我們最好能把她娶進門。你必須到斯巴達，向對方提親。」王座廳裡沒有別人，因此我又驚又氣的喘息聲只傳進父親的耳裡。但我還沒笨到直接表達我的不悅。父親早已知道我想說什麼：我才九歲，外表既不出眾，又無過人的才能，對許多事物都缺乏熱情。

隔天早晨，我們動身出發，沉重的行囊裝滿了禮物與旅途需要的糧食。護送的軍士全穿上最好的甲冑。沿途經過哪些地方我已沒有印象，只記得我們走的是陸路，映入眼簾的全是一成不變的鄉野。父親在隊伍的最前端，他向書記與信差發號施令，讓他們策馬向各方傳遞命令。我低頭看著韁繩，用拇指撫平上頭零亂的絨毛。我不了解我在這裡幹什麼。一切都令人摸不著頭緒，就像父親平日的行事一樣。我的驢子搖晃著，我也跟著搖晃起來，即使是這樣分神的小事，也能讓我稍微寬心一點。

我們不是最早抵達廷達略斯城堡的求婚者。馬廄裡早已擠滿了馬匹與騾子，僕役們忙進忙出餵食草料。父親似乎對於我們未獲得適當的迎賓儀式感到不滿：我看到他一隻手不斷撫摩著房裡壁爐的石塊，眉頭深鎖。我隨身帶了一件玩具，那是個腿可以自由活動的玩具馬。我舉起一個蹄子，然後又舉起另一個蹄子，想像我騎的是一匹馬而不是驢子。一名士兵看我悶得慌，於是將他的骰子借給我。我在地板上不斷地擲骰子，直到全出現六點為止。

終於，這一天來臨了，父親命我沐浴洗淨。他幫我換上丘尼卡（tunic）[1]，然後又換上另一件。我順著父親的意，但我看不出紫色搭配金色與緋紅色搭配金色有什麼分別。反正不管哪一件丘尼卡都無法遮掩我瘤狀的膝蓋。我的父親外表看起來孔武有力而且威嚴，他的臉龐長滿烏黑的鬍鬚。送給廷達略斯的禮物已準備妥當，那是一只以合金打造的碗，上面覆以金箔，碗壁的浮雕講述的是達那厄（Danae）公主的故事。宙斯曾在黃金雨中向達那厄求歡，達那厄因此生下了波修斯（Perseus）。波修斯後來殺死了蛇髮女妖，他是我們心目中的英雄，地位僅次於海克力斯（Heracles）。父親把碗交給我。「不要讓我們蒙羞。」他說。

還沒看到大廳，就已經聽到大廳傳來的聲響，數百人的聲音碰撞著石牆，廳內杯觥交錯、盔甲噹啷的撞擊聲不絕於耳。僕人推開窗戶，試圖降低這股嘈雜的聲浪；他們在每一面牆上懸掛壁毯，誇示主人的富有。我從未見過室內能容納這麼多的人。或者我應該說，不是這麼多的人，而是這麼多的國王。

我們受召參加大會，坐在鋪著牛皮的長凳上。僕役緩步退到後方的陰暗處。父親用手指整理我的衣領，囑咐我千萬不要煩躁不安。

有這麼多王子、英雄與國王競逐天底下獨一無二的寶貴珍品，很難想像不發生激烈衝突，但我們仍知道該怎麼維持文明的舉止。求婚者依序介紹自己，這群年輕的男子，他們炫耀著自己的光亮秀髮、勻稱腰身，以及以昂貴染料著色的服飾。這些人許多是諸神的子孫，他們的事蹟已譜寫成眾人傳唱的頌歌。廷達略斯依序迎接求婚者，接受的饋贈在房間中央堆成了一座小山。他也請每一位求婚者上台發表求婚宣言。

我的父親是諸王中最年長的，只有一個例外，他就是皮洛克梯提斯（Philoctetes）。「他是海克力斯的夥伴，」我身旁的男子低聲說道，可以感受到他語氣中的敬畏之情。海克力斯是最偉大的英雄，皮洛克梯提斯則是他最親密的夥伴，他也是唯一還活在世間的海克力斯夥伴。皮洛克梯提斯滿頭白髮，他的手指包覆著粗壯的肌腱，靈巧而不失強壯，充分顯示他是一名天生的弓箭手。他隨後拿出一把弓，我從未見過如此龐大的弓，弓背是泛著光澤的紫杉木，弓柄包覆著獅

1 譯註：丘尼卡是古希臘羅馬時代男女皆可穿著的服飾，是一種長及膝部的寬鬆上衣，腰部可以束緊。

皮。「海克力斯之弓，」皮洛克梯提斯這麼稱呼它，「這是他死時送給我的。」在我們的國家，弓向來被嘲弄是懦夫的武器。但我想不會有人認為拿海克力斯之弓的人是懦夫，因為光是拉開這把弓所需的力氣，就足以睥睨在場所有的人。

接下來的男子，他的雙眼化了妝，看起來就像女人的眼睛，他自報姓名。「伊多梅紐斯（Idomeneus），克里特國王。」此人身材精瘦，當他站起身子時，長髮直抵腰際。伊多梅紐斯獻上稀罕的鐵器，一把雙刃斧。「我的族人的象徵。」他的動作讓我想起母親喜愛的舞者。

然後是梅內勞斯（Menelaus），阿特勒斯（Atreus）之子，他坐在他的兄長，也就是身形像熊一樣龐大的阿伽門農（Agamemnon）身旁。梅內勞斯有一頭耀眼的紅髮，色澤宛如熔化的銅汁一般。他有著健壯的體格，肌肉結實，充滿活力。他帶來的禮物非常珍貴，一塊染上美麗色彩的布匹。「然而，公主美若天仙，根本不需要任何妝飾。」他笑著說。梅內勞斯真是會說話啊！我希望自己也能像他一樣口齒伶俐。這裡只有我年紀不到二十歲，而且我也不是諸神的後裔。我心想，或許，佩琉斯的金髮兒子才配得上這種場面。但他的父親把他留在國內，沒讓他參加這場盛會。

求婚者絡繹不絕，我已經記不清楚他們的名字。我的注意力開始移動到臺上，此時我才發現，廷達略斯身旁坐著三名蒙著面紗的女子。我一直盯著她們臉上的白布，彷彿這麼做可以瞥見她們的臉孔。父親希望我能娶其中一名女子為妻。三雙玉手戴著美麗的手鐲，安穩地擺在膝上。其中一名女子比另外兩名女子來得高。我想我應該看到了面紗下緣隱約露出深色而捲曲的髮梢。我記得海倫的髮色較淡，所以這名女子應該不是海倫。此時國王的談話打斷了我的思緒。

「歡迎，梅諾伊提歐斯（Menoitius）。」有人直呼父親的名字，我嚇了一跳。廷達略斯正看著我們。「聽說王后去世了，我感到由衷的遺憾。」

「我的妻子還活著，廷達略斯。今天來這裡迎娶你女兒的是我的兒子。」我靜靜跪著，身旁的臉孔不斷繞著我打轉，叫人看了頭昏。

「你兒子還不是男人。」廷達略斯的聲音聽起來相當遙遠。我聽不出他話裡的意思。

「現在還用不著他，光我的男子氣概就足以代表我們兩人。」這是我們國家的人喜歡說的笑話，大膽而自我吹噓。然而當場沒有人笑。

「我懂了。」廷達略斯說。

石頭地板戳著我的皮膚，但我還是紋風不動。我已經跪習慣了。跪在這裡還比跪在父親的王座廳快活得多。

在沉默中，我父親又說話了。「其他人帶來青銅與美酒，橄欖油與羊毛。我帶來黃金，這只是我庫藏裡的一小部分。」我意識到自己手正放在美麗的碗上，撫摸著故事人物：宙斯在灑落的陽光下出現，受到驚嚇的公主，兩人的交合。

「我和女兒感謝你帶來如此貴重的禮物，雖然這對你來說是毫無價值。」此時諸王一陣交頭接耳。這是一種羞辱，但我的父親似乎沒意會過來。而我已經滿臉通紅。

「我會讓海倫成為我宮裡的王后。我想你也清楚，我的妻子並不適合擔任統治者。我的財富超過在場所有的年輕人，我的行動足以說明一切。」

「我還以為求婚的是你的兒子。」

我抬起頭，朝另一個聲音傳來的地方望去。這個人之前從未說過話。他排在隊伍的最末，坐在長凳上，一副悠遊自得的樣子，他的捲髮在火光照耀下微微閃爍著。此人的腿上有道鋸齒狀的傷疤，從腳跟延伸到膝蓋，這道裂痕縫合住深褐色的肌膚，包裹著小腿肌肉，最後隱沒在丘尼卡掩蓋的陰影中。我覺得這道疤痕像是一把刀子或類似刀子的東西，一路往上撕裂，留下羽毛般的邊緣，它的柔軟修飾了造成這道疤痕的暴力。

父親被惹火了。「拉爾特斯（Laertes）之子，我不記得有請你開口說話。」

男子笑了。「確實沒人請我說話。我中途插話了。但你沒有必要怕我插話。因為我在這件事情上沒有既得利益。」高臺上細微的動作吸引了我的目光。其中一名蒙著面紗的女子似乎動了一下。

「他這話是什麼意思？」父親皺著眉頭。「如果他來這裡不是為了海倫，那麼是為了什麼？我看他還是趕緊回去岩石堆上牧羊吧。」

男子眉毛一揚，什麼也沒說。

廷達略斯也不動氣。「如果你的兒子如你所說是來求婚的，那麼就讓他自我介紹吧！」

即使我年紀尚幼，但我知道這是自己該說話的時候。「我是帕特羅克洛斯（Patroclus），梅洛伊提歐斯之子。」我的聲音聽起來有點尖，因為久未開口而顯得刺耳。「我來此地是為了追求海倫。我的父親是國王，是諸王之子。」至此，我不知道要說什麼了。父親沒有教過我；他沒有想到廷達略斯會要我說話。我站著，然後把碗拿到禮物堆上，小心翼翼不讓它傾覆。我轉身走回我的長凳。我沒有在眾人面前丟臉，我沒有發抖，腳步也不跳躍輕快，而且我說的話並不愚蠢。然而，我的臉仍羞得通紅，我知道在這些人眼中我是什麼樣子。

彷彿什麼事都沒發生似的，求婚的隊伍繼續向前。現在跪下的這名男子身形相當巨大，他的個頭大概是父親的一倍半，此外體格也非常強壯。在他身後，兩名僕人吃力地抬著一面盾牌。這面巨盾立在他身旁，從腳跟直抵王冠，似乎成了他求婚儀式的一部分；一般人絕對不可能拿得動這面盾牌。而它並不是裝飾品：橫七豎八的砍劈痕跡說明它經歷了不少戰陣。大埃阿斯（Ajax），特拉蒙（Telamon）之子，這名巨人自報姓名。他的演說淺白而簡短，他宣稱自己是宙斯的後裔，並且以自己龐大的身軀為證，說明從他的曾祖父以來，他們家世世代代都受到神的恩寵。他的禮物是一根長矛，以易於彎曲的木頭雕出美麗的裝飾。在火炬的照耀下，以火鍛造的矛尖閃閃發亮。

最後，輪到那名帶著傷疤的男子。「輪到你了，拉爾特斯之子。」廷達略斯在座位上換個角度，面向著他。「一個毫無利害關係的人會對這場求婚儀式作何感想呢？」

男子往後一仰。「我想知道你要怎麼阻止這些求婚失敗的人對你宣戰，或者對幸運擁有海倫的人宣戰。我已經看出來了，這裡頭至少有六個人隨時準備跳出來割斷對方的喉嚨。」

「你好像挺樂的。」

男子聳聳肩。「我覺得這些愚蠢的男人實在太可笑了。」

「拉爾特斯之子藐視我們！」這邊的彪形大漢大埃阿斯，他的拳頭可是跟我的頭一樣大。

「特拉蒙之子，我可不想招惹他。」

「那麼，你到底是什麼意思，奧德修斯（Odysseus）？我只給你一次機會，說出你的想法。」

廷達略斯尖銳的聲音著實讓我覺得刺耳。

奧德修斯又聳聳肩。「儘管你因為招親而贏得財寶與名聲，但這仍是一場危險的賭局。在場的每個男人絕對都有資格娶你的女兒，而他們也知道這一點。因此，這些人絕不可能輕言放棄。」

「這些話你早就私下對我說過了。」

身旁的父親此時全身變得僵硬。陰謀。他不是大廳裡唯一怒容滿面的人。

「沒錯，不過現在我要提供你一個解決的辦法。」他舉雙手，手中空空如也。「我沒有帶禮物過來，也不打算向海倫求婚。我是國王，如眾人所言，我的國家到處都是岩石與山羊。為了公平起見，我提供解決的辦法，但我要求可以從你手中取得一件獎賞。」

「告訴我你的辦法，你要什麼都可以給你。」此時臺上的女子又稍微動了一下。一名女子伸手拉了一下隔壁女子的衣服。

「我的辦法如下，我認為我們應該讓海倫自己選擇。」奧德修斯停頓了一下，任由其他人滿心狐疑地竊竊私語；照理女人是不能自己決定這種事的。「這樣的話，就沒有人會責怪你了。但海倫必須現在做選擇，也就是在這個時候，如此就不會有人說，她是事後與你商議或受了你的指示。」奧德修斯伸出一根指頭。「在她選擇之前，在場的每個人都必須發誓：支持海倫的選擇，只要有任何人從她丈夫手中奪走海倫，大家必須合力協助她丈夫奪回海倫。」

我感覺大廳裡瀰漫著一股不安的氣氛。誓約？而且還是針對這種違反慣例的事，讓女人自己選擇丈夫。在場的男人莫不感到猶豫。

「很好，」從廷達略斯的臉上看不出他的心思，此時他轉身對蒙上面紗的三名女子說道。「海倫，妳接受這個提議嗎？」

她的聲音低沉卻可人，大廳每個角落都聽得一清二楚。「我接受。」她只說了這三個字，但我身旁的男子在聽到的那一剎那，身子似乎為之一震。即使我還是個孩子，也能感受到這股神奇的力量。我驚異於這名女子的魔力，蒙上面紗的她，仍足以讓全場男性興奮莫名。我突然想起，據說她的皮膚如同上了金箔一般，她烏黑的眼睛，就像我們願意用橄欖換取的光滑黑曜石一樣閃閃發光。此時的海倫絕對值得用大廳中央的財寶換取，不，再多的財寶都值得。她甚至值得我們用生命去換取。

廷達略斯於是點頭。「那麼，我下令此事如此辦理。凡是願意起誓者，現在都得這麼做。」

我聽到大家交頭接耳，聽得出來有些人的聲音挾帶著怒氣。儘管如此，沒有人願意離開。海倫的聲音，還有隨著她的氣息起伏飄動的面紗，牽動著每個人的心弦。

廷達略斯迅速召來祭司，讓他牽一頭白羊上到祭壇。在屋內，羊是比牛吉利的選擇，牛的喉嚨噴出來的血，可能弄髒整片石頭地板。羊很快就死了，祭司在深色的羊血中和入柏木灰燼。此時大廳裡一片靜默，只聽見碗裡發出的嘶嘶聲響。

「你第一個。」廷達略斯指著奧德修斯。連我這個九歲小孩也覺得這樣的安排再適切不過。奧德修斯已經充分展現他的過人才智。這個草就的盟誓要能維持，必須力求每個盟誓者的實力不能相差太遠。我看到房間裡的各國國王一副滿意竊笑的神情；他們絕不會讓奧德修斯逃過自己設的陷阱。

奧德修斯臉上閃過一抹微笑。「當然，樂意之至。」但我猜他心裡不這麼想。在獻祭時，我看他身子後仰，隱身於暗處，彷彿遭到遺忘。但他現在起身，往祭壇走去。

「現在，海倫——」奧德修斯停頓了一下，他的手臂稍稍伸向祭司——「記住，我是以一個夥伴的身分宣誓，而不是求婚者。如果妳選了我，妳一定會後悔一輩子。」他的揶揄，引起了稀稀落落的笑聲。我們都知道像海倫這麼有見識的女子，絕不可能選擇鳥不生蛋的伊薩卡（Ithaca）。

一個接一個，祭司召喚我們到爐邊，用血與灰在我們的手腕上做標記，表示我們從此要受誓約拘束。我對著祭司吟詠誓詞，高舉手臂，讓眾人都能看清。

當最後一人回到自己的位子上時，廷達略斯起身，「選擇吧，我的女兒。」

「梅內勞斯。」她毫不猶豫就說出口，令所有人大驚失色。我們原本以為她會不知所措，難以決定。我轉身看著那名紅髮男子，只見他起身，咧開嘴笑著。在狂喜下，他還猛拍他沉默不語的兄長的背。其他的人要不是憤怒，就是失望，有人還哭喪著臉。但沒有人伸手去摸自己的劍；因為血塊已凝結在我們的手腕上。

「那就這樣吧。」廷達略斯也起身。「我很高興阿特勒斯的次子加入我的家族。你將擁有我的海倫，即便你那位受人尊敬的兄長曾經向我要求克呂泰涅斯特拉。」他指著三名女子當中身材最高的一位，他的動作讓人以為那名女子會站起來似的。但她動也不動，或許她沒有聽到廷達略斯說的話。

「第三名女子怎麼樣呢？」一名站在高大的大埃阿斯身旁的矮小男子叫道。「你的姪女。我能擁有她嗎？」

大家笑了，頓時化解了緊張的氣氛。

「太晚了，特烏瑟（Teucer）。」在一片喧鬧中，奧德修斯高聲說道。「她已經許配給我。」

我沒有機會聽到最後。我的父親抓住我的肩膀，憤怒地將我拉離長凳。「我們在這裡已無事可做。」當晚我們啟程返國，我騎上驢子，心中滿是失望：我甚至無緣得見傳說中海倫的美麗臉孔。

父親絕口不提這趟旅程，返家之後，這些經歷在我的記憶裡產生奇異的扭曲。血與灰，滿是國王的大廳：這些事物既遙遠又模糊，宛如吟遊詩人羅織的詩歌，而不是我親身體驗之事。我真的曾在他們面前下跪嗎？我吟詠的誓詞又是怎麼回事？光是想到誓詞的內容就讓人覺得荒誕無稽，就像晚餐時做夢一樣愚蠢而不真實。

3

我站在原野中。手裡拿著兩對骰子，這是禮物。不是父親送的，他從來不會想到送我禮物。也不是母親送的，她有時並不了解我。我想不起來是誰送我這種東西。是來訪的國王？還是邀寵的貴族？

骰子是象牙雕成的，上面鑲嵌著縞瑪瑙，在我的拇指撫摩下，感覺光滑無比。當時正值夏末，我氣喘吁吁地從王宮跑了出來。自從賽跑那一天起，父親開始派人訓練我從事各項體育競技：拳擊，劍與矛，鐵餅。但我擺脫了那個人，獨自一人反而讓我更加精神抖擻。這是第一次，我一個人獨處了數個星期。

然後，那個男孩出現了。他名叫克里索尼穆斯（Clysonymus），是貴族之子，經常出入宮中。他比我年長，個子也比我高，但肥胖的樣子著實令人不悅。他的目光被我掌中骰子發出的亮光所吸引。他斜眼看著我，隨即伸出手來。「讓我看看。」

「不。」我不想讓他又髒又粗的手指碰我的骰子。況且無論我再怎麼年幼，我好歹是個王子。難道我沒有這等權利？但這些貴族小孩已習慣對我予取予求。他們知道我的父親不會干預。

「我要這些骰子。」他連威脅都省了，劈頭就向我索討。我討厭他這麼做。難不成我有那麼好欺負。

「不。」

他走向前。「把東西給我。」

「這是我的。」我咬牙切齒，就像狗一樣，準備為了桌旁的殘羹剩飯扭打一頓。

他開始動手搶奪，我一把推開他。他跌倒在地，我很高興。他不可能拿走屬於我的東西。

「嘿！」他生氣了。我的體格瘦小；人們都說我很容易打倒。如果他就此退縮，那將會是件丟臉的事。他走近我，漲紅了臉。不自覺地，我退後了幾步。

他得意地笑。「膽小鬼。」

「我不是。」我大聲回道，我的皮膚開始發燙。

「你父親覺得你是。」他從容不迫地說著，彷彿一邊說一邊品味著。「我聽見他對我父親這麼說。」

「他才沒有。」但我知道一定有這麼一回事。

他越走越近，舉起了拳頭。「你的意思是我在說謊？」我知道他要出手打我了。他只是需要一個理由。我可以想像父親是怎麼說這句話的。懦夫。我使足了全力朝他的胸膛打下去，推開他。我們腳下踩著青草與小麥，就算摔倒也不會受傷。

我也有了理由。而這裡也有一片岩石地。

他的頭砸在石頭上，發出沉悶的聲響，我看到他驚訝地瞪大了雙眼。他周圍的地面開始流出血來。

我呆望著，對於自己闖下的大禍害怕得喘不過氣來。我從未看過人的死亡。我看過牛、羊，還有無血的魚喘氣的樣子。我在畫裡、掛毯上看過，還有燒製在大淺盤上的黑色人像。但我從未看過這種情景：咯咯的聲響，窒息與掙扎。我聞到了血腥味。我逃走了。

不久，他們在長著瘤節的橄欖樹旁找到我。我站不起身子，臉色蒼白，身旁全是我的嘔吐物。骰子已經不見了，八成是在逃跑的過程中遺失了。父親憤怒地看著我，他的嘴唇緊繃，露出一口黃牙。他示意僕人把我抬起來，扶到屋內。

男孩的家人要求立即將我流放或處死。他們的勢力龐大，而死者是他們的長子。他們也許允許國王焚燒他們的田野或強姦他們的女兒，只要國王願意付錢賠償。但你絕不能動他們的兒子一根寒毛。否則的話，貴族會掀起暴動。我們都知道規則；我們遵守規則以避免天下大亂，因為混亂總是間不容髮。血仇。僕人做了去邪的記號。

我的父親一輩子費盡心力保全他的王國，他不可能為了我這樣的兒子而捨棄國王的寶座，畢竟兒子可以再生，而要找到能生育繼承人的女人亦非難事。於是他同意將我流放，我將在另一個人的王國長大。父親以與我等重的黃金為代價，讓對方養育我直到成人。我將沒有父母，沒有家族姓名，沒有遺產。在我們這個時代，處死是較佳的選擇。但我的父親是個實際的人。支付與我等重的黃金要比為我辦個隆重的喪禮來得划算。

這是我十歲時發生的事，我成了孤兒。我因此來到了普提亞（Phthia）。

小巧如寶石般的普提亞是諸國中最小的，它位於歐特留斯山（Mount Othrys）與海洋間的北側。國王佩琉斯是諸神喜愛的人：他雖然不具神性，卻聰明、勇敢、英俊，而且比所有人都虔敬神明。為了獎賞他，諸神給了他海洋女神做為妻子。這是人類最高的榮譽。畢竟，有哪個凡人不想與女神同寢，並且讓她生下自己的子嗣？神聖的血液淨化了我們這個泥土般的種族，從塵土中撫育出英雄。而且這個女神帶來了更大的承諾：命運之神預言，她的兒子將遠勝過他的父親。佩琉斯的家系將可傳承不絕。然而，與諸神賜予的禮物一樣，這裡有個需要克服的困難；女神不願意嫁給佩琉斯。

每個人，就連我也聽過忒提斯（Thetis）遭搶掠的故事。諸神引導佩琉斯到祕密的地點，那是忒提斯喜歡待的沙灘。他們提醒佩琉斯，不要花時間說服她，她絕不會同意與凡人結婚。

他們也告訴佩琉斯抓到忒提斯之後該注意的事：忒提斯就跟他的父親普羅透斯（Proteus）這個海中的油滑老頭一樣狡猾，她會幻化成上千種不同的外貌，舉凡飛禽走獸，蟲豕魚鳥，都能變化。無論她長出了鳥喙、爪子、牙齒，還是出現蛇一樣的身軀或蜇人的尾刺，你都不能放手。

佩琉斯是個虔誠信神的人，他完全依照諸神的囑咐去做。他等著忒提斯從深藍的海浪出現，她烏黑的長髮如同馬尾。然後他抓住她，儘管她如何猛力地掙脫，他只是死命地緊抓不放，就這樣糾纏到兩人筋疲力盡，氣喘吁吁，全身被沙子覆蓋為止。佩琉斯被她抓傷的傷口流出的血，與忒提斯大腿上流淌的初夜污跡融合在一起。她再抵抗也沒有意義：失去童貞與婚約一樣有束縛力。

諸神強迫她必須與凡人丈夫相處至少一年，她必須把待在凡間當成自己的職責，她沉默、毫不回應且憂鬱。現在，佩琉斯抓住她，她不再反抗掙扎。相反地，她變得僵硬沉默，消沉冷淡有如老魚。她不情願的子宮只懷了一個孩子。等期限一到，她立即跑出王宮，縱身躍入海中。

她回來只是為了看孩子，不為其他理由，也不久留。其餘的時間，孩子由波以尼克斯（Phoinix）撫養教導，他是佩琉斯最信任的謀臣。佩琉斯是否後悔接受諸神的禮物？凡俗的女子很可能為嫁給溫和、笑臉迎人的佩琉斯而感到幸運。但對海洋女神忒提斯來說，卻覺得自己永遠無法洗刷與凡人結合的骯髒與恥辱。

一個我一直想不起名字的僕人引領我進到宮中。或許他根本未曾告訴我他的姓名。這裡的大廳比我的國家的大廳小得多，或許是受到他們統治領域狹小所限制。牆壁與地板是用當地的大理石砌成，比南方的石頭潔白得多。踏在白皙的石磚上，我的腳顯得黝黑許多。

我的身上沒有帶任何東西。我的少許行李全送到我的房間，我父親送的黃金則正運往寶庫。與這些物品分離，讓我有點手足無措。幾個星期以來，我一直與黃金為伍，它提醒了我的價值。我現在知道運來的是什麼東西：五個雕飾著杯腳的高腳杯，一根頂端呈球形的權杖，一串黃金打造的項鍊，兩個經過裝飾的禽鳥雕像，一把精雕的七弦豎琴，頂端鍍了金。我知道最後一個是用來騙人的。木頭多而且廉價，沉重又占空間，可以用來混充黃金。然而這把豎琴極為美麗，任誰也無法否認這點，它是母親的嫁妝。我們騎乘來此的路上，我總是把手伸到後頭摸著鞍袋裡光滑的豎琴木頭。

我猜測我會被帶往王座廳，而我將在那裡跪下並且傾吐我的感激之情。然而僕役卻在側門停了下來。僕人說，國王佩琉斯不在，所以我要改成向王子自我介紹。我感到焦躁不安。這跟我預想的不一樣，我在驢背上準備好的那套臺詞，現在似乎用不上了。佩琉斯的兒子，我還記得深色的花環佩戴在他的金髮上，以及他粉嫩的腳底在跑道上飛躍的樣子。這才是一個兒子該有的樣子。

他躺在寬大放著軟墊的長凳上，肚子上擺了一把豎琴，勉強維持著平衡。他無聊地撥弄著，並未聽見我走進房裡，或許他是故意無視我的存在。這是我首次感受到自己在這裡的地位。在此之前，我是王子，下人會預先通報與宣達。現在，我卻受到冷落。

我又上前一步，故意拖著腳步，他的頭側過來看著我。上次看見他是在五年之前，現在的他已不見幼兒的圓潤稚氣。我對於他的俊美、深綠色的眼睛，如女孩般細緻的輪廓感到吃驚。當下我甚至感到有點不快。我的變化沒有那麼大，至少不像他變得那麼好。

他打了個呵欠，眼皮似乎極為沉重。「你叫什麼名字？」

他的王國是我父親王國的一半，不，四分之一，不，應該是八分之一。我殺了一個男孩而被流放至此，而他還是不知道我是誰。我緊咬著牙關，什麼話也說不出來。

他又問我一次，這回他提高了音量：「你叫什麼名字？」

第一次，我的沉默情有可原；或許我沒聽到。現在可不行了。

「帕特羅克洛斯。」這是我出生時父親為我取的名字，雖然灌注了希望，卻不是個明智之舉，此時我的舌頭充滿了苦澀。「父親的榮耀。」這是這個名字的意思。我等待他的嘲弄，對我的屈辱做出詼諧的戲耍。但他沒有。或許，我心裡想著，他可能笨到連嘲笑也不會。

他側身看著我。金色的瀏海遮住他的眼睛；他吹散它們。「我叫阿基里斯。」

我揚起下巴，我想足足往上提了一寸吧，但從遠處應該看不出來。我們彼此對望了一會兒。然後他眨眨眼，又打了呵欠，他咧開大嘴，就像貓一樣。「歡迎來到普提亞。」

我是在宮廷長大的，只要聽到這句話，就是該告退的時候。

當天下午，我發現自己不是佩琉斯唯一收養的孩子。這位小國國王顯然是因為收養了這群流放者才變得富有。據說他本來也是流亡者，因此對於命運相同的人特別憐惜。我的床是張簡陋的草蓆，鋪在像軍營一樣的長條形房間裡。房裡還有其他的男孩，他們要不是彼此爭吵扭打，就是懶洋洋地躺著消磨時間。一名僕役告訴我，他把我的行李放在什麼地方。有幾個男孩抬起頭，一直盯著我。我記得其中有人對我說話，問我的名字。我也記得我告訴了他。他們又繼續玩他們的遊戲。在這裡，每個人都是無名小卒。我僵硬地走到草蓆上，等著晚餐時間到來。

傍晚，宮殿曲折的深處響起了青銅鐘聲，召喚我們用餐。男孩們放下遊戲，爭先恐後地奔向門廊。這棟建築物蓋得跟兔窩似的，到處是曲折的迴廊，有時突然會出現一間內室。我緊跟著前方男孩的背，深怕走丟在此迷路。

餐廳位於王宮的前方，它的窗戶正對著歐特留斯山的山腳。餐廳大得足以容納所有的男孩，甚至再多個幾倍都可以；佩琉斯喜愛宴客與娛樂。我們坐在橡木長凳上，餐桌上布滿了長年來餐盤碰撞的痕跡。食物雖然簡單但卻充足——鹹魚、厚實的麵包配上加了香草的乳酪。沒有肉可吃，無論羊肉還是牛肉都沒有。肉類只有王室才能享用，或者必須等到節慶時。餐廳的另一端，燈光下金髮的光澤吸引我的注意。阿基里斯。他與一群男孩坐在一起，大家開懷地笑著，顯然是因為他說了什麼或做了什麼。這是一個王子應有的樣子。我低頭看著我的麵包，粗糙的穀物摩擦著我的手指。

晚餐後，我們可以自由活動。有些男孩聚集在角落玩遊戲。「你想玩嗎？」有人問道。他的頭髮還像孩子一樣捲曲；他的年紀比我小。

「玩？」

「骰子。」他張開手心展示這些骰子，雕刻的骨頭，上面點綴著黑色的斑紋。

我往後退了幾步。「不，」我說，但聲音略嫌大了點。

他驚訝地眨眼。「好吧。」他聳聳肩，掉頭就走。

當晚，我夢見死去的男孩，他的頭殼像雞蛋一樣打在地上。他跟著我。鮮血遍灑，色澤深紅宛如四濺的葡萄酒。他睜著眼睛，嘴巴欲言又止。我用手摀著耳朵。據說亡者的聲音會讓生者發瘋。我不可以聽見他說話。

我在恐懼中驚醒，暗自希望自己未大呼小叫。窗外的繁星是唯一的光源；我沒看到月亮。在寂靜中，我的呼吸聲顯得刺耳，柔軟的草蓆在我背後窸窣作響，無數突起的細小草尖磨著我的背。其他男孩的陪伴無法讓我安心，亡者復仇時是不會理會有誰在你身旁的。

星辰移轉，不知從何處開始，月亮緩緩爬上天空。當我緩緩閉上雙眼，他仍在我身旁靜候著，滿身是血，但臉孔蒼白如骨。當然，他該是這副模樣。沒有靈魂希望這麼早就被丟入無盡陰沉的冥府。流亡也許紓解了生者的怒氣，卻無法安撫亡者。

我睡眼惺忪地醒來，四肢僵硬無力。其他的男孩在我身旁追逐打鬧，他們早已起床穿著整齊，等候早餐，迫不及待地期盼一天的到來。我的難以接近很快就在男孩間傳開，那名年紀比我小的男孩再也沒找過我，無論是玩骰子還是其他遊戲，都對我敬而遠之。早餐時，我拿著麵包往嘴裡塞，想都不想地把麵包嚥下。有人幫我倒牛奶，我也一口喝下。

之後，我們被帶到塵土蔽日的練習場，訓練擊劍與擲矛。我在這裡真正見識了佩琉斯的仁慈：在充分的訓練與照顧下，終有一天，我們會成為他麾下英勇的戰士。

有人遞給我一根長矛，長滿老繭的手糾正我握矛的方式，然後又更正了一次。我用力一擲，但只擦過橡樹靶子的邊緣。老師吐了一口氣，再給我一根長矛。我朝其他男孩望去，想搜尋佩琉斯之子的蹤影。他不在這兒。我再瞄準一次橡樹，它的樹皮坑坑巴巴而且龜裂，有些已流出樹汁。我用力再擲。

太陽越升越高，我的喉嚨乾渴燥熱，手上也沾滿燒炙的塵土。終於，老師允許我們休息，大部分的男孩往沙灘跑，這裡的微風稍微能帶走一點熱度。他們在這裡擲骰子與賽跑，高聲嬉戲，口中夾雜著北方的方言。

我的眼皮沉重，手臂因為早晨的訓練而痠痛不已。我坐在橄欖樹蔭下，看著起伏的浪頭。沒有人跟我說話。我還是很容易被人遺忘。說真的，這裡跟家鄉沒什麼兩樣。

第二天還是一樣，早晨辛苦的練習，下午獨自一人。但了晚上，月亮越來越小。我直瞪著月亮，直到當我閉上眼睛時仍看得見它，黃色的月彎映照在我的眼皮上。我希望它能驅走男孩的身影。月神充滿魔力，她能壓制亡者。只要她願意，她也能讓我不做惡夢。

但她沒有這麼做。男孩還是來了，夜復一夜，他一直看著我，連同他裂開的頭殼。有時他會轉身讓我看看他頭上的洞，柔軟的腦子緩緩流淌下來。有時他會伸手碰我。我醒了過來，被自己的恐懼感岔住了氣，我盯著黑暗，直到天明為止。

4

在圓拱形餐廳吃飯是一天中唯一讓我解脫的時刻。牆壁不會離我太近，充滿壓迫感，而庭院的塵土也不會嗆著我的喉嚨。大家嘴裡全塞滿了食物，此時不再有喧嘩的吵鬧聲，我的耳根子終於能清靜。我可以一個人坐下來，安安靜靜吃著自己的食物，順便喘口氣。

用餐時間也是我唯一能看到阿基里斯的時候。他是王子，有其他的職責要履行，但他三餐一定跟我們在一起，他會輪流在各桌用餐。在這巨大的餐廳裡，他俊美的外貌是一切光亮與活力的來源，我總是不經意地受他吸引。他的嘴宛如飽滿的弓，鼻子猶如高貴的箭。當他坐下時，四肢不像我這樣歪斜不定，而是全然優雅的擺放著，如同雕像一樣。或許最引人注目的是他的自然。他不像其他面容姣好的男孩那樣愛打扮與矯揉造作，相反地，他似乎渾然不知自己對周遭男孩的影響。儘管他如此吸引人，我仍無法想像：一群人像哈巴狗一樣湊在他身邊的樣子。

我坐在角落的桌邊看著他，手裡的麵包都被我捏皺了。我的嫉妒就像打火石一樣，只是遠離火燄的一個小火花而已。

有段時間，他坐的位置離我近了一些；只隔了一桌的距離。他沾滿塵土的雙足在吃飯時不住地磨蹭著地板，發出沙沙的聲響。他的雙足不像我一樣長滿厚繭，在薄薄塵土下隱約可見粉紅細緻的褐色腳底。王子，我在心裡嗤之以鼻。

他轉過頭來，彷彿聽見我內心的聲音。我的眼光止住了，感覺全身震了一下。我趕緊偏過眼神，忙著啃食自己的麵包。我的臉頰發燙，皮膚像被暴風刮過般刺痛。最後，我鼓起勇氣抬頭再看他一眼，他已經轉身跟別的男孩說話。

之後，我小心翼翼地觀察，我頭低低的，但眼神隨時準備盯著他瞧。但他也非常小心。至少有一回在晚餐時，他在我假裝無視之前轉頭看著我。就在那幾秒間，或者說是半秒，我們四目相接，那是一天中唯一令我覺得特別的時刻。我的胃突然翻攪著，感到一陣憤怒。我就像一隻望著釣餌的魚。

流放的第四個星期，我走進餐廳，發現他坐在我平日坐的位子上。我一直認為那是我的桌子，因為很少有人願意跟我同桌。但此時因為他的緣故，長凳坐滿了喧鬧的男孩。我愣住了，不知道該逃還是該生氣。最後憤怒占了上風。這是我的位子，我不會輕易退讓，儘管他帶了這麼多男孩過來。

我坐在最後一個空位，緊繃著肩膀，彷彿隨時準備打鬥。坐在桌子對面的男孩一邊做著動作一邊說著，他們談到擲矛與死在沙灘上的鳥，以及春天的比賽。我聽不進這些話，阿基里斯這個人就像我鞋子裡的小石子一樣讓人無法忽視。他的皮膚如初搾的橄欖油，光滑如磨亮的木頭，不像我們覆滿傷疤與瘀青。

晚餐結束，餐盤都已收拾。收成時節的月亮，飽滿而橙黃，掛在餐廳窗外的夜空上。但阿基里斯在這裡走來走去。他不經意地撥開遮住眼睛的瀏海，我到這裡來已經幾個星期，他的瀏海變得更長了。他伸手拿起桌上碗裡的無花果，放了幾顆在自己的手心。

他輕晃著手腕，將無花果丟到半空中，一個、兩個、三個，他的手法如此輕柔，無花果一點傷痕也沒有。他又添了第四個、第五個。男孩們開始起鬨，再多一點，再多一點！

果子在空中飛躍著，化成了色彩，速度快到彷彿它們未曾碰觸到他的雙手，而且依著自己的節奏轉動著。雜耍原是伶人或乞丐玩的把戲，但在他手裡似乎成了不同的東西，像在空中繪上了鮮活的圖案，如此美麗，連我也不禁讚嘆起來。

他的目光隨著果子轉圈，突然間朝我這裡看。我還來不及別過頭去，就聽到他說「接住。」一顆無花果從圖案中朝我優雅地飛來，掉在我的手心，柔軟而微溫。我感染了男孩們的歡樂情緒。

一個接一個，阿基里斯把剩下的果子接起來，放回桌子上。除了最後一顆，他吃掉了，黑色的果肉與粉紅的種子在他的齒間分離。果子已經熟透，滿溢著果汁。毫不思索地，我把他丟給我的果子放進唇邊。果子爆出的甜美滋味充滿嘴裡；果皮輕覆在我的舌上。我喜歡無花果，但就這麼一次。

他站著，男孩們齊聲道別。我想他可能又看了我一次。但他只是轉身，消失在宮殿的另一頭。

第二天，佩琉斯回到宮裡，我被帶到王座廳，到他的面前，廳裡彌漫著燃燒紫杉木的刺鼻煙味。我適切行了跪禮，向他致意，並且親眼看見他聞名的親切微笑。當他問起我的名字時，「帕特羅克洛斯。」我回答說。我已經習慣直接說出自己的名字，完全未添上我父親的姓氏。佩琉斯點點頭。我覺得他略顯老態，身子有點駝，但實際上他未滿五十，也就是我父親的年紀。他看起來不像是征服女神之人，也不像是能生出阿基里斯這樣孩子的父親。

「你在這裡是因為你殺了一個男孩。你了解這一點嗎？」這是成人才會犯的殘忍罪行。你了解嗎？

「了解。」我告訴他。我其實還可以告訴他，連日來我做的惡夢，讓我睡不安枕，與每次想要大喊卻又硬生生吞下的感受，以及失眠地望著星辰在天空不住的轉動。

「我們歡迎你。你還有改過自新的機會。」他用這句話來安慰我。

當天稍晚，也許是佩琉斯，也許是耳尖的僕人，男孩們終於知道我流放的原因。我應該料到有這一天。我早已聽過他們怎麼說長道短；傳言是這群男孩唯一能用來交易的東西。令我驚訝的是，當我走過他們面前時，他們臉上出現的恐懼與想像，這項轉變實在來得太快。現在，即使是膽子最大的男孩也因曾招惹過我而低聲祈禱：噩運也許擋得了，但復仇女神厄里涅斯（Erinyes）就不一定了。男孩們離我遠遠地，興致勃勃地看著我。她們會喝他的血嗎？你覺得呢？

他們的耳語令我窒息，使我食不知味。我推開我的餐盤，尋找角落或無人的房間坐下，除了偶爾經過的僕人，我可以不受打擾地坐著。我狹窄的世界變得更狹窄了：我只能看著地板的裂縫中或石牆的窟窿。當我的指尖追溯這些源頭，它們也只能輕柔地發出挫磨的聲音。

「我聽說你在這裡。」一個清晰的聲音，就像融冰的溪水一樣。

我急忙抬頭。我在儲藏室裡，膝蓋頂著胸膛，窩在橄欖油罐當中。我夢見自己是一條魚，當我躍出海面時，在陽光下，我全身發出銀色的光芒。但此時海浪消褪，四周又恢復成原來的油罐與穀物袋。

阿基里斯站在我面前。他的表情嚴肅，綠色的眼珠堅定地看著我。罪惡感讓我感到刺痛。我知道，我不該待在這裡。

「我一直在找你，」他說。這句話有說跟沒說一樣；我聽不出他話裡的意思。「你沒有參加晨間操練。」

我臉紅了。但在罪惡感背後，一股憤怒也冉冉升起。他有權利責問我，但我會因此而痛恨他。

「你怎麼知道？你又不在那裡。」

「老師注意到了，他告訴我的父親。」

「所以他派你來。」我想讓他感到自慚形穢，因為他把我的事告訴大家。

「不，我是自己來的。」阿基里斯的聲音相當冷靜，但我看見他稍微收緊了下巴。「我不經意間聽到他們的談話。我想知道你是不是生病了。」

我沒有回答。他仔細看了我一會兒。

「我父親正考慮處罰你。」他說。

我們知道懲罰是怎麼一回事。它是體罰，而且是公開的。王子絕不可能被鞭打，但我已經不是王子了。

「你沒有生病。」他說。

「沒有。」我愛理不理地回答。

「那麼生病就不能做為你的理由。」

「什麼？」由於恐懼的緣故，我一時沒聽懂他說什麼。

「你未參加操練的理由。」他的聲音依然很有耐性。「這樣你才不會被罰，所以你的理由是什麼？」

「我不知道。」

「你必須找個理由。」

他的堅持讓我不悅。「你是王子，」我打斷他的話。

這句話讓他吃了一驚。他稍微偏了一下他的頭，就像一隻好奇的鳥兒。「所以呢？」

「所以你跟你的父親說，說我跟你在一起。他就會原諒我。」我說這句話時比我想像得要來得有自信。如果我在父親面前為另一個男孩說情，那麼那個男孩會受到更嚴厲的鞭打。不過阿基里斯跟我不一樣。

他的眉心稍微皺了一下。「我不喜歡說謊。」他說。

他純真的反應在我聽來彷彿是一種奚落，然而即使你感覺到這一點，你也無法反駁。

「那麼，帶我去上你的課，」我說。「這樣就不是說謊。」

他揚起眉毛，然後看著我。他完全靜止了，那種安靜似乎不屬於人類所有，彷彿除了呼吸與心跳，一切都已止息——就像一頭鹿，聆聽獵人的弓聲。我發現自己也屏住了呼吸。

之後，他的臉上起了變化。他下了決定。

「來吧。」他說。

「哪裡？」我感到惶恐；或許現在我將因為建議說謊而被罰。

「到我的豎琴課上。如你所言，這樣就不算說謊。之後，我們再向父親秉明。」

「現在？」

「是的，有何不可？」他看著我，充滿好奇。有何不可？

當我站起來跟著他走時，我的四肢因長久窩在冰冷的石板上而發疼。我的內心因某種不知名的事物而感到興奮不已。脫逃、危險與希望，同時出現。

我們沉默地走在曲折的廳室，走了一段路來到一個小房間，裡面只放了大型的櫃子與凳子。阿基里斯示意我走到其中一個凳子，於是我走了過去，空無一物的木架上綳著一張皮革。一張樂師的椅子。我只看過一回樂師椅，那是很久才來一次的吟遊詩人在父親的爐邊吟唱的時候。

阿基里斯打開其中一個箱子。他拿起一把豎琴，然後交給我。

「我不彈豎琴。」我對他說。

他皺起額頭。「從來不彈？」

奇怪的是，我發覺自己不想讓他失望。「我父親不喜歡音樂。」

「所以呢？你父親又不在這兒。」

我拿起豎琴。它摸起來冰冷但卻光滑。我的手指滑過琴弦，我聽到類似音符的低鳴聲；這把豎琴就是第一天我看到他拿的那把。

阿基里斯俯身在箱子裡又拿了一把，然後加入我。

他把豎琴放在膝蓋上。木頭經過雕刻、鍍金，顯然受過良好的保養。那是我母親的豎琴，我父親送來做為流放我的代價。

阿基里斯撥了一下琴弦。樂音溫暖而和鳴，甜蜜而純粹。我的母親總是在吟遊詩人面前彈琴，有時兩人靠得太近，還引起父親的不悅，就連僕人也竊竊私語。我突然想起，在火光中，她的眼睛凝望著詩人的雙手，目光深邃。她的臉孔透露著渴望。

阿基里斯撥了另一根琴弦，這回聲音較為低沉。他的手抓住琴栓，轉了幾下。

這是我母親的豎琴，我差點說出口。話到了嘴邊止住了，後面一連串的話因此哽在喉頭。這是我的豎琴。但我說不出口。他聽了會怎麼說呢？就在此刻，這已經是他的豎琴。

我把要說的話吞下去，喉嚨一陣乾渴。「這把豎琴很美。」

「我父親給我的。」他漫不經心地說。然而他撫弄琴弦的方式，如此輕柔，我高張的怒火因此消褪。

他並未察覺到。「你要的話可以拿去看看。」

木頭如此光滑，就像我的皮膚一樣。

「不。」我說，胸中一陣痛楚。我可不能在他面前流淚。

他正想說什麼。此時老師走進房間，看起來是個中年人。手上長著樂師的老繭，他帶著自己的豎琴，那是用深色的胡桃木雕刻的。

「他是誰？」他問道，聲音粗糙而刺耳。他是樂師，但顯然不適合擔任歌手。

「他是帕特羅克洛斯。」阿基里斯說。「他不會彈豎琴，但他願意學。」

「不要碰那把豎琴。」樂師突然伸手要拿走我手中的豎琴，但我下意識地緊抓著。也許這把琴不如母親的豎琴美麗，但它終究是王子使用的樂器，我絕不會放手的。

我不用那把。阿基里斯中途抓住他的手腕。「好吧。他想用就用吧。」

那人還是怒氣未消，但他沒有多說什麼。阿基里斯鬆開手，他坐直身子。

「開始吧。」他說。

阿基里斯點頭，然後弓身彈琴。我沒有時間思索他為什麼幫我。他的手指一撥弄琴弦，我的思緒便隨之飄移。樂音純粹，甜蜜如水，鮮明如檸檬。那是我從未聽過的聲音。它像火一樣溫暖，質地與重量如同光滑的象牙。支持撫慰著人心。幾根頭髮落在他的眼前，它們細如琴弦，閃爍著金光。

他停下來，把頭髮撥到後頭，然後看著我。

「現在輪到你了。」

我連忙搖頭，我現在沒辦法彈，完全沒辦法，如果可以的話，我只要聽他演奏就行了。「你彈吧。」我說。

阿基里斯再度撫弦，樂音重新揚起。這回他除了彈琴，也開始唱和，他清晰高亢的嗓音，與樂曲交織，融和無間。他的頭微微後仰，露出了他的喉嚨，以及柔軟如幼兒般的肌膚。他的左嘴角微微帶著笑意。不自覺地，我發現自己傾身向前。

最後他彈奏完畢，我的胸中感到一陣空虛。我看著他起身將豎琴放回原位，關上箱子。他向老師道別，他轉身看了一下然後離去。我花了一段時間才回神，發現他正等著我。

「我們現在要去見我父親。」

我想不出別的主意，只好點頭跟著他走出房間，順著曲折的門廳去見國王。

5

阿基里斯要我在佩琉斯會客廳的青銅大門前止步，「在這等著。」他說。

佩琉斯坐在房間一側的高背椅上。一名老人，我之前曾見過他，他站在佩琉斯身旁，兩人似乎在商議什麼。火爐燒得熾烈，房間裡有些悶熱。

牆上掛著深色的壁毯與僕人擦得發亮的舊武器，阿基里斯走到佩琉斯前面，在他腳邊行跪禮，「父親，我懇求您的原諒。」

「哦？」佩琉斯皺起眉頭。「說吧。」我從站立的地方看到他的臉冷淡而不悅。我突然感到害怕。我們打斷他們的談話，阿基里斯甚至沒有敲門。

「我把帕特羅克洛斯從操練課上帶走了。」我的名字從他的口中說出有點奇怪，我自己差點認不出來。

老王眉頭皺得更緊了。「誰？」

「梅諾伊提亞德斯（Menoitiades）。」阿基里斯說，梅諾伊提歐斯的兒子。

「啊，」佩琉斯的眼光從地毯轉到我的身上，試著按捺焦躁的情緒。「是的，那男孩的武術老師想要抽他幾下鞭子。」

「是的，但那不是他的錯。我忘了向您稟報，我希望他成為我的夥伴。」Therapon是他用的字。這是向王子歃血為盟的戰鬥夥伴。在戰時，這些人將成為他的親衛隊；在和平時期，則是他最親密的謀士。這種身分擁有極高的地位，圍繞在阿基里斯身邊的男孩，每個人都想雀屏中選。

佩琉斯瞇著眼睛。「過來這裡，帕特羅克洛斯。」

我腳下的地毯相當厚實。我在阿基里斯身後行跪禮，我可以感覺到國王正打量著我。

「阿基里斯，這麼多年來，我一直催促你找個好夥伴，我推薦的人選你全拒絕了，為什麼是這個男孩？」

這也是我的問題。我沒什麼可協助王子的。為什麼？難道只是為了可憐我？佩琉斯與我都急於知道答案。

「他令人吃驚。」

我抬起頭，充滿疑惑。如果他這麼想，那麼他可是頭一個。

「令人吃驚？」佩琉斯重覆他的話。

「是的。」阿基里斯未做解釋，儘管我還想多知道一點。

佩琉斯摸摸鼻子，思索了一下。「這個被流放的孩子身上帶著汙點，選擇他對你的名聲可沒有好處。」

「我不需要他為我增添名聲。」阿基里斯說。這並非驕傲也非自誇，而是誠實之語。

佩琉斯也同意這點。「但你選這樣的人，其他的男孩一定會嫉妒，你要怎麼跟他們解釋呢？」

「我不需要向他們解釋。」他毫不猶豫地回答，聲音乾淨俐落，「我不需要向他們交代我要怎麼做。」

我發現自己的脈搏劇烈跳動著，擔心佩琉斯發火。但他似乎未曾慍怒，反而嘴角泛出一點笑意。

「你們兩個起來吧。」

我站直身子，感覺有些暈眩。

「我宣判，阿基里斯，你必須向阿姆菲達瑪斯（Amphidamas）道歉，帕特羅克洛斯也一樣。」

「是的，父王。」

「就這樣吧。」他轉身面向他的謀臣，我們該告退了。

走出房間，阿基里斯顯得生氣勃勃。「晚餐的時候見。」然後轉身離去。

一個小時之前，我會說我很高興能擺脫他，但現在，奇怪的是，我感覺自己受到驅使。

「你要去哪？」

他停下腳步。「操練。」

「一個人？」

「是的。沒有人看過我打鬥。」他說這句話的方式彷彿他經常這麼應答似的。

「為什麼？」

他靜靜地看著我，彷彿在考慮什麼似的。「我母親禁止讓人看見。因為預言的關係？」

「什麼預言？」我從未聽過這件事。

「我將會是這一代最了不起的勇士。」

聽起來好像是小孩子自吹自擂之詞，但從他口中說出卻是煞有介事，彷彿他已擁有這樣的名聲。

我想問的其實是，「你是最了不起的嗎？」但我還是換個話說，「預言是什麼時候說的？」

「我出生的時候。在那之前不久，埃雷提亞（Eleithyia）來這裡告訴母親這個預言。」埃雷提亞是生育女神，據說會在半神降生時出現，因為重要人物的誕生冥冥之中自有定數，絕非出於偶然。我差點忘了。阿基里斯的母親是女神。

「大家知道這件事嗎？」我試探性地問，不想讓他覺得我在逼問他。

「有些人知道，有些人不知道。但我因此總是一個人。」阿基里斯並未離去，他看著我，似乎在等待什麼。

「那麼，晚餐見吧。」我說道。

他點頭然後離開。

當我抵達餐廳時，他已經就座，身旁一如以往簇擁著男孩。就在同一天早晨，我希望自己不要再看到他。但我坐定時，我快速看著他的眼睛，帶點罪惡感，然後又望向別處。我的臉紅了。我很確定。我拿食物時感覺手既沉重又不自在。我清楚意識到自己每一口的咀嚼與臉上每一個表情。今晚的伙食很好，烤魚搭配檸檬與香草，新鮮的乳酪與麵包，他吃得不少。男孩們對於我的出現漠不關心。他們早已不把我當回事。

「帕特羅克洛斯，」阿基里斯不像其他人那樣快速而含糊地念過我的名字，彷彿恨不得草草帶過似的。相反地，他一個音節一個音節仔細念出來。此時晚餐已然結束，僕人們正在收拾餐盤。阿基里斯的叫喚令現場完全肅靜下來，大家好奇地看著，他過去從未叫過我們的名字。

「今晚你到我寢室睡。」他說。我張著嘴，驚訝地說不出話來。但男孩們都在現場，我突然湧起一股王子的自豪感。

「好的。」我說。

「僕人會把你的東西拿過來。」

我可以聽見男孩們竊竊私語的聲音。*為什麼是他？*佩琉斯說的是真的：他一直催促他趕快選擇夥伴，但他一直推辭。雖然他對所有的男孩都彬彬有禮，符合他的教養，但顯然在場的人沒有人能引起他的興趣。但現在他卻把這個莫大的榮譽交給我們當中最不可能的人，這個矮小、令人不快而且可能遭到詛咒的男孩。

他轉身離開，我緊隨著他，試圖不受背後眾人目光的影響。他引領我走過之前我待過的房間以及王座廳。拐了個彎，又經過宮裡其他的房間，這些我之前從未來過，還有一個通往水邊的廂房。牆上彩繪著各種圖案，當火光離去，便轉為暗灰。

他的房間鄰近海邊，空氣中彌漫著一股鹽味。牆上沒有繪畫，只有簡單的石磚與樸素的掛毯。家具簡單但質精，以異國的原木雕成。在房間的一角，我看到一張厚實的草蓆。

他示意說，「那是給你睡的。」

「喔。」說謝謝似乎不是正確的回應方式。

「你累了嗎？」他問道。

「不。」

他點頭，彷彿我說了聰明話。「我也不累。」

我也點點頭。我們兩人，謹慎守著禮節，像鳥兒一樣上下擺頭。此時一陣沉默。

「我要玩點雜耍，你能幫我嗎？」

「我不知道該怎麼做。」

「你不需要知道，我會做給你看。」

我後悔自己說不累。我不想在他面前露出笨手笨腳的樣子。但他的臉龐充滿期待，讓我覺得不該拒絕。

「好了。」

「你能拿多少？」

「我不知道。」

「讓我看你的手。」

我張開手心。他把他的手心放在我的手心上。我試著不感到吃驚。他的皮膚柔軟，而且大概是吃過晚餐的關係，有些黏膩。圓潤的手掌讓我的手掌感到十分溫暖。

「還是一樣，一開始最好從兩個開始。拿著。」他拿起六個用皮革包覆的球，也就是伶人用的那種。我遵照他的指示，拿了兩個。

「我一喊，你就扔一個給我。」

通常我不喜歡別人這樣指使我，但不知為何，從他嘴裡說出來就少了點命令的感覺。他開始用剩下的球玩起雜耍。「現在，」他說。我丟了一顆球給他，看著它天衣無縫地融進轉圈的球裡。

「再一顆。」他說。我把另一顆球扔出去，然後它順利融入其中。

「你做的很好。」他說。

我很快地抬起頭。他這是在笑我嗎？但他的臉卻充滿誠懇。

「接住。」他把一顆球丟還給我，就像晚餐的無花果一樣。

我的技術不是很好，但我覺得頗有意思。我們開心地彼此順利丟接，而且感到相當滿意。

過了一段時間之後，他停下來，打了個呵欠。「很晚了。」他說。我驚訝地發現月亮已經高懸窗外；想不到時間過得這麼快。

我坐在草蓆上，看著他忙著上床前的梳洗工作，從寬口盆裡舀水洗臉，解下束髮的皮帶。沉默開始讓我感到不安。*我在這裡幹什麼？*

阿基里斯吹熄火把。「晚安。」他說。

「晚安。」這句話從我口中說出顯得有些奇怪，就像另一種語言一樣。

時間慢慢過去。在月光下，我隱約看著他的臉龐，就像雕像一樣完美。他的嘴唇微張，一隻手臂隨意橫在頭上。睡著的他看起來不太一樣，美麗，但與月光一樣冷淡。我發現自己希望他能醒過來，這樣我或許能看到生命復甦。

第二天早晨，早餐之後，我回到男孩的房間，期望看到自己的東西已經拿回來。結果沒有，而且我發現我床位的草蓆已經不見了。我在午餐之後又檢查了一次，擲矛練習後又看了一次，然後到了睡覺時間，但我的床位依然是空的，沒人鋪床。*於是，還是一樣。*我小心翼翼地回到他的房間，一邊預期僕人可能會將我攔下。但似乎沒有人這麼做。

走到他的房門口，我感到猶豫。他在房裡，就像第一天我見到他一樣斜躺著，一隻腳晃盪著。

「哈囉。」他說。如果他露出任何猶豫或驚訝的神色，我會馬上離開，我寧可睡在粗蘆葦上，也不願待在這裡。但他沒有。他的聲調輕鬆而且露出敏銳的眼神。

「哈囉。」我回答。然後走到房間另一邊的床上。

慢慢地，我開始習慣這樣的安排：我對於他說的話不再感到驚訝，我不再等候責罵。我不再期待自己被送走。在晚餐後，出於習慣地，我的雙腳引領我來到他的房間，我已經認定我躺的那張床是我的。

晚上，我還是會夢見死去的男孩。但當我醒來，滿身大汗，心有餘悸時，明亮的月光照著屋外的海面，我可以聽見浪舌舔舐著海岸。在微弱的光線中，我看到阿基里斯柔和的呼吸，手腳昏昏欲睡地糾結在一起。儘管做了惡夢，我的心跳還是慢了下來。已經入睡的他，還是如此充滿生機，相較之下，死亡與鬼魂顯得愚蠢至極。經過一段時間之後，我發現自己可以順利入睡。再經過一段時間，惡夢逐漸散去，乃至於消失無蹤。

我發現他並不像外表看來那麼高高在上。在他自信冷靜的背後，還有另外一面，充滿了淘氣，而且像寶石一樣，閃耀著多重的光彩。他喜歡玩自己不拿手的遊戲，喜歡閉著眼睛接東西，喜歡將床鋪與椅子拉到不可能的距離，然後跳過去。當他微笑的時候，眼角的皮膚宛如樹葉遇火般蜷縮起來。

他就像火燄一樣。他閃閃發亮，吸引眾人的目光，即使在行走時，他的頭髮蓬亂，臉上仍帶著睡意，卻還是帶有迷人的魔力。如果更仔細看，他的雙腿似乎不是凡俗之物：完美的腳趾頭，宛如琴弦般強韌的肌腱，由於赤腳到處行走的關係，腳後跟長了白裡透紅的厚繭。他的父親要他用檀香木與石榴木製成的油磨去這些厚繭。

阿基里斯開始在我們沉沉睡去之前，講述他的故事。起初我只是聆聽，之後我也不再封口。我開始講我自己的故事，首先是王宮，然後慢慢說點「過去」的事：打水漂，我玩的木馬，以及我母親的嫁妝，也就是那把豎琴。

「我很高興你的父親讓你帶著豎琴過來。」他說。

不久，我們的對話超出了夜晚的限制。我驚訝於竟有這麼多事可說，關於一切，海灘與晚餐，這個男孩或那個男孩。

我停止在他的話中尋找荒謬，也不認為他的言語裡藏著蠍子的尾刺。他說的就是他所想的；他困惑於別人是否不是如此。有些人可能把這種特質誤認為頭腦簡單。然而，坦率直言不也是一種天賦？

有天下午，當我讓他一個人獨自操練時，他說，「你何不過來看看？」他的聲音似乎有點勉強；我覺得他當時有點緊張，儘管我認為那是不太可能的事。兩人之間原本融洽的氣氛，此時突然變得緊繃。

「好的。」我說。

此時正值寧靜的傍晚時分；許多人到王宮外乘涼去了，只留下我們兩人。我們走的是最長的路線，穿過橄欖園的曲徑，來到存放武器的屋子。

我站在門口等候，阿基里斯在裡面選擇他要練習的武器，矛與劍，不過尖端似乎有點鈍。我拿了自己想練習的武器，卻開始感到猶豫。

「我可以——？」他搖搖頭。不行。

「我不與其他人打鬥。」他告訴我。

我跟著他走到屋外一處夯得密實的沙土圈裡。「從來沒有？」

「沒有。」

「那麼你怎麼知道……」當他走到場地中央時，我退出場外，他手中持矛，劍插在腰間。

「預言是真的？我想我不知道。」

每個神明的子嗣各自流著不同的神聖血液。奧爾菲斯（Orpheus）的聲音令樹木哭泣，海克力斯光是拍一個人的背就足以讓人丟了性命。阿基里斯的神奇在於他的速度。當他第一次投擲時，他的矛速度快得讓我看不清楚。只見他用力一擲，此際還在眼前，一轉眼便已到了遠處。矛桿從他手中飛出，急速的深灰色槍尖有如蛇吐信。他的雙腳像舞者般踩踏著地面，未曾歇止。

我呆住了，只能靜靜地看著。我幾乎無法呼吸。他的臉孔冷靜，一副什麼事都沒發生的樣子，完全不像一般人因為用力而露出猙獰的表情。他的動作如此精確，我幾乎可以想像十人、二十人從四面八方攻擊他的樣子。他縱身躍起，手中的矛掃向四方，另一隻手則抽出腰間的寶劍。

他同時揮舞著劍與矛，他的身子像水一樣到處遊走，又如魚一樣破浪而出。

突然間，他停了下來。在這個靜謐的午後，我可以聽見他的呼吸，但只比平常大聲一點。

「誰訓練你的？」我問。我不知道要說什麼。

「我父親，但只有一點點。」

一點點。我開始感到驚恐。

「沒有別人？」

「沒有。」

我走向前去。「跟我對打。」

他發出類似笑聲的聲音。「不行，當然不行。」

「跟我對打。」我好像著魔了一樣。他只接受父親些微的訓練。其他呢？是神訓練他的嗎？這是我這輩子看過最神奇的事。他把我們揮汗砍劈的技藝施展得如此美麗巧妙。我了解他的父親為什麼不讓他在別人面前展現武藝。一旦他們看見阿基里斯的表現，恐怕再也沒有人敢自稱武藝高強。

「我不想。」

「我向你挑戰。」

「你沒有武器。」

「我去拿。」

他屈膝將武器放在地上。他看著我的眼睛。「我不跟你對打。不要再問了。」

「我會繼續問，你無法阻止我。」我繼續向前，不管他怎麼說。此刻我的內心一片炙熱，是不耐，也是確信。我一定要這麼做。他非答應不可。

他的臉扭曲了，我想，我看到的應該是憤怒。這讓我感到愉快。我要激怒他，這樣他就會跟我打鬥。我的神經因危險而亢奮。

然而阿基里斯卻頭也不回地離開，將武器遺留在沙地上。

「回來，」我說。然後我更大聲地喊道：「回來。你怕了嗎？」

他又露出奇怪的似笑非笑的表情，但他並未轉身。「不，我不害怕。」

「你應該害怕。」我講這句話時有開玩笑的意思，想化解一點緊張，不過在這個僵持的氣氛下，顯然未產生這種效果。他背對著我，動也不動。

我會讓他看著我，我心想。我三步併兩步，直接朝他的背撲過去。

他往前仆倒，我抓著他。我們倒在地上，我聽到他急促的喘息聲。然而，我還來不及說話，他已經繞到我的背後，抓住了我的手腕。我掙扎著，腦子裡一片空白。但我還可以抵抗，還可以跟他搏鬥。「放開我！」我試圖甩開他。

「不。」突然間，他把我翻了過來，然後從上面將我壓制住，膝蓋頂著我的肚子。我氣喘如牛，生氣，卻感到異樣的滿足。

「像你這種打鬥的方式，我還是第一次看到。」我對他說。這是坦承，或是指責，或者兩者均有。

「你看的還不夠多。」

儘管他的語氣溫和，但我還是感到不悅。「你知道我的意思。」

從他的眼神瞧不出他的心思。我們頭上還未成熟的橄欖輕輕地搖動著。

「我也許知道。那麼你的意思是什麼？」

我用力扭轉，他放手了。我們坐起身子，身上的丘尼卡沾滿塵土，有些還黏在背上。

「我是說——」我突然止住。我的心中有一股強烈的感受，熟悉的憤怒與嫉妒激烈地翻騰著，像打火石般敲擊著我。然而，即使我心裡想著苦澀的語言，但想到的當下卻隨即消逝無蹤。

「沒有人像你一樣，」我終於說出口了。

他沉默地看了我一下。「所以呢？」

他說話的方式，洩盡了我最後一絲怒氣。我還是有點介意。但現在的我是什麼身分，我何需吝惜這麼一點自尊？

他彷彿聽見我內心的聲音，他笑了，他的臉就像太陽一樣燦爛。

6

從那之後我們的友誼突然急速增溫，就像春天的山洪一樣。在此之前，我跟其他男孩都以為阿基里斯每天要接受密密麻麻的王室課程、治國之術與擲矛訓練。然而那天之後，我知道了真實的情況：除了豎琴課與操練，他沒有其他的課程。我們可能有時游泳，有時爬樹。我們會自己舉辦比賽，也許是賽跑，也許是翻筋斗。我們會躺在溫暖的沙地上，然後說：「你猜我在想什麼？」

我們從窗戶看到的老鷹。

門牙彎曲的男孩。

晚餐。

當我們游泳、玩耍或聊天時，一種感受油然而生。從它自我胸中湧現，充斥我的全身來看，那幾乎像是恐懼。從它產生之快速來看，又幾乎像是眼淚。然而，恐懼與眼淚帶來的是沉重，是晦暗，但這種感受帶來的卻是輕快，是明亮。過去我所知道的滿足，是把握短暫的時間，追求孤獨的愉快：打水漂或擲骰子或做夢。然而事實上，那樣的我與其說是存在，不如說是自我消失，我只是不斷地逃避恐懼之物：遠離父親，遠離其他男孩。我不感到饑餓或疲倦或病痛。

現在我得到的是全然不同的感受。我發現自己可以一直笑到兩頰發酸，或是頭皮刺痛到讓我以為再笑下去頭皮就要掉了，或是舌頭彷彿要從我口中掙脫。這個、這個與這個，我不斷地向他說著。我不用擔心自己說得太多。我不用擔心自己太瘦弱或動作太慢。這個、這個與這個！我教他如何打水漂，而他教我如何雕刻木頭。我可以感覺身體的每一根神經，與空氣的每一次撫摩。

他彈奏我母親的豎琴，我在一旁看著。輪到我彈奏時，我的手指糾結在琴弦上不聽使喚，而老師對我不抱希望。但我不在乎。「再彈一次，」我對他說。於是他繼續彈奏，直到在黑暗中我幾乎看不見他的手指為止。

我知道自己有多大的改變。我不在乎賽跑時我輸了，我不在乎游向岸外岩礁時我輸了，我不在乎擲矛或打水漂時我輸了。輸給如此俊美的人，誰會感到羞恥呢？光是看著他贏，看著他迅捷的雙腳揚起沙塵，看著他在海水中肩膀上下起伏，如此便已足夠。

那是夏末的時候，我在普提亞流亡已過了一年的時間，我終於告訴他我如何殺死那個男孩。我們坐在中庭橡樹的樹枝上，隱身在拼布般的樹葉裡。對我來說，在這裡似乎比較容易吐實，遠離地面，有堅硬的橡樹幹依靠。他靜靜聽著，當我說完的時候，他問道：

「你為什麼不說你是為了防衛所以才殺人？」

這像是他會問的問題，我之前從未想過這種事。

「我不知道。」

「或者你可以說謊。說當你發現他時，他已經死了。」

我看著他，驚訝於這件事的處理竟可以這麼簡單。我可以說謊的。然後，結果揭曉：如果我說謊，我還會是王子。我被流放不是因為我殺了人，而是因為我不夠狡滑。我現在了解，我父親眼裡的厭惡。他的蠢兒子，居然和盤托出。我記得當我說出實情時，他啞口無言的樣子。他不夠格成為一個國王。

「要是你的話也不會說謊。」我說。

「我不會。」他坦承。

「你會怎麼做？」我問道。

阿基里斯用手指輕輕敲了一下他坐的樹枝。「我不知道。我無法想像那個男孩對你說話的方式。」他聳聳肩。「沒有人會試圖拿走我手上的東西。」

「沒有？」我無法相信。人生沒有這種經驗實在難以相信。

「沒有。」他沉默了一會兒，稍做思索。「我不知道，」他又重覆了一次。「我想我會生氣。」

他閉上眼睛，把頭仰靠在樹枝上。蔥綠的橡樹葉圍繞著他的頭髮，就像王冠一樣。

我現在經常看到佩琉斯國王；我們有時會被叫去參加會議，或陪著來訪的國王吃飯。我獲准坐在阿基里斯身旁，如果我想的話，甚至可以發言。但我不想說話；我樂於保持沉默，靜靜看著我身旁的人物。貓頭鷹（Skops），佩琉斯喜歡這麼叫我，因為我的眼睛很大。他擅長用這種方式來表達情感，用一般性的語言可以讓他毫無拘束地表現自己。

其他人離開之後，我們跟他一起坐在火爐旁，聽他講述年輕時的故事。這位頭髮斑白、體力衰退的老人，告訴我們他曾與海克力斯並肩作戰。當我說，我曾見過皮洛克梯提斯時，他笑了。

「是的，他負責拿著海克力斯的大弓。當時，他是個矛兵，而且是我們當中最勇敢的。」這類恭維之詞也像他會說的話。我現在懂了，他的寶庫是如何裝滿了條約與聯盟的禮物。在這些喜歡自吹自擂的英雄中，佩琉斯是例外：他是個謙虛的人。我們繼續聆聽，僕人添了一根木頭到火堆裡，然後又添了一根。直到深夜，他才讓我們回房歇息。

我唯一未跟隨阿基里斯前去的地方是去見他的母親。他在深夜時前去，或者是趁天色未明之時，王宮內外尚未甦醒之前，而他回來時總是充滿興奮與海水的氣味。但我問起時，他毫無顧忌地說著，但語氣卻意外地平淡無奇。

「都是相同的東西。她想知道我在做什麼，是否一切安好。她說起我在人群中的名聲。最後她問我是否要跟她一起走。」

我聽得全神貫注。「去哪兒？」

「海裡的洞穴。」海洋女神住的地方，在陽光照不到的深沉之處。

「你要去嗎？」

他搖搖頭。「父親說我不應該去。他說，看過海洋女神的凡人不可能全身而退。」

阿基里斯轉身時，我做了農民去邪的動作。神靈退散。聽他平靜地講述這種事，讓我有點害怕。在我們的故事裡，諸神與凡人一起生活從來沒有幸福的結局。但我說服自己，她是他的母親，而他自己則是半神。

一段時間之後，他去見母親這樣的奇異之事，在我眼中也逐漸變得尋常，就像他不可思議的雙腳或他靈巧的手指一樣。當我在破曉時刻聽見他從窗戶爬回房內時，我會在床上咕噥說，「她好嗎？」

而他會回答。「是的，她很好。」他可能會再添一句：「今天的魚很多。」或「海灣暖和地像泡澡一樣。」然後我們又再度睡去。

第二年春天的某個早晨，他去看望母親回來的時間比以往都要晚；太陽幾乎已在海面現蹤，而山丘也傳來叮噹的羊鈴聲。

「她好嗎？」

「她很好，她想見你。」

我感到一陣害怕，但強自鎮定。「你認為我該去嗎？」我無法想像她見我想做什麼。我只知道她痛恨凡人。

他沒有看著我的眼睛；他的手指不斷轉動著他撿來的石頭。「這沒有什麼壞處。她說明晚。」我了解這是命令，諸神不會禮貌地向人提出請求。我很了解他，他現在顯然感到困窘。他對我從來沒有那麼拘謹過。

「明天？」

他點頭。

儘管我們之間沒有什麼祕密可言，但我仍不想讓他看出我的恐懼。「我該——我該帶禮物嗎？蜂蜜酒？」我們節慶時在諸神的祭壇上倒酒。這是我們最珍貴的供物之一。

他搖頭。「她不喜歡。」

第二天晚上，當所有人都睡了，我從窗戶爬出房間。月亮是半圓的，但明亮得足以讓我毋需攜帶火把就能攀岩下去。他說，我只要站在海浪中，她就會出現。他還向我保證，你不需要說話。她什麼都知道。

海浪很溫暖，沙子很厚。我移動著，看著小白蟹在海浪中游走。我聆聽著，想著自己或許可以聽見女神接近時踏著浪花的水濺聲。微風吹拂著沙灘，感覺很舒服，我閉上眼睛。當我再度睜開雙眼時，她已站在我的面前。

她比我高大，比我見過的任何一個女子都要高大。她黑色的頭髮散落在她的背上，她的皮膚閃閃發亮，無比的潔白，彷彿她飲盡了月亮的光華。她近得足以讓我聞到她的味道，海水的氣味中帶著略呈深褐色的蜂蜜味。我無法呼吸。我也幾乎不敢呼吸。

「你是帕特羅克洛斯。」她粗啞刺耳的聲音令我感到退縮。我原本預期她的聲音如樂鐘般悅耳，想不到宛如海浪中岩石彼此敲磨的聲音。

「是的，女士。」

她的臉孔閃現著厭惡的神情。她的眼睛也與人類不同；眼珠的中心是黑色的，然後散布著金色的斑點。我無法直視她的眼睛。

「他將成為神，」她說。我不知道該說什麼，所以我什麼也沒說。她傾身向前，我直覺地感受是她很可能會碰我。但當然，她沒有。

「你懂嗎？」我的臉頰感受到她的氣息，一點也不溫暖，反而冰冷如深海一般。你懂嗎？阿基里斯曾告訴我，她討厭等待。

「我懂。」

她仍然靠得很近，我感覺自己完全被她籠罩了。她的嘴是個血紅的切口，就像供品被撕開的胃，血腥而帶著神諭意味。嘴裡的牙尖銳潔白如同骨頭。

「很好。」她毫不在意地說，彷彿自言自語似的：「你活不了多久的。」

她轉身潛入海中，完全不起一點漣漪。

我無法直接返回王宮。我辦不到。我來到橄欖園，坐在彎曲的樹幹與落下的果子中。這裡離海較遠。我不想再聞到海水的味道。

*你活不了多久的。*她冷冷地丟下這麼一句，宛如事實一樣。她不希望我成為阿基里斯的夥伴，但我也不值得她動手殺害。對女神來說，人類數十寒暑的生命實在太短暫了。

她希望阿基里斯成為神，她說得理所當然。神。我無法想像他成為神。諸神是冷漠而遙遠的，就像月亮一樣，但阿基里斯有著明亮的雙眼，與溫暖淘氣的笑容。

她的渴望充滿野心，然而要讓半神長生不死極為困難。誠然，海克力斯、奧爾菲斯與歐里翁（Orion）都是成功的例子。他們現在坐在天上，成為星宿之一，與眾神一起飲著瓊漿玉液。但他們都是宙斯之子，他們體內奔流的是最純粹的神的精血。忒提斯不過是小神中的小神，區區的海洋女神。在我們的傳說中，她們是靠奉承其他強大的神祇而得以成事。她們除了長生不老，並無神奇的力量。

「你在想什麼？」那是阿基里斯的聲音，他來找我。在寧靜的橄欖園裡，他的聲音顯得特別清楚。我沒料到他會來找我，雖然我心裡這麼期望著。

「沒事。」我說。但那不是真的。我猜女神說的八九不離十。

他坐在我身旁，雙腳赤裸而全是沙土。

「她是不是告訴你，你活不久了？」

我看著他，感到吃驚。

「是的。」我說。

「我很抱歉。」他說。

灰色的葉子在我們頭上搖動著，我聽見橄欖輕輕掉落在某處的聲音。

「她希望你成為神。」我對他說。

「我知道。」他的臉因困窘而扭曲，儘管如此，我的內心豁然開朗。多麼像一般男孩子的反應啊，多麼像人類啊。我想，天底下的父母都是一樣。

但我心裡仍有問題未解，我非得問他不可。

「你想成為——」我停了一下，心裡有點掙扎，因為我自己承諾不這麼做的。我剛剛坐在橄欖園裡，已經反覆推敲了幾次，一直等到他來找我。「你想成為神嗎？」

在光線昏暗下，他的眼睛是黑的，我看不到任何金色的斑點。「我不知道，」他終於說道。「我不知道成為神是什麼意思，或怎麼樣才能成為神。」他低頭看著自己的手，緊抱著膝蓋。「我不想離開這裡。這種事何時發生呢？很快就會發生嗎？」

我無法搭腔，我對神一無所知，我只是凡人。

此時他突然皺起眉頭，提高了音量。「真的有這樣的地方嗎？奧林帕斯（Olympus）？恐怕她也不知道該怎麼做吧。她只是假裝她知道。她以為我只要夠出名……」說到這裡，他突然停住。至少這裡我還能幫他接下去。「然後眾神就會自動來接你上天界。」

他點頭，但他未回答我的問題。

「阿基里斯。」

他轉頭看著我，表情既憤怒又困惑，他只是十二歲的孩子。

「你想成為神嗎？」這回問起來比較輕鬆了。

「還不想。」他說。

現在他的嘴已經有點鬆動了，我必須讓他多講一點。

他一隻手圈著頂著下巴；他的輪廓看起來比平日更為優雅，就像大理石雕像一樣。「我想成為英雄。我想我可以辦到。如果預言是真的，如果有一場戰爭。我的母親說我會比海克力斯更偉大。」

我不知道該怎麼回應。我不知道這是否是母親片面的想法。我不在乎。還不想。

他沉默了一回，然後反問我，「你想成為神嗎？」

在苔蘚與橄欖中，問我這個問題感覺有點滑稽，我笑了出來，不久，他也笑了。

「我不認為這種事會發生。」我對他說。

我站起來，對他伸手，他抓住我的手一躍而起。我們的丘尼卡都是沙土，我的腳則黏結著乾掉的海鹽。

「廚房裡有無花果，我看到了。」他說。

我們才十二歲，還不到長久掛心的年紀。

「我打賭我吃得比你多。」

「看誰跑得快！」

我笑了。我們開始奔跑。

7

隔年夏天，我們十三歲，先是他，然後是我。我們的身體開始延展，在我們的關節拉扯著，直到關節又痛又弱為止。在佩琉斯的銅鏡面前，我幾乎不認得自己——瘦高的體格，鸛鳥般的細腿，以及削尖的下巴。阿基里斯還是比我高，看起來似乎會一直把我比下去。不過，到最後我們的身高相同，但他比我成熟得快，而且速度極為驚人，或許這是因為他帶有神的血統的緣故。

男孩們年紀也增長了。我們每隔一段時間就會聽到房門後頭傳來呻吟聲，然後在天明之前看到有黑影鑽回自己的床上。在我們的國家，男人通常在鬍子長齊之前就會娶妻。而在此之前，他何時會去找服侍的女孩呢？一般來說，很少有男人在結婚前未曾做過那檔事。沒有做過的人確實運氣不佳：太虛弱因此做不了，太醜所以吸引不了對象，太窮所以付不起。

在王宮，通常會有貴族出身的女孩擔任國王情婦的女僕。但佩琉斯沒有妻子，因此宮裡的女人通常都是奴隸。她們是從戰爭中被買下或擄獲的，或者她們的父母親也是奴隸。這些女奴平日負責倒酒、擦地板與烹飪。到了夜晚，她們屬於士兵或這些收養的男孩，或來訪的國王，或佩琉斯本人。隨之而來的肚子隆起並非可恥之事；而是獲利：更多的奴隸。這些交合的過程不一定是強姦；有時是為了尋求彼此的滿足，乃至於具有情感。至少有一些男人是這麼認為。

對阿基里斯或我來說，要找這些女孩陪宿是非常、非常容易的事。十三歲時，我們就已經算是晚開竅的，特別是阿基里斯，一般來說，王子胃口會特別大。然而，我們只是暗中觀察收養的男孩拉著女孩進房，或者是佩琉斯在晚餐後召喚美麗的女子服侍。有一次，我甚至聽說國王讓女子進到他兒子的房裡。但他卻客氣地說：我今晚很累。之後，當我們走回房間時，他一直避免我的目光。

我呢？除了阿基里斯，我對所有人都感到害羞而沉默；我幾乎無法跟其他男孩說話，更甭說是女孩。身為王子的夥伴，我認為我不應該說話；只要以動作或表情示意即已足夠。但這種事從未發生在我身上。夜裡讓我翻攪的情感似乎與那些眼神放低而順從的服侍女孩無關。我看到一名男孩在女孩的身上任意摸索，但女孩仍然神色自若地倒酒。我對這種事沒有胃口。

一天夜裡，我們在佩琉斯的房裡待到很晚。阿基里斯躺在地板上，一隻手枕著頭。我端坐在椅子上。不只是因為佩琉斯在場的原因，也因為我討厭自己不斷伸展的四肢。

老王半闔著眼睛，他正說故事給我們聽。

「梅里格（Meleager）是他那個時代最棒的勇士，但也是最驕傲的。他想得到一切最好的事物，而由於人們愛戴他，因此他能予取予求。」

我的眼睛飄向阿基里斯。他的手指在空中隨意劃著。他在作新曲子時總是如此。我猜曲子跟他父親說的梅里格故事有關。

「但有一天卡里頓（Calydon）國王說，『我們為什麼要給梅里格這麼多東西？卡里頓還有其他能人不是嗎？』」

阿基里斯換個動作，束緊了胸前的丘尼卡。那天，我聽到有侍奉女孩低聲對她的朋友說。

「妳覺得王子是不是在晚餐時看著我？」她的聲音帶著期望。

「梅里格聽到國王的話，感到極為憤怒。」

今天早上，他跳上我的床，用他的鼻子頂著我的鼻子。「早，」他說。我記得皮膚上他留下的餘溫。

「他說，『我不再為你作戰了。』他返回自己的屋子，向他的妻子尋求慰藉。」

我覺得有人拉我的腳，原來是阿基里斯，他從地板對著我笑。

「卡里頓的王國周圍有強敵環伺，一旦他們聽說梅里格不再為卡里頓作戰——」

我挑釁地將腳朝他面前踢去。他的手包住我的腳踝。

「他們發動攻擊。卡里頓的城市蒙受嚴重的損失。」

阿基里斯用力一拉，我半個人掉出了椅子。我緊抓著木頭架子，以免跌坐到地上。

「民眾於是去找梅里格，尋求他的幫助。然後——阿基里斯你在聽嗎？」

「是，父親。」

「你沒有，你在折磨我們可憐的貓頭鷹。」

我試著裝出被折磨的樣子。但我也感覺到他手指的冰冷。

「好吧，反正我也累了。我們再找一天晚上說完這個故事。」

我們起立向老人道晚安。但我們一轉身，他說，「阿基里斯，你或許可以找廚房那個淺色頭髮的女孩。她整天都在門口談你的事，我聽到了。」

在火光下，很難看出他的表情出現什麼變化。

「或許，父親，我今天累了。」

佩琉斯咯咯笑著，彷彿這是個笑話。「我很確定她能讓你精神振奮。」他揮手示意我們離去。

我必須小跑步才能跟上阿基里斯。我們安靜地洗臉，但我心裡感到一陣疼痛，就像蛀牙一樣。我無法裝做沒事。

「那個女孩——你喜歡她嗎？」

阿基里斯從房間另一邊望著我。「為什麼？你喜歡她嗎？」

「不，不，」我臉紅了。「我不是這個意思。」這是我從第一次看見他開始，首次這麼猶疑不定。「我的意思是，你想——」

他跑向我，把我推倒在床上。壓著我說：「我已經厭倦了不斷談那個女孩的事。」他說。

我的脖子發熱，手指環抱著我的臉。他的頭髮垂落在我身上，我聞著他的味道。他的嘴唇離我的嘴唇似乎只有一根頭髮的距離。

然後，就像早上一樣，他離開了。回到房間的另一邊，倒了一杯水。他的臉孔平和而冷靜。

「晚安。」他說。

夜裡，在床上，出現了各種意象。他們幻化成夢境，趁我睡眠時潛入我的思緒。就算我躺著不睡，他們也依然造訪。閃耀的脖子，髖骨的曲線，細滑而強壯的雙手，撫摸著我。我知道那雙手。但即使在此刻，在沉重的眼皮底下，我希求的事物仍無以名狀。白晝，我變得極為不安，我的步履、歌唱與奔跑都無法止住這些幻念。他們不斷前來，無法停止。

夏日，某個晴朗的日子。午餐後我們來到沙灘，背對著一根傾斜的浮木。太陽高掛，天氣十分溫暖。阿基里斯坐在我旁邊，他換個姿勢，把腳跨放在我的腳上。他的腳是冷的，被沙子磨得粉紅，在隱藏了整個冬日之後，顯得十分柔軟。他嘴裡哼著前些時候做的曲子。

我看著他，他臉上毫無其他男孩困擾的痘子或雀斑。他的輪廓是一隻強健的手繪成的；沒有古怪或不自然的線條，每個地方都穠纖合度——一切是那麼精確，彷彿是用最銳利的刀子雕成的，然而線條卻不會讓人感到過於尖銳。

他發現我在看他。「怎麼了？」他說。

「沒事。」

我可以聞到他的味道。他塗在腳上的油，發出石榴木與檀香的氣味；乾淨汗水的鹽味；我們走過的風信子，它們的香氣沾染在我們的腳踝上。在這些氣味下面是他的味道，那是伴我入睡的氣味，也是我一覺醒來聞到的氣味。我無法形容。它是甜的，但不僅如此。它很強烈，卻不迫人。像是杏仁，但也不盡然如此。有時，當我們摔角之後，我的皮膚聞起來也是這種味道。

他把手放下，靠在手上。他手臂的肌肉呈現柔軟的曲線，隨著他的移動而變化。他看著我的眼睛是深綠色的。

我的心跳無來由地加速。他看著我無數次，但這次似乎不一樣，一種我從沒感受過的熱切。我的嘴感到燥熱，我可以聽到自己吞嚥的聲音。

他看著我，似乎在等待什麼。

我極其緩慢地轉身，朝向他。就像從瀑布縱身一躍。即便到了此時，我仍不知道我在做什麼。我傾身向前，我們的嘴唇密合在一起。就像豐滿的蜜蜂，柔軟、渾圓，沾滿了昏眩的花粉。我可以嚐到他的嘴——如甜點的蜂蜜般熾熱而甜蜜。我的胃翻攪著，溫暖的快感擴散到全身所有的毛孔。*繼續*。

渴望的力量，它開展的速度，令我吃驚；我因此感到恐懼，從他身上退開。在午後的光線下，我看見他的臉，雙唇微啟，那是親吻到一半的樣子。他睜大雙眼，表情充滿了驚訝。

我嚇了一跳。我在做什麼？但我沒有時間道歉。他站起身子，退後幾步。他低下頭，表情無法捉摸而遙遠，使我無法解釋。他轉身跑掉，這名世界上跑得最快的男孩，一直跑到海灘，最後不見人影。

我的身邊因為沒了他而感到空虛。我的皮膚感到緊繃，我的臉孔泛紅，宛如火燒似的。

親愛的神，讓他恨我吧。

我應該要有比求神更好的方法。

當我來到角落，走在花園小徑上，她在那裡，銳利且如刀刃般露著寒光。藍色服飾緊貼在她的皮膚上，宛如濕透一般。她深色的眼睛直盯著我，她的手指，冰冷而死白，抓住了我。當她將我舉離地面時，我的雙腳不斷地晃動。

「我看到了，」她發出噓聲。那是海浪拍擊岩石的聲音。

我說不出話來。她掐著我的喉嚨。

「他走了。」她的眼睛是黑色的，深沉得如同海中的岩石，而且帶著缺口。「我應該早點把他送走。你可不要跟過來。」

我無法呼吸。但我沒有掙扎。她似乎要收手了，我以為她還要說話。但她沒有。她只是張開手放了我，我整個人癱軟在地上。

母親的期望。在我的國家，母親的期望並無價值。但她是女神，這點超過一切。

當我回到房裡，天色已晚。我看見阿基里斯坐在床上，看著自己的腳。他抬起頭，當我來到門口，他似乎產生了希望。我沒說話；他母親的眼睛仍在我面前燃燒著怒火，以及他奔逃的腳跟，仍在沙灘上來回閃現著。原諒我，那是個錯誤。這是我唯一敢說出口的話，要不是他的母親，我可能說的更多。

我回到房間，坐在自己的床上。他換個姿勢，看著我。他與母親完全不像，無論是下巴還是眼睛。只有從他的動作，他明亮的肌膚嗅出一點類似之處。女神之子。我不知道還會發生什麼事？

即使坐在自己的床上，我仍可以聞到他身上的海水味道。

「我明天要離開。」他說。這似乎是對我的指責。

「哦。」我說。我的嘴腫脹麻木，我說不出話來。

「我要去接受奇隆（Chiron）的教導。」他停了一下，然後說。「他教過海克力斯，與波修斯（Perseus）。」

還不想，他曾經對我說過。但他的母親做了不同的選擇。

他站起來脫去丘尼卡。在炎熱的夏天，我們習慣裸睡。月光照著他的肚皮，光滑而充滿肌肉，下方是淺褐色的毛髮，越往腰部以下顏色就越深。我別過頭去。

第二天早上，他起身著裝。我醒了；我沒有睡。我瞇著眼瞧他，假裝我在睡覺。有時，他瞧我一眼，在昏暗的光線下，他的肌膚如大理石般呈現灰色與光滑。他背起行囊，然後在門口停駐。我記得他站在那裡，如同石像般屹立不搖，他的頭髮散亂，起床後並未梳洗整理。我閉上眼睛，一會兒之後，睜開雙眼，我已是一個人。

8

到了早餐時間，每個人都知道他已經離開。他們的目光與耳語尾隨著我來到桌前，然後停留著看我拿著食物。我咀嚼然後吞下，然而麵包就像石頭一樣，沉甸甸地掉在我的胃裡。我渴望離開王宮；我渴求新鮮空氣。

我走到橄欖園，腳下的泥土相當乾燥。我一邊想著，現在他既然已經離開，我是否該加入那群男孩。但另外我也想著，是否有人發現我做的事。我似乎有點希望他們知道。抽我一頓吧，我這麼想著。

我可以聞到海水的味道。這股味道無所不在，在我的頭髮中，在我的衣服裡，在我濕黏的皮膚上。甚至在果園也有，它就存在於樹葉與泥土的霉味中，在我身上還可以聞到有害的腐敗鹽味。我的胃極不舒服，於是我倚靠在長滿苔蘚的樹幹上。粗糙的樹皮刺痛了我的前額，我因此鎮定下來。我必須擺脫這個味道。我想著。

我朝北走，來到王宮的道路上，這是一條馬車來往行經的沙土路。走到王宮的庭院之外，出現了岔路。一條往西南，經過草原、岩石與低矮的山丘，這是我三年前來此地所走的路。另一條路蜿蜒向北，朝著歐特留斯山與更遠的佩里翁山（Mount Pelion）而去。我用目光追溯著，這條路直通森林茂密的山腳下，最後消失在樹林中。

夏日烈陽的曝曬，讓我有些吃不消，彷彿催促我回到王宮似的。但我仍徘徊著。我聽說我們的山脈很美——梨子與香柏木，以及剛融冰的溪流。那裡應該非常涼爽而且有樹蔭蔽日。不僅可以遠離如鑽石般光亮的沙灘，也能躲開閃閃發亮的海水。

我可以離開。這個想法來得突然，但很快俘獲了我的心。我走上這條路，心裡只想著逃離海洋。這條路在我眼前延伸，還有遠處的山巒。加上阿基里斯。我的胸膛快速地起伏著，彷彿想跟上我的思緒。我身上沒有任何屬於我的東西，丘尼卡不是我的，涼鞋也不是我的；這些全是佩琉斯的物品。我甚至不需要收拾行李。

唯有母親的豎琴，收藏在內室的木箱中，使我牽掛不下。我猶豫了一會兒，心想，我也許可以回去，拿著豎琴離開。但此時已是正午。我只有下午可以趕路，之後他們就會發現我逃走——想到這點我還自鳴得意起來——並且派人來捉拿我。我回頭看著王宮，沒看到半個人影。衛兵在別的地方。現在，我必須趁現在。

我逃跑了。遠離王宮，沿著通往樹林的路行走，我的腳被烤得炙熱的地面燙得發疼。我逃跑的時候，我發誓如果我再看見他，我會三思而行。我已經學會，衝動將使我付出代價。雙腿的疼痛，喘息時胸如刀割的痛楚，使我神智清明。我逃跑了。

我汗流浹背，腳掌的汗水也沾濕了地面。我變得越來越髒污。泥土與碎裂的樹葉沾在我的腿上。我身旁的世界縮小到只剩雙足踩踏的空間，以及眼前一碼的泥土地。

終於，在經過一個鐘頭？或是兩個鐘頭之後？我再也無法前進了。我痛苦地彎腰，午後的驕陽時而現蹤，時而遭到遮蔽，充血的耳朵令我耳聾。道路兩旁是茂密的樹林，佩琉斯的王宮早已遠拋在後。在我的右方是歐特留斯山，更遠處是佩里翁山。我看著山峰，思忖著究竟還有多遠。

一萬步？一萬五千步？我開始用走的。

幾個小時過去，我的肌肉疲憊無力，我的腳步變得蹣跚。太陽已過了正午高點，現在低垂在西方的天空。大約還有四到五個小時會天黑，但山峰似乎還是一樣遙遠。突然間我領悟了，我不可能在天黑前到達佩里翁山。我沒有食物，沒有水，也沒有遮風避雨的地方。我只有腳上的涼鞋，以及汗濕的丘尼卡。

我絕對追不上阿基里斯，我現在很肯定這件事。他早在我之前上路且騎著馬，現在恐怕已經到了山腳下準備走上坡路。一個好的追蹤者可以從樹木枝葉的彎曲或折斷的痕跡推知男孩的去向。但我不是好的追蹤者，這些路對我來說看起來都一樣。我的耳朵不斷充斥著嗡嗡聲——蟬鳴，鳥叫，以及我自己的喘息聲。我的胃疼了起來，不知道因為饑餓還是絕望。

此外還有別的。赤裸裸的聲音，隱約出現聽覺的邊緣。但我發現了，我的皮膚，儘管在這麼炎熱的天氣裡，也開始感到冰冷。我知道那個聲音。那是有人躡手躡腳試圖放低音量的聲音。但對方犯了些微的小錯，踩踏到一片樹葉，但已足以讓我辨識出來。

我努力地聆聽，恐懼湧到了我的喉頭。哪裡來的？我的眼睛看著兩旁的樹林。我不敢動；任何聲音都足以在山坡上產生回音。當我逃跑時我從未想到危險，但現在我的腦子已充斥著恐懼：佩琉斯派來的士兵，還是忒提斯親自前來，她白色冰冷的手宛如沙子般掐住我的脖子。或盜賊。我聽說他們會等在道路兩旁，我聽人說過男孩被抓走，等到沒有利用價值便予以殺死的故事。我試著屏住呼吸，連關節都握得發白，為的是不發出半點聲響。我看到有一叢著草似乎可以躲藏。就是現在，走。

我身旁的樹林有了動靜，我猛然一看。太晚了。有東西——有人——從後面敲我，我往前一倒。我摔得很重，臉砸在地上，那人從上面壓著我。我閉上眼睛，等待對方給我痛快的一刀。什麼也沒發生。只有寂靜與膝蓋頂著我的背。不久，我發現那膝蓋頂得不是很重，甚至可以說只是擱在背上，因此我並不感到痛苦。

「帕特羅克洛斯。」帕——特羅——克洛斯。

我一動也不動。

膝蓋挪開了，有手伸過來把我的身體輕輕地翻過來。阿基里斯正看著我。

「我希望你能跟來，」他說。我的胃又翻攪起來了，一方面是緊張，另一方面也是解脫。我看著他，明亮的頭髮，柔軟勻稱的雙唇。我因為太喜悅，而無法呼吸。我不知道該說什麼。我很抱歉，或許。或許，還有更多。我正要開口。

「那男孩受傷了嗎？」

一個低沉的聲音從背後傳來。阿基里斯轉頭。從我剛才躲藏的地方，也就是阿基里斯的身後，我只看到那男人騎的馬的馬腿——栗色的球節沾了一點塵土。

那聲音又傳來，充滿節制與謹慎。「阿基里斯．佩里德斯，我想這就是你沒來山裡找我的原因吧。」

我的腦子試圖理解這一切。阿基里斯並未去找奇隆。他在這裡等著，等我。

「向你致意，奇隆老師，我向你致歉。是的，我因為這個原因所以遲未前往。」他用的是王子的語調。

「我懂了。」

我希望阿基里斯能夠起身。我覺得被他壓在地上實在很蠢。而且我感到害怕。這名男子的聲音未顯出憤怒，但也不和善。他的聲音清楚、宏亮而不帶感情。

「站起來。」他說。

慢慢地，阿基里斯起身。

如果我的喉嚨不是因為驚嚇而哽住，我可能當場放聲大叫。但我發出的噪音只像是被勒住脖子般的沙啞聲，而我起身時也往後踉蹌倒退了幾步。

那匹馬有著強壯的腿，腿上連接著血肉之軀，那是同樣強壯的人體軀幹。我一直盯著他瞧——那是不可能的組合，人與馬接合在一起，但光滑的外皮看起來就像一層發亮的褐色毛皮。

站在身旁的阿基里斯鞠躬行禮。「人馬老師，」他說。「我很抱歉我誤了行程。我必須等候我的夥伴。」他跪下來，乾淨的丘尼卡落在泥土地上。「請接受我的致歉。我一直希望當你的學生。」

那名男子——人馬——的臉孔，與他的聲音一樣嚴肅。我認為他已有一定年紀，黑色的鬍子修剪得整整齊齊。

他看了阿基里斯一會兒。「你不需要行跪禮，佩里德斯。不過我欣賞你的謙恭。而這位讓我們等候多時的夥伴又是誰呢？」

阿基里斯回頭看我，並且伸出手來。我拉著他的手，顫顫巍巍地起身。

「這位是帕特羅克洛斯。」

此時一陣沉默，我知道輪到我說話了。

「大人。」我說，然後鞠躬。

「我不是什麼大人，帕特羅克洛斯．梅諾伊提亞德斯。」

聽到父親的名字，我忍不住抬頭。

「我是人馬，是人類的老師。我的名字叫奇隆。」

我大力吸了一口氣，然後點頭。我不敢問他為什麼知道我的姓名。

他仔細打量我。「我想，你累壞了。你需要水與食物。這裡離佩里翁我的住處很遠，你們用步行是不成的。我們要另作安排。」

他轉身，而我試著不去注視他的馬腿走路的方式。

「你們騎到我的背上，」人馬說道。「通常初見面的人我是不會提供這樣的服務的。但凡事總有例外。」他停頓一下。「我想，你們應該學過騎馬吧？」

我們快速地點頭。

「那太可惜了，忘記你們學過的一切。我不喜歡你們用腿夾緊我或拉著轡繩。坐在前面的人抓著我的腰，坐在後面的人抓著前面的人的腰。如果你們覺得快摔下來了，告訴我。」

阿基里斯與我很快交換了一下眼神。

他往前一步。

「我該如何——？」

「我會跪下來。」他的馬腿彎折著跪在泥土地上。他的背很寬闊，泛著汗水光澤。「抓住我的手臂，保持平衡，」人馬指示著。阿基里斯照著做了，將他的腿擺過去，然後坐穩了。

輪到我了。至少我不是坐在前面，離皮膚轉變成栗色毛皮的地方如此接近。奇隆伸手扶我，我抓著他的手，也上去了。他的手臂巨大而充滿肌肉，厚厚覆蓋著黑毛，與他的馬身完全不同。我坐定身子，跨坐在他寬闊的馬背上，幾乎只能用不舒服來形容。

奇隆說，「我要站起來了。」他的動作很流暢，但我還是緊抓著阿基里斯。奇隆大概是一般馬匹的一倍半高，我的腳遠離地面，在高處晃盪著，我突然感到有點暈眩。阿基里斯的手輕輕地放在奇隆的軀幹上。「如果你不用點力，你會掉下去的。」人馬說。

我的手指因汗濕而難以抓牢阿基里斯的胸膛。我分秒都不敢放鬆。人馬的步伐不像馬匹那麼對稱，而且地面也崎嶇不平。我差點就從沾著汗水的馬毛上滑落。

我看不到有什麼路徑，但我們快速地在林間往上攀升，而奇隆腳步明確，完全沒有放慢的意思。我小心翼翼地不讓震動導致我的腳跟碰觸到人馬的體側。當我們前進時，奇隆用他一貫低沉的聲音向我們指出各個景物。

那是歐特留斯山。

你們可以看到，北側的柏樹長得特別繁密。

這條小溪將注入阿皮達諾斯河（Apidanos River），然後將流經普提亞的土地。

阿基里斯回頭看著我，臉上泛著笑意。

我們來到更高的地方，人馬揮動他烏黑的大馬尾，為我們趕走蚊蠅。

奇隆突然停下腳步，我因此撞向阿基里斯的背。我們在這片樹林稍事休息，這個樹叢有一半被岩石露頭環繞著。我們還未抵達山峰，但已經近了，在我們頭上的是湛藍光亮的天空。

「我們到了。」奇隆跪下來，我們搖搖晃晃地從他的背上下來。

在我們面前是一處洞穴。但說它是洞穴似乎是貶低，因為它不是由深色的岩石構成，而是淺玫瑰色的石英。

「進來吧。」人馬說道。我們跟著他進入洞口，洞口很高，他甚至不用低頭。我們眨了眨眼，儘管水晶牆已透著一些光線，但裡頭還是相當陰暗。在洞的一端，一股小泉水從岩石內部流出。牆上掛著我不知道的東西：奇異的青銅器具。在我們的頭上，也就是頂部的岩壁，以色彩染出的線條與光點顯示出星座與天體的運動。在岩架上，擺著數十只陶罐，上面覆蓋著歪斜的標記。角落掛著各種器具，豎琴與笛子，旁邊還放著工具與烹飪器具。

有一張單人床，厚實，上面鋪了動物毛皮，這是為阿基里斯準備的。我看不出人馬睡哪兒。或許他不需要睡眠。

「坐下。」他說。洞裡涼爽怡人，在經過日曬後更覺得舒服，我很慶幸能坐在奇隆指示我坐的軟墊上。他走到泉水邊盛水，然後拿給我們。水甘甜而清新。當我喝水時，奇隆站在我面前。「明天你會全身酸痛而且感到疲倦，」他告訴我。「但如果你吃一點的話，絕對會有幫助。」

他從洞穴後方小火慢燉的鍋子裡舀了滿是蔬菜與肉的燉菜。此外還有水果，他在空曠的岩石露頭上種了圓紅莓。我吃得很快，我對於自己的饑餓也感到吃驚。我一直看著阿基里斯，而我也因為解脫而感到心情愉快。我逃跑了。

逃跑的大膽使我鼓起勇氣，指著牆上的青銅器問道。「那些是什麼？」

奇隆坐在我們對面，他的馬腿折起來隱藏在身體下面。「那些是手術用的，」他對我說。

「手術？」那是我不認識的詞彙。

「治病用的。我忘了低地人的野蠻。」他的聲音中立而平靜，只是陳述事實。「有時肢體必須切除。那些用來切割，那些用來縫合。通常為了存活，我們不得不切除一些部分。」他見我看著這些器具，專注地看著銳利的鋸齒狀邊緣。「你想學醫嗎？」

我感到臉紅。「我對此一無所知。」

「你答非所問。」

「我很抱歉，奇隆老師。」我不想激怒他。他會把我送回去。

「你不需要道歉。只要回答就好。」

我有點口吃地說。「是的，我想學。它似乎很有用，不是嗎？」

「它非常有用。」奇隆同意。他轉頭看著阿基里斯，他聽著我們兩人的對話。

「你呢，佩里德斯？你也認為醫學有用嗎？」

「當然。」阿基里斯說。「請不要叫我佩里德斯。我在這裡——我是阿基里斯。」

奇隆深色的眼睛露出了一點光芒，他似乎興致盎然。

「很好。你已經找到你想知道的東西了嗎？」

「那些東西，」阿基里斯指著樂器，有豎琴、笛子與七弦奇塔拉琴（kithara）。「你會彈奏嗎？」

奇隆用從容的眼神看著他。「我會。」

「我也會。」阿基里斯說。「我聽說你曾教過海克力斯與傑森（Jason），雖然他們的手指粗厚笨拙，但還是學會了。是真的嗎？」

「是真的。」

我當下覺得有點不真實：他知道海克力斯與傑森，從他們小時候就認識他們。

「我希望你能教我。」

奇隆嚴肅的臉孔和緩下來。「這是你為什麼被送來這裡的原因。因此我會知無不言，言無不盡。」

在傍晚的餘光中，奇隆引領我們穿過洞穴附近的山脊。他告訴我們山獅的巢穴在哪兒，河流在何處，緩慢而受日光加溫的河水，剛好適合我們游泳。

「如果需要的話，你也可以沐浴。」他看著我。我已經忘了自己有多污穢，我全身上下都是汗漬與路上的塵土。我用手朝頭髮裡一伸，到處都是沙礫。

「我也要洗。」阿基里斯說。他脫下丘尼卡，下一刻，我也跟著做了。水深處較為冰涼，但不致於令人不適。在岸邊，奇隆仍不忘提醒我們：「那裡有泥鰍，看到了嗎？還有鱸魚。那是文鯿，你們在南方看不到這種魚。你們可以從上鉤的嘴與銀色的魚腹辨識出這種魚。」

奇隆的說話聲，混合了潺潺的流水聲，化解了阿基里斯與我之間的疏離。奇隆的臉孔充滿堅定與平靜，具有權威感，使我們再度成了孩子，就在此刻，我們的世界只有玩耍，只有晚餐。有了他在我們身邊，我們很難再想起白天在沙灘發生的一切。就連我們的身體也在人馬旁顯得渺小。我們怎會認為我們長大了？

我們從甘甜而清澈的溪水中起身，在夕陽餘暉中甩乾我們的頭髮。我跪在岸邊，用石頭刮除丘尼卡上的塵土與汗漬。在丘尼卡乾掉之前，我必須赤身裸體，然而由於奇隆的緣故，我並不會因此而不自在。

我們跟著奇隆回到洞穴，擰乾的丘尼卡披在我們的肩上。他偶爾會停下來，向我們指明兔子、長腳秧雞與鹿的足跡。他告訴我們，我們總有一天要獵捕這些動物，因此必須學習追蹤。我們聆聽著，熱切地請教他。在佩琉斯的王宮裡，只有陰沉的豎琴老師，或一邊說話一邊打瞌睡的佩琉斯。我們對於森林或奇隆說的其他技巧一無所知。我的心思飄到了洞穴牆上的器具，那些用來治病的草藥與工具。手術是他使用的詞彙。

當我們再次進到洞穴時，已經暗得伸手不見五指。奇隆指示我們去撿些柴火進洞生火。當夜幕降臨，暑氣頓時消褪，在山中冷冽的空氣中，圍坐在火堆旁令人感到舒適安心。白日的困乏，令我們全身痠痛，我跟阿基里斯盤起腿來，擺出最能讓自己放鬆的姿勢。奇隆端出來了燉菜，我們談論著明天要做什麼事，餐後是甜點，我們在莓果上淋上厚厚一層蜂蜜。

隨著火光熄滅，我也逐漸進入夢鄉。我感覺溫暖，身後的苔蘚與落葉柔軟無比。我不敢相信今天早上我人還在佩琉斯的王宮裡。現在我已身處在洞穴裡這一小塊空地裡，這光亮的石壁，要比蒼白的宮殿有趣多了。

奇隆的聲音驚醒了我。「阿基里斯，我要告訴你，你的母親給你的訊息。」

我可以感覺到阿基里斯靠著我的手臂變得緊繃起來。而我的喉嚨也彷彿被人勒緊一樣。

「哦？她說什麼？」阿基里斯小心地回應，不帶任何好惡。

「她說，如果流放的梅諾伊提歐斯之子跟著你，我必須禁止他跟你見面。」

我坐直身子，原本昏昏欲睡的感覺不翼而飛。

阿基里斯的聲音漫不經心地在黑暗中迴盪著。「她有說為什麼嗎？」

「沒有。」

我閉上眼睛。至少我不會在奇隆面前遭到羞辱，她沒有說出今天海灘上發生的事。但這也不讓人感到舒服。

奇隆又說，「我以為你了解她在這件事情上的感受。我不喜歡被欺瞞。」

我的臉漲紅了，我很慶幸自己身處於黑暗之中。人馬發出先前從未有過的嚴厲聲調。

我清清自己的喉嚨，沙啞而且突然變得乾燥。「我很抱歉，」我聽到自己的聲音。「那不是阿基里斯的錯。我自己一意孤行跟著過來。他不知道我這麼做。我沒想到——」我停住了，然後又說。「我以為她不會發現。」

「你們真是愚蠢。」奇隆的臉孔深埋在陰影中。

「奇隆——」阿基里斯勇敢地說。

人馬伸出手來。「不過，這個信息是今天早上來的，當時你們都還沒抵達。所以儘管你們的行為愚蠢，我並沒有被欺瞞。」

「你知道？」這就是阿基里斯。我永遠無法像他一樣大膽。「所以是你做的決定？你無視於她的信息？」

奇隆的聲音透著不悅。「她是女神，阿基里斯，她也是你的母親。難道你這麼不尊重她的期望嗎？」

「我尊敬她，奇隆。但這件事她錯了。」他緊緊握拳，即使在微弱的光線下，我還是看到了他的肌腱。

「她哪裡錯了呢，佩里德斯？」

我在黑暗中看著他，我的胃猛地一緊。我不知道他會說什麼。

「她覺得——」他結巴了一下，我幾乎喘不過氣來。「他只是一介凡人，不配當我的夥伴。」

「你認為他夠格嗎？」奇隆問。他的聲音未暗示任何答案。

「是的。」

我的臉頰一陣暖意。阿基里斯抬起下巴，他毫不猶豫地說道。

「我了解了。」人馬轉頭對我說道。「你呢，帕特羅克洛斯，你夠格嗎？」

我嚥了一下口水。「我不知道我是否夠格。但我想留下。」我停下來，又嚥了一下口水。「拜託。」

此時一片沉默。然後奇隆說，「當我帶你們來這裡的時候，我尚未決定該怎麼做。忒提斯看到不少缺點，有些是事實，有些不是。」

他的聲音還是難以解讀。希望與絕望在我心中交互輪替著。

「她還年輕，免不了有偏見。我雖馬齒徒長，但我敢自豪地說，我比她更能看清楚一個人。

我不反對帕特羅克洛斯當你的夥伴。」

我的身體因解脫而空乏無力，彷彿剛蒙受暴風席捲一樣。

「她肯定不會高興，但我不是沒惹過女神生氣。」他停了一下。「現在很晚了，你們該睡了。」

「謝謝你，奇隆老師。」阿基里斯的聲音嚴正而充滿活力。我們站立著，但我猶豫了。

「我只是想——」我的手指對著奇隆扭曲抽搐著。阿基里斯懂了，然後消失在洞穴中。

我轉身面向人馬。「如果這麼做會惹來麻煩，那麼我會離開。」

一段長時間的沉默，我差點認為他沒聽到我說的話。終於，他說：「不要讓今天獲得的一切輕易丟失掉。」

然後他向我道晚安，我則轉身回到洞穴與阿基里斯一起入睡。

9

第二天早晨，我在奇隆準備早餐的輕柔聲中醒來。我躺臥的草蓆相當厚實舒適；我睡得很好，很沉。我伸展身軀，但當我的四肢碰到還在沉睡的阿基里斯時，我還是嚇了一跳。我看著他，紅潤的臉龐與安穩的氣息。似乎有什麼東西拉扯著我，就在我的皮膚底下，但此時奇隆從洞穴另一頭舉手向我打招呼，於是我只能羞怯地舉手回禮，這件事也就拋到腦後了。

這天，我們吃完早餐之後，便加入奇隆的例行工作。那是容易而愉快的差事：採莓果，抓魚當做今日的晚餐，設陷阱捕捉鵪鶉。如果這些事可以稱為學習的話，那麼這是我們學習的第一天。奇隆雖然喜歡教導，但他不喜歡固定的課程，而是偏愛機會教育。在山裡漫遊的山羊如果生病，我們學會如何調製瀉藥來醫治牠們病弱的胃。而這些羊恢復健康了，我們還要學習製作塗敷用的藥劑，來驅除牠們身上的壁蝨。當我跌入峽谷，摔斷了手臂或膝蓋，我們要學習如何製作夾板、清創與使用草藥來防止感染。

狩獵時，我們偶然驚動了巢穴裡的長腳秧雞，奇隆教導我們如何安靜地移動，以及如何判讀秧雞的足跡。而當我們發現獵物，我們必須用弓箭或投石環找到最好的瞄準點，讓獵物盡快死亡。

如果我們感到口渴，手邊又沒有皮水袋，奇隆告訴我們有些植物的根部掛滿水珠，可以用來補充水分。如果山梨樹倒下了，我們要學會木工，把樹皮剝下來，打磨木材並且為其塑形。我製作了斧頭柄，阿基里斯則完成矛桿；奇隆說，不久我們就可以學習如何鍛造刀刃，然後將兩者接合在一起。

每天早晚，我們會幫忙做飯，攪拌濃稠的羊奶以製作優格與乳酪，或者是清除魚類內臟。身為王子，這些工作過去是不允許我們做的，但現在我們非常喜歡做這些事。在奇隆的指導下，我們驚奇地看見奶油製成的過程，並且看到雉雞蛋在以火加熱的石頭上滋滋作響與固化的現象。

一個月後，在某次吃早餐的時候，奇隆問我們還有什麼想學的。「那些。」我指著牆上的器具。「手術用的。」他以前曾經說過。他一件一件從牆上拿下來給我們看。

「小心。刀刃非常鋒利。它用來割去身體裡的腐肉。按壓傷口附近的皮膚，你會聽到細微的爆裂聲。」

然後他讓我們摸索自己身體的骨骼，並且彼此觸摸對方的背部的脊椎骨。他用手指點出皮膚下方的器官位置。

「任何臟器受傷都可能致命。但死亡的來臨最快首推此處。」奇隆的手指壓著阿基里斯太陽穴的凹處。當我看到這一幕，不禁打了個寒顫，這個地方就是阿基里斯的生命防護最弱的地方。而當我們開始談別的部位時，我才變得開朗一點。

夜晚，我們坐在洞穴前方的柔軟草地上，奇隆向我們介紹星座，講述它們的故事——安德洛梅達（Andromeda），她在海怪的血盆大口前怕得不知所措，是波修斯出手救了她；展翅高飛的不死馬佩格薩斯（Pegasus）是從美杜莎（Medusa）割斷的脖子誕生的。他也告訴我們海克力斯的故事，提到他的努力，以及他陷入瘋狂。發瘋的他竟無法認出自己的妻兒，於是將他們當成敵人殺死。

阿基里斯問，「他怎麼會不認得自己的妻子？」

「這就是瘋狂的本質。」奇隆說。他的聲音聽起來比平日更低沉。我記得，他認識這個人。他認識這個人的妻子。

「但瘋狂從何而來？」

「眾神想懲罰他。」奇隆回答。

阿基里斯不耐地搖頭。「但這個懲罰對海克力斯的妻子太重。這不公平。」

「沒有任何一條法律規定神必須公平，阿基里斯。」奇隆說。「或許，承受最大痛苦的是活在世間的人，而非死去的人。你覺得呢？」

「或許是如此。」阿基里斯同意。

我聽著，但沒有說話。阿基里斯的眼睛在火光照耀下顯得明亮，在搖曳的光影下，他的臉孔變得銳利。我告訴自己，即使在黑暗中，即使他喬裝改扮，我一定認得他的臉孔。哪怕我陷入瘋狂，也是一樣。

「來吧，」奇隆說。「我有沒有跟你們講過，阿斯克勒皮歐斯（Aesclepius）的傳說，以及他如何知道治療的祕密？」

奇隆說過，但我們想再聽一遍，這名英雄，太陽神阿波羅之子是如何救了一條蛇的性命？這條蛇為了報恩，於是將他耳朵舔乾淨，此後他便能聽懂蛇的低語，了解草藥的祕密。

「但你是唯一教他治療的人。」阿基里斯說道。

「我是。」

「你不在意所有的功勞都被蛇搶去了？」

奇隆從深色的鬍鬚中露出他的牙齒。他笑了。「不，阿基里斯，我不在意。」

之後，阿基里斯彈奏豎琴，奇隆與我在一旁聆聽。我母親的豎琴。他帶著這把豎琴過來。

「真希望我早知道這件事，」當第一天我們抵達此地時，阿基里斯把豎琴拿給我看，我這麼說道。「我差點不會過來，因為我不想扔下這把豎琴。」

他笑著說。「現在我知道怎麼做能讓你跟隨我到天涯海角了。」

太陽在佩里翁山隱沒，我們感到喜悅。

佩里翁山的時間過得飛快，日子在田園牧歌中不知不覺地過去。現在，在早晨醒來之時，山上的空氣變得寒冷，唯有在稀薄的陽光透過垂死的樹葉照射下來時，我們才感受到微微的暖意。奇隆讓我們穿上皮草，並且在洞口掛上獸皮以保持洞內溫暖。白天，我們收集柴火準備冬天生火之用，或者用鹽醃漬肉品以利保存。奇隆說，動物尚未回到巢穴冬眠，不過也快了。早晨，我們驚訝地看著被霜凍蝕的葉子。我們從吟遊詩人與故事得知雪這種東西，但我們從未真正看過。

某天早晨，我醒來時發現奇隆外出。這並非罕見之事。他通常比我們起得早，然後開始擠羊奶或摘取果實製作早餐。我離開洞穴，讓阿基里斯好好睡覺，然後在空地等候奇隆。昨晚火堆的灰燼又白又冷。我用木棍隨意地撥弄，聆聽著周圍樹林的聲音。一隻鶺鴒在樹叢裡覓食，而斑鳩則鳴叫著。我聽到樹葉沙沙作響，也許是風吹，也許是動物走過。我添了柴火，想重新燃起火堆。

我的皮膚開始出現異樣的刺痛感。先是鶺鴒安靜下來，接著斑鳩也不叫了。樹葉靜止，風也停了，樹叢裡沒有任何動物移動。整個世界似乎屏住了氣息。就像兔子處在老鷹的陰影之下。我可以感覺到脈搏敲擊著自己的皮膚。

有時，我提醒自己，奇隆會施展一點神的魔力或花招，如讓水變熱或讓動物平靜下來。

「奇隆？」我叫喚著。我的聲音微弱地顫抖著。「奇隆？」

「我不是奇隆。」

我轉頭一看。忒提斯站在空地邊緣，我看到她如骨頭般慘白的皮膚以及如閃電般烏亮的頭髮。她的衣服緊貼在她的身體上，如魚鱗般閃爍著。我不敢吭聲。

「你不應該在這裡的。」她說道，聲音有如礁岩刮擦著船身。

她走向前，腳下的綠草往兩邊傾倒。她是海洋女神，地上的事物不喜歡她。

「我很抱歉。」我設法解釋，但我的聲音像乾枯的樹葉，在喉頭乾響著。

「我警告過你了。」她說。漆黑的眼神似乎要將我吞噬，我開始喘不過氣，就算我想喊，也喊不出聲音。

在我身後傳來聲音，那是奇隆的聲音，在寧靜中顯得特別宏亮。「妳好，忒提斯。」

我的皮膚再度恢復了暖意，呼吸也順暢許多。我差點朝他那兒跑去。但女神的目光令我忌憚，我一動也不動，我相信她隨時能致我於死地。

「妳嚇壞他了。」奇隆說。

「他不該在這裡。」她說。她的嘴唇像新濺的血般鮮紅。

奇隆的手堅定地按住我的肩頭。「帕特羅克洛斯，」他說。「你可以回洞穴去了。我待會兒再跟你說話。」

我站立著，有點舉棋不定，但我照他的話去做。

「你跟凡人生活太久了，人馬。」我聽到女神這麼說，然後我便將洞口的獸皮放下。我倚靠著岩壁，我的喉嚨有股未煮過的鹹味。

「阿基里斯，」我說。

他張開眼睛，我還來不及說第二句話，他已起身來到我身邊。

「你還好嗎？」

「你母親在這兒。」我說。

我看見他皮膚下的肌肉緊繃起來。

「她沒傷害你吧？」

我搖搖頭。我沒告訴他，我覺得她打算這麼做。要是奇隆沒有出現，恐怕她已經動手了。

「我必須見她。」他說。洞口的獸皮因阿基里斯而分成兩半，而後再度闔上。

我聽不見他們在空地上說什麼。他們的聲音很低，或許他們選擇到別的地方說話。我等待著，追溯著夯實泥土地板的螺旋線條。我不再擔心自己的事。奇隆已經明白表示要我留下來，而且他比女神年長得多，當眾神還在搖籃裡晃盪時，奇隆就已經完全成長，當時女神還只是海裡的一顆蛋。但我心中仍有疑慮，一種說不出來的擔憂。我擔心她的出現很可能帶來失去或損失。

他們到了中午才回來。我看著阿基里斯的臉，從他的眼神，從他的嘴形搜尋訊息。除了些微的疲倦，我什麼也沒發現。他讓自己摔在我身邊的草薦上。「好餓啊。」他說。

「你應該也餓了，」奇隆說。「早就過了午餐時間。」他已經準備好飯菜，儘管他的身形龐大，在洞穴裡卻來去自如。

阿基里斯轉過頭來。「沒事的，」他說。「她只是想跟我說話，想看看我。」

「她還會過來跟他說話。」奇隆說。彷彿看出我的心思似的，他又說，「這很合理，她是他的母親。」

最重要的是，她是女神，我心裡這麼想著。

不過當我們用餐時，我的恐懼也慢慢消褪。我的憂慮有部分來自於她可能告訴奇隆那天在海灘上發生的事，但奇隆對我們兩人的態度沒有任何改變，而阿基里斯的表現也跟平常沒什麼兩樣。我躺在床上，雖然內心並不平靜，但至少稍微安心一點。

那天之後，如奇隆所言，女神更常來了。我學會如何察覺她的到來——死寂如布幕般垂下——並且懂得在這個時候待在奇隆身旁，或者是進到洞穴裡。她的打擾其實不是那麼嚴重，而我也告訴自己毋需如此在意。但每當她離去時，我總是感到高興。

冬日降臨，河水冰封。阿基里斯與我冒險走在上面，感覺滑溜無比。然後，我們在河冰上鑿開一個小圓洞，然後在上面釣魚。這是我們唯一能獲得的新鮮肉類；森林裡已沒有動物活動，頂多只能捕到老鼠，偶爾會看到貂。

如奇隆向我們保證的，下雪了。我們躺在地上，讓雪花覆蓋我們，我們吹拂雪花，直到它融化為止。我們沒有靴子，沒有披風，只有奇隆給我們的皮草，而洞穴的溫暖令人感到愜意。就連奇隆也穿上了粗毛外衣，他說那是用熊皮縫製的。

從第一天下雪開始，我們計算著日數，用石頭標記起來。「算到五十的時候，」奇隆說，「河冰會開始碎裂。」第五十天的早晨，我們真的聽到奇異的聲響，就像樹木傾倒一樣。一道裂縫從對岸延伸過來，將整個凍結的河面一分為二。「春天很快就要來了。」奇隆說。

不久，青草再度萌芽，瘦巴巴的松鼠離開洞穴。在牠們之後，我門在充滿新生命的春天空氣裡吃早餐。而就在某個春天的早晨，阿基里斯問奇隆，是否能教我們打鬥。

我不知道是什麼讓他想起這件事。或許是因為冬天整天待在洞內，沒有足夠的運動，或者是因為一個星期之前，他的母親來看他。或許兩者都不是。

你能教我們打鬥嗎？

奇隆看似遲疑了一下，但很快就回答，「如果你們想學的話，我會教你們。」

稍晚，奇隆帶我們到更高的一處空地。他從洞穴角落的儲藏庫拿兩根矛與兩把練習劍給我們。他要我們演練學過的武藝給他看。我緩慢演練一次我在普提亞學到的招式，阻擋，攻擊與步法。在我的身旁，就在我眼角餘光處，阿基里斯的動作快得讓人無法看清。奇隆帶來一根箍著青銅的木棍，他偶爾利用我們演練的間隙向我們刺來，測試我們的反應。

似乎持續了很長一段時間，我的手臂因不斷揮劍而感到痠痛。終於，奇隆要我們停止。我們大口喝著皮袋的水，然後仰頭倒臥在草地上。我的胸膛激烈起伏著，但阿基里斯卻若無其事。

奇隆站在我們面前，默不做聲。

「你覺得如何？」阿基里斯迫不及待地問他，如果我記得沒錯的話，奇隆是第四個看過阿基里斯練武的人。

我完全無法想像人馬會說什麼，但就算我能想像，也不是這樣的說法。

「我沒有什麼可以教你的。你已經學會海克力斯所知的一切，甚至懂得更多。你是你這一代最偉大的勇士，甚至古人也及不上你。」

阿基里斯臉上一陣潮紅。我不知道那是害羞還是高興。

「人們將風聞你的武藝，他們將希望你為他們而戰。」奇隆停頓了一下。「你怎麼想？」

「我不知道。」阿基里斯說。

「這是現在的說法。但往後可不是那麼容易應付。」奇隆說。

此時一陣沉默，整個氣氛變得非常緊繃。阿基里斯的臉第一次顯出苦惱卻嚴肅的樣子。

「我呢？」我問。

奇隆深色的眼光移到我的身上。「你永遠無法從你的武藝獲得名聲。這令你驚訝嗎？」

他只是陳述事實，而且不知為何，他的語氣並不會讓我感到難受。

「不。」我完全相信他的說法。

「然而，這不妨礙你成為一名善戰的士兵。你想學嗎？」

我想著死去男孩呆滯的眼神，他的鮮血如此快速地浸滲地表。我想著阿基里斯，他是這一代最偉大的勇士。我想著忒提斯，她會盡其所能地將他從我身邊帶走。

「不。」我說。

於是我們的軍事課程就此結束。

時序來到了夏季，樹木蒼鬱翠綠，既能繁衍獵物，又能結出果子。阿基里斯十四歲，信差帶來佩琉斯的禮物。看到身著軍服與王室服色的人員來此，覺得有些格格不入。我看著他們的眼神，他們看看我，看看阿基里斯，最重要的，他們看著奇隆。這項消息肯定將成為王宮的珍貴之物，這些人回去之後肯定會被待以王者之禮。我很高興看著他們揹著空箱子回去。

這些禮物正是我們要的——新的琴弦以及上等羊毛縫製的丘尼卡。此外還有新的弓與新的箭，上面鑲著鐵製箭頭。我們用手指觸摸這些尖銳而鋒利的箭頭，心想未來幾天的晚餐就靠它們了。還有些東西不是那麼有用——鑲著黃金的披風，披上它獵物會在五十步外發現你的行蹤，還有寶石腰帶，沉甸甸地走起路來很不方便。此外還有馬衣，上面有繁密的刺繡圖案，顯然是給王子的座騎使用的。

「我希望那不是給我的。」奇隆說道，他聳起眉頭。我們把馬衣撕開，當成貼布、繃帶與抹布來使用。粗布料最適合用來擦拭髒污與食物油垢。

下午，我們躺在洞穴前面的草地上。「從我們來這裡已經快一年了。」阿基里斯說。微風吹拂我們的皮膚，感覺涼爽極了。

「感覺時間過得好快。」我回說。我有點睡意，在午後藍色的天棚下，我的眼神逐漸煥散。

「你想念宮裡嗎？」

我想著他父親的禮物、僕人與他們的面面相覷，以及他們即將帶回宮裡的小道消息。

「不。」我說。

「我也不想，」他說。「我以為我會，但我沒有。」

日子一天天過去，然後幾個月，最後，兩年過去了。

10

春天，我們十五歲。今年冬天的冰雪持續得比往年來得久，我們很高興能再次外出，沐浴在陽光下。我們的丘尼卡已經丟棄，在微風吹拂下，我們的皮膚感到有些刺痛。這是過冬以來我首次如此赤裸；我們脫去皮草與披風，迅速地在浴盆般的中空岩石裡洗澡，不過顯然還是太冷。阿基里斯伸展、擺動著四肢，由於長期待在洞內的緣故，他的身體顯得有些僵硬。我們一整個早上都在游泳，並且在森林中追逐獵物。我的肌肉雖然困乏，卻感到滿足，能再度使用肌肉的感覺實在太好了。

我看著阿基里斯。除了波動的河面，佩里翁山沒有鏡子，所以我只能從阿基里斯的變化來衡量自己。他的肢體依然苗條，但我可以看見浮現的肌肉，隨著他的移動上下起伏。他的臉孔也更為堅毅，肩膀也更寬闊了。

「你看起來長大了不少。」我說。

他停下來，轉頭看著我。「是嗎？」

「是的。」我點頭。「我呢？」

「過來這裡。」他說。我站起來，走向他。他看了我一會兒。「你也是。」他說。

「如何？」我想知道。「我變很多嗎？」

「你的臉變得不一樣了。」他說。

「哪裡不一樣？」

他用右手摸我的下巴，以指尖撫摩著。「這裡。你的臉比以前寬了。」我用自己的手撫摸，看看是否能感覺出不同，但我感覺不出有什麼差異，還是一樣的骨頭與皮膚。他握著我的手，讓我的手一直摸到鎖骨。「你這裡也變寬了，」他說。「還有這裡。」他的手輕輕碰觸著從我喉嚨出現的柔軟的球狀物。我吞嚥了一下，感覺他的指尖與球狀物碰撞著。

「還有別的地方嗎？」我問。

他指著從我的胸部往下延伸到我的腹部的深色細毛。

他停住了，我的臉也開始發熱。

「夠了。」我說，語氣的急促連我自己也嚇了一跳。我又坐到草地上，他繼續做他的伸展動作。我看著微風吹動他的頭髮；我看著陽光落在他的金色皮膚上。我往後一仰，也讓陽光照著我。

過了一段時間之後，他停下來，坐到我身旁。我們看著青草、樹木以及正在生長的新芽結節。他的聲音聽起來遙遠，幾乎是漫不經心。「我想你應該會對你的長相滿意的。」

我的臉又發熱了。但我們不再談這件事。

我們快十六歲。不久，佩琉斯的使者將帶著禮物前來；不久，莓果將會成熟，水果將會變紅掉到我們手中。十六歲是我們童年的最後一年，之後我們的父親將視為我們為男人，我們將不只穿著丘尼卡，還要穿上披肩與長袍。阿基里斯會被安排婚事，如果我要的話，我也許也能娶妻。

我又想到那群服侍女孩呆滯的眼神。我想起無意間聽到的男孩對話，談到胸臀與交合的過程。

她像鮮奶油一樣細滑柔軟。

她的大腿交纏著你時，你會樂得忘了自己的名字。

男孩們的聲音尖銳中帶著興奮，他們的神色亢奮。但當我試著想像他們在說什麼時，我的心卻滑溜出去，彷彿一條未被捕獲的魚。

但取而代之的卻是其他的意象。脖子的曲線往豎琴彎曲著，頭髮被火光照亮，手上的肌腱搖晃著。我們整天都在一起，我無法逃避：他塗在腳上的油香味，他穿衣時若隱若現的皮膚。我猛地別開我的眼神，想起沙灘那天，他冷漠的眼神，以及他如何逃離我。而且，我不會忘記他的母親。

我開始獨自外出，無論是早晨他仍沉睡時，還是下午他練習擲矛時。我隨身帶著笛子，但很少吹奏。相反地，我會找棵樹靠著，呼吸著最高處濃郁的柏樹香味。

不知不覺地，我的手緩緩往兩腿之間移動。我做的事是可恥的，但我做這件事時心裡想的更是可恥。但在玫瑰色石英洞穴裡，在他的身旁想這件事更是糟糕。

有時，回到洞穴更是為難。「你去哪兒？」他問。

「我只是——」我總是語帶含糊。

他點點頭。但我知道他看見我的臉頰泛紅。

夏天越來越熱，我們尋找河水遮蔭，當我們濺著水花與潛水時，水氣映照出弧形的光線。河底的岩石長滿苔蘚，十分沁涼，當我涉水而行時，石頭在我趾間滾動著。我們叫著，嚇唬水中的魚，牠們要不是躲入泥裡，就是游往上游較安靜的處所。湍急冰融的泉水已經消失；我仰躺著，讓昏昏欲睡的水流沖刷著我。我喜歡陽光照著我的肚子，而背後有清涼的溪水浸泡著。阿基里斯在我身旁漂浮著，他緩緩逆著河水游著。

當我們覺得泡夠了，我們會抓著低垂在河面的柳樹枝，然後將自己拉高，露出半截身子。這一天，我們抓著樹枝，踢著對方，我們的腿纏在一起，試圖把對方夾落水面，或者是攀到對方的樹枝上。我曾一時興起，放掉手上的樹枝，直接抓住阿基里斯吊在樹上的身軀。他驚訝地大叫。我們就這樣掙扎了一會兒，笑鬧著，我的手臂纏繞著他的手臂。然後一陣尖銳的爆裂聲，他抓的樹枝應聲而斷，兩人掉入河裡。涼爽的河水淹沒了我們，但我們持續角力，抓著彼此滑溜的皮膚。

當我們浮出水面時，我們氣喘吁吁但仍不肯歇手。他跳到我身上，把我按到清澈的河水裡。我們抓著彼此，一下子抬頭呼吸空氣，一下子沉入水中。

在最後，我們的肺感到灼熱，我們的臉因為泡水太久而泛紅，我們起身到了岸邊，躺在苔蘚與濕地的草叢裡。我們的腳浸在水邊的冷泥中。河水從他的髮間流過，我看見頭髮上的水珠，然後目光沿著他的手臂望向胸部的線條。

阿基里斯十六歲生日的早晨，我起了個大早。先前奇隆已經告訴我，在佩里翁山遠處山坡有一棵樹，上面的無花果才剛成熟，是當季最早結成的果子。人馬向我擔保，阿基里斯絕不知道這件事。幾天來，我一直注意著這棵樹，它綠色的瘤不斷膨脹，顏色也越來越深，樹枝也因為結實纍纍而下垂。現在，我打算採摘這些果子做為阿基里斯的早餐。

我的禮物不只這些。我還發現了風乾的梣木，於是我祕密地雕塑它，挖掉柔軟的外層。經過快兩個月的時間，木雕已大致成形——一個男孩彈著豎琴，仰望著天空，張著嘴巴，彷彿是在唱歌。我不管到哪兒，都會隨身帶著它。

飽滿的無花果從樹上垂掛下來，圓弧的果實很容易採摘——再過兩天，它們就太熟了。我將無花果收集在木碗裡，然後小心翼翼地帶回洞裡。

阿基里斯與奇隆坐在空地上，佩琉斯寄來的新盒子擺在阿基里斯腳邊，盒子尚未開啟。我發現他一看見無花果，隨即睜大了雙眼。他等不及我把無花果放在他身邊，就站起來直接從我的碗裡拿起無花果品嘗。我們一直吃，直到吃不下為止，我們的手指與臉頰都黏著甜甜的果實汁液。

佩琉斯寄來的盒子裡放了更多的丘尼卡與琴弦，這一次，為了慶祝他的十六歲生日，他送了一件用骨螺殼染色的昂貴紫色披風。這是王子的披風，顯示他是未來的國王，這件禮物似乎讓阿基里斯頗為高興。這件披風很適合他，在金髮的襯托下，紫色顯得更為豔麗。

奇隆也送他禮物——一根登山杖與一把新的腰帶刀。最後，我把雕像交給他。他反覆地看著，用指尖撫摸著我的刀子留下的刻痕。

「我刻的是你。」我一邊說一邊傻笑。

他抬起頭，眼神充滿欣喜。

「我知道。」他說。

之後不久，在某個晚上，我們在火堆餘燼旁待得很晚。阿基里斯整個下午不見人影——忒提斯來找他，跟他相聚的時間遠比過去任何一次都要來得久。現在，他彈著我母親的豎琴。樂音平靜而清亮，宛如天上的繁星。

我聽到身旁的奇隆打著呵欠，他的身子似乎埋進了他折疊的腿上。不一會兒，樂音停止，阿基里斯的聲音在黑夜中顯得嘹亮。「你很累嗎，奇隆？」

「是的。」

「那麼我們讓你早點休息。」

我通常不會走得那麼快，也沒跟我說一聲，但我也感到疲倦，因此沒攔住他。他起身向奇隆道晚安，轉身朝洞穴走去。我伸展身體，又在火堆旁待了一會兒，也跟著進去。

在洞穴裡，阿基里斯已然躺上床，他的臉因為剛洗好而濕潤。我也洗了臉，沁涼的水滑過我的前額。

阿基里斯說，「你還沒問我母親來看我的事。」

我說，「她怎麼了？」

「她很好。」他總是這麼回答，因此我有時不想問這個問題。

「那就好。」我用手舀水沖掉臉上的肥皂泡沫。這個肥皂是我們用橄欖油做的，聞起來仍有淡淡的香味，觸感豐富如同奶油。

阿基里斯又說。「她說她不會在這裡看著我們。」

我沒有想到他會說出其他的話。「嗯？」

「她不會在這裡看著我們。在佩里翁。」

他的話中有話，似乎帶點緊張。我轉頭看他。「你在說什麼？」

他的眼睛看著天花板。「她說——我問她，她是否在這裡看著我們。」他拉高了聲音。「她說，她沒有。」

洞穴裡一片寂靜。沉默，除了潺潺的流水聲。

「喔。」我說。

「我想告訴你。因為——」他欲言又止。「我想你會想知道。她——」他又猶豫了。「她不太高興我問她這件事。」

「她不太高興，」我複述他的話。我感到頭暈目眩，我的腦子反覆地想著他說的話。她不會看著我們。我發現自己還站在水盆邊，半截身子冷冰冰的，毛巾依然高舉到下巴。我直接放下衣物躺到床上。我的野性蠢蠢欲動，既充滿希望，又感到恐怖。

我掀起被子，躺進已經被他的肌膚蓋暖的被子裡。他的眼睛依然盯著天花板。

「聽到她這麼說，你高興嗎？」我終於說了。

「高興。」他說。

我們沉默著，緊繃卻躍躍欲試，我們躺了一會兒。在夜裡，我們通常會說些笑話或故事。岩洞的天花板彩繪著星辰，如果我們說累了，會指著星辰。「獵戶座，」我循著他的指頭指示說。「七姊妹。」

但今晚我們什麼話也沒說。我閉上眼睛等待著，經過一段時間之後，我猜他已經睡了。於是我轉身看著他。

他側躺著，看著我。我沒有聽見他轉身。我聽不見他的聲音。他動也不動，彷彿靜止是他獨有之物。我呼吸著，察覺我們之間只隔著一個深色枕頭。

他身子往前。

我們張開雙唇，來回緊貼著，他不斷將甜蜜的暖意傾洩到我口中。我無法思索，也無法反抗，只能接受他每一次鼻息，每一回溫柔的撫摩。真是妙不可言。

我顫抖著，擔心他又逃走。我不知道該怎麼做，他喜歡什麼。我親吻他的脖子，他寬闊的胸膛，刺激他的感受。我撫摸著，他的慾望漸漸被挑起，終至無法自拔。他身上有杏仁與土地的芬芳。他壓著我，如暢飲佳釀般吸吮我的嘴唇。

我抓著他，他並不掙扎，反而柔軟得像纖細的天鵝絨與花瓣。我知道阿基里斯金色的肌膚，脖子的曲線，與彎曲的手肘。我知道他愉悅的樣子。我們的身體像兩隻手一樣緊緊交纏。

我身上的毯子糾結著，他扯掉我們身上的毯子。我打了一個寒顫。壁畫裡的星辰成了他身後的背景；北極星落在他的肩膀。他的手在我快速起伏的肚子上來回滑動。他輕柔地撫摸，彷彿他摸的是一塊光滑的細織布，我抬起臀部迎合著他。我將他拉過來，搖動著，再搖動著。他也搖動著。他呻吟著，宛如他正快速奔跑著，往遙遠的地方奔跑。

我似乎叫出了他的名字。我就像中空的蘆桿，只能任風吹得東倒西歪。此時聽到的沒有別的，只有我們的喘息聲。

我的指間纏繞著他的頭髮。我的體內聚集著一團東西，血液的跳動與他的手的運動彼此撞擊。他的臉緊貼著我，但我還想把他拉得更近。不要停，我說。

他並未停歇。情感不斷地聚集，直到我的喉嚨迸裂出一陣嘶啞的叫聲，一股激昂綻放的感覺驅使我彎著身子靠在他的身上。

但這還不夠。我伸手找到了他的愉悅之處。他閉上眼睛。我找到了他喜愛的韻律，我可以感覺得到，我捕捉到他的氣息與他的渴望。我的手指毫不停頓，跟著每個急促的呼吸聲。他的眼皮泛出天剛破曉的顏色；他聞起來就像雨後的大地。他張開嘴巴，發出不成字句的叫喊，我們緊緊靠著，我感覺到一股暖意對著我迸射出來。他震顫著，然後我們靜靜躺下。

慢慢地，就像夜幕低垂似的，我感覺到自己的汗水，被子的潮濕，與我們肚子的濕滑。我們像被剝開似地分了開來，我們的臉孔因親吻而腫脹瘀血。洞穴聞起來熱而芳香，就像陽光曝曬後的果實。我們四目相對，但沒有說話。恐懼在我心中升起・來得既突然又銳利。這是最危險的時刻，我感到緊張，深怕他後悔。

他說，「我沒想到——」但他未繼續說下去。在這個世界上，我最想聽的就是他未說出口的話。

「什麼？」我問他。如果這是不好的，那麼就讓它快點結束。

「我沒有想到我們會——」他猶豫著每一個字，但我不怪他。

「我也沒想到。」我說。

「你後悔嗎？」這句話一下子從他嘴巴說出來。

「我不後悔。」我說。

「我也不後悔。」

此時一陣沉默，我不在乎潮濕的褥子或身上多麼汗濕。他的眼睛堅定不移，綠色的眼珠散布著金色的斑點。我的內心油然而生一股確信，但哽在我的喉頭。我永遠不會離開他。只要他願意讓我陪在身邊，我永遠不會離開他。

如果我能找到詞語描述我的感受，那麼我會說出口。但當時我似乎找不到足以容納如此強烈情感的話語。

他彷彿聽見我的呼喊，抓住了我的手。「帕特羅克洛斯，」他說。他的表達總是比我來得適切。

第二天早晨，我醒來時感到頭昏眼花，我的身體有些東倒西顛，但卻感到溫暖而輕鬆。在溫存之後，我們更添熱情；我們放慢腳步，徘徊流連，希望這夢一般的夜能繼續延長下去。現在，看著他躺在我身旁，他的手放在我的肚子上，他就像晨曦的花朵一樣濕潤而蜷曲，我開始緊張起來。我記得在匆促間我說了與做了哪些事，我產生了什麼雜音。我擔心魔咒會被破解，那道光將從洞口爬進來把一切都變成石頭。但他醒了，他還沒完全甦醒的嘴唇勉強向我打了招呼，而他的手已經伸過來抓住了我的手。我們就這樣躺著，直到晨光照進了洞內，而奇隆開始呼喚我們。

我們吃完早餐，然後到河邊梳洗。我能這樣肆無忌憚地看著他，看著光點照在他的四肢上，看他拱著背把頭鑽進水中，這真是件奇蹟。之後，我們躺在河邊，重新認識彼此身體的線條。這裡、這裡還有這裡。我們就像草創世界時的神明，我們的快樂如此簡單，我們的眼中什麼都沒有，只看得到對方。

就算奇隆發現有什麼不同，他也不會點破。但我禁不住擔心。

「你覺得他會生氣嗎？」

我們在山北的橄欖園裡。這裡的微風帶著芬芳，涼爽乾淨宛如泉水。

「我認為他不會。」他摸著我的鎖骨，他喜歡用手指撫摸這個線條。

「但他可能會生氣。他現在一定知道了。我們應該說些什麼嗎？」

我不是第一次擔心這件事。我們過去經常討論過這件事，急於設想各種對策。

「如果你想說的話。」他以前也說過這句話。

「你不認為他會生氣嗎？」

他沉默，思索著。我喜歡他這個樣子。不管我問他幾次，他總是像第一次遇到這個問題似的回答我。

「我不知道。」他看著我。「這重要嗎？反正我不會停止這麼做。」他的聲音溫暖而充滿欲望。我感到臉上一陣潮紅。

「但他可能告訴你父親。他可能會生氣。」

我幾乎是用一種絕望的心情說這些話。不久我渾身熱得受不了，連靜下來思考的辦法也沒有。

「如果他生氣了呢？」他第一次這麼說話的時候，我感到驚訝。就算阿基里斯的父親可能生氣，他也不為所動——這一點恐怕不是我所能理解的，也不是我所能想像的。但聽他說這種話就像上了癮一樣，我永遠也聽不膩。

「你母親呢？」

這是我懼怕的三巨頭——奇隆、佩琉斯與忒提斯。

他聳聳肩。「她能做什麼？把我綁走嗎？」

她能殺了我，我心想。但我未說出口。這裡的微風帶著香氣，陽光也很溫暖，我不想說出來殺風景。

阿基里斯看著我，思索了一會兒。「你怕他們生氣嗎？」

是的。我很害怕奇隆會對我發怒。遭到否定總會讓我的內心極度受傷，我無法像阿基里斯那樣滿不在乎。但如果真的走到那種狀況，我也不會任由他人拆散我們。「不，」我對阿基里斯說。

「好。」他說。

我撫摸他太陽穴上的頭髮。他閉上眼睛。我看著他仰著臉對著太陽。他細緻的五官有時讓他看起來比實際年輕。他的嘴唇鮮紅而飽滿。

他張開眼睛。「說說看，有哪個英雄是幸福的。」

我想了想。海克力斯發瘋而且殺死自己的家人；忒修斯（Theseus）失去了新娘與父親；傑森的孩子與新任妻子被前任妻子殺死；貝勒洛彭（Bellerophon）殺死了奇麥拉（Chimera），但卻因為從佩格薩斯背上摔落而成了殘廢。

「你說不出來。」他坐直了身子，然後往前靠。

「我說不出來。」

「我知道。他們絕不會讓你成名而且幸福。」他揚起眉毛。「我告訴你一個祕密。」

「什麼祕密。」我喜歡他這個樣子。

「我會是第一個。」他抓住我的手掌，與他的手緊緊握住。「發誓。」

「為什麼是我？」

「因為你就是理由。發誓。」

「我發誓。」我說，我被他泛紅的臉頰與熱切的眼神迷住了。

「我發誓。」他回道。

我們就這樣雙手緊握坐了一會兒。他的臉充滿笑意。

「我覺得我可以生吞活剝這個世界。」

我們身後的山坡響起了號角聲。短促而刺耳，彷彿是在示警。我還來不及說話或動作，阿基里斯已站起身子，他從大腿的劍鞘拔出短劍。那只是一把狩獵用的刀子，但在他手中已經足夠。他泰然自若地站著，動也不動，用他半神的感官仔細聆聽著。

我也有刀。我悄悄地抽刀然後起身。他站在我與號角聲之間。我不知道是否該走到他身旁，舉起武器和他一同迎戰。最後，我待在原地。那是士兵的號角聲，奇隆曾經坦言，戰鬥是他的天賦，不是我的。

號角聲再度響起。我們聽到灌木叢傳來聲音，有一雙腿被樹叢給纏住了。一個男人。或許他迷路了，或許他陷入危險。阿基里斯往聲音傳來的地方走去。彷彿是在回應阿基里斯似的，此時號角聲又響起。然後山上傳來叫聲，「阿基里斯王子！」

我們呆住了。

「阿基里斯！我來找阿基里斯王子！」

樹上的鳥兒被叫聲一驚，一哄而散。

「你父親派來的。」我低聲地說。只有國王的傳令官才知道我們在這裡。

阿基里斯點點頭，但似乎不願答腔。我想像他的心跳跳得有多快；就在前一刻，他已經準備好要殺人。

「我們在這裡。」我用手在嘴邊圍成筒狀，大聲地叫道。吵雜聲停頓了一會兒。

「你們在哪兒？」

「你能順著我的聲音過來嗎？」

他可以，只不過吃力了點。他花了一段時間才走到我們所在的空地。他的臉被樹枝劃傷，而他在王宮穿的丘尼卡也全汗濕了。他笨拙而狼狽不堪地行了跪禮。阿基里斯不再高舉刀子，但我看他還是握得緊緊的。

「有什麼事嗎？」他的聲音很冷靜。

「你的父親要你回去。國內發生了急事。」

我發覺自己一動也不動，就像阿基里斯前一刻一樣。如果我一直保持不動，或許我們就不用回國。

「什麼急事呢？」阿基里斯問。

那人此時終於靜下心來，他突然想起自己是在跟王子說話。

「我的主人，請赦免我，詳細情況我不清楚，只知道邁錫尼差使者捎信給佩琉斯國王。您的父王打算在今晚向大家宣布此事，並且希望您也在場。我已備好快馬，就在山下等候。」

此時一陣沉默。我還以為阿基里斯會回絕。但最後他說，「帕特羅克洛斯與我需要收拾東西。」

在返回洞穴和去見奇隆的路上，阿基里斯與我一直猜想著消息的內容。邁錫尼位於遙遠的南方，國王是阿伽門農，他自稱是人類的主人。據說他的軍隊是全希臘所有王國中最強大的。

「無論有什麼事，我們只去一兩天就回來，」阿基里斯對我說。我點點頭，很高興聽到他這麼說。只去幾天。

奇隆正等著我們。「我聽到叫聲了。」人馬說道。阿基里斯與我很了解他，我們從他的聲音聽出了不滿。他不喜歡有人打擾山上的寧靜。

「我父親要我返國，」阿基里斯說，「只有今晚，我很快就會回來。」

「我知道了。」奇隆說。他的身軀似乎比往常來得巨大，他站在那裡，蹄子映襯著鮮綠的青草，陽光照亮了他栗色的體側。我想著我們不在時他是否會感到孤單。我從未看過他與其他人馬在一起。我們曾問他這個問題，只見他臉一沉。「野蠻人。」他這麼說道。

我們收拾東西。我幾乎沒有東西可帶，除了幾件丘尼卡與一根笛子。阿基里斯的東西只比我多一點，衣物，還有一些他自己打造的矛尖，以及我為他雕刻的塑像。我們把東西放在皮袋裡，然後向奇隆道別。阿基里斯總是比較大膽，他向前擁抱人馬，手臂圈著馬身與人體交會的地方。

在我身後等待的使者，似乎有點侷促不安。

「阿基里斯，」奇隆說，「你還記得嗎，我曾經問你，如果有人要你戰鬥，你會怎麼做？」

「記得。」阿基里斯說。

「你要好好想想該怎麼回答。」奇隆說。我突然感到不寒而慄，但我無暇細想，此時奇隆轉頭看著我。

「帕特羅克洛斯，」他說。我走向前，他伸出像陽光般溫暖的大手摸著我的頭。我呼吸聞到的淨是他的味道，馬味、汗味、香草與森林的味道。

他的聲音很平靜，「現在的你已不像過去那麼容易放棄。」他說。

我不知道該說什麼，只能對他說，「謝謝你。」

他微笑說，「祝好。」然後他收回他的手，我的頭因此感到些許寒意。

「我們很快就會回來。」阿基里斯又說了一次。

在午後斜照的陽光下，奇隆的眼睛是陰暗的。「我等你。」他說。

我們揹起行囊，離開洞穴前的空地。太陽已過了最高點，使者等得有點不耐煩。我們快速下山，騎上為我們準備的馬匹。這麼多年來習慣步行，騎在馬鞍上反而覺得很不習慣，而馬匹也令我感到緊張。我有點期望馬兒能夠說話，但當然不可能。我回頭看了一眼佩里翁。我希望我能看到玫瑰色的石英洞穴，或甚至看到奇隆。但我們已經離得太遠。我望向前方道路，在使者引領下回到普提亞。

11

當我們經過界石，踏進王宮境內時，西方地平線只剩最後一點陽光。我們聽見衛兵的喊叫聲，與回應的號角聲。我們來到山丘的頂端，王宮就在我們面前；海洋從後方環抱著王宮。

往殿門望去，我整個人如遭電擊一般，忒提斯就矗立在那兒。她烏黑的長髮與王宮的白色大理石形成鮮明的對比。她的衣服是深色的，是不平靜的海洋顏色，如瘀傷般的青紫色混雜著攪動不安的灰色。在她身旁站著衛兵，還有佩琉斯，但我對他們視而不見。我的眼裡只有她，以及她彎曲如同刀刃的下巴。

「你的母親。」我低聲對阿基里斯說。我敢發誓她的眼睛從我身上掠過，彷彿聽見我說的話似的。我嚥了一下口水，硬著頭皮往前走。*她不會傷害我；奇隆說過她不會傷害我。*

看到她站在凡人之中，有一種奇怪的感覺；她讓身旁的人，無論是衛兵還是佩琉斯，都看起來一臉慘白，然而她自己的膚色卻如同白骨。她站的地方離他們有一段距離，不自然的身高像長矛似的指向天空。衛兵們眼神朝下，又敬又畏。

阿基里斯轉身下馬，我也跟著下馬。忒提斯將阿基里斯擁入懷中，我看到衛兵們移動腳步。他們想著她的皮膚摸起來是什麼感覺；他們應該慶幸他們不知道。

「我孕生的孩子，我的骨肉，阿基里斯。」她說。這些話並不是說得很大聲，卻傳遍了整個庭院。「歡迎回家。」

「謝謝妳，母親。」阿基里斯說。他了解她有意在眾人面前表現自己與兒子的關係。我們都了解。按理兒子應該先向父親請安；就算母親在場，也應該居次。但她是女神。佩琉斯的嘴緊繃著，但他什麼話也沒說。

她放開阿基里斯，阿基里斯隨即走到父親面前。「歡迎回來，我兒。」佩琉斯說。與他的女神妻子相比，他的聲音顯得微弱，而且他看起來比實際年齡來得蒼老。我們離開也有三年了。

「也歡迎你回來，帕特羅克洛斯。」

每個人都朝我這裡看，我趕緊行禮致意。我感覺到忒提斯的目光掃視著我。我感到皮膚一陣刺痛，就跟以前走在通往海灘的小徑上被荊棘刮到一樣。此時阿基里斯開口說話，我得以喘一口氣。

「什麼消息，父親？」

佩琉斯看了看衛兵。猜疑與流言想必已傳遍宮中每個角落。

「我尚未宣布，我打算等所有人到齊後再說。我們正等著你。來這裡，讓我們宣布此事。」

我們跟隨國王進入王宮。我想跟阿基里斯說話，卻又有所忌憚；忒提斯就走在我們後面。僕役看到她莫不散開到兩旁，嘴裡發出驚嘆聲。女神。走在石板地上，但她的腳步卻無聲無息。

巨大的餐廳擺滿桌子與凳子。僕役們急忙端上大盤的食物或吃力地抬起盛滿酒的攪拌碗。在餐廳前方有一座高臺。那是佩琉斯的座位，妻子與兒子分坐兩旁。三個位置。我的臉頰泛紅，我在期待什麼？

即使準備的聲音極其吵雜，阿基里斯的聲音仍很宏亮。「父親，我沒看到帕特羅克洛斯的位子。」我的臉變得更紅了。

「阿基里斯，」我低聲說。沒關係，我想說。我會跟其他人坐在一起；沒有關係。但他不理會我的話。

「帕特羅克洛斯是我宣誓的夥伴。他必須坐在我身邊。」忒提斯的眼睛閃爍著。我可以感受到她眼神的熱度。我看到她的嘴唇說不。

「就依你的意思。」佩琉斯說。他示意僕人為我設座，幸好是在忒提斯的另一邊。我盡可能不讓自己過於顯眼，然後跟著阿基里斯入座。

「現在她應該很恨我。」我說。

「她從以前就恨你了。」他回道，臉上閃過一抹笑意。

這並不能讓我安心。「她為什麼要來？」我低聲說。只有非常重要的事才會讓她離開海裡的洞穴來到這裡。她對我的恨意似乎遠遠比不上她看著佩琉斯時的表情。

阿基里斯搖頭。「我不知道。這的確奇怪。我從小就沒看過他們兩人同時出現。」

我想起奇隆向阿基里斯道別時說的話：你要仔細思考該怎麼回答。

「奇隆認為這個消息應該是戰爭。」

阿基里斯眉頭一皺，「但邁錫尼經常發生戰爭。我搞不懂為什麼會因為這件事叫我們回來。」

佩琉斯坐定，傳令官拿起號角短促地吹了三下。通常需要幾分鐘的時間，人員才能完全召集，無論在練習場，還是手中有事要做的人，都必須放下手邊的工作前來。但這一次他們就像冬日融冰後的洪水一樣急速湧入。很快地，整個房間已經擠滿了人，大家爭搶座位，然後開始七嘴八舌地說起話來。我聽不清楚他們說什麼，只知道他們非常興奮。沒有人催促僕人上菜，也沒有人趕開乞食的狗，這個時候他們心裡只想著一件事，那就是來自邁錫尼的使者以及他帶來的消息。

忒提斯也坐下了。她的面前沒有擺上餐盤，也沒有刀子：諸神吃的是仙饌與花蜜，嗅聞凡人焚燒的供品與倒在祭壇的美酒氣味。奇怪的是，她的形體在這裡變得模糊難辨，不像在室外那麼鮮明清楚。不知何故，這些笨重而尋常的家具似乎減損了她的力量。

佩琉斯起身。房間頓時肅靜，就連坐在最遠處的人也鴉雀無聲。他舉起杯子。

「我得到邁錫尼的訊息，是阿特勒斯之子阿伽門農與梅內勞斯捎來的書信。」此時，房間裡僅存的一點雜音與低語聲也沒了，全場一陣靜默。就連僕役也靜止不動。我屏住呼吸。在桌子下，阿基里斯把他的腿放在我的腿上。

「這是個罪行。」佩琉斯停了下來，彷彿琢磨著自己該說什麼。「梅內勞斯的妻子，海倫王后，在斯巴達的宮裡被綁走了。」

海倫！底下的人開始交頭接耳起來。自從她結婚之後，有關她的美貌的故事變得家喻戶曉。梅內勞斯在她的寢宮外興築了兩層厚重高聳的石牆；他花了十年訓練士兵來保護王宮。但是，即使在重重防護之下，她還是被人綁走，這會是誰幹的？

「梅內勞斯接待特洛伊國王普里阿摩斯（Priam）的使節團。率領使節團前來的是普里阿摩斯的兒子，帕里斯王子（Paris），他應該為此事負責。他趁國王熟睡時從臥房偷走了斯巴達王后。」

底下的人發出憤憤不平的聲音。只有東方人才會如此無恥地對待主人的和善款待。大家都知道東方人會在身上灑香水，而且因生活安逸而變得腐敗。真正的英雄應該公然表達爭搶她的意圖，然後用自己力量與武藝來取得女子。

「阿伽門農與邁錫尼呼籲所有希臘人，航往普里阿摩斯的王國，解救海倫。他們說，特洛伊極為富有，可以輕易征服。凡是前去征戰的，必能滿載而歸，名傳後世。」

這話的確說得動聽。財富與名聲正是眾人願意豁出性命爭取的。

「他們要我從普提亞派出人馬支援，而我答應了。」他還沒等底下人停止低語，就接著說，「不過，我並不強逼不願參加的人前往。而我自己也不會親自領軍。」

「由誰率領呢？」有人叫道。

「還沒有決定。」佩琉斯說。但我看見他的眼睛飄向他的兒子。

不，我想著。我的手緊抓著椅緣。還不到時候。坐在我對面的忒提斯，表情冷淡平靜，她的眼神似乎望著遠方。我明白，她知道這件事將會降臨。她希望阿基里斯出征。奇隆與玫瑰色的洞穴似乎離我們遠去；成了童年時期的牧歌。我突然領悟奇隆話裡的意義：對世人而言，阿基里斯是為戰爭而生的。他敏捷的手腳只為這個目的而存在——攻破特洛伊的堅固城牆。他們會讓他親冒矢石，並且看著他雙手染血高唱凱歌。

佩琉斯向他的老朋友波以尼克斯示意，他就坐在第一桌。「波以尼克斯大人會記下願意出征的人的姓名。」

凳子開始移動，因為許多人紛紛起身。但佩琉斯舉起他的手。

「還有一件事。」他拿起一塊亞麻布，上面帶著深色濃稠的痕跡。「在海倫嫁給梅內勞斯國王之前，她有許多追求者。這些追求者起誓，無論誰贏得她的芳心，都要誓死保護她。現在阿伽門農與梅內勞斯要求這些人兌現他們的承諾，將她帶回她的丈夫身邊。」他把亞麻布交給了傳令官。

我瞪大眼睛。誓約。此時我心中跑過一幕幕景象：火盆，白羊血，堆滿寶物的大廳，許多高大的男人。

傳令官拿起名單。眾人傾耳聽著，我則是六神無主。他開始念了。

安提諾爾。

尤瑞皮魯斯。

馬查翁。

我認得這些名字；我們都起了誓。他們都是我們這個時代的英雄與國王。但他們對我的意義還不止於此。我見過他們，就在那間飄著濃煙的石室裡。

阿伽門農。記憶中長了濃密的黑色鬍鬚；一個眼睛細長但炯炯有神的沉思男子。

奧德修斯。小腿上有一道傷疤將腿裹住，傷疤呈粉紅色，看起來跟樹膠一樣。

大埃阿斯。他的體格是大廳裡所有人的兩倍大，身後還放了一面巨盾。

皮洛克梯提斯。弓箭手。

梅諾伊提亞德斯。

傳令官停頓了一下，我聽到有人低聲說：「這是誰啊？」從我流放之後，我的父親毫無建樹。他成了沒沒無名之輩，他的名字已遭人遺忘。他尚且如此，更何況是他的兒子。我坐著不動，深怕一動就洩露了我的身分。我必須參與這場戰爭。

傳令兵清一清喉嚨。

伊多梅紐斯。

迪歐梅德斯。

「那是你嗎？你也在那兒嗎？」阿基里斯回頭看我。他的聲音放得很低，幾乎很難聽清楚，但我還是擔心有人聽見。

我點點頭。我的喉嚨乾得說不出話來。我只想著阿基里斯的危險，想著我會盡全力將他留在這裡。我完全沒想到自己。

「聽著，那已經不是你的姓氏了。什麼也別說。我們再想想該怎麼做。我們去問奇隆。」阿基里斯說話從來不像這樣，每個字不間斷地匆促帶過。他的急切讓我稍稍回神，而我也從他的眼神得到振作的活力。我又點點頭。

隨著傳令官逐一念著姓名，我開始回想起過去的場景。高臺上的三名女子，跪得發疼的石板。我原本以為我在做夢，但這一切全是真的。

傳令官念完之後，佩琉斯下令解散。但底下的人不約而同地站在原地，他們急著到波以尼克斯面前登記接受徵召。佩琉斯對我們說，「來吧，我要跟你們談談。」我看著忒提斯，想知道她是否會一道過來，但她早已離去。

我們坐在佩琉斯房間的火爐旁。他為我們倒酒，完全未加水的酒。阿基里斯推辭了，我拿起酒杯，但沒有喝。國王坐在他那張最靠近火爐的舊椅子上，這張椅子有著高椅背，上面還放了軟墊。他的眼睛停留在阿基里斯身上。

「我叫你回來是想，你也許會想率軍出征。」

國王話已出口，火堆劈啪地響著，裡頭的木頭是綠的。

阿基里斯正對著父親的目光。「我還沒有完成學習。」

「你待在佩里翁的時間已比我來得久，甚至比所有英雄都來得久。」

「這也不表示阿特勒斯的兒子每次丟了老婆，我就得跑一趟吧。」

我以為佩琉斯會笑出來，但他沒有。「我相信梅內勞斯一定對這件事非常生氣。但信差是阿伽門農派來的，他早就垂涎特洛伊的富有，這一次只是給他一個恰當的理由罷了。重點是，取得特洛伊是我們歷代偉大英雄夢寐以求的功勳，你若跟他前去，可以立下流傳千古的事業。」

「還有其他的戰爭，不是嗎？」阿基里斯說。

佩琉斯沒有點頭。「帕特羅克洛斯要怎麼說呢？他也受到徵召了。」

「他已經不是梅諾伊提歐斯的兒子。他不受誓約拘束。」

虔誠的佩琉斯聳起眉頭。「這話可不能說得這麼底定。」

「我不這麼認為。他的父親流放他時，誓約就與他無關了。」

「我不想去。」我輕聲說道。

佩琉斯看了我們一會兒，「這事不是我能做主的，我就留給你們自己決定吧。」

「阿基里斯，阿伽門農派了諸王來跟你說話。」

「他們會要求我參戰。」阿基里斯說。

「沒錯。」

「你要我接見他們嗎？」

「是的。」

「我不會讓他們臉上無光，也不會讓你蒙羞。但我必須說，他們不可能說服我。」

我看見佩琉斯對於兒子的篤定稍微有點驚訝，但他沒有不高興。「這也不是我能決定的。」他溫和地說道。

火堆再度發出劈啪的聲響，冒出了火星。

阿基里斯行跪禮，佩琉斯摸摸他的頭。我也曾看過奇隆做過相同的動作，只是佩琉斯的手更為枯瘦，分布著顫抖的血管。有時從他身上很難看出他曾是一名戰士，也無法想像他曾與諸神走在一起。

阿基里斯的房間仍保持原狀，唯一不同的是，我的床在我們離開後被收走了。我很開心；只要有人問我們為什麼同睡一張床，這倒是個很便利的藉口。我們只要一伸手就能摸到彼此，這讓我想起有多少個夜晚，我只能輾轉反側地默默愛著他。

然後，阿基里斯在昏昏欲睡中低聲說了最後一句話。「如果你非出征不可，我也會跟你一起去。」我們沉沉睡去。

12

在陽光照射下，眼皮透著的紅光喚醒了我。靠海的窗戶吹進的微風，一直吹拂著我的右肩，令我感到寒冷。我身旁是空的，只有枕頭留下他的痕跡，床單散發著我倆的氣味。

已有許多天的早晨只有我一人在房裡，阿基里斯去見他的母親，我已逐漸習慣一個人醒來。我閉上眼睛，再度掉入夢境蔓生的思緒中。時間慢慢過去，爬上窗臺的太陽開始變得炎熱。鳥兒上來了，還有僕役，乃至於男人。我聽到沙灘與練習廳傳來他們的聲音，還有做雜務的吵鬧聲。我坐起身子。他的涼鞋遺忘在床旁，鞋底朝天。這並不奇怪；他總是赤腳到處行走。

我猜，他去吃早餐了。他讓我繼續睡。我原想待在房裡等他回來，但這樣子太懦弱。我有權利隨侍在他身邊，我不能讓僕役的眼光使我打退堂鼓。我穿上丘尼卡，離開房間去找他。

他不在大廳裡，這裡的僕人忙著移走擺在桌上的碗盤。他也不在佩琉斯的會議廳，裡面掛著紫色壁毯與普提亞歷代國王使用過的武器。他也不在我們彈奏豎琴的房間。存放我們的樂器的箱子，孤伶伶地座落在房間的中央。

他也不在屋外，不在我跟他曾攀爬過的樹林裡。他也不在海邊，不在他過去等待母親時待的突出岩石上。他也不在練習場，許多人在此揮汗操練，拿著木劍砍劈。

我的驚慌逐漸擴大，這點無庸贅言，它彷彿成了活生生的事物，難以捉摸又蠻不講理。我加快步伐；廚房、地下室、存放油瓶與酒瓶的儲藏室。而我還是找不到他。

當我到佩琉斯的房間搜尋時，已是正午時分。顯然我的不安已經完全表露於外：我從未單獨與這個老人說話過。當我想進入時，衛兵擋住我的去路。他們說，國王正在歇息。他一個人獨處，不想見任何人。

「但阿基里斯——」我把想說的話又吞了回去，我不想讓自己太顯眼，因為這麼做只會滿足他們眼神中透露的好奇心。「王子跟國王在一起嗎？」

「國王獨自一人。」其中一名衛兵又說了一遍。

我接著去找波以尼克斯，這位老臣在阿基里斯還小的時候曾照顧過他。當我走到他位於王宮中央，樸素的方形房間時，內心充滿了恐懼。他的前方擺著黏土板，上面是參軍者做的記號，有人押個尖角的形狀，有人交叉畫個十字，他們用這種方式宣誓參加這場對抗特洛伊人的戰爭。

「阿基里斯王子——」我說。我說得吞吞吐吐，聲音充滿了恐慌。「我找不到他。」

他驚訝地抬起頭。他沒有聽見我進入屋內；他的聽力不好，當他看著我時，眼睛充滿了黏液，像白內障般不透明。

「原來佩琉斯沒告訴你。」他的聲音是輕柔的。

「沒有。」我的舌頭像顆大石頭一樣，塞在口中讓我無法流暢說話。

「我很遺憾，」他和善地說。「他的母親昨晚趁他睡覺時帶走了他。他們走了，沒人知道他們去哪兒。」

之後，我發現我的指甲在掌心摳出了紅色印子。沒有人知道他們去哪兒。或許是去了奧林帕斯山，那是我永遠無法追隨到達的地方。或許到非洲，或者是印度。也許是到我聽都沒聽過的村落。

波以尼克斯親切地指點我回房的路線。我的心在絕望下，被一連串的想法帶著走，因而造成了扭曲。我想回去見奇隆，尋求他的指引。我要走向鄉間，呼喚他的名字。她一定硬拉著他，或矇騙了他。他絕不是自願要走的。

當我一個人瑟縮地窩在房裡時，我想像著：女神傾斜著身子，籠罩在我們面前，寒冷而慘白的她，越來越靠近我們沉睡中的溫暖身體。在抱起他時，她的指甲深深陷進他的皮膚之中，窗外照進的月光，顯出她銀色的頸項。他垂掛在她的肩上，不知是睡得太沉，還是被下了符咒。女神像士兵扛著死屍一樣地將他帶離我的身邊。女神極其強壯；她只需一隻手就能讓他不致落下。

她為什麼帶著阿基里斯，對此我瞭然於心。她想拆散我們，我們只要一離開佩里翁山，她就有機會這麼做。我氣惱自己何以如此愚笨。她當然會這麼做；我們怎麼會天真地以為自己很安全？奇隆的保護從以前就不可能延伸到此地，現在當然也不可能。

她會帶他到海中的洞穴，教導他應該輕視世間的凡人。她會讓他吃下仙饌，燒盡他血管裡的凡俗之血。她會重塑他的軀體，讓他成為花瓶上彩繪的人物，成為詩歌讚頌的對象，她會讓他去攻打特洛伊。我想像他穿著黑色盔甲，戴著深色頭盔，只露出他的眼睛，他戴著青銅護脛以保護自己的腿。他將挺立著雙手持矛，再也不認得我。

時間三步併兩步地前進，迫近我，埋葬我。窗外，月亮一邊移動，一邊變化著形狀，很快又是月圓的日子。我寢不安席，食不甘味；悲傷牢牢將我釘在床上，就像沉重的鐵錨一樣。我只能仰賴奇隆對我說的話，來砥礪自己向前。你不能像過去一樣這麼容易放棄。

我求見佩琉斯。我在光亮而飾著紫色的羊毛毯子上對他行跪禮。他正打算說話，但我的動作比他快得多。我一隻手緊緊抱住他的膝蓋，另一隻手往上碰觸他的下巴。這個懇求的動作，我見過無數次，但自己從未做過。我現在仍在他的保護之下；他應該根據諸神的律法，公平地對待我。

「告訴我他在哪裡。」我說。

國王一動也不動。我隱約可以聽見他胸膛的心跳聲。在此之前，我從不了解懇求的動作有多緊密，或者說會靠著另一個人有多近。我的臉頰感受到他突出的肋骨；他腿部的皮膚柔軟，而且因年邁而瘦弱。

「我不知道。」他說，聲音在房間迴盪著，驚動了衛兵。我感覺到他們的眼睛注視著我的背。普提亞很少看到有人懇求；佩琉斯是個好國王，沒有人會絕望到做這種事。

我拉著他的下巴，讓他的臉對著我。他並不抗拒。

「我不相信。」我說。

過了一段短暫的時間。

「你們退下吧。」他說。這句話是說給衛兵聽的。他們的雙腿遲疑著，但只能遵命行事。房間就只剩我們兩人。

他的身子向前，湊近我的耳邊。他低聲說，「斯基羅斯島（Scyros）。」

一個地方，一個島。阿基里斯。

當我起身時，我的膝蓋感到疼痛，彷彿跪了很長一段時間似的。或許我真的跪了很久。我不知道我跟國王在這間普提亞諸王的長廳裡待了多久時間。我們的目光此時處於相同的高度，但他不願正視我。他已經回答我的問題，因為他是個虔敬的人，因為我以懇求者的身分求他，因為諸神要求他這麼做。他無計可施。我們之間的氣氛有點僵，也有點沉重，那是類似憤怒的情緒。

「我需要錢。」我對他說。我不知道我為什麼會說出這種話。我過去從未向任何人說過。但事已至此，我沒什麼好顧忌的。

「跟波以尼克斯說吧，他會給你的。」

我只是點點頭。我應該表達得更多。我應該再次行跪禮，或感謝他，我應該用我的前額用力磨擦他的昂貴地毯。但我沒有。佩琉斯看著窗外；海面被弧形的宮殿擋住了，但我們聽到海的聲音，遙遠的海浪沖上沙灘，發出嘶嘶的聲響。

「你可以走了。」他對我說。我想，他是故示冷淡與輕視；表現出不悅的國王對臣下的態度。但我知道他其實極為疲倦。

我再次點頭，然後離去。

波以尼克斯給我的金子足以讓我來回斯基羅斯島兩趟有餘。當我將金子拿給船長時，他眼睛睜得大大的。我看到他的眼睛打量著金子，想著它的價值，同時也估量著他能用這金子為自己買些什麼。

「你願意載我吧？」

我的急切讓他有點不高興。他不喜歡看到急欲成行的旅客；匆忙與催促意謂著這個人可能做了見不得人的事。但他無法拒絕金子。他嘴裡咕噥著，發出勉強同意的聲音，然後引領我到船上。

我從未在海上航行過，因此對船隻速度之慢感到驚訝。這艘船是船腹深廣的商船，固定往返於島嶼之間，運送羊毛、油與大陸的雕刻家具到其他比較孤立的王國。每晚，我們在不同的港口停泊，重新補充飲水，並且卸下貨物。白晝，我站在船頭，看著塗上黑色瀝青的船身切開海浪，等待陸地出現在我眼前。如果是在別的時候，我也許會對一些事物著迷：船隻各部分的名稱，吊索、桅杆、船尾；海水的顏色；清新的海風。但此時的我沒有心思注意這一切。我只掛心著前方的某座小島，我會在那裡找到我朝思暮想的金髮男孩。

斯基羅斯島的港灣非常狹小，我們必須繞到這座岩石嶙峋的小島南側，才看得到它。我們的船在狹窄的航道中行進著，水手們小心看著岸邊的岩石，絲毫不敢懈怠。我們一進港，水面隨即變得平靜無波，於是水手必須划槳完成剩下的旅程。這片水域不好控制船的走向，我想我從此不再羨慕船長能出海航行。

「我們到了。」船長不悅地對我說，此時我已經準備好走上船板。

在我面前聳立著一道陡峭的斷崖。有一條石階路從岩石間切穿，迂迴地通往宮殿，於是我沿著這條路走上去。在山崖頂端，有灌木叢與山羊，還有宮殿。宮殿看起來樸素單調，一半以石頭砌成，一半是木造建築。要不是眼前只有這麼一棟建築，我可能認不出這是國王的宮殿。我走到門口，然後進去。

門廳狹窄而陰暗，空氣中飄著隔日晚餐的味道。在遠處的盡頭，有兩張空的王座。幾名衛兵閒散地坐在桌邊擲骰子。他們抬起頭。

「有事嗎？」其中一名衛兵問我。

「我想見呂克梅德斯國王（King Lycomedes）。」我說。我抬起下巴，好讓他們知道我是個有地位的人。我身上穿著上好的丘尼卡——阿基里斯的。

「我去通報一聲。」另一名衛兵對其他人說。他放下骰子，走出門廳。佩琉斯絕不會允許有這種事；他照顧臣下的生活，因此也獲得臣下的敬重。這間房間看起來破舊不堪而且灰暗。

那名衛兵回來了。「請跟我來。」他說。我跟著他，心跳變得急促。我已經想好自己要說什麼。我準備好了。

「在這裡。」他示意我走向一道開啟的門，然後轉身回去玩他的骰子。

我走過那道門。在微弱的火堆前坐著一名年輕女子。

「我是德伊達梅亞（Deidameia）公主。」她說道。她的聲音宏亮而帶點稚氣，與廳堂的簡陋相比，確實讓人感到驚訝。她的鼻尖微翹，而有一張尖臉，看起來有點像狐狸。她很美，而她也有自知之明。

我向她鞠躬行禮。「我是外地來的人，前來拜見妳的父王，希望能得到他仁慈的協助。」

「何不向我尋求仁慈的協助呢？」她偏著頭，笑著說。她相當嬌小；我猜想她站起來恐怕只到我的胸前。「我的父親既老又病。你可以將請求告訴我，我會回答你。」她刻意做出王者的姿態，而且小心翼翼地站好位置，好讓窗戶的光線從她背後照來。

「我在找我的朋友。」

「喔？」她揚起眉頭。「那誰是你的朋友呢？」

「一個年輕人。」我謹慎地回答。

「我懂了。我們這裡確實有幾個年輕人。」她的語氣帶著玩心，卻又充滿自信。她深色的頭髮垂在背後，濃密而捲曲。她微微晃動著自己的頭，擺動著秀髮，同時再次對我微笑。「或許你可以告訴我你的名字？」

「奇隆尼德斯（Chironides），」我說。奇隆之子。

她皺起鼻子，對這個名字感到陌生。

「奇隆尼德斯，還有呢？」

「我在尋找我的朋友，他應該是在一個月前抵達此地。他來自普提亞。」

她的眼睛閃過一道光芒，或者，也許是我看錯了。「你為什麼要找他呢？」她問。我覺得她的語氣突然變得嚴肅起來。

「我有口信給他。」我很希望現在跟我說話的是又老又病的國王，而不是她。她的表情如同水銀，總是對新奇的東西有反應。這點讓我感到不安。

「原來如此，口信。」她害羞地笑著，用她彩繪的指甲輕敲著臉頰。「給朋友的口信。那麼我為什麼要告訴你我是否認識這個年輕人？」

「因為妳是尊貴的公主，而我是妳卑微的追求者。」我跪下行禮。

這讓她頗為高興。「好吧，或許我確實認識這個人，或許我不認識，總之我會留意此事。你可以在此用晚餐，等候我的裁示。如果你運氣好的話，我甚至還會為你跳舞，連同其他的女子。你聽過德伊達梅亞的女子吧？」

她有些不悅。「各國國王都將他們的女兒送來這裡學習。每個人都知道，只有你沒聽過。」

「很遺憾我從未聽聞。」

我低著頭，悔恨地說，「我一輩子都待在山上，沒見過什麼世面。」

她微微皺眉，然後手指指著門口輕輕一彈，「晚餐再說吧，奇隆尼德斯。」

我一整個下午都待在滿是塵土的中庭裡。這座宮殿座落在島的最高處，直接映照著藍天，風景相當美麗，只是看起來破舊了點。我坐著，不斷回想我聽過的有關呂克梅德斯的事。據說他是個仁慈之主，只不過受限於資源太少，他只能當個小國的國王。西方的艾維亞島（Euboia）與東方的愛奧尼亞（Ionia）長久以來一直對他的島嶼虎視眈眈；儘管此島的海岸易守難攻，但恐怕未來終有一戰。如果敵人知道這裡是女人做主，恐怕戰火將會更早點燃。

太陽下山之後，我回到大廳，火炬已經點燃，但似乎更顯出室內的陰森。德伊達梅亞頭上戴著金環，引領著一名老人進到房間。他駝背，但穿戴著皮草，我無法辨識他的體型。公主讓這個人坐在王座上，然後示意僕役上前。我退到後面，混在衛兵與一些不知什麼身分的人當中。大臣？皇親國戚？他們看起來就跟房間其他的擺設一樣，憔悴破舊。只有德伊達梅亞與眾不同，她有著紅潤的臉頰與充滿光澤的頭髮。

一名僕役引領我到已經裂開的長凳與桌子前坐下。國王與公主並未加入我們；他們仍在大廳另一端的王座上。菜餚端上來，雖然非常豐盛，但我還是不斷回頭看著房間的前方。我不知道自已是否該上前自我介紹。公主是否忘了我呢？

但之後她起身，然後朝我們這桌望過來。「來自佩里翁的異邦人，」她說，「過了今天之後，你不能再說你沒看過德伊達梅亞的女子。」她用戴著臂環的手做出手勢。一群女子魚貫而入，大約有二十幾名，她們說話輕柔，長髮往後垂散在背部，末尾再用布包覆起來。她們站在空曠的大廳中央，看起來是要排成跳舞的圓圈隊型。幾名男子開始拿出笛子與鼓，其中有一個人彈豎琴。德伊達梅亞似乎並不期待我會有什麼反應，甚至也不在乎我是否聽見。她走下王座，來到女子之中，挑了一名身材較高的女子當她的舞伴。

音樂開始。舞步錯綜複雜，但女孩的步伐卻整齊劃一。雖然我心事重重，卻還是對她們的表演留下深刻的印象。隨著身體旋轉，她們的舞衣也跟著迴旋，連帶地手腕與足踝上的珠寶也飛舞起來。當她們的身子旋轉時，她們的頭也快速搖動，宛如精神亢奮的馬匹。

當然，德伊達梅亞是當中最美的女子。她金色的王冠與飄逸的長髮，吸引了眾人的目光，她的手腕也閃耀著美麗的色彩。德伊達梅亞的臉龐泛著喜悅的紅暈，當我看著她時，我發現原本光采照人的她變得更明豔動人。她看著她的舞伴，流露出挑逗的神情。她低頭看著那名女子，然後迎向前去，撫摸撩撥她。有趣的是，我居然伸長了脖子看著與德伊達梅亞共舞的女子，但她身上的白衣讓人看不清她的長相。

樂曲終了，舞者的動作也告終。德伊達梅亞引領她們排成一列，接受我們的讚美。她的舞伴站在她旁邊，鞠躬行禮。她與其他舞者一同行屈膝禮，然後抬起頭來。

我不由自主地叫出聲來，呼吸也變得急促。雖然寧靜無聲，卻已足夠。那個女孩看著我，眼神閃爍。

好幾件事同時發生。阿基里斯——原來那女孩就是阿基里斯——放下德伊達梅亞的手，高興得朝我這裡飛奔而來，他給我來個重重的擁抱，我差點往後跌倒在地。德伊達梅亞叫道，「皮拉（Pyrrha）！」而後突然開始痛哭。呂克梅德斯顯然不像他女兒說的已經是個老糊塗，見狀連忙起身。

「皮拉，皮拉是什麼意思？」

我幾乎沒聽過這個詞。阿基里斯與我緊緊抓住彼此，我們都鬆了一口氣。

「我母親，」他低聲說，「我母親，她——」

「皮拉！」從大廳另一端傳來呂克梅德斯的聲音，蓋過了他女兒的啜泣聲。他對阿基里斯說話，我這才了解，皮拉是指火紅的頭髮的意思。

阿基里斯不理他；德伊達梅亞哭得更大聲了。國王接下來表現的明智與審慎令我驚訝，他將目光投向大廳裡的其他人，男人與女人全包括在內。「出去，」他下令。眾人不情願地走出大廳，臨走前還依依不捨地往後瞧。

「現在。」呂克梅德斯走了過來，我是第一次看清他的臉孔。他的皮膚泛黃，灰白的鬍子看起來像髒羊毛；但他的雙眼炯炯有神。「皮拉，這個男人是誰？」

「誰也不是！」德伊達梅亞抓住阿基里斯的手臂，拉著他。

在此同時，阿基里斯冷靜地回答，「我的丈夫。」

我趕緊抿住嘴巴，免得自己驚訝的樣子像隻死魚。

「他不是！那不是事實！」德伊達梅亞拉高了聲音，驚動了棲息在屋椽上的鳥。鳥兒振翅飛離，拍擊下脫落的羽毛緩緩飄落地面。她可能想多說幾句，但她實在哭得太傷心，連話都說不清楚了。

呂克梅德斯轉頭看著我，彷彿是在求助似的，那是一種男人與男人間的請求。「閣下，請問這是真的嗎？」

阿基里斯緊緊抓著我的手指。

「是的。」我說。

「不！」公主尖叫著。

阿基里斯不理會公主的拉扯，他優雅地向呂克梅德斯低頭行禮。「我的丈夫來這裡找我，因此我現在必須離開你的宮廷。感謝你的殷勤款待。」阿基里斯向國王行了屈膝禮。他的動作做的很好，但我的腦子還沒完全意會是怎麼回事。

呂克梅德斯伸手阻攔我們。「我們應該先問問妳母親的意思，畢竟是她把妳交給我。她知道妳有丈夫嗎？」

「不！」德伊達梅亞又大叫。

「女兒！」呂克梅德斯皺起眉頭的樣子跟他的女兒像極了。「不要再丟人現眼了，放開皮拉。」

她不僅哭花了臉，眼睛也因為啼哭而腫脹，她的胸部也劇烈起伏著。「不！」她轉頭對著阿基里斯說。「你說謊！你背叛我！你這個怪物！沒心沒肺的傢伙！」

呂克梅德斯愣住了。阿基里斯的手指緊緊握著我的手指。在我們的語言中，每個字有不同的性別。依性別而有不同的用法，德伊達梅亞剛才使用的是陽性的用法。

「這是什麼意思？」呂克梅德斯緩緩地說。

德伊達梅亞的臉開始發白，但她倨傲地抬起下巴，聲音也不搖擺。

「他是男人，」她說。「我們結婚了！」

「什麼？」呂克梅德斯彷彿被人掐住了喉嚨。

我說不出話來。要不是阿基里斯扶著我，我恐怕已經倒在地上。

「別這麼做，」阿基里斯對她說，「拜託。」

這似乎讓她更加生氣。「我偏要！」她轉身對她的父親說。「你是個蠢蛋！我是唯一知道他是男人的人！我知道！」為了強調這一點，她搥著自己的胸部。「現在，我要告訴每一個人。阿基里斯！」她尖叫著，彷彿這麼做可以讓他的名字穿透這個大廳的石牆，上達到諸神的耳裡。

「阿基里斯！阿基里斯！我要告訴每一個人！」

「妳不會的。」這句話既冷淡又像刀子般銳利；輕易地割裂了公主的叫聲。

我認得這個聲音。我轉身。

忒提斯站在門口。她的臉散發著光采，宛如泛著藍白色的火燄核心。她的眼睛黑洞洞的，彷彿是硬生生從皮膚劃開來的，她看起來比以往來得更為高大。她的頭髮跟平日一樣光滑，她的服裝還是一樣美麗，但她身上似乎帶了點狂野的氣息，彷彿有一股無形的風在她的周圍繞行著。她看起來像復仇女神，是為男人的血而來的惡魔。我感到頭皮發麻；就連德伊達梅亞也突然沉默起來。

我們站了一會兒，面對著她。然後阿基里斯伸手掀開頭髮上的罩紗。他抓住衣服的領口，然後從前方撕開來，露出了胸部。火光照著他的皮膚，暖得散發出金色。

「夠了，母親。」阿基里斯說。

她的五官抽動了一下，就像痙攣一樣。我有點擔心她是不是會將阿基里斯打倒在地。但她只是用她焦躁的黑色眼睛看著她。

於是，阿基里斯對呂克梅德斯說。「我的母親與我騙了你，我向你致歉。我是阿基里斯王子，佩琉斯之子。母親不希望我捲入特洛伊戰爭，才將我藏在這裡，並且成為你的養女。」

呂克梅德斯嚥了一下口水，他沒有說話。

「我們現在要離開了。」阿基里斯輕聲地說。

這句話喚醒了陷入恍惚的德伊達梅亞。「不，」她說，她又提高了聲音。「你不能走，你的母親要我們結婚，你現在是我的丈夫。」

在房間裡，呂克梅德斯的呼吸突然變得十分刺耳；他看著忒提斯。「這是真的嗎？」他問。

「是真的。」女神回答。

我的心裡突然踏了個空，有種由高處墜落的感覺。阿基里斯看著我，彷彿要說什麼似的。但他的母親快了一步。

「你非得幫我們不可，呂克梅德斯國王。你持續庇護阿基里斯，不要洩漏他的身分。做為回報，你的女兒未來必能再找到一個了不起的夫婿。」她的眼睛看著德伊達梅亞頭上某個地方，然後又望向別處。她說，「這絕對比妳自己找的好得多。」

呂克梅德斯摩著自己的脖子，彷彿他可以把脖子的皺紋全清掉一樣。「我沒有別的選擇，」他說。「正如妳所知的。」

「如果我不這樣算了呢？」德伊達梅亞的表情突然亢奮起來。「你們毀了我，妳跟妳的兒子毀了我。我照妳的話跟他同寢，我已經喪失名節。我會在眾人面前說他是我的丈夫，做為報復。」

我與他同寢。

「妳是個傻女孩，」忒提斯說。她的每個字就像斧刃一樣，鋒利而且能砍斷一切。「鄙陋又普通的妳，只是權且用來陪他。妳配不上我兒子。妳最好閉上嘴，否則我會讓妳開不了口。」

德伊達梅亞退後，她睜大眼睛，嘴唇也變得蒼白。她的手在顫抖。她舉起一隻手放在自己的肚子上，然後抓住那個位置的衣服，彷彿要讓自己冷靜似的。在王宮外，在斷崖下，我們可以聽見巨浪打在岩石上的聲音，它把海岸線全打成碎片。

「我懷孕了。」公主低聲地說。

當她說這句話時，我看著阿基里斯，我看見他臉上的恐怖表情。呂克梅得斯則是痛苦地呻吟著。

我心頭一震，宛如輕薄的蛋殼隨時可能破碎。夠了。或許我真的說出來了，或許這只是我內心的想法。我放開阿基里斯的手，然後大步走向門口。忒提斯似乎早已料到，身子微微一偏，也不攔我。我走入黑暗之中。

「等等！」阿基里斯叫道。坦白說，他應該能更早追上來的。也許衣服纏住他的腿。他從後頭追上來，抓住我的手臂。

「放開我。」我說。

「請等一下。拜託，讓我解釋。我也不想這麼做。我母親——」他氣喘吁吁，幾乎是上氣不接下氣。我從未看過他那麼苦惱。

「她讓那個女孩進我房間。她要我這麼做。我不想。我母親說——她說——」阿基里斯突然結巴起來。「她說如果我照她的話做，她會告訴你我在哪裡。」

我納悶的是，當德伊達梅亞讓她的女子在我面前跳舞時，她存的是什麼心？她真的認為我認不出他嗎？我可以光靠撫觸，光靠氣味，就能認出阿基里斯；我可以閉著眼睛認得他，我可藉由他的氣息與他的腳踩著地面的方式認得他。即使到了世界末日，就算死我也認得他。

「帕特羅克洛斯，」他用雙手捧著我的臉頰。「你聽到我說的話了？拜託，回答我。」

我忍不住想像她的肌膚、她那膨脹的胸部與曼妙的身軀圍繞著他的樣子。我想起這段日子我每天為他憂傷，我的手空虛無力，整天無精打采。

「帕特羅克洛斯？」

「你這麼做是白費工夫。」

我聲音的空虛令他感到害怕。但我還能讓他聽到什麼呢？

「什麼意思？」

「你的母親並未告訴我你在何處，是佩琉斯告訴我的。」

他的臉色變得蒼白，毫無血色。「她沒告訴你？」

「沒有，你真以為她會嗎？」我有意挖苦他。

「是的。」他低聲地說。

我可以用一切我會的字眼指責他的天真。他太輕信人；他這一生恐懼太少，也懷疑太少。在我們成為朋友之前，我已經痛恨這點，此時我更是怒火中燒。任憑是誰都知道忒提斯為達目的會不擇手段。他怎麼會這麼蠢？我的嘴巴滿是憤怒的話語，但我忍著沒說。

即使我嘗試要說，也做不到。他的臉頰因為羞恥而泛紅，他的眼神也充滿疲倦。他容易相信人，有部分出自他的本性，就像他的手或他那雙不可思議的腿一樣。無論如何，儘管我的心因此受傷，也不願他捨棄這樣的性格，更不願他與其他凡俗之人一樣充滿不安與恐懼。

他仔細看著我，不斷地解讀我的表情，就像祭司看著鳥占尋求解答。我可以看見他前額的細紋，那表示他極度的關注。

我內心開始出現細微的轉變，就像冰封的阿皮達諾斯河河面到了春天一樣。我看著他注視德伊達梅亞的樣子；或者，我看見他沒對德伊達梅亞表現出某種樣子。那跟他注視普提亞的男孩沒什麼兩樣，毫無表情或視而不見。他看我的樣子從來不是如此，一次都沒有。

「原諒我，」他又說。「我不想這麼做。那不是你，我不——我不喜歡這麼做。」

聽他這麼說，我因德伊達梅亞呼喊他的名字而感到的悲傷也逐漸化解，只有喉頭還殘存著一開始痛苦的淚水。「沒有什麼需要原諒的。」我說。

之後，我們回到王宮。大廳變得陰暗，火把只剩下餘燼。阿基里斯努力想恢復衣服原來的樣子，但它已經撕裂到了腰部；他抓著衣服讓它保持合攏，以免遇到仍留守原地的衛兵。陰暗中傳來聲音，我們嚇了一跳。

「你回來了。」月光還未完全照射到王座，但我們隱約看見有人在那兒，他穿著厚重的皮草。他的聲音似乎比先前來得低沉與沉重。

「我們回來了。」阿基里斯說。我可以聽出他回答之前曾短暫猶豫了一下。他沒有料到這麼快就再度面對國王。

「你的母親走了，我不知道她去哪裡。」國王停下來，彷彿等待對方回應似的。

阿基里斯不發一語。

「我的女兒，你的妻子，正在房裡哭泣。她希望你會過去找她。」

我感覺到阿基里斯的罪惡感讓他退縮。他說的話顯得僵硬；那不是平日的他會說的話。

「很遺憾她懷抱著這種希望。」

「確實如此。」呂克梅德斯說。

我們靜靜站了一會兒。然後呂克梅德斯疲憊地吐了一口氣。「我想你會希望為你的朋友安排一間寢室吧？」

「如果不麻煩的話。」阿基里斯小心翼翼地說。

呂克梅德斯露出和藹的笑容。「不，阿基里斯王子，我不麻煩。」接下來又是一陣沉默。我聽到國王舉起高腳杯，喝了一口，然後放回桌上。

「孩子必須擁有你的名字。你了解這一點嗎？」他穿著皮草，在即將熄滅的火炬下於黑暗中等待的就是說這句話的機會。

「我了解。」阿基里斯靜靜地說。

「你能立誓嗎?」

就在這一刻,我對老王感到同情。我很高興阿基里斯這麼說,「我願意起誓。」這位長者發出了類似嘆息的聲音。但他說的話,你仔細一聽,卻是非常正式;他終究是個國王。

「兩位晚安。」

我們鞠躬行禮,然後離開。

在王宮深處,阿基里斯找到一名衛兵指引我們訪客的住處。他拉高音調,聽起來如同笛聲,他又開始假扮女孩的聲音。我看見衛兵的眼神上下打量著他,尤其停留在撕裂的衣服與他散亂的頭髮上。他對著我笑,露出了一排牙齒。

「不要急,馬上就好。」他說。

傳說中,諸神有能力讓月亮放慢腳步,讓某一天的夜晚顯得特別長。今夜就是如此,彷彿過不完似的。我們不斷聊著,訴說著彼此的相思之苦。一直到了東方泛起魚肚白,我才想起他在大廳裡對呂克梅德斯說的。德伊達梅亞懷孕、他的婚姻與我們的重聚,使我遺忘了此事的存在。

「你的母親不希望你參加戰爭?」

他點點頭。「她不希望我去特洛伊。」

「為什麼？」我一直以為她希望阿基里斯能夠出征。

「我不知道。她說我太年輕，還不到時候。」

「所以這一切全是她的主意——？」我指著他身上穿的衣服。

「當然，我不可能這麼做。」他扮了鬼臉，然後拉了一下自己的頭髮，那是女孩子的捲髮。一個刺激但為害不大的恥辱，不僅對他來說是如此，對其他男孩也是如此。他不擔心別人的嘲笑；他從不知嘲笑為何物。「無論如何，這一切等大軍出發就結束了。」

我的內心充滿了掙扎。

「所以，這件事真的不是因我而起？她把你帶走不是因為我的關係？」

「我想，德伊達梅亞的安排是針對你。」他看著自己的手。「但其他的純粹跟戰爭有關。」

13

第二天變得寧靜許多。我們在自己的房間用餐，遠離宮殿，探索這座島嶼，並且在枝葉稀疏的樹下尋找樹蔭。我們必須小心；阿基里斯不能讓人看到他移動快速、善於攀爬與持矛的樣子。但沒有人跟蹤我們，而且有許多地方可以讓他安心地脫掉身上的女裝。

在島嶼遠處，有個無人到達的沙灘，上面布滿岩石，但長度是一般跑道的兩倍。阿基里斯看見這個地方的時候，發出歡呼的聲音，他立刻脫掉衣服。我看著他在上頭奔跑，如履平地。他回頭對我喊著，「幫我計時。」於是我開始拍打沙子來計算時間。

「多久？」他從沙灘的另一端叫道。

「十三下。」我回答。

「我才剛開始暖身。」他說。

第二次是十一下。最後一次是九下。他坐在我身旁，臉不紅氣不喘，只有開心帶來的紅潤。他告訴我這些日子以來假扮女人的生活，整天都非常乏味，只有跳舞時才能獲得解脫。現在自由了，他像佩里翁山的貓一樣伸展自己的肌肉，他的身體充滿了力量。

不過，到了晚上，我們必須回到大廳。阿基里斯雖然不願意，也只能梳妝打扮成女人的樣子，將頭髮弄得光滑平順，固定在後方。通常，他會用布捆綁頭髮，就像第一晚一樣；金髮相當罕見，因此港口的水手與商人總會注意到他。如果這些人把在這裡的見聞傳布出去，而有特別機敏的人聽見——我不想再想下去了。

我們的桌子設在大廳前面，接近王座。呂克梅德斯、德伊達梅亞、阿基里斯與我四個人同桌進餐。有時會有一兩個大臣出現，有時沒有。晚餐多半是沉默的，只是一種掩人耳目的形式，用來平息流言，讓人以為阿基里斯真的是我的妻子，也是國王的養女。德伊達梅亞熱切地看著阿基里斯，希望他能看她一眼。但他從不看她。「晚安，」當我們坐定時，他會用女孩子的聲音問候她，但僅止於此。他毫不掩飾自己的冷漠，我看到她美麗的臉龐因為屈辱、痛苦與憤怒而變得退縮。她一直看著她的父親，彷彿希望他能出面干預。但呂克梅德斯只是自顧自吃著，什麼話也沒說。

有時，公主看到我看著她；她的表情變得僵硬，眼睛也瞇了起來。她把一隻手放在肚子上，彷彿怕我在她的肚子上施法一樣。或許她以為我在嘲弄她，炫耀我的勝利。或許她認為我恨她。她不知道我一直要求阿基里斯，要對她好一點。你沒有必要這樣羞辱她，我這麼認為。然而，阿基里斯缺乏的不是仁慈，而是興趣。他的目光總是略過她，彷彿她不存在。

有一次她試圖跟他說話，她的聲音因懷抱希望而顫抖著。

「你還好嗎，皮拉？」

他繼續吃，優雅而迅速地咀嚼著。他跟我計畫在晚餐後到島的遠端擲矛，並且在月光下抓魚。他急著要走。我從桌子下方捏了他一下。

「做什麼？」他問我。

「公主想知道你好不好。」

「喔。」他看了她一眼，然後回頭看我。「我很好。」他說。

日子一天天過去。阿基里斯設法早起，這樣他才能在太陽升起前練習擲矛。我們必須把武器藏在遙遠的樹叢裡，他在練習之後必須趕快回宮換成女裝。有時他在練習之後會與母親見面，他會坐在斯基羅斯島嶙峋的岩石上，晃著雙腿踢著海水。

某天早晨，阿基里斯依然早早外出擲矛，此時有人用力敲門。

「什麼事？」我說。但衛兵已經步入房內。他們比平日看起來來得正式，手持長矛並且立正站好。看到他們手上沒拿骰子，突然讓人覺得有點奇怪。

「請你跟我們走一趟，」衛兵說道。

「為什麼？」我才剛從床上起來，仍感到濃厚的睡意。

「公主的命令。」兩名衛兵從兩邊把我架起來，硬是把我拖離房間。當我試圖抗議時，第一個衛兵看著我說：「你乖乖地別出聲，對你比較好。」他用拇指摸著矛尖，做出威嚇的樣子。

我不認為他們會傷害我，但我不想被人拖著走過大廳。「好吧，」我說。

他們帶我走過的狹窄走廊，我之前從未經過。這裡是女人生活的區域，與主要房間分離，這些房間就像蜂窩一樣，是德伊達梅亞被收養的姊妹們居住的地方。我聽到門後頭的笑聲，以及梭子咻咻的聲音。阿基里斯說，這裡太陽照不進來，而且一點風也沒有。他在這裡待了兩個月；真是令人難以想像。

最後，我們來到一扇大門前，這門是用上等的木頭製成。衛兵敲門，開門，然後推我進去。我聽到身後大門緊閉的聲音。

在房裡，德伊達梅亞坐在覆蓋著皮革的椅子上，她看著我。在她身旁有張桌子，有張小凳子讓她擱腳；此外，這間房間已無其他東西。

我懂了，這肯定是她一手策畫的。她知道阿基里斯不在。

我沒有地方坐，所以只好站著。地板是冰冷的石頭，而我赤裸著雙足。房裡還有第二個比較小的門；我猜那扇門是通往她的臥房。

她看著我端詳房間，她的眼睛就像鳥一樣明亮。我沒有什麼明智的話可說，所以我只好說些蠢話。

「妳想跟我說話。」

她語帶輕蔑地說。「是的，帕特羅克洛斯，我想跟你說話。」

我等待著，但她沒再說話，只是看著我，手指輕敲著椅子扶手。她的衣服比平日來得寬鬆；她不像往常一樣腰間繫著腰帶，以凸顯她的腰身。她的頭髮放下來，從太陽穴的位置以雕刻的象牙梳子往後固定。她偏著頭，對我微笑。

「你甚至談不上英俊，這實在太可笑了。你實在乏善可陳。」

她跟她父親一樣，講話時會稍微停頓一下，等待對方的回應。我覺得自己臉紅了。我必須說點什麼。我清清喉嚨。

她看著我。「我還沒允許你說話呢。」她凝視著我的目光一會兒，彷彿要確定我不會不聽話似的，於是她又說。「我覺得這樣看著你很有趣。」她起身，快速的步伐很快縮短了我們兩人的距離。「你的脖子很短。你的胸膛單薄得跟男孩一樣。」她用手指頭輕蔑地指著我。「至於你的臉。」她做出奇怪的表情。「醜得可以。我的女子都這麼覺得。就連我的父親也同意。」她美麗的紅唇微啟，露出雪白的牙齒。我是頭一次這麼近看她。我可以聞到某種香味，就像爵床的花朵；稍微往上看，我可以發現她的頭髮不是純黑的，而是多層次色調豐富的褐色。

「好吧，你要說什麼？」她把手放在她的臀部。

「妳還沒准許我說話。」我說。

她的臉上突然出現怒容。「別裝傻子。」她斥責我。

「我沒有——」

她打了我一耳光。她的手雖然小，但力道異常的大。我的頭重重倒向一邊。皮膚刺痛，我的嘴唇一陣陣地發疼，那剛好是她的戒指打中的地方。從小時候到現在，我還沒這樣被打過。男孩通常不會被打耳光，但父親可能為了羞辱而這麼做。我曾經挨過父親一巴掌。我感到震驚；即使我知道要說什麼，卻說不出口。

她對我齜牙咧嘴，彷彿要激我回敬她似的。她看我沒有動靜，臉上浮現勝利的表情。「懦夫。跟膽小鬼一樣醜陋。此外，我聽說你跟白癡一樣。我不了解！沒有道理他會——」她欲言又止，嘴角垮了下來，彷彿被漁夫的釣鉤鉤住了。她轉過身去，不發一語。不久，我聽到她的呼吸聲，似乎拉得很緩慢，我不認為她在哭泣。我知道這種伎倆。我自己也使過。

「我恨你。」她說。但她的聲音厚重，當中不帶什麼力量。我感到一陣憐惜，我火熱的臉頰似乎因此降溫不少。我知道忍受冷漠是多麼困難的事。

我聽見她吞嚥的聲音，她的手很快地摸著臉頰，彷彿是在拭淚。「我明天要離開這裡，」她說。「這應該會讓你感到開心。我父親希望找一個地方讓我分娩。他認為讓別人看見我大著肚子，對我會是件羞恥的事，因為沒有人知道我已經結婚。」

分娩。當她說這個字時，我聽到她聲音的苦澀。某間小屋子，位於呂克梅德斯島嶼的邊緣地帶。在那裡，她無法與夥伴跳舞或說話。她會孤單一人，只有一名照顧她的僕人與不斷隆起的肚子。

「我很抱歉。」我說。

她未理會我。我看著白袍下緩緩起伏的背。我上前一步，但未繼續向前。我想碰觸她，想撫摸她的頭髮安慰她。但對她來說，我恐怕不是安慰的來源。於是我把手放在兩旁。

我們就這樣站了一段時間，整個房間都可以聽到我們的氣息。當她回頭時，整張臉因為哭泣而變紅。

「阿基里斯看都不看我一眼。」她的聲音略微顫抖著。「即使我懷了他的孩子，我是他的妻子。你——你知道為什麼會這樣嗎？」

這是孩子問的問題，就像為什麼會下雨，或為什麼海浪永不停止一樣。我覺得自己比她成熟，雖然實際年紀不一定比她年長。

「我不知道。」我輕輕地說。

她的臉扭曲了。「你說謊，你就是原因。你會跟他一起搭船離開，而我將被留在這裡。」

我了解孤獨是什麼感覺。也知道別人的好運對自己的刺激有多大。但我什麼話也沒辦法說。

「我該走了。」我說，聲音盡可能輕柔。

「不行！」她快速擋住我的去路。而且倉皇地說，「你不能走，如果你企圖離開，我會叫衛兵過來，說你攻擊我。」

她拉著我，這讓我感到難過，我順著她的請求。即使她叫衛兵進來，即使他們相信她，他們也幫不上忙。我是阿基里斯的伴侶，我不會受到任何傷害。

她從我的臉上看出我的感受；她彷彿被螫了一下，往後退了幾步，她又再度感受到灼熱。

「你氣他娶了我，氣他與我同寢。你嫉妒，你應該嫉妒。」她揚起下巴。「他不只一次跟我同寢。」

有兩次。阿基里斯告訴我了，她以為可以在我們兩人之間見縫插針，她錯了。

「我很抱歉。」我又說了一次。我沒有更好的話可說。他不愛她，他不可能愛她。

彷彿聽見我內心的話，她的臉垮了下來。眼淚滴落到地板上，一滴接著一滴，灰色的石頭變黑了。

「讓我找妳的父親過來，」我說。「或妳的那些女子。」

她抬頭看著我。「請——」她低聲說，「請不要離開我。」

她在顫抖，就像某個新生的小東西。她一直是如此，有一點小小的痛苦，就需要旁人的安慰。現在只有這麼一間房間，毫無裝飾的牆壁與一張椅子，這是她用來悲傷的斗室。

雖然不情願，但我還是走向她。她輕輕嘆了一口氣，像個愛睏的孩子，然後依偎在我的臂膀裡。她的眼淚沾濕了我的丘尼卡；我環抱著她腰部的曲線，感受到她手臂溫暖而細柔的肌膚。或許，阿基里斯就是這樣抱著她。但阿基里斯跟這裡格格不入；他的明亮無法忍受這間單調乏味的房間。她的臉像發燒一樣燙手，並且緊緊貼在我胸前。我能看見的只是她頭頂上的渦紋與纏繞的深色光亮頭髮，還有頭髮下淨白的頭皮。

經過一段時間，她的啜泣逐漸止息，她將我拉得更緊。我感覺她的手撫摸著我的背，她的身體緊緊靠著我。起初我不了解，現在我懂了。

「妳不會想這麼做的。」我說。我想退後，但她牢牢抓著我。

「我想做。」她的眼睛充滿了熱切，讓我感到驚恐。

「德伊達梅亞。」我試著喚醒她，我曾經用這種方法讓佩琉斯屈服。「衛兵就在外面，妳不能——」

但現在的她冷靜而確定。「他們不會打擾我們。」

我嚥了一下口水，我的喉嚨因驚慌而乾渴。「阿基里斯會來找我。」

她悲傷地笑說。「他不會來這裡的。」她抓住我的手。「來吧，」她說。然後拉著我走過臥房房門。

當我問起時，阿基里斯曾告訴我，他們夜晚是怎麼度過的。他這麼坦率並不奇怪，我倆並無祕密可言。他說，她的身體如孩子般柔軟小巧。夜裡，她隨著阿基里斯的母親來到他的房間，然後躺在他的身旁。他擔心自己會傷害她；但一切就這樣展開，難以言喻。他試著形容她雙腿之間那濃厚的氣味與潮濕。「滑溜，」他說，「就像油一樣。」當我要他多說一點時，他搖搖頭。「我真的不記得了。房間很暗，我看不見，我希望草草結束。」他摸著我的臉頰。「我想你。」

我們身後的門已經關上，於是這間小房間只剩我們兩人。牆上掛著壁毯，而地板鋪著厚重的羊皮毛毯。有一張靠窗的床，可以吹到些許微風。

她把身上的衣物從頭上褪去，扔在地上。

「你覺得我美嗎？」她問我。

我想簡單的答案是最好的。「美。」我說。她的身體小巧而細緻，微微隆起的肚子裡，孩子正在成長。我的眼神望向我從未看過的地方，那是一塊長著毛髮的狹小地帶，深色的毛髮稀疏地往上生長。她發現我正在看著。於是抓住我的手觸摸那個地帶，它散發著火堆般的熱度。

我的手指撫觸的肌膚又暖又細，如此脆弱，也許輕輕一碰就會龜裂。我另一隻手撫摸她的臉龐，凝望她眼神的柔軟深處。但那是一幅恐怖的景象：我看不到希望或愉悅，只有決心。

我幾乎想要逃脫。但我不想看到她的臉堆起更多的悲傷，更多的沮喪——另一個男孩無法給予她想要的東西。所以我允許她拉我慢慢上了床，引導我探索她的雙腿之間，在柔嫩肌膚分離的地方，緩緩流著溫暖的汁液。我感到抗拒，想要退縮，但她拚命地搖頭。她的小臉因專注而緊繃，她的下巴似乎忍受著痛楚。當我滑進那有如劍鞘的溫暖地帶時，我們的肌膚都舒解了，不再緊繃，而我們也鬆了一口氣。

我不會說我的情慾未曾被撩起。我的身體有一股緊張感不斷緩緩爬升。這是一種奇怪、令人昏昏欲睡的感覺，與對阿基里斯那股銳利而明確的慾望不同。她似乎因為我的興趣缺缺感到受傷。這是更嚴重的冷漠。於是我採取主動，發出愉悅的聲音，用我的胸壓著她的胸，彷彿充滿熱情地磨蹭她柔軟嬌小的胸部。

她感到愉悅，突然間，一股強烈的感覺驅動著我更猛烈地推送，她意識到我的變化，眼神閃爍著勝利的光芒。然後，我的體內緩緩產生一陣浪潮，她的雙腿，輕盈但結實，緊緊纏繞著我的背，將我拉近她，一陣痙攣般的快感，讓我傾瀉而出。

之後，我們躺下，不斷地喘氣。我們雖然躺在一起，卻不碰觸彼此。她的臉孔蒙著陰影，感覺遙不可及。我的內心仍充滿高潮的衝擊，我撫摸著她，這是我唯一能做的。

但她離開我的身邊，站了起來，她的眼神充滿疲倦；臉龐像瘀傷一樣暗沉。她轉身穿上衣服，她圓潤的心形臀部對著我，彷彿是在責難。我不了解她要什麼；我只知道我無法滿足她。我起身穿上丘尼卡。我想碰她，撫摸她的臉，但她的眼神警告我離遠一點。她打開門。我感到無助，只好走出房間。

「等等，」她的聲音聽起來有些生硬。我轉身。「幫我向他道別。」她說。然後她關上門，深色厚重的大門分隔了我們。

當我再度找到阿基里斯時，我告訴他這件事，提到我們之間的歡愉，也提到這麼做是為了解除她的悲傷與痛苦。

日後，我一直說服自己這件事不存在，它只是一場鮮活的夢，取材自阿基里斯的描述與我的想像，但事實似乎不是如此。

14

第二天早晨，德伊達梅亞如她所言，離開了王宮。呂克梅德斯在早餐會上以平淡無奇的語調向大臣宣布，公主前去探望她的伯母。聽的人就算心中存有疑問，也不敢說些什麼。她會等到孩子出生後才回來，而阿基里斯將被認定是孩子的父親。

現在想起來，過去這幾個星期彷彿所有的景象都暫時停止似的，有一種古怪的感覺。阿基里斯與我想盡可能地離王宮越遠越好，我們的歡愉，在我們重逢時曾極為火熱，此時卻逐漸被不耐取代。我們想離開這個地方，想回到佩里翁山，或普提亞。公主的離開，讓我們覺得自己總是偷偷摸摸充滿了罪惡感；宮廷裡的人總是用銳利的目光注視著我們，令人很不自在。而呂克梅德斯每次看到我們在一起，總是皺起了眉頭。

然後是戰爭。即使在這座無人惦記的斯基羅斯島，也還是有消息持續傳來。海倫之前的追求者重視自己的誓言，而阿伽門農的軍隊也獲得許多王子的支持和參與。據說他完成了前人未能達成的事業：將希臘分崩離析的各個王國結合起來，讓大家為了共同的目的而戰。我記得這個人——一個面容陰沉的陰影，毛髮像熊一樣濃密。對九歲的我來說，他的弟弟梅內勞斯予人的印象反而比較深刻，他有著紅色的頭髮與悅耳的聲音。但阿伽門農比較年長，而且擁有龐大的軍隊；由他率領遠征軍前往特洛伊。

那是晚冬的早晨，雖然景物看不出已到了這樣的時節。在南方，樹葉到了冬季也不掉落，早晨也不結霜。我們登上岩石，眺望著地平線，呆望著海上的船隻或灰色的海豚背。我們從山崖投擲小卵石，看著這些石頭飛過底下的岩石。我們站的地方很高，因此聽不見卵石撞擊底下岩石的聲音。

「真希望我把你母親的豎琴帶來。」他說。

「我也是。」但它留在普提亞，跟其他物品放在一起。我們沉默了半晌，回味著它音色的甜美。

阿基里斯身子前傾。「那是什麼？」

我瞇著眼看。冬日的陽光貼近地面，無論我用什麼角度看，斜射的陽光總讓我的眼睛睜不開。

「我看不清楚。」我凝視著海面隱沒到天空的地方，只見到一團曚曨。遙遠的地方有一個黑點，也許是船，也許是太陽在海面上玩的把戲。「如果是船的話，就會捎來新的消息，」我說，我的胃似乎又開始翻攪了。我總是害怕傳來這樣的訊息，要捉拿最後一名立誓的追求者，因為他違背了誓言。我那時還小，壓根兒沒想過沒有任何一名領袖可以忍受有人拒絕他召喚的事被公開流傳。

「沒錯，那是一艘船。」阿基里斯說。黑點更近了，那艘船肯定速度很快。船帆明亮的顏色，使它在藍灰色的海面上更顯突出。

「不是商船。」這回他看得更清楚了。商船只用白色的船帆，既實用又便宜；只有有錢人才願意把錢花在把帆布染色上。阿伽門農的使節使用的是緋紅色與紫色的船帆，這是從東方王室偷來的象徵。但眼前這艘船的帆布是黃色，上面還有黑色的渦紋。

「你認識那上面的圖案嗎？」我問。

阿基里斯搖搖頭。

我們看著那艘船沿著斯基羅斯島狹窄的灣口進港，然後停靠在沙地上。一塊粗略刻製的石錨從船上落水，船板降了下來。我們離船太遠，看不清楚甲板上的人的長相，只看見深色的腦袋。

我們停留的時間已經太長。阿基里斯站著，他把被風吹亂的頭髮塞進方頭巾裡。我的雙手忙著摺起他的衣服，讓他肩部的線條更優雅一點，幫他繫好皮帶與整理蕾絲；現在，我已習慣看著阿基里斯在一群女子當中跳舞。當我們整理好服裝，阿基里斯彎腰與我親吻。他柔軟的嘴唇令我意亂情迷。他從我的眼神看出我的意念，他笑著。「待會兒再說，」他答應我，然後轉身走向王宮。他先前往女子居住的地方，那裡全是織布機與衣服，然後一直等到使者到來為止。

我的眼睛後方開始感到細如髮絲般的疼痛；我返回我的房間，這裡涼爽而陰暗，窗板遮住了正午的陽光，我沉沉睡去。

一陣敲門聲將我喚醒。或許是僕人，或許是呂克梅德斯。我的眼睛依然閉著，我說，「請進。」

「這時來打擾似乎有點太晚。」有個聲音回應我。這個聲調很特殊，就像漂流木般乾燥。我睜開眼，坐直身子。一名男子站在開啟的門內。他結實而充滿肌肉，留著哲學家一般的短鬚，深褐色的鬍子略帶點紅色。他對我微笑，我看著這個笑容在他臉上留下的線條。這對他來說是個簡單的動作，一下子就能做到，而我的記憶裡似乎有某件跟這個笑容有關的事在拉扯著。

「很抱歉打擾到你。」他的聲音聽起來怡人，而且快慢有節。

「沒關係。」我小心翼翼地回答。

「我想我應該跟你說說話。我可以坐下嗎？」他用寬大的手掌指著一張椅子。他有禮貌地提出了要求；儘管我有點不安，但我找不到理由拒絕他。

我點點頭，於是他把椅子拉過來。他的手滿是老繭，說那是拿著鋤頭的手也不為過，但我認為這個人的談吐應該是個貴族。我打開窗板，希望戶外的光線能驅走我的睡意。我想這時候應該不會有人來煩我，除非他是過來要我履行誓約。我轉頭看著他。

「你是誰？」我問。

那人笑著說。「好問題，我太粗魯了，就這樣闖進你的房間。我是偉大的國王阿伽門農的船長。我到各個島上探訪，尋找像你這樣有為的青年。」──他看了看我──「希望你能加入我們的行列，征討特洛伊。你聽過這場戰爭吧？」

「我聽過。」我說。

「太好了。」他微笑著伸展他的四肢。昏暗的光線落在他的小腿上，露出了粉紅色疤痕，從右腿的足踝往上接合了整個小腿肉最後到了膝蓋。粉紅色疤痕。我突然感到天旋地轉，彷彿要從斯基羅斯島最高峰跌落到海中似的。他的年紀增長了，但也變壯了，此時的他正值盛年。他是奧德修斯。

他繼續說著，但我聽而不聞。我的腦子又飄回到廷達略斯的大廳，我想起他那精明的深色眼睛，與毫無遺露的思慮。他認得我嗎？我看著他的臉，卻只看到期望回應的神色。他正等著我回答。我只能按捺內心的恐懼。

「抱歉，」我說。「我沒聽清楚你說的話。」

「你有興趣嗎？跟我們一道去作戰？」

「我不認為你需要我，我是個差勁的士兵。」

他的嘴扭曲了一下。「很有趣——我到各處徵召，沒有人是天生的軍人。」他的語調輕鬆，彷彿是在說一個笑話，而非責難。「你叫什麼名字？」

我故作輕鬆地回答。「奇隆尼德斯。」

「奇隆尼德斯。」他重覆了一遍。我想從他臉上看出懷疑的表情，卻一無所獲。我緊繃的肌肉似乎放鬆了一點。顯然他不認得我，從我九歲以來，我的相貌已改變甚多。

「好吧，奇隆尼德斯。阿伽門農承諾給參加的人豐厚的賞賜與榮譽。而且這場戰爭不會太久，明年秋天就結束了。我會在這裡待個幾天，希望你考慮一下。」終於，他把手放在膝蓋上，然後起身。

「就這樣嗎？」他原本預期他會說服我或給點壓力，甚至於花一整晚的時間做這件事。

他笑了，幾乎是充滿善意的。「是的，就這樣，我想晚餐時我還會再見到你。」

我點點頭。他似乎要離開，卻停下來。「你知道嗎，我覺得很奇妙，我一直覺得自己在哪裡見過你。」

「我想應該沒有，」我隨即答腔。「我不認得你。」

他端詳我片刻，然後聳聳肩，放棄。「我大概把你跟另一個年輕男子搞混了。你知道有句話是這麼說的。歲數越多，記得越少。」他若有所思地搔抓自己的鬍子。「你父親是誰？或許我認識你父親。」

「我是個流放者。」

他露出同情的表情。「很遺憾聽到這件事，你是哪裡人？」

「海岸地帶。」

「北邊還是南邊？」

「南邊。」

他惋惜地搖搖頭。「我本來很確定你是北方人。大概是色薩利或普提亞。你的母音發得很圓，跟他們一樣。」

我嚥了一下口水。在普提亞，子音要比其他地區來得難發，而母音較為寬闊。我一直覺得普提亞語很難聽，直到我聽到阿基里斯說話。我不知道自己的口音受到多大的影響。

「我——不太清楚這種事。」我含糊地帶過。我的心跳加速。希望他能趕快離開。

「知道一堆沒用的知識，恐怕這就是我的詛咒。」他又開心地笑了。「如果決定加入，別忘了來找我。或者你也可以告訴我有哪些年輕人是我可以遊說的。」他走出去之後輕輕地把門關上。

晚餐的鐘聲響起，走廊上擠滿端著碗盤的僕役。當我抵達大廳之時，我的訪客已經到了，他與呂克梅德斯以及另一名男子站在一起。

「奇隆尼德斯，」呂克梅德斯看到我。「這是奧德修斯，伊薩卡的統治者。」

「感謝接待，」奧德修斯說。「我走了之後才發現我沒告訴你我的名字。」

我沒問是因為我知道。這是個錯誤，但並非不可回復。我睜大了眼睛。「你是國王？」我驚訝地單膝下跪行禮。

「事實上，他只是王子，」另一個聲音慢條斯理地說著。「我才是國王。」我抬頭看著第三名男子的眼睛；明亮的褐色，看起來幾乎像是黃色，他的眼神充滿了熱切。他的鬍子短而烏黑，凸顯他臉的傾斜。

「這是迪歐梅德斯大人，阿爾戈斯國王，」呂克梅德斯說。「他是奧德修斯的夥伴。」雖然我已經不記得他的名字，但我知道他也是海倫的追求者。

「大人。」我向他鞠躬行禮。我沒有時間擔心被認出來——因為他早已經轉過身去。

「好了。」呂克梅德斯示意，「我們可以吃了嗎？」

一起共進晚餐的還有呂克梅德斯的幾位大臣，我很高興能混在他們當中。奧德修斯與迪歐梅德斯很快就忘了我的存在，而專心地與國王談話。

「伊薩卡現在如何？」呂克梅德斯禮貌地問到。

「伊薩卡很好，謝謝關心。」奧德修斯回答說。「我留下了妻兒，他們都很健康。」

「問他有關他老婆的事，」迪歐梅德斯說。「他喜歡談她的事。你聽過他怎麼認識他老婆的嗎？那是他最喜歡的故事。」他的聲音帶有一種鼓動的意味，很難不受到他言語的影響。此時我身邊的人全都停止吃喝，開始看著他們的反應。

呂克梅德斯看著這兩個人，然後試探性地問道，「伊薩卡王子，你跟你的妻子是怎麼認識的？」

奧德修斯這個人就算緊張，也不會讓人瞧出來。「你問得客氣了。當初廷達略斯為海倫尋找夫婿時，追求者來自四面八方，我想這事你還記得。」

「我已經結婚了，」呂克梅德斯說。「我沒去。」

「當然。而當中恐怕還有一些人太年輕。」他對我笑了一下，然後回頭看著國王。

「在這些追求者當中，我很幸運是第一位抵達。國王邀請我與他的家人共進晚餐：海倫；她的姊姊克呂泰涅斯特拉；與她們的堂姊佩妮洛普（Penelope）。」

「邀請，」迪歐梅德斯嘲弄地說。「你所謂的邀請難道指的是偷偷爬過灌木叢，進到人家家裡去偷看這件事？」

「我相信伊薩卡王子不是會做這種事的人。」呂克梅德斯皺著眉頭說。

「遺憾的是，我做的就是這種事，但我要謝謝你這麼相信我。」他給呂克梅德斯一個和藹的微笑。「事實上，我被佩妮洛普逮個正著。她說她已經盯著我超過一個鐘頭，而且覺得她應該在我被荊棘叢刺傷之前阻止我。顯然，我的行為實在古怪，但廷達略斯還是改變立場，要我留下來。在晚餐中，我發現佩妮洛普要比她的兩個堂妹聰明兩倍，而且又一樣美。所以——」

「跟海倫一樣美？」迪歐梅德斯忍不住插嘴。「所以她才到了二十歲還嫁不出去？」

奧德修斯的語氣依然溫和。「我相信你不會要求一個男人拿自己的妻子跟別的女人比，然後還比輸。」他說。

迪歐梅德斯眼珠子轉了幾下，於是安靜下來用自己的刀尖剔牙。

奧德修斯轉頭對呂克梅德斯說，「所以，就在我們談話的過程中，顯然佩妮洛普女士對我有好感——」

「顯然不是因為你的長相。」迪歐梅德斯評論說。

「當然不是。」奧德修斯同意。「她問我，我會送我的新娘什麼禮物。我說，一張新婚床，要相當華麗，而且要用上等的冬青槲製作。但這個答案無法讓她滿意。『新婚床不能用死掉的乾木頭製作，而要用青綠的活木頭製作，』她對我說。『要是我能做這種床呢？』我說。『那妳想擁有我嗎？』她說——」

阿爾戈斯國王發出作嘔的聲音。「我受夠了你的新婚床的故事。」

「那麼或許你不應該提議要我說這則故事。」

「那麼或許你應該講點新的故事，這樣我才不會他媽的無聊得要死。」

呂克梅德斯看起來相當吃驚；猥褻的言語應該留在私人的房間或練習場去說，而不應該在國宴的場合。但奧德修斯只是遺憾地搖搖頭。「說實在的，阿爾戈斯人一年比一年野蠻。呂克梅德斯，讓我們教阿爾戈斯國王一點文明。我希望看看貴國著名的舞蹈。」

呂克梅德斯嚥了一下口水。「好的，」他說。「不過我沒想到——」他停頓了一下，然後再度開口，這會他以國王的聲音說，「如果你們想看的話。」

「我們想看。」這一次是迪歐梅德斯。

「好吧。」呂克梅德斯的目光在兩人之間游移著。忒提斯曾經指示他，要避免讓這群女子在賓客面前表演，但此時若是拒絕，恐怕會引起懷疑。於是他清清喉嚨，「那麼，就請她們出來表演吧。」他示意僕役，僕役立即轉身離開大廳。我的眼睛一直盯著盤子，這樣就不會讓他們發現我臉上的恐懼。

女舞者們對於國王召見感到驚訝，因此當她們步入大廳時，有些人還在對衣物與頭髮做最後的調整。阿基里斯也在其中，他仔細遮住自己的頭，並且讓自己的眼睛看著地面。我焦慮地看著奧德修斯與迪歐梅德斯，但他們兩人甚至看都不看他一眼。

女孩們就定位，音樂開始演奏。我們看著她們開始跳起繁複的舞步。舞姿曼妙，只是少了德伊達梅亞的增色；她一直是最好的舞者。

「哪一位是你女兒？」迪歐梅德斯問。

「她不在這裡，阿爾戈斯國王。她去探望其他家人去了。」

「太可惜了，」迪歐梅德斯說。「我希望那位是你的女兒。」他指著最後面的一個女孩，嬌小而皮膚略黑；她的確有德伊達梅亞的味道，迴旋時揚起的裙擺，剛好露出了她可愛的腳踝。

呂克梅德斯清清喉嚨。「大人，你結婚了嗎？」

迪歐梅德斯抿嘴笑說，「目前。」他的視線從沒離開過女人。

當表演結束，奧德修斯起身，他提高音量讓每個人都聽到。「我們真的甚感榮幸能看到這場表演，不是每個人都能得見斯基羅斯島的舞者。為了表達我們的敬意，我們為諸位還有國王帶來了禮物。」

大家交頭接耳，掩不住興奮的情緒。斯基羅斯島很少出現奢侈品；島上的人沒有錢購買這些物品。

「你太客氣了。」呂克梅德斯的臉上帶著笑意，而且打從心裡覺得開心；他沒有料到對方這麼慷慨。在奧德修斯示意下，僕人搬來好幾個箱子，然後將這些箱子抬到長桌上。我看到閃亮的白銀、玻璃與寶石。所有的人，不論男女，全傾身向前想看個清楚。

「請自己挑選自己喜歡的東西，」奧德修斯說。女孩很快湧到桌邊，我看著她們拿起明亮的小飾品：玻璃瓶裝的香水，瓶口用蠟封住；鏡子，鏡柄是用象牙雕的；臂環是用扭曲纏繞的黃金構成的；染成紫紅色的彩帶。這當中有些東西我想是為呂克梅德斯與他的大臣準備的：皮革包覆的盾牌，雕飾的矛桿，鍍銀的劍搭配柔軟的劍鞘。呂克梅德斯目不轉睛地看著，彷彿被釣線拖上岸邊的魚。奧德修斯站在一旁，歡迎大家上前挑選。

阿基里斯站在後面，在桌邊緩慢移動著。他在自己細瘦的手腕上抹上香水，又撫摸光滑的鏡柄。他反覆看著一對耳環，藍色的寶石鑲在銀線上。

大廳遠處有個狀況引起我的注意。迪歐梅德斯走到房間的另一端，向他的僕人說話。只見僕人點點頭，便穿過大門出去了。無論是什麼，看起來感覺似乎不是很重要的事；迪歐梅德斯似乎快睡著了，他的眼皮沉重，露出無聊的樣子。

我回頭看著阿基里斯。他正在試戴耳環，不斷變換姿勢，只見他噘著嘴，做出女孩的樣子。這讓他覺得有趣，而他的嘴角也泛著笑意。他的眼睛看著整個大廳，然後看到了我。我禁不住笑了。

此時號角響起，聲音宏亮而恐慌。聲音是從室外傳來，相同的調子持續著，然後緊接著三次短促的吹奏：這是災難迫近的信號。呂克梅德斯慌忙起身，衛兵隊長也趕忙跑到門邊。女孩們一邊尖叫一邊緊抓著彼此，她們扔下寶物，玻璃碎了一地。

只有一個女孩不是如此。就在最後一聲號角結束之前，阿基里斯已順手抄起一把鍍銀的劍，拔出劍鞘。桌子阻擋了他前往大門的路；他迅速地跳過桌子，另一隻手也抓起桌上的長矛。當他落地時，武器已然高舉，他擺出的致命架勢不像女孩，但也不像男人。他是當今最偉大的勇士。

我猛回頭去看奧德修斯與迪歐梅德斯，驚恐地看見兩人正微笑著。「向你致意，阿基里斯王子，」奧德修斯說。「我們在此恭候多時。」

我無助地站著，呂克梅德斯的大臣聽到奧德修斯的話，大家轉頭看著阿基里斯，每個人莫不瞪大了雙眼。阿基里斯先是動也不動，不久，他緩緩把武器放下。

「奧德修斯大人，」他說。他的聲音無比冷靜。「迪歐梅德斯大人。」他禮貌地點頭向對方致意，這是王子之間的禮節。「讓你們花了這麼多工夫，我感到很榮幸。」這是個很好的回應，既表現了自尊，也做了些微的嘲諷。現在他們想羞辱阿基里斯恐怕更難了。

「我想，你們應該想跟我談談。稍等一會兒，我會加入你們。」他輕輕地把劍與矛放在桌上。他拿掉頭上的小方巾，露出他的頭髮，閃亮如同青銅。呂克梅德斯宮廷的男男女女莫不交頭接耳，低聲地談論這樁醜聞；他們的眼睛一直看著阿基里斯的身軀。

「或許這會有幫助？」奧德修斯從包裹或箱子裡拿出丘尼卡，扔給阿基里斯，阿基里斯接住了。

「謝謝。」阿基里斯說。他攤開丘尼卡，脫掉上衣，然後穿上丘尼卡，大家看得入迷。

奧德修斯看著大廳前方。「呂克梅德斯，請問我們可以借用這個房間嗎？我們有事要跟普提亞王子商議一下。」

呂克梅德斯的臉孔已經僵住了，宛如面具一般。我知道他想著忒提斯與懲罰。他並未回答。

「呂克梅德斯？」迪歐梅德斯的聲音有些突然，像猛地一記拳頭。

「好的，」呂克梅德斯沙啞地說。我同情他，也同情所有的人。「就在那裡。」他指著。

奧德修斯點頭。「謝謝。」他往前走到門邊，充滿自信，他相信阿基里斯會跟著他走。

「你先走。」迪歐梅德斯笑著說。阿基里斯猶豫了，他看著我，眼神毫無保留。

「喔，對了，」奧德修斯轉頭說道。「如果你願意的話，你可以帶帕特羅克洛斯一起過來。我們跟他還有事情未了。」

15

這間房間掛著幾張破爛的壁毯與四張椅子。我強迫自己像個王子一樣，挺直身子坐在僵硬的木背椅上。阿基里斯的臉因情感激昂而緊繃，他的脖子也泛紅。

「這是個陷阱。」他指控說。

奧德修斯表情鎮定。「你掩藏得很好；所以我們才出此下策。」

阿基里斯以王子般的傲慢揚起眉頭。「現在你們找到我了。你們想怎麼樣？」

「我們要你來特洛伊。」奧德修斯說。

「如果我不願意呢？」

「那麼我們就把這件事公諸於世。」迪歐梅德斯舉起阿基里斯丟棄的衣服。

阿基里斯頗為激動，彷彿他受了嚴重的打擊。基於必要而穿女裝是一回事，讓世人知道你穿女裝則是另一回事。我們會用最不堪的字眼來羞辱舉止像個女人的男人；這樣的羞辱會讓人痛不欲生。

奧德修斯舉手制止迪歐梅德斯。「我們都是貴族，不應該用這種做法。我希望我們能給予你比較能接受的理由讓你同意。舉例來說，名聲。如果你為我們打仗，我們會給你崇高的名聲。」

「天底下的戰爭又不只這樁。」

「但其他的戰爭無法與這場戰爭相比，」迪歐梅德斯說。「這是我們見過最大的一場戰爭，無論在傳說，或世代相傳的詩歌裡，都找不到能與它等量齊觀的戰爭。不想親眼見識的，一定是傻子。」

「我只看到妻子不貞的丈夫，與阿伽門農的貪婪。」

「那麼你是盲目的。還有什麼會比為了世界上最美麗的女子的名譽，而與東方最強大的城市作戰，更來得有英雄氣概？波修斯沒辦法說自己辦到了，連傑森也無此機會。海克力斯再度殺死自己的妻子以從事冒險。我們可以征服安那托利亞（Anatolia），直到阿拉比（Araby）。我們可以為自己寫下歷史，讓後人崇敬我們。」

「我還以為你說這會是一場輕鬆的戰役，到了明年秋天就能回家。」我說。我必須阻止這兩個人誇誇其談。

「我說謊了。」奧德修斯聳聳肩。「我不知道這場仗要打多久。如果我們有你加入，絕對能快點結束。特洛伊之子以能征善戰著稱，他們的死亡將使你成為天上星辰的名字。如果你錯過這場戰爭，你就錯過了獲得不朽的機會。你會沒沒無聞，你會年華老去，最後老死在塵世之中。」

阿基里斯皺眉。「你不可能知道這些。」

「事實上，我可以。」他坐回椅子上。「我很幸運，剛好對諸神的事略有耳聞。」他微笑著，彷彿回想起某些神明的惡作劇。「而諸神似乎也願意與我分享與你有關的預言。」

我應該想到的，奧德修斯不是只會庸俗的敲詐勒索。許多故事在提到他時，都叫他polutropos，意思是反覆無常的男子。我心裡開始感到恐懼。

「什麼預言？」阿基里斯緩緩地問道。

「如果你不來特洛伊，你的神性將會因為沒有發揮的餘地而日漸萎靡。你的力量將會消失。你頂多像呂克梅德斯一樣，在這座被遺忘的島上腐朽，身後只有女兒繼承。斯基羅斯島將很快被鄰近國家征服；對此，你應該跟我一樣清楚。他們不會殺他；為什麼要殺他呢？他可以在某個角落安享餘年，吃著泡軟的麵包，老邁而孤獨。當他死的時候，人們會說，他是誰？」

這些話充斥著整個房間，讓大家喘不過氣來。這樣的人生實在太恐怖了。

但奧德修斯的聲音是殘酷的。「他今天之所以知名，只是因為他的故事打動了你。如果你去特洛伊，你的名聲將會變得極其響亮，人們甚至只因為遞水給你就能被載入史冊。你將會——」

此時房門被充滿怒氣的飛揚碎片吹開。忒提斯站在門口，她熾熱地如同真實的火燄。她的神力橫掃我們，損傷了我們的雙眼，房門破碎的邊緣也燒得焦黑。我可以感覺到它拉扯著我的骨頭，吸吮著我血管中的血液，彷彿我將會被吸得精光。我蜷縮著，跟其他人一樣。

奧德修斯的深色鬍子沾滿了木門燒燬的灰燼。他站著。「向妳致意，忒提斯。」

她的目光指向他，宛如蛇類注視著自己的獵物，而她的皮膚也發出亮光。奧德修斯周圍的空氣似乎微微顫抖者，彷彿受到加熱或微風吹過。迪歐梅德斯緩緩在地上爬著，想離忒提斯遠一點。我閉上眼睛，這樣我就不用眼見這場混亂。

最後一切沉靜下來，我睜開眼睛。奧德修斯毫髮無傷地站著。忒提斯緊握的雙拳變得全白。此時看著她已不再感到眼睛燒灼。

「灰眼的處女總是眷顧我，」奧德修斯說，他幾乎是帶著歉意說這句話。「她知道我為什麼在這裡；她祝福我而且維護我的工作。」

看起來我似乎錯過他們前面的對話。我努力想跟上他們的內容。灰眼的處女——戰爭與戰技的女神。據說她獎勵一切聰明之事。

「雅典娜沒有孩子，她不知道失去孩子是什麼意思。」這句話像被忒提斯的喉嚨磨碎似的，滯留在空氣中，久久不散。

奧德修斯也不答腔，只是回頭看著阿基里斯。「問她吧，」他說。「問你的母親知道什麼。」阿基里斯嚥了一下口水，在沉默的房間裡，即使是這樣的動作也讓人聽得一清二楚。他看著母親的黑色眼睛。「是真的嗎，他說了什麼？」

她最後的怒火已然止息；整個人像是大理石雕像一般。「是真的，但還有其他更糟的他沒說出口。」她的語調平板，彷彿一座雕像正對著他們說話。「如果你去特洛伊，你將永遠無法回來。你會英年早逝，那裡將成為你的葬身之地。」

阿基里斯的臉變得蒼白。「真是如此嗎？」

這是所有凡人最初的反應，懷疑、震驚與恐懼。難道我也不例外？

如果他這時看著我，我會崩潰。我會開始哭泣，而且無法停止。但他的眼睛只是看著自己的母親。

「確實如此。」

「我該怎麼做？」他低聲說。

她臉上靜止的水，微微震顫著。「別要求我做選擇。」她說。然後消失。

我不記得我們對這兩名男子說了什麼，我們怎麼離開他們，或我們怎麼回到自己的房間。我只記得他的臉，臉頰緊繃著，額頭慘白。他平日挺直優雅的肩膀，似乎垮了下來。悲傷從我心裡膨脹延伸，讓我喘不過氣來。他的死亡。想到這裡我覺得自己好像也瀕臨死亡一般，從闃黑的天空筆直墜落。

你絕不能去。我在心裡說了一千遍，但始終沒說出口。我緊握他的手；他的手冰冷而毫無生氣。

「我覺得自己無法承受這件事。」他終於說了。他閉上眼睛，彷彿對抗著恐怖。我知道他說的不是自己的死，而是奧德修斯編織的惡夢，他不再神采飛揚，他的優雅將逐漸萎靡消逝。我知道他從自己超群的武藝中得到多少喜悅，也了解在痛快淋漓的揮灑中蘊含著多麼強大的生命力。如果他未能在眾人面前施展奇蹟與散發光熱，那麼他是誰？如果最終未能享得大名，他又是誰？

「我不在乎，」我說。這些話雜亂無章地從我口中說出。「無論你成了什麼，我都不在乎。我們會在一起。」

「我知道。」他安靜地說著，但並未看著我。

他知道，但這無法滿足他。我感到極度悲傷，彷彿要撕裂自己的肌膚。如果他死了，一切敏捷、美好與明亮的事物都將跟著他一起埋葬。我還想說什麼，但晚了一步。

「我會去，」他說。「我會去特洛伊。」

他的嘴唇散發著玫瑰色的光澤，深綠色的眼睛充滿了熱切。他的臉沒有一絲皺紋，沒有任何猶豫與陰鬱；一切是如此乾淨俐落。他如同春日，金黃而明亮。嫉妒他的死神將喝下他的血，然後再度回春。

他看著我，眼神像大地般深邃。

「你要跟我一起去嗎？」他問。

這份愛與悲傷，帶來永無止盡的痛苦。如果換成別人，我可能會拒絕，我可能會狂亂地扯著自己的頭髮大叫，但最終還是由他自己前往。但阿基里斯，我無法這麼做。他將航向特洛伊，而我將跟隨，即使終點站是死亡。「好的，」我低聲說。「我將一同前往。」

他的臉上露出解脫的神情，他伸手抱我。我任由他擁著，任由他用力摟著我，不讓任何事物讓我們分離。

我們淚流滿面，天上的星辰依然閃爍，月亮照常走著平常的路線。我們躺著，一夜未眠。

天剛亮，阿基里斯僵硬地起身。「我必須告訴母親這件事。」他說。他的臉色蒼白，眼神也帶著陰影。「別去，」我想這麼說。但他穿上丘尼卡就走了。

我躺在床上，試圖不去想著時間分秒流逝的現實。就在昨天，我們明明還有充沛的時間。現在，每一刻都像是流失掉的一滴滴寶貴鮮血。

房間變成灰色，然後又變成白色。少了他的床令人感到寒冷，而且空虛。我聽不見任何聲音，寂靜讓我感到害怕。就像墳墓一樣。我起身，摩擦自己的四肢，拍擊著，讓自己甦醒，試圖擺脫不斷襲來的歇斯底里。未來將是如此，每一天，都將過著沒有他的日子。我感到胸中一陣澎湃的漩流，我想大叫。每一天，都將沒有他。

我離開王宮，想拋開內心的念頭。我來到崖邊，斯基羅斯島的岩石往海面延伸突出，我開始攀爬。海風拉扯著我，岩石覆蓋了濕滑的浪花，但緊張與危險令我鎮靜下來。我往上爬，朝著最危險的山峰攀登，過去，我會怕得無法前進。現在，我的手被尖銳的岩石碎片割得血流如注，我的腳在攀爬過的地方留下了血跡。疼痛正是我想要的，它是如此尋常而讓人清醒。可笑的是，原來疼痛是這麼容易忍受。

我抵達山巔，站在山崖邊緣的圓石堆上。我在攀爬時，有個想法浮上心頭，強烈而大膽。

「忒提斯！」我對著強風喊著，我的臉向著海洋。「忒提斯！」太陽已經升得很高了；此時忒提斯還會出現嗎？我吶喊了第三次。

「不要再叫我的名字。」

她突然出現在我面前，我幾乎失去了平衡。腳下的岩石鬆動了，而強風也拉扯著我。我抓著岩石露頭，站穩腳步。我抬頭看。

她的皮膚比冬日初結的冰還要來得蒼白。她的嘴唇後縮，露出她的牙齒。

「你這個蠢物，」她說。「下去，你就算愚蠢地死去也救不了他的命。」

我不像我想的那麼大膽，看見她兇惡的臉，我不由得倒退三步。但我還是鼓起勇氣問她，問我必須知道的事，「他還能活多久？」

她的喉嚨發出了雜音，就像海豹的叫聲一樣。我起初不了解，後來才發現是笑聲。「為什麼？你想做好準備？試圖阻止它？」她的臉滿是輕蔑的神色。

「是的，」我回答。「如果我辦得到的話。」

我又聽到了那聲音。

「拜託，」我跪下來。「請告訴我。」

或許因為我跪下了。那聲音也停止了，她思索了一會兒。「在那之前，赫克特（Hector）會死，」她說。「這是我目前知道的。」

赫克特。「謝謝妳。」我說。

她瞇起眼睛，她的聲音宛如水潑到赤紅煤塊一樣嘶嘶作響。「不要自以為是地謝我。我來是為了另一件事。」

我等候著。她的臉就像碎骨一樣白。

「這件事不像他想的那麼容易。命運之神承諾給他名聲，但有多少？他必須小心翼翼地維護自己的榮譽。他太容易相信人。那些希臘人——」她咒罵著——「像追著骨頭的狗。他們不會輕易將功名讓給他人。我會做到我能做的。至於你，」她的眼睛看著我的長臂與突出的膝蓋。「你不要令他蒙羞。你了解吧？」

你了解吧？

「我了解。」我說。我真的了解。他必須獲得值得讓他付出生命的名聲。微風吹拂著她衣服的摺邊，我知道她即將離開，回到海中的洞穴。此時我突然大膽起來。

「赫克特是個武藝高強的戰士嗎？」

「他是最好的，」她回答。「但不是我兒的對手。」

她望向右方，山崖往下之處。「他來了。」她說。

阿基里斯也爬了上來，來到我坐的地方。他看著我的臉與我流血的皮膚。「我聽到你在說話。」他說。

「那是你的母親。」我說。

他跪下來，把我的腳放在他的膝上。輕輕地，他從傷口挑出所有的細石子，吹走所有的塵土與石灰石粉。他從身上的丘尼卡的摺邊撕下幾塊長條的布來，緊緊地摁住幫我止血。

我的手蓋住他的手。「你絕不能殺死赫克特。」我說。

他抬頭看著我，他金色的秀髮環繞著他美麗的臉龐。「我的母親告訴你其餘的預言。」

「她說了。」

「你認為除了我之外，沒有人能殺死赫克特。」

「是的。」我說。

「你打算從命運之神手中偷時間？」

「是的。」

「原來如此。」一個狡猾的微笑在他臉上擴散開來；他總是喜歡做些逾矩的事。「好吧，我為什麼要殺他呢？他與我並無過節。」

這是第一次，我感覺到一絲希望。

我們當天下午離開斯基羅斯島；我們已無理由留下。基於習俗，呂克梅德斯親自向我們道別。我們三人僵硬地站著；奧德修斯與迪歐梅德斯已早一步上船。他們會護送我們回普提亞，阿基里斯將先在國內招募軍隊。

但在這裡還有一件事要做，我知道阿基里斯很不願意這麼做。

「呂克梅德斯，我的母親要我傳達她的意思給你。」

老人臉上閃現著一絲恐懼，但他還是看著他的女婿的眼睛。「這跟孩子有關。」他說。

「我想也是。」

「她想做什麼？」國王消沉地問。

「她想親自撫養這個孩子。她——」看著老人的臉，阿基里斯說話有點結巴。「孩子會是男的，她說。等他斷奶的時候，她會帶走他。」

一陣沉默。然後呂克梅德斯閉上雙眼。我知道他想著自己的女兒，她一口氣失去了丈夫與孩子。「真希望你沒來過這裡。」他說。

「我很抱歉。」阿基里斯說。

「你們走吧。」老王低聲地說。我們只能遵命。

我們搭乘的船隻敏捷、堅固且人員充沛。船員們手腳俐落地忙裡忙外，風帆是新的，桅杆也有如新生的樹木一樣。船頭是個美女，我從來沒見過如此精緻的雕刻：一名身材高大的女性，深色的頭髮與眼睛，雙手緊抱胸前，彷彿在沉思一樣。她很美，卻也同樣沉靜——優雅的下巴，頭髮往上梳，露出了細長的脖子。她的彩繪做得很好，明暗濃淡都漆得恰到好處。

「我發現到了，你在讚美我的妻子。」奧德修斯也來到欄杆旁，他倚靠在自己肌肉發達的前臂上。「她起初不答應，不讓藝術家靠近她。我必須讓他祕密地跟蹤她。我想實際的結果做得相當好。」

擁有愛情的婚姻，就像東方的香柏一樣少見。這幾乎讓我對奧德修斯產生好感。但我覺得他實在太常微笑。

阿基里斯禮貌地問他，「夫人的大名是？」

「佩妮洛普。」他說。

「這是新船嗎？」我問。如果他想聊他的妻子，那麼我寧可多聽點其他的事。

「非常新的船。每一塊木材用的都是伊薩卡最好的木頭。」他用他巨大的手掌拍了一下欄杆，就像人們拍著馬匹體側一樣。

「又在炫耀你的新船了？」迪歐梅德斯也來了。他的頭髮往後梳，用皮革捆在後方，他的臉因此變得比平常還要尖。

「我是在炫耀。」

迪歐梅德斯對著海水吐了一口口水。

「阿爾戈斯國王今天口才特別好。」奧德修斯評論說。

阿基里斯不像我一樣已經領教過他們兩人的把戲。他的眼睛看著這兩個人一來一往。他的嘴角帶著笑意。

「告訴我，」奧德修斯說。「你的機智是不是來自於你父親吃了人家的腦子的緣故？」

「什麼？」阿基里斯的嘴張得大大的。

「你沒聽過吧？阿爾戈斯國王偉大的迪德烏斯（Tydeus）的故事，他可是有名的愛吃人腦。」

「我知道他。但從沒聽過——吃人腦。」

「我一直想把這幅景象畫在我們的大盤子上。」迪歐梅德斯說。

在大廳裡，我把迪歐梅德斯當成奧德修斯的手下。但在這兩個人之間存在著某種情感，兩人針鋒相對產生的歡樂其實來自於他們地位的平等。我想起以前曾聽人說過迪歐梅德斯也是雅典娜寵愛的對象。

奧德修斯扮了鬼臉。「記得隨時提醒我不要在阿爾戈斯吃晚餐。」

迪歐梅德斯笑了，但那可不是什麼令人愉快的聲音。

他們在欄杆邊與我們談笑風生。他們來回講了許多故事：海上的航行，戰爭，很久以前的競賽優勝。阿基里斯專心聆聽著，一個問題接著一個問題地問。

「你是怎麼受傷的？」他指著奧德修斯小腿的傷疤。

「啊，」奧德修斯摩拳擦掌。「這是個值得說的故事。不過我應該先向船長說一聲。」他指著太陽，彷彿成熟的果子，即將落到地平線下。「我們應該停船尋找紮營的地點。」

「我去。」迪歐梅德斯從倚著欄杆的地方起身。「我已經聽過這個故事太多次了，就跟那個噁心的新床故事一樣。」

「這是你的損失，」奧德修斯朝著迪歐梅德斯離去的背影說道。「不用理他。他的妻子是個兇惡的悍婦，娶了這樣的老婆，自己的脾氣也會變得怪怪的。現在，我的老婆——」

「我發誓。」迪歐梅德斯的聲音從船遙遠的一頭傳來。「你一說完那句話，我就會把你丟到海裡，讓你一個人游到特洛伊去。」

「聽到了嗎？」奧德修斯搖搖頭。「他脾氣真的怪怪的。」阿基里斯被他們兩人逗樂了。他似乎已經忘了是這兩個人揭露他的身分，因而使他捲入這場戰爭。

「我說到哪兒了？」

「傷疤。」阿基里斯說，他急著想知道這件事。

「是的，傷疤。我十三歲的時候——」

我看著他專心聽著另一個人說話。他太容易相信人。但我不是停留在他肩上的渡鴉，隨時為他預測吉凶。

太陽逐漸西沉，我們接近一塊陰暗的陸地，那是我們紮營的地方。船隻找到了停泊處，船員們把船拖到岸上過夜。補給品全從船上卸下——食物、床鋪與營帳，這些全是王子用的東西。我們站在已經鋪設好的營地旁，有個小火堆與營帳。「這裡還可以吧？」奧德修斯來到我們身旁。

「很好，」阿基里斯說。他微笑，他輕鬆地笑了，那是真誠的微笑。「謝謝你。」

奧德修斯微笑回應，白色的牙齒映襯他那深色的鬍子。「一頂帳篷就夠了？我聽說你們一起睡，房間與臥榻都是？他們是這麼說的」

我的臉一陣燥熱，同時也感到吃驚。我身旁的阿基里斯似乎呼吸也停止了。

「得了吧，這沒什麼好丟臉的——男孩子都是這樣。」他抓抓自己的下巴說道。「不過你們應該不算是男孩了，你們幾歲？」

「這不是事實。」我說。我潮紅的臉讓我放大了音量。整個沙灘似乎都聽得見。

奧德修斯揚起眉毛。「大家相信的才是事實，而他們對於你們是這麼說的。但也許他們搞錯了。如果這讓你們覺得困擾，那麼當你們航向戰場時，別把這些放在心上。」

阿基里斯的聲音緊繃而生氣。「這不干你們的事，伊薩卡王子。」

奧德修斯伸出手。「若有冒犯之處，請多見諒。我只是希望你們能好好過夜，一切都能讓你們滿意。阿基里斯王子。帕特羅克洛斯。」他低下頭，然後轉身回到自己的帳篷。

帳篷裡，我們兩人沉默著。我納悶這件事是何時傳開的。奧德修斯說，許多男孩會把彼此當成愛人。但隨著長大成人，這種事就不再發生，除非對象是奴隸或僱用的男孩。希臘的男性喜愛征服；他們不信任被人征服的男子。

不要讓他蒙羞，女神這麼說過。這或許就是她的意思。

「或許他是對的。」我說。

阿基里斯把頭湊過來，他皺著眉頭說。「你不該這麼想。」

「我的意思是——」我折著自己的手指。「我還是跟你在一起，但我可以睡外面，這樣才不會那麼明顯。我不需要參加你的會議。我——」

「不，普提亞人才不會在意這件事。其他人愛怎麼說隨他們去。我依然是*最了不起的希臘人*（Aristos Achaion）。」

「你的名譽將因此沾上污點。」

「那麼就讓它沾上吧。」他揚起下巴，頑固地說。「如果他們光憑這點來論斷我，那麼他們不過是蠢蛋。」

「但奧德修斯——」

他的眼睛如同新綠的春葉，與我四目交會。「帕特羅克洛斯，我已經給他們夠多了。我不能再給他們這個。」

之後，我們再也未提此事。

第二天，南風吹動著船帆，我們看見奧德修斯站在船頭。

「伊薩卡王子。」阿基里斯說。他的語氣嚴肅，絲毫沒有前一天帶著稚氣的微笑。「我想聽你說說阿伽門農與其他諸王的事。我想知道我的戰友是什麼樣的人，以及我要對抗的王子是什麼樣的角色。」

「非常明智，阿基里斯王子。」奧德修斯這個人就算嗅到什麼變化，他也不會聲張。他帶我們在桅杆基座的長凳坐下，上方就是被風吹得鼓鼓的船帆。「好了，我們要從哪裡開始呢？」他不經意地撫摸腿上的疤痕。白天，疤痕顯得特別清楚，光禿無毛，交疊著各種奇怪的皺摺。「梅內勞斯，我們此行就是為了帶他的妻子回國。海倫選擇他做為自己的丈夫，這中間的詳情你可以問帕特羅克洛斯。之後，梅內勞斯當上斯巴達國王。眾所周知，他是個好人，不僅英勇善戰，也廣受世人愛戴。許多國王因此願意助他一臂之力，他們並不是受了誓約拘束才這麼做

「例如？」阿基里斯問道。

奧德修斯用他農夫一樣的大手數著。「梅里歐尼斯（Meriones）、伊多梅紐斯、皮洛克梯提

斯、埃阿斯兄弟，也就是大埃阿斯與小埃阿斯。」我記得我在廷達略斯的大廳見過大埃阿斯，這名體格魁梧的巨人拿著一面大盾；小埃阿斯我就不知道了。

「皮羅斯（Pylos）年邁的國王涅斯托爾（Nestor）也會去。」我聽過這個名字——他年輕的時候曾與傑森一同出航，前去尋找金羊毛。他早已過了能上戰場的年紀，但還是率領兒子以及大臣前來助陣。

阿基里斯的神情熱切，眼神專注。「特洛伊人呢？」

「普里阿摩斯，當然，他是特洛伊國王。據說他有五十個兒子，從小就讓他們舞刀弄槍。」

「五十個兒子？」

「還有五十個女兒。他的虔敬是出了名的，而且受到諸神喜愛。他的兒子也各自闖出了自己的名號——其中當然一定要提的是帕里斯，他深受女神阿芙蘿黛蒂（Aphrodite）的喜愛，而他的俊美也遠近馳名。即使是年紀最小的幼子，僅僅只有十歲，就以殘忍著稱。我沒記錯的話，他的名字叫特洛伊羅斯（Troilus）。他們還有一個擁有神的血統的遠親協助他們作戰。此人名叫埃涅阿斯（Aeneas），是阿芙蘿黛蒂之子。」

「赫克特呢？」阿基里斯的目光從未離開過奧德修斯。

「他是普里阿摩斯的長子與繼承人，同時也是阿波羅（Apollo）寵愛的對象。他是特洛伊最可依賴的守護者。」

「他長什麼模樣呢？」

奧德修斯聳聳肩。「我不知道。他們說他體格魁梧，但哪個英雄不是如此。你應該會比我早遇見他，所以應該由你來告訴我他的長相。」

阿基里斯雙眼微微合攏。「你為什麼這麼說？」

奧德修斯做了一個怪表情。「我想迪歐梅德斯也會同意，我可以當個稱職的軍人，但僅此而已；我的長處在別的地方。如果我跟赫克特在戰場上相遇，我不可能活著回來，更甭說帶回有關他的消息。你則不同。你可以擊敗他，他的死將使你成就莫大的名聲。」

我感到不寒而慄。

「或許我會在戰場上與他相遇，但我有什麼理由非殺他不可。」阿基里斯冷靜地回答。「他與我無冤無仇。」

奧德修斯咯咯地笑，彷彿聽到了一則笑話。「如果每個士兵都只殺跟自己有過節的人，那麼佩里德斯，這世界就不會有戰爭了。」他揚起眉毛。「當然這個想法並不壞，只是在這樣的世界裡，最了不起的希臘人將會是我，不是你。」

阿基里斯沒有回答。他轉身從船側看著遠方的波浪。陽光照著他的臉頰，熠熠生輝。「你還沒有告訴我有關阿伽門農的事。」他說。

「是的，我們偉大的邁錫尼國王。」奧德修斯的身子又往後仰。「他是驕傲的阿特勒斯家族子嗣。他的曾祖父坦塔洛斯（Tantalus）是宙斯之子。我想你一定聽過他的故事。」

每個人都聽過坦塔洛斯的永恆痛苦。為了懲罰他對諸神的輕蔑，坦塔洛斯被丟到冥界最深的坑洞裡。諸神讓國王遭受永遠饑渴的痛苦，食物與水總是放在只差一點就能觸及的地方。

「我聽過他的事，但我不知道他犯了什麼罪。」阿基里斯說。

「這個嘛，當初在坦塔洛斯王時代，希臘所有王國的領土都一樣大，各國國王彼此相安無事，和平共處。但坦塔洛斯不知足，他開始以武力侵奪鄰國土地。他的領土擴充為原來的兩倍、四倍，但他仍不滿意。成功使他志得意滿，認為世人均無法與他相比，所以他接下來的目標就是與諸神爭勝。坦塔洛斯認為與諸神不能以力爭，因為凡人不可能在戰場上擊敗眾神，而應該以智取，他想證明諸神並非如他們所言那樣無所不知。

「於是他找來自己的兒子佩洛普斯（Pelops），問他是否願意助父親一臂之力。『當然，』佩洛普斯說。他的父親微笑著抽起寶劍，一劍割開兒子的咽喉。他仔細地把他的屍體切成小塊，然後用火炙烤。」

一想到鐵叉穿過男孩的屍塊，我的胃忍不住一陣噁心。

「男孩的肉烤熟之後，坦塔洛斯向他的父親，也就是奧林帕斯山的宙斯呼告。『父親！』他說。『我大擺宴席，想宴請你與所有親族，以表示我的敬意。快來吧，趁著這肉剛烤好，而且鮮嫩多汁。』諸神喜愛這樣的宴席，於是雲集於坦塔洛斯的王宮大廳。然而當他們抵達時，原本香味撲鼻的烤肉，卻讓他們覺得臭不可聞。宙斯當下明白坦塔洛斯做了什麼好事。他抓住坦塔洛斯的雙腿，把他扔到塔爾塔羅斯（Tartarus，冥府中的深淵）裡，讓他接受永恆的懲罰。」

天色明亮，微風拂面，但在奧德修斯故事的魔力下，我們彷彿置身於火堆旁，四周籠罩著黑暗的夜色。

「宙斯於是把男孩的屍骨再次拼湊起來，對他吹了一口氣，賦予他生命的氣息。佩洛普斯雖然還是男孩，卻因此成為邁錫尼國王。他是個好國王，虔誠而且智慧，但在他統治時還是發生了許多不幸。有人說這是因為眾神對坦塔洛斯家族施了詛咒，使他們必須遭受各種暴力與災難。佩洛普斯的兒子，阿特勒斯與提埃斯特斯（Thyestes），他們生來擁有與祖父一樣的野心，而他們犯下的罪行與祖父相比也不遑多讓。女兒被父親強姦，兒子被煮熟吃了，他們全是王位爭奪下的犧牲品。」

「一直到阿伽門農與梅內勞斯，才扭轉了坦塔洛斯家族的命運。內戰已經過去，在阿伽門農公正的統治下，邁錫尼開始繁榮。他的成功不僅在於武力，也在於他堅定的領導風格。有他當我們的主帥是很幸運的事。」

我原以為阿基里斯沒在聽。但此時他突然轉身，皺眉說。「我們每個人都是主帥。」

「當然，」奧德修斯同意。「但我們面對是同樣的敵人，不是嗎？在戰場上有二十幾個主帥豈不是會陷入混亂，最後必將招致失敗。」說到這裡，他又笑了。「你知道我們現在相處得有多融洽嗎——或許我們可以因為特洛伊人而結束長久以來自相殘殺的局面。在戰爭中，眾人遵從一個人的號令，力量集中，要比各行其是，力量分散，更容易獲得成功。你率領普提亞人，我率領伊薩卡人，但還是要有個人統籌規劃指揮全局。」——他輕輕指著阿基里斯——「無論這些將領有多麼優秀。」

阿基里斯對於他的恭維無動於衷。落日讓他的臉蒙上一層陰影，他的眼睛顯得斷然而堅定。「我是依循我自己的決定而來，伊薩卡王子。我會接受阿伽門農的建議，但我不接受他的指揮。我希望你了解這點。」

奧德修斯搖搖頭。「諸神會保佑我們，不僅在戰場上，也包括我們的榮譽。」

「我不是——」

奧德修斯揮揮手。「相信我，阿伽門農了解你對他的用處。事實上，最希望你來的就是他。全體將士一定會盛大隆重歡迎你的到來。」

阿基里斯的意思不盡然是如此，但也接近了。而當瞭望者高喊看見陸地之時，我的心也跟著雀躍起來。

當晚，我們把晚餐擱在一旁，阿基里斯躺在床上。「你對我們即將遇到的這些人有什麼看法？」

「我不知道。」

「至少我很高興迪歐梅德斯已經離開。」

「我也是。」我們讓迪歐梅德斯在艾維亞島北端下船，他會在當地等候他的阿爾戈斯軍隊。

「我不相信他們。」

「我想我們很快就會知道他們是什麼樣的人。」他說。

我們沉默思索了一會兒。我們聽見帳外下起雨來，只是毛毛細雨，帳頂幾乎聽不到半點聲響。

「奧德修斯說今晚會有暴風雨。」

愛琴海的暴風雨，來得快去得也快。我們的船已安全地拖到岸上，明天又將是晴朗的好天氣。

阿基里斯看著我。「你這裡的頭髮總是翹起來。」他撫摸我的耳後。「我想我從未告訴你，我有多喜歡這裡。」

他的手指撫摸著我的頭皮，感覺有些刺痛。「你確實沒說。」

「我應該說的。」他的手慢慢下移到我咽喉的底部，一個呈V字形的凹處，輕微的脈動傳遞到他的手上。「這裡呢？我是否曾告訴過你，我覺得這裡如何？就在這裡。」

「沒有。」我說。

「那麼，這裡一定說過。」他的手移到我胸膛的肌肉上；在他的撫摩下，我的皮膚變得溫熱。「我跟你說過嗎？」

「你跟我說過。」我說著，呼吸也跟著急促起來。

「這裡呢？」他的手在我的臀部徘徊，然後往下探索我大腿的線條。「我說過這裡嗎？」

「你說過。」

「這裡呢？當然，我絕不會忘了這裡。」他露出貓臉般的笑容。「告訴我我沒忘。」

「你沒有。」

「還有這裡。」他的手已經停不下來。「我知道這裡我告訴過你。」

我閉上眼睛。「再告訴我一次。」我說。

之後，阿基里斯睡在我身旁。奧德修斯說的暴風雨終於來了，粗製的營帳在強風吹襲下劇烈地搖晃著。我聽見巨浪一次又一次地拍擊海岸。阿基里斯搖晃著身軀，空氣也搖曳著，瀰漫著他身體的麝香味。我想：*我會失去這一切。*我想：*我寧可死也不願失去。*我想：*我們還能擁有多久。*

16

第二天，我們抵達普提亞。太陽剛過天頂，阿基里斯與我站在船欄旁看著。

「你看到了嗎？」

「什麼？」一如以往，他的眼睛總是比我銳利。

「海岸。它看起來有點奇怪。」

當我們接近時我們看出了端倪。岸上滿滿都是人，他們不耐地推擠著，引頸企盼地朝我們這裡望著。還有聲音：起初，聽起來是海浪的聲音，或者是船隻破浪的聲音，一種風馳電掣的響聲。但每划一次槳，聲音就變得更大，我們這才發現那是人的聲音，是說話的聲音。一次響過一次，我們聽到了。阿基里斯王子！最了不起的希臘人！

當船隻滑上沙灘，數百隻手向天空高舉，數百個喉嚨歡欣地喊著。船板降下打在石頭上的聲音，船員的指揮聲，全被這股喧鬧給蓋住了。我們凝視著，震驚得說不出話來。

就在這個時候，或許，我們的人生起了變化。與之前在斯基羅斯島，以及更早之前在佩里翁山相比，情況已完全不同。在這裡，我們開始體會到，無論阿基里斯走到哪裡，雄偉盛大都將跟隨著他。他選擇成為傳奇，而這一切正要開始。他猶豫著，我在人們看不見的地方用我的手觸摸他的手。「去吧，」我催促他。「他們正等著你。」

阿基里斯走到船板上，他舉起手臂向大家致意，群眾嗓子都喊啞了。我一度擔心群眾會一擁而上，但軍士們早已排在船板兩側，擋住群眾，硬生生地在人群中開闢出一條小徑。

阿基里斯回頭看著我，嘴裡似乎說了些什麼。我聽不見，但我了解。跟我來。我點點頭，我們開始往前走。兩旁的群眾開始湧向士兵圍成的藩籬。在走道的盡頭是佩琉斯，他正等著我們。國王的臉已經濕潤，而他無意抹去淚水。他把阿基里斯擁入懷裡，緊緊抱住他，很久才鬆手。

「我們的王子回來了！」他的聲音比記憶中來得低沉，在空氣中迴盪著，傳到遠處，壓過群眾的聲音。大家於是安靜下來，聆聽國王說話。

「在你們面前，我要歡迎我最疼愛的兒子返國，我王國的唯一繼承人。他會帶領你們前往特洛伊，爭取榮耀；他會凱旋返國。」

即使在烈日照耀下，我仍感到不寒而慄。他不會回來的。但佩琉斯現在還不知道這件事。

「他已經長大，成為一個英挺的男人，他身上流著神的血液。他是最了不起的希臘人！」

現在已經沒有時間思索此事。士兵用矛敲打著盾牌；女人尖叫；男人吶喊。我看到阿基里斯的臉；他有些吃驚，但並無不悅之意。他站立的姿態不同於以往，只見他展開肩膀，雙腳屹立不搖。他看起來更成熟，甚至更高大。他湊近他父親的耳邊，低聲說了些什麼，我聽不見他說的內容。有一輛戰車在一旁等候；我們登上戰車，看見迎接的群眾一路延伸到海灘。

在宮裡，內侍與僕人在我們周圍忙進忙出，迅速地端上各式菜餚，我們只有短暫的時間可以吃喝。然後我們被帶到王宮庭院，兩千五百名男子已等候多時。我們一抵達，軍士們舉起手中如龜殼般閃亮的方盾，向新將軍致敬。這大概是我們上岸以來看到的諸般景象中最詭異的一個：現在，他成了軍隊的指揮官。他必須認識所有的士兵，知道每個人的名字、甲冑與故事。他不再屬於我一個人所有。

就算阿基里斯很緊張，我想即使是我也不一定看得出來。我看著他向部隊行禮致意，以宏亮的聲音向他們說話，士兵們抖擻精神，站得又挺又直。他們笑著，王子從頭到腳每個部位都深受他們喜愛，因為他是創造奇蹟之人：他閃亮的頭髮，致命的雙手與靈巧的雙足。他們仰望阿基里斯，如同花朵迎向陽光，沐浴在他的光采之下。如奧德修斯所言：他的光輝足以激勵眾人懷抱英雄的夢想，奮勇向前。

我們絕非孤軍奮戰。阿基里斯有許多事要做——他看著徵兵單與人數，他對糧食與武器輜重提出了建議。波以尼克斯，他父親的老臣，將會與我們同行，但阿基里斯仍要解決多如牛毛的問題——有多少人？要多少後勤？各個小隊的軍官誰來擔任？他先把自己能解決的事情處理完，然後鄭重宣布，「我把剩下的事情交給有經驗的波以尼克斯。」我聽見服侍的女僕在我背後讚嘆，說他是個俊美又優雅的男人。

阿基里斯知道我在這裡無事可做。當他回頭看我時，總是面露歉意。他總是把寫字板拿到我面前，詢問我的意見。但我無法為他分憂解勞，只能站在他的身後，無精打采沉默不語。

即使回到普提亞，我還是無法逃脫眼前的一切。每扇窗都傳來外頭士兵練習的聲音，他們不斷操練，磨利自己的兵器。他們開始自稱是「謬爾米東」（Myrmidons），也就是「蟻人」的意思，這是一個古老的榮譽綽號。阿基里斯向我解釋這個名字的典故，據說普提亞人是宙斯用螞蟻創造出來的。我看見他們行軍，精神振奮地排成整齊的行列。我也看見他們夢想著掠奪與衣錦還鄉。但這些夢想與我們無關。

我開始脫隊。當引導員引領阿基里斯向前時，我會找個理由落在後頭：突然覺得癢，或鞋帶掉了。他們加快腳步前進，將我遠拋在後，然後他們繞過轉角，突然消失在我面前。孤伶伶的我，感到一陣愉快。我走在這條多年前走過的曲折走廊上，欣喜地來到空無一物的舊房間。我躺在冰冷的石砌地板上，閉上眼睛。我忍不住想像這一切何時結束——矛尖或劍刃，或被戰車撞個粉碎。他的心臟不斷噴出血來。

第二個星期的某個夜裡，我們躺著，就在半夢半醒之際，我問他，「你要怎麼告訴你父親預言的事？」

在寧靜的午夜時分，即使是輕聲細語也顯得異常清晰。他沉默了一會兒，然後回道，「我不打算告訴他。」

「完全不說？」

他毫不猶豫地搖搖頭。「他無法改變什麼，說了只是讓他徒增悲傷。」

「你的母親呢？她不會告訴他嗎？」

「不會，」他說。「這是我要離開斯基羅斯島的最後一天要她答應的幾件事之一。」

我皺起眉頭。他並未告訴我這件事。「其他的事呢？」

我見他有點遲疑。但我們兩人之間沒有祕密，絕對沒有。「我要她保護你，」他說。「在我死後。」

我看著他，感到口乾舌燥。「她怎麼說？」

又是一陣沉默。安靜得讓我覺得他可能感到羞恥，他回道，「她拒絕了。」

之後，阿基里斯睡著了，我看著天空，想著這件事。知道他做的要求，我內心感到溫暖——它驅除了我這幾天在宮裡的孤寂，當眾人需要他，而不需要我的時候。

至於女神的回答，我不在乎。我不需要她的保護，如果阿基里斯走了，我也不打算獨活。

六個星期過去——這段時間用來組織士兵、裝備艦隊、裝運糧食衣物以進行長期戰爭。這場戰爭可能持續一到兩年，圍城戰總是曠日持久。

佩琉斯堅持讓阿基里斯使用最好的東西。他花了一筆錢購買甲冑，這筆錢足以打造六人份的盔甲。青銅打造的胸甲，雕刻著獅子與沖天的鳳凰，堅硬的皮革護脛與金色的箍帶，裝飾著馬尾的頭盔，白銀打造的寶劍，數十枚矛尖，以及兩輛輕輪戰車。有了戰車自然得有馬匹，佩琉斯給了阿基里斯四匹馬，其中兩匹是諸神送他的結婚禮物。這兩匹馬叫克桑托斯（Xanthos）與巴利歐斯（Balios）：金黃而帶著斑點，每當牠們無法自由奔馳時，會不耐地翻白眼。佩琉斯也派了一名戰車兵給我們，這個男孩比我們兩人年輕，但他的體格健壯，而且善於駕馭桀驁不馴的馬匹。他的名字叫奧托梅頓（Automedon）。

佩琉斯給阿基里斯最後的一件東西是一根長矛，淡灰色的樹苗剝去樹皮，然後不斷磨光，直到發出灰色火燄的光彩。他說，這是奇隆要送給阿基里斯的。我們恭敬地接過長矛，手指撫摸著表面，彷彿想捕捉人馬留在上面的光影。這麼精緻的東西即使是技術純熟的奇隆也需要幾個星期的時間製作，也許早在我們離開那天，他就已經著手進行。他是否早已知道阿基里斯的命運，抑或只是猜測？當他一個人待在玫瑰色的洞穴時，是否也察覺到一點預言的內容？或許他只是感到苦澀，長久以來一個又一個的男孩前來學習音樂與醫術，然後下山之後一個又一個遭到謀殺。

然而這根美麗的長矛顯然不是在苦澀中製成，而是投入了關愛。它的形狀只適合阿基里斯的手，它的重量只適合阿基里斯的力氣。雖然矛尖鋒利而致命，但握在手中的矛桿，卻如同豎琴支柱般塗了油，光滑而順手。

終於，出征的日子來臨了。我們的船比奧德修斯的船更為美麗——柔滑細長如同刀尖，利於乘風破浪。它吃水淺，卻能負載更重的糧食與補給品。

而這只是旗艦，其餘還有四十九艘船艦，這是一座樹木打造的城市，在普提亞港口的水面上輕柔地搖動著。明亮的船頭是動物與女神的合體，桅杆如同大樹般聳立著。在每一艘船的前方，新任命的船長立正站好，當我們沿著船板上船時，船長向我們行禮致意。

阿基里斯率先登船，他的紫袍在海風中飄盪著，然後是波以尼克斯，然後是穿著新披風的我扶著老臣的手臂上船。民眾為我們與魚貫上船的全船將士歡呼。周遭的人全高喊著最終的承諾：為光榮而戰，為普里阿摩斯富有的城市黃金而戰。

佩琉斯站在岸邊，揮手道別。阿基里斯確實沒有告訴他預言的內容，只是緊緊地擁抱父親，彷彿要將這名老人融入自己的血肉之中。我也擁抱了國王，他的四肢細瘦但卻結實。我想，這就是阿基里斯老的時候的樣子。然後我猛然想起：阿基里斯永遠不會老。

船的木板仍沾著新的樹脂。我們倚著欄杆，肚子靠著被太陽曬暖的木頭，向岸上的人揮別。

水手拉起船錨，方形，看起來像白堊，上面還長了藤壺，然後鬆開船帆。水手坐在船緣的槳位上，手握船槳，看起來就像眼睫毛一樣，等待一聲令下。於是擂起戰鼓，船槳高舉而後插入水中，帶領我們前往特洛伊。

17

不過首先，我們必須先前往奧里斯（Aulis）。奧里斯形狀如同陸地往海中伸出的一根指頭，它有夠長的海岸線來停泊所有的船隻。阿伽門農希望他的大軍能在出航前全部集結在某個地點。這麼做或許只是做為一種象徵：顯示遭到冒犯的希臘擁有極為可觀的武力。

在艾維亞島沿岸不平靜的海面上顛簸了五天，我們終於繞過曲折海峽的最後一個轉折，來到了奧里斯。此時眼前豁然開朗，彷彿有人用力拉起幕簾一樣：海岸線停靠了各種大小五顏六色形狀不一的船艦，沙灘上則是成千上萬的士兵，遠遠看來宛如不斷移動的地毯。在沙灘後面，帳篷頂部延伸到地平線外，明亮的三角旗顯示國王大帳就在那兒。船上的士卒努力划槳，最後我們終於在擁擠的海岸找到最後一個空位——空間足以容納整批艦隊，於是五十艘船一起從船尾下錨。

號角吹起。其他船艦的謬爾米東已經開始涉水登岸。他們站在岸邊，圍繞著我們，白色的丘尼卡隨風舞動著。突然間，兩千五百名士兵不約而同地喊著王子的名字。阿—基—里—斯！岸上其他國家的士兵全朝我們這裡看過來——斯巴達人、阿爾戈斯人、邁錫尼人與其他來自各地的人。消息如漣漪一般往外擴散，一傳十，十傳百。阿基里斯來了。

當船員降下船板，我們看到岸上的人已集結過來，有各國國王，也有徵召而來的士兵。從遠處我認不出那些王公貴族的臉孔，但我認得站在他們前面的隨從手裡舉的三角旗：黃旗是奧德修斯，藍旗是迪歐梅德斯，然後是最明亮也最大的，紫底獅旗，那是阿伽門農與邁錫尼的象徵。

阿基里斯看著我，深呼吸一口氣；普提亞群眾的吶喊聲根本無法與這裡相比。但他已經準備好了。我看見他挺起胸膛，綠色的眼睛發出銳利的目光。他走向船板，並且矗立在頂端。謬爾米東仍持續吶喊助威，但吶喊的不只是他們而已；其他各國的士兵也加入他們的行列。一名強壯的謬爾米東船長把手圍在嘴邊呼喊著。「阿基里斯王子，佩琉斯王與女神忒提斯之子。最了不起的希臘人！」

彷彿是在回應這句話似的，天氣居然起了變化。明亮的陽光穿透雲層而出，傾瀉在阿基里斯身上，灑遍了他的頭髮、背與皮膚，他全身散發黃金般的色彩。他突然間變得高大許多，身上穿的丘尼卡原本在旅程中起皺蒙塵，此時卻平整得宛如潔白的風帆。他的頭髮在陽光照射下，如同熾烈的火燄，生氣蓬勃地飛揚。

在場所有的人全倒抽一口氣，他們不由分說再次爆出如雷的歡呼聲。忒提斯，這大概是她的傑作，我想不出還有其他人了。她運用神力，讓阿基里斯的每一寸肌膚如同鮮奶油般潔白，並且讓他輕易獲得絕大多數人的讚美。

我看見他的嘴角露出微笑。他樂在其中，他的嘴唇正品嘗著群眾對他的崇拜。他後來告訴我，他自己也不知道發生了什麼事。但他不質疑這一切，因為他對這些並不感到陌生。

群眾為他讓出一條路，使他在人群包圍中得以走到各國國王的聚集處。每個剛抵達的王子都要在其他國王與指揮官面前自我介紹；現在，輪到阿基里斯。只見他大步走下船板，穿過推擠的士兵行伍，在諸王面前約十英尺的地方停下腳步。我則尾隨其後，離他約數步之遙。

阿伽門農等待著我們。他的鼻子彎曲而銳利，如同鷹的嘴喙，他的眼睛閃爍著貪婪的智巧。

他的身材結實，胸膛寬闊，強健的雙足立於地面，似乎無可動搖。他看起來飽經歷練，但卻也予人滄桑之感——他的外表看起來比我們所知的四十歲還要老上許多。在他的右手邊，也就是象徵尊榮的位置，站著奧德修斯與迪歐梅德斯。他的左手邊則是弟弟梅內勞斯，他是斯巴達國王，也是這場戰爭的起因。我在廷達略斯國王的大廳看到的那一頭火紅頭髮，如今已長出根根白髮。與他的哥哥一樣，梅內勞斯高大強壯，肩膀壯得像頭牛。家族特有的深色眼睛與鷹鉤鼻，在他臉上似乎柔和許多，使他看起來較為溫和。他的臉孔帶著笑意，而且五官英挺好看，這是他的哥哥沒有的優點。

其他的國王我唯一認得的就是涅斯托爾——這個老人的下巴長著稀疏的白鬚，臉龐雖已老邁瘦削，但仍目光如炬。據說他是現存年紀最長的人類，因為詭計多端而得以逃過上千件醜聞、戰爭與政變。他統治著皮羅斯狹長的沙地，至今仍戀棧著王位，他的數十名兒子因此極為沮喪。他們的年華老去，而涅斯托爾仍不斷生下年輕的子嗣。涅斯托爾在兩個兒子攙扶下，與其他國王一起站在最前排的位置。他看著我們，興奮得合不攏嘴，急促的呼吸吹拂著自己的鬍子，這位老人家喜歡熱鬧的場面。

阿伽門農往前走了幾步。他雖然張開雙臂表示歡迎之意，卻像帝王一樣站在原地不動，等著對方鞠躬行禮，向他致上忠誠的誓約。他期待阿基里斯行跪禮，向他輸誠。

但阿基里斯沒有跪下。他沒有向偉大的國王致意，也沒有低頭或獻上禮物。他只是站直了身子，當著好幾個國王的面，驕傲地揚起下巴。

阿伽門農的表情變得僵硬；他的動作看起來極為愚蠢，就這樣雙臂張開呆站著。當然，他心知肚明。我看著奧德修斯與迪歐梅德斯；他們的眼睛傳遞著尖銳的訊息。現場瀰漫著令人不安的沉默，只見大家不斷地交換眼神。

我把手揹在身後，緊握著，並且看著阿基里斯以及他玩的把戲。他的臉宛如石雕，似乎在向邁錫尼國王傳遞警告的訊息——你不許命令我。沉默持續著，有一種難受且透不過氣的感覺，就像歌手硬撐著想一口氣唱完最後一句歌詞一樣。

正當奧德修斯想向前化解僵局時，阿基里斯說話了。「我是阿基里斯，佩琉斯之子，擁有神的血統，我是最了不起的希臘人，」他說。「我來為你帶來勝利。」所有人全驚訝地說不出話來，但不久大家就以吶喊來表達他們對阿基里斯的肯定。這份驕傲是屬於大家的——英雄不拘小節。

阿伽門農的眼神有點洩氣。奧德修斯在那裡，他的手沉重地放在阿基里斯的肩上，弄皺了他的衣服，但他的聲音卻緩和了緊張的氣氛。

「阿伽門農，世界的主人，我們帶阿基里斯王子前來，向你宣誓效忠。」他的表情警告著阿基里斯——現在做還不晚。但阿基里斯只是微笑，並且向前走了幾步，奧德修斯的手因此從他的肩膀滑落。

「我秉持著自己的意志，決定來此為你效勞。」他大聲說。然後他轉身對著周圍的群眾表示，「我何其有幸，能與來自各國的高貴勇士並肩作戰。」

又一次的歡呼聲，震耳欲聾的聲音持續了好一陣子，驅散了原本尷尬的氣氛。終於，面色難看的阿伽門農罕見地耐著性子，勉強說了幾句話。

「其實，我有世上最強大的軍隊。但我仍歡迎你的加入，年輕的普提亞王子。」他突然收起笑容。「可惜你這麼晚才來。」

這句話別有玄機，但阿基里斯沒有機會回應。阿伽門農又繼續說，他提高音量，好讓每個人都能聽清楚：「希臘人，我們已經耽擱太久。我們明日往特洛伊進軍。回到你們的營地，準備明日出發。」然後他轉身朝沙灘走去。

與阿伽門農關係最密切的幾個國王跟著他離開，然後返回各自的船上——奧德修斯、迪歐梅德斯、涅斯托爾、梅內勞斯與其他人。不過還有一些人徘徊在原地等著見新英雄：色薩利人尤里皮勒斯（Eurypylus）與皮羅斯的安提洛克斯（Antilochus），克里特島的梅里歐尼斯與醫生波達勒里歐斯（Podalerius）。人們從希臘各地來到這裡，要不是為了追求榮耀，就是受到誓約束縛。許多人已經在這裡待了幾個月，等待其餘的軍隊前來會合。在經過這麼一段無聊的時期之後，他們也希望——他們一邊說一邊偷看著阿基里斯的表情——看到一些無害的娛興節目，特別是針對——

「阿基里斯王子，」波以尼克斯突然打斷談話。「請原諒我的插話。我想你應該想知道，你的營地已經準備好了。」他的聲音有些僵硬，似乎顯示他對阿基里斯的做法不是很認同；但在這裡，在眾人面前，他不會直接違逆阿基里斯的說法。

「謝謝你，令人尊敬的波以尼克斯。」阿基里斯說。「如果諸位見諒的話——？」

是的，他們當然一定會原諒。他們會晚點來，或明天再來叨擾。他們會帶著上好的美酒，而我們會一起一飲而盡。阿基里斯與他們握手，承諾一定會再聚。

在營地，謬爾米東在我們身旁不斷來回搬運行李與糧食，竿子與帳篷。一名穿著制服的男子到我們面前鞠躬行禮——他是梅內勞斯的傳令官。梅內勞斯無法親自來此，深感遺憾，因此特別派了傳令官來向我們致上歡迎之意。阿基里斯與我交換了眼神。這真是個聰明的外交手法——我們未能跟他的哥哥交上朋友，所以梅內勞斯也就不方便前來。然而，他還是對最了不起的希臘人表達了歡迎之意。「這個人想先觀望一下。」我低聲對阿基里斯說。

「只要他還想要回自己的妻子，他就不會輕易冒犯我。」阿基里斯也低聲地回答。

我們是否想到各個營地看看呢？傳令官問。是的，我們正有此意，我們用最莊重的禮節回應他。

主營地只能用一團亂來形容，活像個營運中的瘋人院——不僅三角旗飄揚著，就連曬衣繩上的衣物也在飄動，營帳的牆壁未固定好，風一吹拂就任意翻揚。此外，成千上萬的士兵也雜亂無章地到處亂竄，完全搞不懂他們在忙些什麼。過了營地就是河流，旁邊的舊水位標顯示軍隊首次抵達此地的時間，當時的水位約比現在高了一英尺。然後我們看到市集中心與廣場，還有祭壇與臨時搭建的高臺。最後是公共廁所——長而未加蓋的溝渠，這個地方也是摩肩擦踵。

無論我們走到哪裡，似乎一直受到眾人的注視。我仔細看著阿基里斯，想知道忒提斯是否會再讓他的頭髮發出亮光或肌肉變得更結實。就算她真的施法，我也看不出差別；因為我眼前的優雅全來自阿基里斯自己：簡單，毫無矯飾，神采奕奕。他對看著他的人揮手；在經過時對著每個人微笑並且打招呼。我聽到那些臉上長滿鬍子、嘴裡缺牙、手上長滿老繭的人在背後說他是最了不起的希臘人。他是否真能做到奧德修斯與迪歐梅德斯所承諾的？他們是否相信這修長的四肢真能抵擋得住特洛伊的軍隊？十六歲的男孩真能成為希臘最偉大的戰士？當我思索這些疑問時，我在每個地方看到了答案。是的，他們每個人都點頭，是的，他是。

18

當晚，我氣喘吁吁地醒來。全身都汗濕了，帳棚內熱得讓人喘不過氣來。身旁的阿基里斯依舊沉睡著，他的皮膚跟我一樣濕黏。

我走出帳外，希望吹點海風。但外頭也一樣，空氣既沉悶又潮濕。太安靜了，靜得有點奇怪。我沒聽到帳篷布條劈啪拍動的聲音，也沒聽到未綁牢的馬具的叮噹聲。就連整個海面都是靜默的，彷彿海浪已不再拍打岸邊。在碎浪之外，我看到海面平靜無波，宛如磨光的銅鏡。

我這才發現，一點風也沒有。這太奇怪了。圍繞在身旁的空氣似乎完全靜止，我感受不到任何波動。我想到：如果一直這樣的話，我們明天就無法出航。

洗臉時，水的冰涼令人快意，然後我回到阿基里斯身邊，在不安中進入夢鄉。

第二天早晨還是一樣。我滿身大汗地醒來，皮膚又皺又乾。我感激地喝著奧托梅頓端來的水。阿基里斯醒了，他把手從浸濕的前額移開。他皺起眉頭，走到帳外，然後回來。

「沒有風。」

我點頭。

「我們今天無法出發。」我們的士兵都是強壯的槳手，但即使如此，他們也不可能划一整天。我們需要風帶我們前往特洛伊。

但風就是不來。不只當天，或當晚，第二天也沒有風。阿伽門農被迫在市集向眾人宣布推遲出航日期。他承諾，只要風一起，我們就出發。

但風還是不來。我們整天都感到燠熱，而空氣感覺就像噴火一樣，讓我們的肺感到燒灼。我們過去從不知道沙子可以燙傷人，而毯子蓋起來可以這麼不舒服。大家的脾氣越來越大，打架鬥毆事件時有所聞。阿基里斯與我經常泡在海裡，試圖尋求一點舒適。

幾天過去了，我們蹙起出油的額頭，感到憂心。兩個星期無風實在太反常了，然而阿伽門農還是靜觀其變。終於阿基里斯說，「我去問我母親。」他去找她時，我坐在帳中一邊流汗一邊等候。他回來時說，「這是眾神做的好事。」但他的母親不說——不能說——是誰幹的。

我們去見阿伽門農。國王的皮膚發紅起疹，他一直生著悶氣——對風生氣，對軍隊的不安生氣，對旁人的藉口生氣。阿基里斯說，「你知道我的母親是女神。」

阿伽門農聽他這麼說，差一點破口大罵。奧德修斯趕緊用手按住他的肩膀，要他克制自己。

「她說這種天氣不是出於自然。而是諸神給的訊息。」

阿伽門農聽了更加悶悶不樂；他瞪了我們一眼，讓我們退下。

一個月過去了，一個悶熱而令人昏昏欲睡的月份。人們臉上充滿了憤怒，但沒有人因此爭吵打鬥——實在太熱了。大家都躺在陰暗處，心中懷抱著不滿。

又過了一個月。我想大家都快瘋了，靜止而沉悶的空氣讓大家感到窒息。這種情況還要維持多久？耀眼的天空成為我們行動的絆腳石，我們每一次呼吸都感到炎熱的鬱悶。阿基里斯與我天天在營帳裡玩遊戲打發時間，即使如此，我們也感到無聊難耐。到底這種狀況到什麼時候才會終止？

終於，有消息傳來。阿伽門農開始跟大祭司卡爾卡斯（Calchas）商量此事。我們知道這個人——他的個子矮小，長著不勻稱的褐色鬍子。此外，他的相貌極醜，長得尖嘴猴腮，說話前總喜歡用舌頭舔自己的雙唇。但最醜陋的莫過於他的眼睛：藍色，而且是淺藍色。當人們看見他的眼睛時，總會倒退幾步。他的外形詭異，他出生時沒被殺死算是運氣好。

卡爾卡斯認為我們冒犯了女神阿耳忒米斯（Artemis），但他沒有解釋我們哪裡冒犯了她。卡爾卡斯提出的解決辦法平凡無奇：獻上大量的供品。於是我們獻上牛群與蜂蜜酒。後來在營地會議中，阿伽門農宣布她的女兒將協助主持這項祭典。她是阿耳忒米斯的女祭司，或許她可以平息這位女神的怒氣。

之後我們聽到更多消息——阿伽門農的女兒從邁錫尼來此，不只是為了祭典，也為了完成婚事，她被安排嫁給某個國王。婚禮象徵吉祥，可以取悅眾神；或許這麼做會有幫助。

阿伽門農傳召阿基里斯與我到大帳見他。他的臉看起來充滿皺紋而且浮腫，一副沒睡飽的樣子。他的鼻子仍起著紅疹。阿伽門農身旁坐著奧德修斯，他還是跟往常一樣，泰然自若。

阿伽門農清清喉嚨。「阿基里斯王子。我叫你來這裡是有個提議。或許你已經知道——」他又清了一次喉嚨。「我有個女兒，名叫伊匹格妮雅（Iphigenia）。我想將她許配給你。」

我們睜大了眼睛。阿基里斯的嘴巴開了又閉。

奧德修斯說，「阿伽門農給的可是莫大的榮譽，普提亞王子。」

阿基里斯結結巴巴，很少見他這麼笨拙。「是的，謝謝你。」他的眼睛望向奧德修斯，我知道他在想什麼：德伊達梅亞呢？阿基里斯已經結婚，奧德修斯明明知道這件事。

但伊薩卡國王點點頭，完全無視阿基里斯的目光，而阿伽門農也未注意到。我們佯裝斯基羅斯島的公主不存在。

「對於你的厚愛，我感到極為光榮。」阿基里斯說，但他仍感到猶豫。他對著我眨眼，眼神充滿疑問。

奧德修斯看到了，一如任何事都逃不過他的眼睛。「遺憾的是，你們只有一晚可以相處，之後她必須離開。當然啦，一晚就能發生很多事。」他笑著說。但其他人並沒有跟著笑。

「我相信，婚禮會是件好事，」阿伽門農緩緩地說。「對我們的家族是好事，對所有的士兵也是好事。」他並未看著我們的眼睛。

阿基里斯等著我的回覆；如果我希望他拒絕，他就會說不。妒意刺痛著我，但還不到無法忍受的程度。只有一晚，我想。他會因此贏得地位與權力，而且能與阿伽門農和解。而這也不代表什麼。我如同奧德修斯示意的，點了頭。

阿基里斯伸出手。「我接受，阿伽門農。我很驕傲能叫你岳父。」

阿伽門農握著阿基里斯的手。我看著他的眼睛，他也看著我——他的雙眼帶著冷漠，幾乎充滿了悲傷。日後，我會想起這件事。

他第三次清喉嚨。「伊匹格妮雅，」他說，「是個好女孩。」

「我一點也不懷疑，」阿基里斯說。「能娶她為妻是我的榮譽。」

阿伽門農點點頭，然後讓我們退下，於是我們轉身出帳。伊匹格妮雅。一個念起來流暢的名字，就像山羊在岩石上攀爬的聲音一樣，輕快、活潑與可愛。

幾天後，伊匹格妮雅由一名嚴肅的邁錫尼衛兵——由年紀較大，不適合作戰的人擔任——護送前來。她的戰車響亮地行進在石板路上，最後來到我們的營地，士兵們全跑出來觀看。這些男人已經很久沒看過女人。他們為她脖子的曲線、偶爾露出的足踝與撫平新娘禮服的雙手大擺宴席。她褐色的雙眼散發著興奮之情；她來這裡是為了嫁給最了不起的希臘人。

婚禮將在臨時市集的木造方形平臺上舉辦，平臺的後方就是祭壇。戰車駛得更近了，行經聚集的人群。阿伽門農站在臺上，兩旁站著奧德修斯與迪歐梅德斯；卡爾卡斯也在一旁。阿基里斯就跟一般的新郎一樣，在高臺旁候著。

伊匹格妮雅小心翼翼下了馬車，登上木造高臺。她非常年輕，還沒十四歲，雖然帶著女祭司的莊重自信，但也蘊含著孩子般的急切。她雙手圈著父親的脖子，埋在他的頭髮中。她對父親低聲說了些什麼，然後笑了。我看不到阿伽門農的臉，但他擱在女兒肩膀上的雙手看起來相當緊繃。

奧德修斯與迪歐梅德斯連袂向前行禮致意，並致上歡迎之詞。她的回應優雅，但有點不耐。她已經在搜尋自己許配的丈夫。她很快就發現了新郎，她的目光被他的金髮深深吸引住。她笑了，對於自己看到的一切。

為了回應她的目光，阿基里斯上前向她致意，並且站在平臺的邊緣。他可以碰觸她，而我看到他也準備這麼做。他伸手去握女孩的纖纖玉手，細緻得如同海水沖刷的貝殼。

然而女孩突然一個踉蹌。我記得阿基里斯皺起了眉頭。我記得他趕緊向前要扶住她。

但她並非跌倒。她是被人往後拽，硬生生地拉到後方的祭壇。沒人看到迪歐梅德斯移動，但他的手拽著女孩，牢牢抓著她的鎖骨，然後將她摔在石板地上。她震驚地忘了掙扎，也不知道發生了什麼事。阿伽門農倏地從腰間抽出件東西。當他揮舞時，那東西在陽光下閃閃發亮。

刀刃劃入她的咽喉，鮮血噴灑在祭壇上，也染紅了她的衣裳。她哽住，想說話，但說不出口。她的身體激烈地扭動著，但國王的雙手用力將她摁住。最後，她的掙扎越來越微弱，她踢了幾下，最後靜止不動。

鮮血均勻塗抹在阿伽門農的手上。他對沉默的群眾說道，「女神息怒了。」

誰知道發生了什麼事嗎？空氣中瀰漫著死亡的鐵鹹味。活人獻祭受人厭棄，許久以來已不在我們的土地上施行。而這是他的女兒。我們既驚恐又憤怒。

然後，就在我們回神之前：有什麼東西碰觸我們的臉頰。我們停下來，感到不確定，然後那感覺又來了。柔軟而涼爽，充滿海的味道。大家交頭接耳。風。*起風了*。大家忘了緊咬牙關，連緊握的雙拳也鬆開了。*女神息怒了*。

阿基里斯愣在一旁，他矗立在臺子邊緣，一動也不動。我抓住他的手臂，拉著他穿過人群，回到我們的營帳。他的眼神充滿憤怒，他的臉上還濺著她的血。我拿了一塊濕布，試圖擦掉這些血跡，但他抓住我的手。「我可以阻止他們的，」他說。他的臉色蒼白；聲音沙啞。「我就在旁邊，我可以救她的。」

我搖搖頭。「你不知道他們要做什麼。」

他把臉埋在手裡，不再言語。我摟著他，低聲說著我能想到的一切安慰之詞。

阿基里斯將手上的血漬洗掉，然後脫下那一身沾了血跡的衣服，此時阿伽門農召集大家回到市集廣場。他說，阿耳忒米斯對於大軍即將造成的殺戮感到不滿。她要我們預先付出代價，而且要以相同的方式。光用牛是不夠的。必須以童貞的女祭司，以人血來回報人血；主帥的長女因此是最合適的對象。

他說，伊匹格妮雅知道這件事，也同意這件事。大多數人未能近距離地看見她眼中的驚恐，因此便輕易相信了他的謊言。

當晚，他們在柏樹枝上焚燒她的遺體，柏樹象徵著最黑暗的神明。阿伽門農一口氣開了上百桶酒，供大家慶祝；我們明日一早將乘著潮水前往特洛伊。在我們的營帳裡，阿基里斯累得呼呼大睡，他的頭枕在我的膝蓋上。我撫摸他的額頭，看著他夢中的臉孔不斷顫動著。沾著血跡的新郎丘尼卡放在角落。看著血衣，看著他，我的胸中感到一股熱流，聚集不散。這是他看到的第一樁死亡。我把他的頭從我的膝蓋移開，然後站起身子。

帳外，士兵們又唱又叫，他們喝醉了，但還是繼續喝著。在沙灘上，火葬處在微風助威下，火光衝天。我大步走過營火，走過東倒西歪的士兵。我知道我要去哪兒。

在他的帳外有衛兵守著，不過他們早已倒在地上，幾乎快睡著了。「你是誰？」一名衛兵爬起來問道。我不理他，直接推開帳門。

奧德修斯轉身。他站在小桌子旁邊，手指著地圖。地圖旁擺著吃了一半的晚餐。

「歡迎，帕特羅克洛斯。沒事的，我認識他。」他對著在我身後不斷結巴道歉的衛兵說。等到那人出了帳外，他說，「我知道你可能會來。」

我發出輕蔑的聲音。「無論如何，你一定會這麼說。」

他似笑非笑。「坐吧，我才剛吃完晚餐。」

「你讓他們殺了那女孩。」我劈頭對他這麼說。

他拉了把椅子到桌旁。「你為什麼會認為我可以阻止他們？」

「你會阻止的，如果她是你的女兒的話。」我覺得自己的雙眼快噴出火來。我真想活活燒死他。

「我沒有女兒。」他撕了一片麵包，把它浸在肉汁裡，然後吃下。

「你的妻子呢？如果那是你的妻子，你也會坐視不管嗎？」

他抬頭看著我。「你希望我說什麼呢？說我不會做出這種事？」

「是的。」

「我是做不出這種事。但或許這就是為什麼阿伽門農可以成為邁錫尼的國王，而我只能統治伊薩卡。」

他對於這種問答實在太得心應手，而他的從容不迫也令我惱怒。

「她的死完全出自你的計畫。」

他的嘴扭曲著。「你把我想得太了不起了。我只是一名參謀，帕特羅克洛斯。我不是主帥。」

「你對我們說謊。」

「你是說婚禮嗎？是的。只有這麼做才能讓克呂泰涅斯特拉放那女孩前來。」那個母親，在阿爾戈斯。我心中起了疑問，但我知道奧德修斯又在耍伎倆。我不會中他的計，讓我分心。我比劃著手指。

「你侮辱了阿基里斯。」阿基里斯沒想到會發生這種事——他因為女孩的死而悲慟不已。但我知道，他們的欺騙使阿基里斯的名聲沾上污點。

奧德修斯揮揮手。「大家早就忘了阿基里斯是新郎。就在女孩的血噴濺出來的那一刻，大家已經忘了這件事。」

「你當然可以說忘就忘。」

他為自己倒了一杯酒，然後一口飲盡。「你很憤怒，但你並非毫不講理。但你為什麼來找我呢？我並不是拿刀的那個人，我也不是抓住女孩的人。」

「到處都是血，」我咆哮著。「在他身上，在他臉上。甚至在他嘴裡。你知道這對他的打擊有多大？」

「他對於自己無法阻止這件事而悲傷自責。」

「當然，」我厲聲說道。「他根本阻止不了。」

奧德修斯聳聳肩。「他有一顆善良柔軟的心。這的確是值得讚美的特質。如果這能讓他的良心好過一點的話，你可以告訴他，是我擋住了他的視線，使他看不見迪歐梅德斯想幹什麼。之後等到他發覺已經太遲。」

聽他講了這一番話，我氣得說不出話來。

他坐在椅子上，身體前傾。「我能給你一點建議嗎？如果你真是他的朋友，你應該幫助他拋掉這不必要的善良心腸。他到特洛伊是去殺人，不是去救人。」他深色的眼睛如同急速旋轉的渦流，幾乎要將我捲進去。「他是武器，是殺手，別忘了這點。你可以把長矛當成走路的手杖，但這不會改變長矛的本質。」

他的一席話抽走了我的力量，我突然結巴起來。「他不是——」

「但他是。他是諸神創造的完美之物。他也到了該知道這點的時候，你也是。如果我其他的話你聽不進去，那麼這句話你一定要聽。我這麼說絕不是出於惡意。」

我不是他的對手，他的話就像羽毛筆一樣寫在我的心裡，我無法輕易抹除。

「你錯了。」我說。他並未反駁，只是看著我轉身沉默地逃離。

19

第二天一早，我們與其他艦隊一起出發。從船尾望去，奧里斯的沙灘異樣地光禿。只有地上挖掘的茅坑與火葬少女的白灰，成了我們此行的遺跡。今早我叫醒阿基里斯，順便告訴他奧德修斯轉告我的話——他無法及時看到迪歐梅德斯的行動。阿基里斯聽了我的話，表情依舊呆滯，儘管他睡了很長一段時間，但眼圈依然發黑。他說，「無論如何，那女孩是死了。」

現在他跟在我後面走上甲板。途中，我試著指出各種景物讓他觀看——在船側遨遊的海豚、地平線上隆起的雨雲——但他還是無精打采，聽而不聞。稍晚，我見他一人獨自站著，練習著各種打鬥的步伐，以及揮劍的招式，有時則對自己的動作皺眉表示不滿。

每晚，我們在不同的港口停泊；我們的船不適合長途航行，禁不起日復一日的海水拍打。我們看到的士兵，除了我們的普提亞士卒，就是迪歐梅德斯的阿爾戈斯人。我們的艦隊極為分散，因此不可能所有的部隊都停靠在同一座島嶼上。我相信我們與阿爾戈斯王的部隊一起，絕非出於巧合。他們該不會以為我們會中途開溜吧？我盡可能忽視迪歐梅德斯的存在，而他似乎也不想打擾我們。

在我眼中，這些島嶼全是一個樣——高聳的斷崖被烈日曬得褪成白色，海灘上的小鵝卵石磨得船底咯咯作響。島上長滿了矮樹叢，這些灌木可以攀爬著橄欖樹與柏樹一路往上蔓生。阿基里斯很少關注這些景物。他只是專心打磨自己的盔甲，使其散發出火燄般的光芒。

第七天，我們來到利姆諾斯島（Lemnos），就在赫勒斯彭（Hellespont）狹窄的海口對面。這座島比我們看過的絕大多數島嶼都要來得低窪，這裡到處都是沼澤與靜止的池塘，上面覆滿了睡蓮。我們在營地遠處的一個池子邊坐下。我們離特洛伊只剩兩天的航程。

「你殺死那個男孩時，那種感覺像是什麼？」

我抬起頭。他朝下的臉龐看起來像一團陰影，頭髮垂到他的眼睛周圍。

「像什麼？」我問。

他點點頭，眼睛一直看著池子，彷彿在估量水有多深。

「它看起來像什麼？」

「很難形容。」他突然這麼問，讓我不知所措。我閉上眼睛回想。「我記得，血很快流了出來。我沒想到人居然有這麼多血。他的頭裂了，露出了一點腦子。」即使到了現在，想到那個場景依然讓我感到噁心。「我記得他的頭砸在石頭上的聲音。」

「他會不斷地抽動嗎？像動物那樣？」

「我並未久待，所以之後發生了什麼事我並不知道。」

他沉默了一會兒。「我的父親曾告訴我，把人想成動物就行了，對於那些我殺掉的人。」

我原想說點什麼，卻又闔上嘴。他的眼睛依然緊盯著池面。

「我不認為我做得到。」他說。這就是他的個性。

但奧德修斯的話讓我感到沉重，甚至壓著我的舌頭。這樣很好。我想這麼說。但我知道什麼呢？我不需要在戰場上為自己爭得不朽的名聲。我只需要一個人平靜地活著。

「但我還是忍不住看著，」他輕輕說著。「她的死。」我也一樣；鮮血的噴濺，她的眼神透露的驚訝與疼痛，這些我全看在眼裡。

「殺人不一定全是那樣，」我不自覺地說出口。「她是個無辜的女孩。你搏鬥的是男人，是你不殺他他就會殺你的戰士。」

他轉頭看著我，若有所思。

「但你不會戰鬥，即使對方攻擊你也是一樣。因為你痛恨戰鬥。」如果是別人對我這麼說，那麼聽起來會像是侮辱。

「因為我不擅長戰鬥。」我說。

「我不認為那是唯一的原因。」他說。

他的眼睛交錯著綠色與褐色，宛如森林一般，而即使在陰暗的光線下，我仍然能看見金色。

「或許不是。」我終於說了。

「但你會原諒我嗎？」

我握住他的手。「我不需要原諒你。你並未冒犯我。」這些話說得草率，但句句出自真心。

他看著我們雙手緊握的地方。然後他突然掙脫，他的手以我無法看清的速度在我身旁揮動。他站起來，手裡拿著鬆弛而細長的東西，類似濕繩子，在他手指晃盪著。我看著那東西，心裡著實不解。

「水蛇。」阿基里斯說。牠呈現暗沉的褐灰色，扭折的扁平頭部垂掛在一旁。牠的身體依然顫抖著，牠就要死了。

我感覺自己的軟弱。奇隆曾要我們記住水蛇的棲地與顏色。褐灰色，棲息在水邊。容易激怒，毒性致命。

「我連看都沒看見。」我勉強地說出口。他把水蛇丟到一旁，讓那條鈍鼻的褐色東西橫躺於雜草叢裡。他已經折斷牠的脖子。

「你不需要看見，」他說。「我看見就行了。」

在這件事之後，阿基里斯變得比較放鬆，他不再像先前一樣不斷在甲板上踱步，或空望著。但我知道他心裡面仍記掛著伊匹格妮雅的事。事實上，我也是如此。他總是拿著矛來回走動。他會把矛拋到空中，然後再接住它，如此反覆再三。

慢慢地，艦隊開始零星集結起來。有些船隻繞了一大圈，從南方的勒斯博斯島（Lesbos）過來。有些船走的是最直接的航路，而它們已經在特洛伊西北方的席格烏姆（Sigeum）附近等候。有些船跟我們一樣，沿著色雷斯海岸移動。我們再度聚集在特內多斯島（Tenedos），這座島就位於特洛伊廣闊沙灘之外。我們傳遞訊息時是從一艘船傳到下一艘船，阿伽門農的計畫就是用這種方式逐船叫喊來完成宣達：國王的船排在最前線，其餘的船則跟在他們後頭分散開來。然而，一旦船隻集結，在狹窄的空間裡讓船艦就定位可不是那麼容易，一不小心往往構成混亂；過程中就發生三起碰撞意外，而許多人因為撞擊到鄰船船身而把槳弄斷。

最後，我們終於找好停船的地點，迪歐梅德斯在我們的右方，梅里歐尼斯在我們的左方。於是戰鼓齊擂，諸船齊發，船員們開始奮力划槳。阿伽門農下令將速度放慢，讓諸船的船首維持一直線，以保持步調劃一。但各國國王似乎不願聽從他的指揮，每個人都奮勇爭先，希望搶得頭功。槳手們汗如雨下，但領導者仍無情地鞭笞他們。

我們與波以尼克斯及奧托梅頓一起站在船頭，看著海岸逐漸逼近。無事可做的阿基里斯自己拋接著長矛。槳手開始跟著阿基里斯拋接的節奏划槳，矛桿平穩地打在他的手心，發出規律的聲響。

越來越近，我們開始看到岸上的景物：從模糊的綠褐色陸地上，逐漸可以看到高聳的樹木與山嶺。我們的船艦領先了迪歐梅德斯，甚至超前梅里歐尼斯一個船身。

「海灘上有人，」阿基里斯說。他瞇著眼看。「他們有武器。」

在我答腔之前，艦隊某個地方傳來號角聲，而其他船隻也吹號回應。這是警報聲。風中隱約聽見了喊叫聲。我們以為我們對特洛伊人發動突襲，但他們早就知道我們來了。他們正好整以暇等著我們。

所有戰線上的船隻，槳手全將槳插入水中減速。沙灘上的男人顯然是士兵，他們全穿著深紅色的軍服，顯示他們是普里阿摩斯的部隊。一輛戰車疾馳於戰陣之前，揚起了漫天塵土。戰車上的男子頭戴馬鬃頭盔，我們從遠處的船上都能看見他強壯的身體線條。他的體格魁梧，但還不及大埃阿斯或梅內勞斯。他的力量來自於他的舉止動作，他完美厚實的肩膀，他直立頂天的背部。這與我們想像的東方人總是狂飲暴食，一副萎靡的模樣完全不同。這名男子的一舉一動宛如眾神正在觀看他，極其挺立而昂揚。此人想必不是別人，必是赫克特無疑。

他從戰車一躍而下，對著士兵大吼。我們看到敵軍高舉長矛，箭已上弦。我們依然在對方箭矢的射程之外，然而潮汐不斷拉扯我們向前，儘管槳手不斷減速，甚至放下船錨，似乎都無法降低船速。戰線上到處都是吶喊聲，一時場面陷入混亂。但阿伽門農沒有命令下來；總之堅守崗位，不要貿然登岸。

「我們幾乎已經在對方的射程之內。」阿基里斯說。他似乎完全不緊張，但船上的人可是驚慌失措，甲板上到處是大家的腳步聲。

我看著海岸越來越近。赫克特已經走了，他往沙灘後頭移動，到別的地方去激勵另一批部隊的士氣。但在我們眼前又出現另一名男子，看似隊長般的人物，他身穿皮甲，罩盔覆蓋了整個頭部，只露出他的鬍子。他舉起弓，眼神沿著箭桿朝我們這兒望來，他已準備好要殺死第一個希臘人。

他不可能有機會。我沒看見阿基里斯移動，但我聽見了：呼嘯而過的聲音，與他輕柔的呼吸聲。長矛從他手中疾射而出，飛過了分隔甲板與沙灘的水面。這只是個動作罷了。沒有擲矛手能將矛擲得像射出去的箭一樣遠。那矛恐怕到不了陸地上。

然而大家想錯了。黑色的矛尖刺進了弓手的胸膛，使他後退倒地。他的箭從喪失知覺的手指鬆脫，無害地射向空中。弓手倒在沙地上，無法再起身。

旁邊的船隻看見這一幕，響起了吶喊與勝利的號角聲。消息如同星火燎原一樣往兩側排成一列的戰船延燒：第一滴血是我們的，是普提亞如神一般的王子噴濺的。

阿基里斯的表情平靜，彷彿什麼事都沒發生，完全不像一個創造奇蹟的人。岸上的特洛伊人揮舞著武器，叫喊著奇異的刺耳語言。在我身後，我聽到波以尼克斯向奧托梅頓低聲說了幾句，奧托梅頓急忙退下。不一會兒他出現了，手裡拿了一堆長矛。阿基里斯不由分說拿起其中一根長矛，掂了一下重量，隨即擲出。這一次我仔細看著，他的手臂呈現優雅的曲線，抬起下巴。他不像一般人一樣還需要停下來瞄準。他知道長矛要飛向何處。在岸上，又一個人倒地。

現在雙方已很接近，開始箭矢齊飛。許多箭掉到海裡，其他的則射中桅杆與船身。我們這裡的人大叫著，岸上的人也吶喊助威。阿基里斯冷靜地從奧托梅頓手中接過盾牌。「站在我後面。」他說。我照做了。當箭射過來時，他輕易地用盾牌隔開。他又拿起另一根矛。

士兵們越來越亢奮——他們拚命地射箭、擲矛，只不過全掉進海中。在戰線的某處，皮拉斯（Phylace）王子普羅特希勞斯（Protesilaus）大笑一聲從船頭一躍而下，開始游向岸邊。或許他喝醉了；或許他胸中燃起榮耀的希望；或許他不想落居普提亞王子之後。一根迴旋的長矛，從赫克特手中擲出，刺中了他，染紅了他身旁的海水。他是第一個陣亡的希臘人。

我們的士兵沿著繩索滑下，舉起大盾抵擋箭矢，持續地衝到岸上。特洛伊人的組織嚴密，但沙灘沒有天然屏障，而我們的人數遠超過他們。在赫克特的指揮下，他們抬走陣亡的袍澤，從沙灘撤退。他們的目的一目瞭然：向希臘人證明，要殺死他們沒那麼容易。

20

我們占領了沙灘，並且開始將船隻拖到沙灘上。我們派出斥候到前方偵查特洛伊伏兵，然後設置衛兵站哨。雖然天氣炎熱，但沒人脫掉甲冑。

很快地，雖然船隻堵塞於我們身後的港灣，但已有許多船隻拖上分配給各王國的營地。普提亞人的位置位於沙灘的最遠端，遠離市集廣場，也遠離特洛伊與其他國王的營地。我看了奧德修斯一眼，是他為我們選了這塊地。他的臉一如以往，溫和但難以測度。

「我們怎麼知道要走多遠？」阿基里斯問道。他用手遮著眼睛上緣，望著北方。這片沙灘看起來無窮無盡。

「走到沒有沙的地方為止，」奧德修斯說道。

阿基里斯示意將船拖上岸，謬爾米東的隊長們開始解開與其他船連繫的繩索。炙熱的陽光照射在我們身上——這裡的陽光似乎特別刺眼，也許因為沙灘是白色的關係。我們一直走到隆起的青草地上。這是一塊新月狀的土地，像搖籃一樣從兩翼與後面環抱著我們未來的營地。在這塊地的頂端有一片森林，往東延伸到一條閃閃發亮的小溪。往南一看，特洛伊城如同地平線上的一塊污點。如果這塊地的選擇是奧德修斯的主意，那麼我們真該謝謝他——這應該是目前為止最好的紮營地，不僅提供了綠意與樹蔭，也極為寧靜。

我們把謬爾米東交給波以尼克斯指揮，然後回到主營地。所到之處，大家都在做相同的事：

把船拉上岸，設立營帳，卸下補給品。大家精神異常亢奮，空氣中瀰漫著狂熱的氣氛。終於，我們到了。

我們經過阿基里斯著名的堂兄弟大埃阿斯的營地，他是薩拉米斯島（Salamis）的國王。我們在奧里斯時，曾遠遠看到他，而且聽聞了他的傳言：他走在船上時，把甲板踩裂了，他曾經揹著一頭公牛走了一英里的路。我們看見他從船艙抬起一大袋東西走下船。他的肌肉看起來就像一塊巨大的岩石。

「特拉蒙之子。」阿基里斯說。

這名巨人轉身，遲疑了一下，想起眼前的男孩是誰。他瞇著眼睛，然後用他不常用的禮貌語氣沙啞地說，「佩里德斯。」他放下袋子，伸出長了老繭的手，他手上的繭大如橄欖。我對大埃阿斯感到可惜，要不是阿基里斯，他會是最了不起的希臘人。

回到主營地，我們站在標誌著沙地與草地界線的山丘，看著我們此行的目的。特洛伊。在我們與特洛伊之間，隔著一大片平坦的草地，兩旁流淌著寬闊緩慢的河流。即使相距遙遠，特洛伊的石牆仍捕捉了銳利的陽光，閃閃發亮。我們想像我們能看到著名的斯卡伊恩門（Scaean gate）的金屬亮光，據說它的銅製絞鏈有一個人高。

終有一天，我會在近處看著這道城牆，平整的方石緊密堆砌著，據說是太陽神阿波羅的傑作。我將苦思著要如何攻陷這座城池。因為特洛伊的城牆遠高於攻城塔，其堅不可摧連投石器也莫可奈何，而任何一個理智清楚的人都不會嘗試攀爬那平滑高聳的牆面。

傍晚，阿伽門農召開第一次會議。巨大的營帳裡排了幾排椅子，大略呈半圓形。在帳內的前方坐的是阿伽門農與梅內勞斯，奧德修斯與迪歐梅德斯分坐兩旁。其他國王陸續入內就座。他們從小受過長幼尊卑的教育，地位較低的國王自然會選擇後頭的位子坐，他們會把前排的位子留給著名的國王。阿基里斯毫不猶豫地坐在第一排，並且示意我坐在他的身旁。我本想有人會出言反對。但大埃阿斯帶著他的混血弟弟特烏瑟前來，而伊多梅紐斯也帶著自己的隨從與戰車兵進來。顯然最好的位子也是任由人們隨意坐下。

與之前在奧里斯充斥著抱怨的會議（浮誇，沒有重點，冗長）不同，這次眾人商議的全是正事：公共廁所的設置、軍隊補給與戰略。國王們分成主戰派與主和派——難道我們不該先表現出文明人的樣子？令人驚訝的是，梅內勞斯居然極力主張談判。「我願意隻身前去會談，畢竟此事是因我而起。」

「如果光用談的對方就會投降，那麼我們大老遠來是為了什麼？」迪歐梅德斯抱怨說。「我乖乖待在家不就好了。」

「我們不是野蠻人，」梅內勞斯堅持。「或許他們是講理的人。」

「但也可能不是，何必浪費時間呢？」

「阿爾戈斯王，如果戰爭是在談判或考量後才進行，那麼錯不在我們。」這次發言的是奧德修斯。「這可以讓安那托利亞諸城覺得沒有義務前來援救特洛伊。」

「你支持梅內勞斯的說法嗎，伊薩卡？」阿伽門農問道。

奧德修斯聳聳肩。「有很多方式可以開啟戰端，我總覺得從掠奪開始是最好的。它達成的效果跟外交一樣，但獲利更多。」

「對！掠奪！」涅斯托爾粗魯地說。「我們必須先給對方顏色瞧瞧！」

阿伽門農抓抓下巴，眼神掃過在場的各國國王。「我想涅斯托爾與奧德修斯說得很對。我們先搶掠，然後再派使者談判。我們明天就這麼做。」

他不需要再下指示。掠奪是攻城的一環，你可以選擇不直接攻城，而是搶掠城池四周的鄉村，藉此斷絕城市穀物與肉類的來源。你可以殺死抵抗的村民，也可以將不抵抗的人當成奴隸。除了搶糧，你也可以搶奪女兒與妻子，以此要脅村民效忠。另外也會有村民逃往城內，除了讓城內更加擁擠，也造成城內的負擔。最後，城市將會因為缺糧而不得不投降。

我原本以為阿基里斯可能會反對，提出殺死農民是不光采的事。但他卻只是點頭，彷彿這已經是他第一百次攻城，彷彿他這輩子一直在從事搶掠的勾當。

「我只要求一件事——如果要攻擊，我不希望造成混亂。一定要維持陣形，進退有節，不要單獨行動。」阿伽門農調整了一下坐姿，看起來有點緊張。他是該緊張；他底下的這群國王個個想強出頭，因此首次的攻擊行動如果陷入混亂，將影響他個人的權威：必須安排好眾人在戰場上的位置才行。如果有人想挑戰他的權威，現在就是時候。光是想到有人心懷鬼胎就讓他憤憤不平，而他的聲音也禁不住變得粗魯起來。這是阿伽門農典型的缺點：他越在乎自己的地位，就越容易做出不得人心的事。

「理所當然，我與梅內勞斯居中。」此時底下開始出現不滿的聲音，但奧德修斯率先支持。

「明智的決定，邁錫尼國王，這麼做便於使者連繫。」

「正是如此，」阿伽門農隨即點頭，彷彿這就是他的本意。「我弟弟的左手邊是普提亞王子。我的右手邊是奧德修斯。兩翼分別是迪歐梅德斯與大埃阿斯。」以上都是最危險的位置，敵人很可能會試圖包抄或突破。因此處於這些位置的人必須不計任何代價固守陣線，而我們也需要最有聲望的人來承擔這些職責。

「其餘的位置由抽籤決定。」當交頭接耳的聲音稍歇，阿伽門農起身。「任務就如此分配。我們明日進軍，進行掠奪，日出即行。」

當我們沿著海灘走回營地時，太陽正逐漸西沉。阿基里斯心情很好。他毋需爭奪就取得最好的位置。此時吃晚餐還太早，於是我們登上長滿青草的山丘，這裡剛好在我們的營地外圍，是一塊細長突出到樹林的地帶。我們在此稍做停留，仔細觀察新營地與遠處的海洋。黯淡的天光隱約照著他的頭髮，黃昏下他的臉孔變得柔和許多。

登陸戰之後，我的內心一直有個疑問，但直到現在我才有機會問他。

「你真的跟你父親說的一樣，把他們當成動物嗎？」

他搖搖頭，「我完全沒這麼想。」

海鷗在我們頭上一邊鳴叫，一邊盤旋飛翔。我想像明日阿基里斯首次掠奪後全身是血的樣子。

「你害怕嗎？」我問。我們背後的樹林傳來夜鶯的初啼。

「不，」他回答。「我是天生的戰士。」

第二天早晨，我在特洛伊海浪的拍岸聲中醒來。阿基里斯依然在我身旁沉睡著，於是我躡手躡腳地離開帳篷。外頭的天氣跟昨天一樣，萬里無雲：陽光明亮刺眼，海面宛如反射白光的巨大床單。我坐下來，臉上滾落豆大的汗珠，背部已全汗濕。

不到一小時，掠奪就要開始。昨晚，我一邊記掛著掠奪一邊睡去，今日當我醒來時，腦子裡依然是掠奪的事。我們已經討論過，我不會參加這場掠奪。絕大多數人都不會參與。這是國王的掠奪，是留給最優秀的戰士爭取的榮譽。這將是阿基里斯首次面對真實的殺戮。

是的，前一天的沙灘上到處都是人。但那是從遙遠的地方擲矛，你連血跡都看不見。他們就像喜劇人物般倒下，從遠處完全感受不到他們的痛苦與掙扎。

阿基里斯走出帳篷，他已經著裝完畢。他坐在我身旁，吃著為他準備的早餐。我們少有交談。

我無法用言語告訴他我的感受。我們的世界是血腥的，強調以血換取榮譽；只有懦夫才不上戰場。身為一個王子，他別無選擇。你要不是參戰並且存活，就是參戰並且戰死。奇隆不也送他一根長矛嗎？

波以尼克斯已經起床召集謬爾米東，他們將追隨阿基里斯出征。這是他們第一次出戰，他們渴望主人的激勵。阿基里斯起身，我看著他昂首闊步地走到士卒面前——丘尼卡上的銅釦閃耀著火一般的光芒，深紫色的披風讓他的金髮更為耀眼，宛如金黃色的太陽。他十足是個英雄，我幾乎無法把他與前一晚跟我一起隔著波以尼克斯留給我們的乳酪盤，互吐橄欖籽的那個人聯想在一起。當他把一顆潮濕還黏著一點果肉的橄欖籽吐到我耳朵裡時，我們開心地叫出聲來。

他一邊說話，一邊舉起長矛，灰色的矛尖舞動著，既像深色的石頭，又像洶湧的潮水。我對其他國王感到難過，無論他們如何為自己的權威而戰，或辛苦地維持權威，最終都只能成為陪襯。阿基里斯的優雅是上天賜予的，士兵們抬頭看著他，宛如注視著一名祭司。

之後，他向我道別。他的身體又回復到原來的大小，而且隨意地、幾乎是慵懶地握著自己的長矛。

「你能幫我穿上剩下的盔甲嗎？」

我點頭，然後跟著他進到涼爽的帳內，穿過厚重的門簾，簾布落下時宛如燈火熄滅一樣。他示意我把皮革與鐵片給他，用來包覆他的大腿、手臂與肚子。我看著他一個接一個地穿戴這些東西，看到僵硬的皮革深埋在他柔軟的肌膚裡，那是前一晚我才用手指探索過的地方。我突然有一股衝動想解開他身上的鈕釦，釋放他的身軀。但我不能。士兵正在等待。

我遞給他最後一件裝備，他的頭盔，上面豎著馬尾，我看著他把頭盔戴到耳際，他的臉孔只剩一道間隙。他傾身向前，在青銅包覆下，我聞到汗水、皮革與金屬的氣味。我閉上眼睛，感覺他的唇貼著我的唇，這是他身上仍然柔軟的部分。而後他便離去。

少了他，營帳似乎突然變小了，掛在牆上的皮革也變得更近，味道更濃。我躺在我們的床上，聽見他在外頭吶喊下令，也聽著馬匹踩踏地面，鼻子噴氣的聲音。最後，載著他的戰車，車輪發出咯吱的聲音走了。至少我不擔心他的安危。只要赫克特還活著，他絕不會死。我安心閉上眼睛，然後睡去。

在睡夢中，我感覺有人的鼻子一直頂著我的鼻子，催促著我掙脫夢境的束縛，終於，我醒來了，原來是阿基里斯。他的味道刺鼻而陌生，我一度對這個緊貼與擠壓著我的生物作嘔。但當他站直身子，我才發現他是阿基里斯，他的頭髮濕透，顏色也變深，彷彿早晨的陽光完全從他的頭髮傾洩殆盡。他的頭髮緊貼著他的臉與耳朵，因為頭盔的緣故，看起來完全平坦而潮濕。

他身上全是血，鮮明的血跡尚未風乾成鐵鏽色。我最初浮現的念頭是恐懼——他受了傷，流了大量的鮮血，可能有生命危險。「你哪裡受傷？」我一邊問，一邊尋找傷口。但似乎找不到任何來源。逐漸地，我剛睡醒的腦袋終於回過神來。那不是他的血。

「他們無法近我的身。」他說。從他說話的聲音，可以嗅到一股奇怪的勝利情緒。「想不到這事有這麼容易。完全不費工夫。你應該過來看看。結束後士兵們都向我歡呼。」他說著夢幻般的言語。「我百發百中。真希望你能親眼見到。」

「你殺了多少人？」我問。

「十二個人。」

十二個與帕里斯、海倫或我們完全無關的人。

「農民嗎？」我聲音傳達的苦澀使他從夢境返歸現實。

「他們全副武裝，」他很快地回答。「我不殺手無寸鐵的人。」

「你明天想殺幾個人呢？」我問。

他聽出我話中有話，於是別過頭去。他痛苦的表情令我感到羞愧。我不是承諾過我會原諒他嗎？我知道他的命運，而我也決定要跟他來特洛伊。即使我的良知無法贊同殺戮，此時的我要反對也已經太遲。

「我很抱歉。」我說。我要求他告訴我一切，我希望他毫無隱瞞，跟過去一樣。而他也確實鉅細靡遺地說明，包括他殺死的第一個人，他的長矛從對方的臉頰刺進去，從頭的另一端突穿出來，矛尖還帶著血肉。以及第二個人胸部遭到穿透，當他拔出長矛時，卻發現矛尖被肋骨卡住。當他們離開時，整個村落活像鬼域，充滿了泥濘與金屬味，而蚊蠅不知哪來的靈通消息，早已在此聚集飛舞。

我聆聽每一個字，只當它是個故事。彷彿阿基里斯是看著甕瓶上的黑色人物而臨場發揮編出這些情節。

阿伽門農部署了衛兵，每日每小時注意著特洛伊的動靜。我們等待著事情發生——一場攻擊，或使節，或展示力量。但特洛伊依然大門緊閉，於是我們只好繼續掠奪。我學會在白日睡覺，這樣子當他回來的時候我才不會感到疲倦；他需要有談話的對象，他會告訴我每個細節，無論是臉孔、傷口還是人的動作，無一遺漏。我希望我能聆聽，能消化這些血腥的景象，將它們平凡而單調地畫在瓶子上，傳至後世。我希望他說完之後，能把所有的事拋到腦後，能回復成原來的阿基里斯。

21

掠奪之後就是分配戰利品的時候。這是我們的慣例，論功行賞，取得自己應得的一份。每個人都能保有自己取來的東西——從死去士兵脫下的盔甲，從寡婦脖子扯下來的首飾。但其他的東西，水缸、地毯與花瓶，這些全都擺到高臺上，堆得高高的，等待分配。

這裡考量的重點與其說是財物的價值，不如說是榮譽。你獲得的財物必須與你在軍中的地位相當。能優先分得財物的是軍中最優秀的士兵，但阿伽門農卻認為自己居首功，而阿基里斯居次。我很驚訝阿基里斯只是聳聳肩。「每個人都知道我比他好。阿伽門農的舉動只會讓人覺得他很貪婪。」當然，阿基里斯是對的。更令人愉快的是大家是為我們而歡呼——歡呼聲令堆積如山的財物搖搖欲墜——而不是為阿伽門農歡呼。只有邁錫尼人會為他這種行為鼓掌叫好。

在阿基里斯之後是大埃阿斯，然後是迪歐梅德斯與梅內勞斯，再之後是奧德修斯，然後依序下去，到了殿底的克布里歐尼斯（Cebriones）時，只剩下木盔與有缺口的高腳杯可拿。有時候，如果有人當天表現得特別優秀，將軍可能會賞賜他特別珍貴的東西，順位甚至排在第一個人之前。因此，即使是克布里歐尼斯也不用太灰心喪氣。

第三個星期，一名女孩站在臺上，在她的身旁還擺著刀劍、織物與黃金等戰利品。她的容貌姣好，皮膚是深褐色，頭髮烏黑而有光澤。在她高聳的顴骨上有一塊瘀青，看起來是拳頭留下的痕跡。在薄暮下，她的眼睛似乎也有瘀傷，彷彿塗上了埃及的黑色眼影。她衣服的肩膀部分被撕開，沾著血跡。雙手也被綁住。

男人熱切地聚集起來。他們知道這女孩是幹什麼用的——阿伽門農允許我們捕捉婦女，也許是做為營地的隨從，也許是用來執矛，也許是用來同寢。在此之前，婦女只在掠奪時遭到迫害，末了士兵便離去。現在他們直接將婦女擄來，放在自己的營帳裡，似乎是更方便的安排。

阿伽門農登上高臺，我看見他瞟著女孩，嘴角泛著笑意。他性好漁色——這是阿特勒斯家族的通病——這點大家都知道。我不知道自己當時在想什麼。但我抓著阿基里斯的手臂，在他的耳邊說道。

「要這個女孩。」

他轉頭看著我，眼裡滿是吃驚。

「說你要她當戰利品。趁阿伽門農還沒開口。快點。」

他只猶豫了一下。

「希臘人。」他走向前，身上仍穿著當天外出掠奪的盔甲，上面仍蘸著鮮血。「偉大的邁錫尼王。」

阿伽門農轉頭看著他，皺著眉頭。「佩里德斯？」

「我希望以這名女孩做為我的戰利品。」

在臺子後方，奧德修斯聳起眉頭。周遭的人都在竊竊私語。他的要求很不尋常，但並非不合理；無論在哪個軍隊裡，能第一個做選擇的一定是他。阿伽門農的眼神略顯不悅。我看到他的臉孔略為思索一下：他不喜歡阿基里斯，但在這裡表現出吝嗇不是件值得的事。她雖然美，但並不是只有她一個女孩。

「我答應你的請求，普提亞王子。她是你的了。」

群眾大聲叫好——他們喜歡指揮官慷慨，喜歡英雄大膽而欲望強烈。

她的眼睛隨著交易的進行，顯出慧黠的神采。當她知道自己被分配給我們時，我看到她嚥了一下口水，目光直對著阿基里斯。

「我會讓我的人待在這裡，負責照管分配給我的物品。這個女孩現在就跟我一起走。」

士兵們稱許地發出笑聲與口哨聲。女孩一路顫抖著，就像兔子被天上的鷹盯住似的。「來吧。」阿基里斯命令她。我們轉身就走。她頭低低的，跟在我們後頭。

回到營地，阿基里斯抽出刀子，她的頭因恐懼而抽動了一下。他身上還沾滿當天噴濺的血；他掠奪的是女孩的村落。

「讓我來吧。」我說。他把刀子交給我，然後幾乎是帶點困窘地後退。

「我幫妳鬆綁。」我說。

走近一看，我發現她的眼睛顏色極深，像是沃土的褐色，與她的杏仁臉相比，她也有一雙大眼。她看我拿著刀子，眼神不斷閃爍著。我想我看到的是一隻受驚的狗，瑟縮地躲在角落裡。

「不，不，」我趕緊對她說。「我們不會傷害妳。我是要解開妳的繩子。」

她恐懼著看著我們。天知道她是不是聽得懂我在講什麼。她是安那托利亞的農村女孩，過去一定沒聽過希臘語。我伸手碰她的手臂，想讓她安心。她縮了一下，以為我要揍她。我看到她眼裡的恐懼，恐懼遭到強姦，恐懼更可怕的事。

我受不了了。我只想到一件事。我轉向阿基里斯，抓著他的丘尼卡前襟。我吻了他。

當我鬆開手，她看著我們。不斷地看著。

我指著綁住她的繩索，然後又指著刀子。「可以嗎？」

她猶豫了一下，然後慢慢把手伸出來。

阿基里斯去找波以尼克斯，想多要一頂帳篷。我帶她到綠草環繞的山丘，讓她坐下來，我用消炎的藥布為她的臉消腫。目光低垂的她，小心翼翼地接受了藥布。我指著她的腿——腳脛上有一道長長的傷口。

「能讓我看看嗎？」我問她，並且用手比劃著。她沒有反應，只是不太甘願地讓我抬起她的腿。我為她的傷口敷藥，然後用繃帶綁好。她一直看著我的手，從未與我的目光交會。

接著，我帶她去看新的人字形帳篷，這是給她住的。她似乎很驚訝，而且心存忌憚，不敢進去。我掀開布簾，示意她看看裡頭——食物、毛毯、水壺與一些乾淨的舊衣物。她一邊猶豫，一邊走進帳內，我讓她一個人在裡面，睜大了眼睛看著這一切。

第二天，阿基里斯又出去掠奪。我在營地周圍走動，收集浮木，讓浪花冷卻我的雙足。我一直注意著營地角落的新帳篷。我們今日還未看到她；帳篷的門簾就像特洛伊一樣緊閉著。有十幾次我差點掀開布簾進去找她。

終於，到了正午，我看到她出現在門口。她看著我，半掩地躲在門簾後。當她發現我正在注意她時，她馬上轉身躲入帳內。

「等等！」我說。

她靜止不動。她穿的丘尼卡——其實是我的——長度超過膝蓋，使她看起來格外年幼。她到底多大年紀？我甚至連這點都不知道。

我朝她走去。「哈囉。」她用她那雙大眼盯著我瞧。她的頭髮後梳，露出細緻的臉頰。她是個大美人。

「妳睡得好嗎？」我不知道我為什麼要一直對她說話。我想這可能會讓她好過一點。我曾聽奇隆說過，跟嬰兒說話可以讓他們感到安心。

「帕特羅克洛斯。」我說，指著我自己。她看著我，然後眼神又飄向別處。

「帕─特羅─克洛斯。」我慢慢重複一次。她沒有回應，但也沒有走開；她的手指緊抓著帳簾。我感到不好意思，我一定嚇壞她了。

「我不打擾妳了。」我說。我低下頭，然後準備離開。

她說話了，聲音微弱到幾乎無法聽見。我停住腳步。

「什麼？」

「布莉瑟絲（Briseis）。」她又說了一次。她指著自己。

「布莉瑟絲？」我說。她羞怯地點點頭。

這是個開始。

原來布莉瑟絲聽得懂一點希臘語。她的父親聽說希臘大軍將要來臨，於是把自己學到的少許希臘詞彙教給她。憐憫是一個。其他還有是的、請與你要什麼？這個父親教自己的女兒怎麼當奴隸。

白晝，當眾人外出掠奪時，整個營地幾乎只剩下我和她兩個人。我們坐在沙灘上，語言不通，言不成句，只能結結巴巴地聊著。我最早領悟的是她的表情，她澄澈深邃的雙眼，以及她遮掩的笑容。在最初這段時期，我們無法聊得太多，但我不介意。坐在她的身旁令人安心，連海浪也友善地摩挲我們的雙足。這幾乎讓我想起了母親，但布莉瑟絲有著明亮慧黠的雙眼，與母親眼神的空洞有著天壤之別。

下午，有時我們會一起繞著營地走著，指著每一件她不知道名字的物品。她懂的字越來越多，很快地，我們需要更複雜的手勢。煮晚餐，做惡夢。即使我畫的圖極為粗略，她還是能理解，並且將其轉譯成一連串的動作，她描述之精確，讓我幾乎能聞到煮肉的香味。我忍不住笑著讚賞她的聰明，而她也報以神祕的笑容。

掠奪仍持續著。每天，阿伽門農登上高臺，站在當天搶掠來的戰利品當中，然後說，「沒有消息。」沒有消息指的是特洛伊城未派出任何士兵，也未發出任何信號或聲音。只見它頑固地矗立在地平線上，我們只能繼續空等。

男人用別的方式來安慰自己。在布莉瑟絲之後，幾乎每天都會有一兩名女孩出現在臺上。她們全是農村女孩，雙手長了厚繭，鼻子也曬得焦黑，她們已經習慣在烈日下辛苦工作。阿伽門農取得自己的一份，其他國王也一樣。現在，你到哪裡都可見到這些女孩，她們穿梭於帳篷之間，手裡提著桶子。走路一搖晃，桶裡的水噴濺在她們長而起皺的衣裳上——也就是她們被抓那天穿的衣服。她們端上水果、乳酪與橄欖，切肉並且負責斟酒。她們磨亮甲冑，並且坐在沙地上在雙腿間用楔子撬開甲殼。有些女孩甚至用糾結的羊毛團紡線與織布，而綿羊是在掠奪時偷來的。

晚上，她們以別的方式服侍主人，我痛恨聽見傳到我們營地的哭聲。我試著不去回想她們遭到焚燒的村落與死去的父親，但那股念頭總是揮之不去。掠奪的殘酷烙印在每個女孩臉上，極度的悲傷使她們的眼神煥散搖擺不定，如同那些行走時碰撞她們雙腿的桶子。此外還有瘀青，從拳頭到手肘，有時還會出現完美的圓圈狀——那是長矛木托打出來的，在她們的額頭與太陽穴都看得到這樣的瘀傷。

我無法忍受看著這些女孩蹣跚地走入營地，等待被分配。我要阿基里斯盡可能索要這些女孩，許多男人因此揶揄他的貪婪與好色。「真想不到你居然會喜歡女孩子。」迪歐梅德斯開玩笑說。

每個新來的女孩先跟布莉瑟絲報到，她會用柔軟的安那托利亞語安慰她們。這些女孩可以沐浴淨身，換上新衣服，然後加入帳內其他人的行列。我們增添了一個新的、更大的帳篷來容納所有的人：八個、十個、十一個女孩。通常跟她們說話的只有波以尼克斯與我；阿基里斯總是跟她們保持距離。他知道她們親眼見到他手刃她們的兄弟、戀人與父親。她們無論如何都不可能原諒他。

慢慢地，她們不再那麼害怕。她們紡織，用自己的語言聊天，或彼此分享從我們身上學到的一些詞彙——一些有用的字，例如乳酪、水或羊毛。她們也許不像布莉瑟絲學得這麼快，但拼湊之後勉強可以跟我們溝通。

布莉瑟絲希望我每天花幾個小時的時間教導她們。但這件事比我想像中來得困難：這些女孩心存懷疑，彼此張望；她們無法接受我突然闖入她們的生活。最後還是布莉瑟絲化解了疑慮，由她從旁解釋與釐清，使我們的課程順利進行。她現在已經能說一口流利的希臘語，而我也越來越聽從她的建議。她比我更適合當老師，也更幽默風趣。她的默劇表演讓我們捧腹大笑：一隻睡眼惺忪的蜥蜴，兩隻狗扭打在一起。現在我大部分的時間都與她們做伴，直到遠處傳來轟隆的戰車聲與青銅撞擊的聲音為止，屆時我就可以回去見我的阿基里斯。

此時，我們很容易忘記一件事，那就是戰爭還未真的展開。

22

儘管掠奪的成果豐碩，這也只是掠奪。死去的人都是農人與商人，他們只是提供城市日常所需的鄉野居民——他們不是軍人。在會議中，阿伽門農的臉色越來越難看，而底下的人也越來越不滿：當初承諾的戰鬥到底在哪裡？

快了，奧德修斯說。他指出難民持續地湧入特洛伊城。現在，城裡肯定相當擁擠。饑餓的家庭向王宮求食，臨時的帳篷擠滿市街。接下來就是時間的問題，他說。

彷彿被奧德修斯言中一般，第二天早晨，特洛伊城牆高掛談判的旗幟。守望的士兵趕緊下到沙灘，向阿伽門農報告此事：普里阿摩斯王願意接見使者。

這個消息讓營地一陣騷動。謝天謝地，事情終於有進展了。到底他們要歸還海倫，還是兩軍終須在戰場上決一勝負。

國王們開會，決定派梅內勞斯與奧德修斯前往，想當然爾的選擇。天剛亮，兩人就騎著裝飾華麗的駿馬啟程。我們看著他們越過特洛伊前方廣闊的草原，然後消失在深灰色的城牆下。

阿基里斯與我在帳內等著，滿心狐疑。他們能見到海倫嗎？帕里斯應該不至於不讓海倫與丈夫見面，但他應該很不願意這麼做。梅內勞斯故意不帶任何武器前往；或許是擔心自己在衝動下會做出什麼事來。

「你知道海倫為什麼選擇梅內勞斯嗎？」阿基里斯問我。

「梅內勞斯？我不知道。」我還記得在廷達略斯的大廳裡，國王的氣色挺好，而且說話風趣。他長相英俊，但不是最英俊的。他握有權力，但在場的不乏更富有與更有名聲的國王。「梅內勞斯慷慨贈送貴重的禮品。而她的姊姊當時也已經嫁給梅內勞斯的哥哥，這或許是原因吧。」

阿基里斯左思右想，手臂交疊在腦後。「你覺不覺得她是自願跟帕里斯一起走的？」

「我想，就算如此，她也不會向梅內勞斯吐實。」

「唔。」他用一根指頭輕敲著胸膛，想著。「她應該是自願的。梅內勞斯的王宮就像碉堡一樣。如果她掙扎或喊叫，衛兵一定會聽見。她知道梅內勞斯一定會追上來，不為別的，光是為了名譽他就會這麼做。而阿伽門農則會利用這個機會，以誓約為名要求大家出兵。」

「我不可能知道這點。」

「因為嫁給梅內勞斯的人不是你。」

「所以你認為海倫是故意這麼做的？為了引發戰爭？」這讓我感到震驚。

「也許吧。大家都認為海倫是希臘最美麗的女人。但現在，大家卻說她是世界上最美麗的女人。」阿基里斯用歌手的假音唱著，「一千艘船航向她。」

一千艘船是阿伽門農的吟遊詩人用的詞；如果說一千一百八十六艘可就不合轍押韻了。

「也許她真的愛上了帕里斯。」

「也許她覺得很無聊。如果在斯巴達默默待上十年，我想我也會想離開。」

「也許是阿芙蘿黛蒂讓她這麼做的。」

「也許他們會將她帶回來。」

我們想著。

「我想阿伽門農無論如何都會發動攻擊。」

「我也這麼想。他們現在連海倫的名字都不提了。」

「除了向士兵演說的時候。」

我們沉默了一會兒。

「所以如果是你，你會選擇哪一位追求者？」

我推了他一把，他笑了。

他們在深夜回來，只有他們兩個人。奧德修斯向會議回報，但梅內勞斯只是默不作聲地坐著。普里阿摩斯王熱情款待他們，在大廳擺下宴席。他站在他們面前，帕里斯與赫克特隨侍左右，後頭則整齊站著他其餘的四十八個兒子。「我知道你們為何而來，」他說。「但這名女士不願回去，而且願意接受我們的保護。我從未拒絕女性的請求，接下來我也不打算破例。」

「聰明，」迪歐梅德斯說道。「他們找到為自己開脫的理由。」

奧德修斯說，「我告訴他們，如果事情這麼處理，那就沒什麼好說的。」

阿伽門農起身，以宏亮的聲音說道。「我們確實無話可說。我們已經嘗試以外交手段處理，卻遭到回絕。我們唯一的榮譽繫乎戰爭。明日，就請每一位將士去贏得應得的榮譽。」

阿伽門農還說了其他的話，但我沒聽見。每一位將士。恐懼流遍我的全身。我怎會沒想到這一點？我也要上戰場，這是理所當然的道理。我們正處於戰爭狀態，所有人都必須作戰。特別是最了不起的希臘人的親密戰友。

當晚，我難以成眠。倚靠在營帳牆上的長矛似乎變得高不可攀，我的心裡不斷地回想學過的技巧——如何持矛，如何閃躲。命運之神未提及我的下場——我完全不知道自己能活多久。在恐慌中，我叫醒了阿基里斯。

「我會在你身旁。」他向我保證。

天明之前，阿基里斯幫我著裝。護脛、臂鎧、皮甲，以及穿在皮甲外的銅甲。這些裝備與其說是保護不如說是障礙，一旦我開始走動，盔甲便不斷敲擊我的下巴，連手臂也飽受拘束。全副武裝的重量壓得我喘不過氣來。阿基里斯告訴我不久就會習慣，要我放心。我不相信他的說法。我走出營帳，在朝陽下，我覺得自己像個傻子，我穿的盔甲似乎足足大了一號。謬爾米東正等待著，每個人都躍躍欲試，極為興奮。我們開始行軍走下沙灘，與大軍會合。而此時我的呼吸已變得短淺而急促。

我們還沒看見大軍，就已經聽見大軍的聲音；士兵們誇耀著，他們的武器碰撞著，而號角也開始吹響。沙灘上覆蓋著密密麻麻的人海，他們全排成整齊的方隊。每個方隊都飄揚著三角旗，象徵著率隊的國王。只有一個方形區域依然空無一人：這個首要位置是留給阿基里斯與他率領的謬爾米東。我們前進並且排好隊形，阿基里斯站在前面，在他身後是一列領兵軍官，我也位列其中。在我們身後是閃閃發亮、士氣高昂的普提亞士兵。

我們面前的是寬廣開闊的特洛伊平原，平原的盡頭是巨大的城門與塔樓。城牆的底部是阻擋我們前進的沼澤濕地，當中隱隱約約可以看到深色的人頭與反射陽光的閃亮盾牌。「站在我的身後。」阿基里斯對我說。我點點頭，頭盔在我耳邊晃動著。恐懼在我心裡不斷翻攪扭動，就像滿斟著恐慌的杯子，搖搖晃晃即將滿溢出來。護脛深埋進我的腳骨；長矛令我的手臂下垂。此時，號角響起，我的胸膛劇烈起伏。就是現在。

在一片金屬的撞擊聲中，我們開始向前奔跑。這是我們打仗的方式，我們死命地衝鋒，在戰場的正中央與敵軍短兵相接。如果衝力夠大的話，你可以一口氣衝破對方的行列。

我們的戰線很快就變得破碎，有些人奮勇爭先，硬是跑在人家前面，想搶得頭功，率先殺死特洛伊人。跑到半路，所有的行列以及以王國為單位的方隊早已亂成一團。謬爾米東絕大多數都跑在我前面，像一塊雲一樣飄移到了左方，至於我則是混雜在梅內勞斯留著長髮的斯巴達部隊裡，他們全身塗油，束髮作戰。

我奔跑著，盔甲鏗鏘作響。我氣喘吁吁，整個地面因眾人的踩踏而震動，發出轟隆的響聲。衝鋒揚起的塵土幾乎讓人無法看清前方。我看不見阿基里斯。我看不到身旁的人。我只能拿著盾牌猛衝。

最前方的戰線碰撞，發出爆炸般的聲響，飛散的碎塊與銅片，還有四濺的鮮血。許多人扭曲著、慘叫著，一排排的人馬不斷被吸進去，宛如卡律布迪斯（Charybdis，即海中的漩渦）一般。我看見大家張大了嘴巴，卻聽不見半點聲音。只有盾牌與盾牌的碰撞聲，只有青銅粉碎木頭的聲音。

我身旁的斯巴達人突然倒下，他的胸膛被長矛貫穿。我四處觀望，尋找是誰射的，但我遍尋不著，只看到橫七豎八的屍體。我跪在那名斯巴達人身旁，為他闔上眼睛，為他簡單念了幾句祈禱文，然而當我看到他仍然活著，氣若游絲地用恐怖的眼神哀求我時，我突然一陣噁心。

我身旁傳來撞擊聲——我嚇了一跳，看見大埃阿斯用他巨大的盾牌做為棍棒，將敵軍的臉與身體敲個粉碎。此時從他身後傳來轟隆的特洛伊戰車聲，上頭的男孩從車側注視著我們，像我一樣齜牙咧嘴。奧德修斯利用戰車過去時用力一擊，然後跑上去抓住馬匹。斯巴達人抓著我，他的血噴得我滿手都是。傷口太深了；我無能為力。當他的眼睛終於暗淡下來時，我知道他得到解脫。我用顫抖的手再次為他闔上雙眼。

我蹣跚地向前走，平原上劈砍搗碎的景象像海浪一樣不斷向我撲來。戰場瞬息萬變，陽光、盔甲與皮膚不斷閃現在我面前，令我難以看清。

阿基里斯從某處出現。他全身濺滿鮮血呼吸急促，他的臉色泛紅，手中的矛從矛尖到握柄全蘸滿血跡。他對我笑，然後轉身躍入一群特洛伊人之中。地上到處是橫躺的屍體與破碎的盔甲，矛桿與車輪也零亂交疊著，但阿基里斯依然腳步輕盈，從未被這些障礙絆倒過。戰場上似乎只有他步伐沉穩，如履平地，但我已受夠了這些景象。

我沒有殺人，也不想殺人。到了早晨要結束的時候，我歷經一連串令人作嘔的混亂，眼睛在陽光照射下變得盲目，手也因為緊握著矛桿而發疼——儘管長矛在我手中多半是用來支撐身體而非用來威脅敵人。我的頭盔重如大石，緩緩將我的耳朵壓進頭蓋骨裡。

我以為自己向前奔跑了幾英里，結果發現自己不過是在相同的區域裡繞圈圈。我把同一塊乾草地踩平了，彷彿在準備跳舞的場地一樣。持續的恐怖讓我神經緊繃、筋疲力竭，不過事實上也許我只是捕風捉影、草木皆兵，也許根本沒有人威脅到我的生命。

我的呆滯與暈眩使我到下午才了解，阿基里斯暗中幫我化解了許多危險。他一直注意著我，當某個士兵因看到我這個容易解決的目標而見獵心喜之時，他已經不可思議地預先察覺到。於是這個人還來不及做下一個動作，他已經割斷對方的喉嚨。

阿基里斯是個奇蹟，他不斷擲出長矛，然後輕鬆地從地上的屍體拔出長矛，並且馬上射殺下一個目標。一次又一次，我看見他的手腕扭曲著，露出白晰的內面，他笛子般的骨骼優雅地往前突刺。我甚至因為看得入神而不小心讓手中的矛掉在地上。我對於死亡的醜惡視而不見，並且之後才發現自己的皮膚與頭髮沾著腦漿與粉碎的骨頭。當下我看見的他只是美，他歌唱的肢體，他快速閃動的雙足。

黃昏終於到來，解放了我們。大家艱難而疲憊地走回自己的營帳，並且帶回傷者與死者。戰果豐碩的一日，我們的國王彼此拍著背這麼說道。一個象徵吉利的開始。明天我們還要再戰。

戰鬥不斷延長，一日的戰鬥變成一個星期的戰鬥，然後是一個月，兩個月。

這是一場詭異的戰爭。我們沒有獲得土地，也沒有擄獲戰俘。我們只是為了榮譽，為了人與人的對抗而戰。經過一段時間之後，出現了一種相互的韻律：我們採取文明的做法，每十天作戰七天，餘下的三天舉行節慶與葬禮。我們不掠奪，也不突襲。領導人原本以為可以快速取勝而心情愉快，但隨著戰事延長，他們似乎已經接受事實，認命地進行長期作戰。兩軍的實力極其接近，一日日地爭鬥似乎永無分出勝負的一天。之所以如此，有部分是因為安那托利亞各地的士兵紛紛湧入特洛伊城，他們前來助戰，企圖藉此建功立業。看來貪求榮耀並非希臘人的專利。

阿基里斯似乎樂於戰鬥，他手舞足蹈地投向戰場，他幾乎是一邊笑一邊戰鬥。殺戮不是讓他快樂的主因——他很快就發現沒有人是他的對手。哪怕是兩人或三人聯手也是一樣。他不以屠殺為樂，殺人越多並不會讓他感到更開心。他享受的是衝鋒，是大隊人馬如雷鳴般朝他衝來的感覺。只有當二十把劍同時朝他刺來時，他才真正感受到戰鬥的樂趣。他以自己的力量為榮，就像一匹長久遭到圈禁的賽馬終於獲得奔跑的機會一樣。即使是十人、十五人、二十五人圍攻他，他依然能無比優雅地戰鬥。日後，我也有機會做到這點。

接下來我不需要像我原先擔心的那麼常上戰場。隨著戰事延長，希臘人不需要每次都傾巢而出。我不是王子，不需要在乎自己的榮譽。我不是士兵，不需要處處遵守軍令。我也不是英雄，更不需要在眾人面前展現自己的武藝。我是個流放者，沒有地位也不屬於行伍。如果阿基里斯認為我留守比較適合，也不會有人對此閒言閒語。

我上戰場的次數從一個星期五天，變成三天，然後變成一星期一次。最後是阿基里斯叫我去時我才去。事實上我去的機會不多。大部分時間他其實樂得一人前往，他可以專心為自己而戰。但有時他也會感到孤單，他會懇求我跟他一起去。他希望我穿上因沾上汗水與鮮血而變得僵硬的皮革，跟他一起走在堆積如山的屍體上。他希望我親眼見識他的奇蹟。

有時候，當我看著阿基里斯時，我會發現一塊空曠的方形地面，沒有任何士兵能走進那塊區域。那塊地經常位於阿基里斯身旁，如果我看著它，它會變得光亮，然後又變得更為光亮。終於，我看到了我不願看到的祕密：一個女人，慘白如同死神，遠比周圍苦戰的士兵來得高大。無論多少血噴濺出來，都無法沾到她淺灰色的衣裳。她赤裸的雙足似乎懸空著，未曾踩踏著地面。她也未曾出手幫助她的兒子，顯然無此必要。她跟我一樣，只是用她巨大的黑色眼睛旁觀著。我無法解讀她的神情；那可能是愉悅，可能是悲傷，也可能什麼都不是。

唯一的例外是她轉身看著我的時候。她呈現出作嘔的神情，嘴唇緊繃，露出發著寒光的牙齒。她像蛇一樣發出嘶嘶聲，然後消失無蹤。

戰場上，我在阿基里斯的陪伴下，逐漸能站穩腳步。我開始能看清楚其他士兵的全貌，而不只是部分的軀體、被刺穿的血肉與青銅。在阿基里斯的保護下，我甚至能在戰線上移動，尋找其他國王的行蹤。離我們最近的是擅長使矛的阿伽門農，他總是待在密密麻麻的邁錫尼士兵後面。在眾人的重重保護下，他高聲下令，並且擲矛。阿伽門農的技術確實無話可說：他射中二十個人的頭顱，而他得費力地將長矛一一從他們頭上拔出。

迪歐梅德斯與阿伽門農不同，他毫無懼意。他就像一頭野獸一樣往前猛撲，他齜牙咧嘴，迅速地進行攻擊，他造成的傷害多半是撕裂傷而非穿刺傷。在殺死敵人之後，他會像狼一樣趴到對方身上，剝去死者的財物，將黃金與青銅全丟到自己的戰車上，再繼續移動。

奧德修斯拿著一面輕盾，並且像熊一樣蹲伏著面對敵人，曬得黝黑的手總是將矛舉得低低的。他敏銳地注視對方的一舉一動，觀察對方肌肉的收縮，了解對方下一步要去哪裡或長矛要擲向何處。當敵人的矛未能射中他時，他會快速向前，像射魚一樣近距離地射殺對方。每當一天的戰事結束，他的盔甲總是浸泡著鮮血。

我也開始看清楚特洛伊人：帕里斯會在疾馳的戰車上任意放箭，他的樣子帶有一種殘酷之美——他的骨骼優美，就像阿基里斯的手指一樣。他苗條的臀部以一種傲慢的姿態倚靠在戰車的側板上，他身上的紅披風則在身後飄揚著，充滿立體的線條。難怪他深受阿芙蘿黛蒂的喜愛：他跟她一樣浮誇虛榮。

我看見遠處人群圍成的長廊，隱約瞥見當中一名男子，那是赫克特。他總是一個人，詭異出現在其他人讓給他的空間裡。他的武藝高超，行事穩健，深謀遠慮，每個動作似乎都經過計算。他的雙手巨大而粗糙，有時當我們退兵之後，我們看見他洗淨雙手的鮮血，好讓自己能用乾淨的雙手祈禱。即使弟弟與親戚因眾神的緣故而遇難，他也依然敬神愛神；他為自己的家人而奮戰，而不是為了浮雲般的名聲而戰。然後，我看見隊伍收攏，他應該已經離去。

我從未試圖靠近赫克特，阿基里斯也是一樣，他總是小心翼翼避開這個人，去找其他的特洛伊人作戰。他寧可追尋其他的危險，也不想與他正面交鋒。之後，當阿伽門農問他，什麼時候要與特洛伊王子決鬥時，阿基里斯露出他坦率而令人惱怒的笑容。「赫克特跟我有什麼過節嗎？」

23

我們登陸特洛伊不久，在某個慶典的日子，阿基里斯在清晨起床。「你去哪兒？」我問他。

「我去見母親。」他說，然後在我還沒來得及問仔細之前，他就穿過簾布出去了。

他的母親。我曾愚蠢地希望她不會跟著我們來到這裡。希望她的悲傷能讓她離得遠遠的，或者保持著一段距離。然而事與願違。與希臘相比，安那托利亞的海岸對她並不構成任何不便。而她的悲傷反而讓她的造訪更為長久。阿基里斯可能黎明時離開，到了將近正午時才回來。她到底跟他說了什麼，需要花這麼久的時間？我擔心是否神明要降下災難，是否天上的星辰會將他帶離我身邊。

布莉瑟絲經常過來和我一起等待。「你想到樹林裡走走嗎？」她會這麼問我。她甜美的聲音，以及她想安慰我的心意，協助我走出跌入谷底的情緒。和她一起漫步於森林中，總能讓我振作精神。跟奇隆一樣，布莉瑟絲似乎知道樹林裡所有的祕密——蕈類藏在何處，與兔子的洞穴。她甚至教我當地人怎麼稱呼這些植物與樹木。

當我們走出森林時，我們會坐在山丘上，俯瞰著營地，如此我可以親眼看著阿基里斯回來。這一天，布莉瑟絲採了一籃芫荽；新鮮綠葉的味道圍繞著我們。

「我相信他很快就會回來。」她說。她的希臘語就像新製成的皮革，僵硬而精確，使用起來還不是很順暢。如果我沒有回應，她會問，「他待在什麼地方，為什麼這麼久？」

她有什麼不能知道的？這又不是祕密。

「他的母親是女神，」我說。「海洋女神。他去見她。」

我原本以為她會吃驚或害怕，但她只是點頭。「我覺得他有點——不太一樣。他不太像——」

她停了一下。「他的動作不太像人。」

我笑了。「那人的動作像什麼樣子？」

「像你。」她說。

「笨手笨腳，是嗎？」

她不知道這個字。我故意這麼說，想逗她笑。但她用力搖頭。「不，你不像那樣。那不是我的意思。」

我沒有聽清楚她說什麼，因為此時阿基里斯剛好走上山丘。

「我想我可以在這裡找到你。」他說。布莉瑟絲向我們告退，回到她的帳篷。阿基里斯躺在地上，用手枕著頭。

「我餓了。」他說。

「這個給你。」我給他我們午餐吃剩的乳酪。他充滿感謝地吃著。

「你跟你的母親談什麼？」我幾乎是帶著緊張的心情問他。布莉瑟絲陪伴我的這幾個小時並未消除我內心的緊張，我只是把它擱到另一個角落。

他吐了一口氣，倒不見得是嘆氣。「她很擔心我。」他說。

「為什麼？」我對於她的擔心感到不悅；這應該是由我來操心的事。

「她說，眾神之間發生了怪事，他們彼此對立，在這場戰爭中各擇立場。她擔心眾神雖然承諾給我名聲，但並未承諾給我多少名聲。」

又多了一件值得擔憂的事，我確實沒想到這點。然而過去我們聽到的故事，其中的人物各色各樣。偉大的波修斯或謙和的佩琉斯。海克力斯或幾乎已被遺忘的休拉斯（Hylas）。有些英雄獲得一整篇史詩的讚頌，有些英雄則只在一小段韻文中被提及。

他坐直身子，用手臂環抱自己的膝蓋。「我想，她可能是怕有人會在我之前殺死赫克特。」

另一項新恐懼。阿基里斯的生命可能會突然遭到縮短。「她指的是誰？」

「我不知道。大埃阿斯曾經與赫克特交手，卻成了他的手下敗將。迪歐梅德斯也是。他們僅次於我，是希臘陣中最優秀的戰士。此外我再也想不到其他人了。」

「梅內勞斯呢？」

阿基里斯搖頭。「不可能。他既勇敢又強壯，但僅此而已。他與赫克特對抗，如同水打在岩石上。所以。能打敗赫克特的只有我，沒有別人。」

「你不能這麼做。」我試著不讓自己聽起來像在懇求。

「我不會的。」阿基里斯沉默了一會兒。「但我可以看見，那真是件奇怪的事，就像夢一樣。我可以看見自己擲出長矛，看見他倒下。我走到他的屍體旁邊，然後踩在上面。」

我的心裡突然一股恐懼。我深呼吸一口氣，極力擺脫這樣的想法。「接下來你猜發生了什麼事？」

「這才是最奇異的。我低頭看著他的血，心知自己死期已近。但在夢裡，我一點也不在乎。

我感受最強烈的，竟是一種如釋重負的感覺。」

「你覺不覺得那可能是預言？」

這個問題似乎讓阿基里斯有所自覺。但他搖搖頭。「不，我認為那不是預言。那只是白日夢。」

我盡量讓自己能跟阿基里斯一樣，以輕鬆的語調談這件事。「我想你是對的。畢竟，赫克特跟你向來井水不犯河水，你們之間並無仇恨。」

他微笑著，如我所希望的。「是啊，」他說，「我知道。」

阿基里斯不在的時候，我開始走出營地，尋找同伴，試圖找些事來消磨時間。忒提斯帶來的消息令我心神不寧；諸神陷入爭論，此事很可能危及阿基里斯的偉大名聲。我不知道該怎麼理解這件事，我的腦子不斷被這些問題攪擾著，幾乎搞得我快瘋了。我需要把心思放在別的事情上，尤其是合理而現實的事情。有人建議我到白色的醫師帳篷幫忙。「如果你想找事做，那麼他們總是需要人手。」他說。我想起奇隆治病的雙手，以及他掛在玫瑰色石英岩壁上的工具。於是我去了。

帳篷裡相當陰暗，空氣中瀰漫著甜味與麝香的味道，另外還有一股濃烈的金屬血腥味。我看到馬卡翁（Machaon）在一旁的角落，蓄鬍，方形的下巴，為了工作方便他裸露著胸部，破舊的丘尼卡隨意地綁在腰際。儘管他幾乎都待在室內，他的膚色仍比絕大多數希臘人來得黝黑，他把頭髮剪短，這同樣是為了工作方便，省得頭髮不斷蓋住眼睛。他彎腰治療一名受傷男子的腿，他的手指輕輕地觸摸尋找卡在肉裡的箭頭。在帳內的另一邊，馬卡翁的弟弟波達勒里歐斯穿著盔甲幫傷者完成包紮。他不耐地向馬卡翁丟下幾句話，就用肩膀擠開我從我身旁出帳。大家都知道波達勒里歐斯喜歡戰場更勝於醫師帳篷，不過他在這兩個地方都派得上用場。

馬卡翁頭也不抬地說：「你能站這麼久表示你傷得不是很重。」

「不，」我說。「我來這裡——」剛好此時馬卡翁拔出箭頭，我不禁停止了說話，只聽到士兵呻吟了一聲，聲音中充滿了解脫。

「什麼事？」他的回應像是例行公事，但並不會讓人覺得冷漠。

「你需要幫忙嗎？」

他發出了聲音，我猜那表示同意。「坐下來幫我拿藥膏。」他說，但還是看都不看我一眼。我遵從他的指示，把散落在地上的小瓶子撿起來，這些小瓶子有些裝著草藥，有些裝著藥膏。我聞了聞，想起了過去學的東西：大蒜與蜂蜜藥膏可以防止傳染，罌粟可以使人鎮靜，而蓍草可以止血。數十種草藥讓我眼前浮現人馬治病的手，以及玫瑰色洞穴的甜綠味。

我把他需要的藥膏遞給他，然後在一旁觀看他如何熟練地處理——他把少量的鎮靜劑塗抹在傷者的上唇，讓他嗅聞與舔舐，然後在傷口敷上藥膏避免感染，最後包裹患部並且綁上繃帶固定。馬卡翁在那人的腿上抹上最後一層像乳脂一樣散發著香氣的蜜蠟，然後疲倦地抬頭。「帕特羅克洛斯嗎？你是不是跟奇隆學過醫術？你來得正好。」

外頭一陣喧鬧，那是疼痛的哀嚎。他點頭向我示意。「他們又帶了另一個過來——你把他帶進來。」

這群士兵是涅斯托爾的部下，他們把傷兵扶到帳內角落的草蓆躺下。他的右肩中箭，箭頭上有倒鉤。他的臉上全是汗沫，他緊咬著嘴唇，不讓自己叫出聲來。他的喘息聲低沉而焦躁，眼珠不住地轉動，充滿驚慌地顫動著。我忍住不去叫喚馬卡翁——他正忙著處理另一名哀嚎者的傷勢——並且拿布把他的臉擦乾淨。

箭射穿肩膀最厚實的部分，半截箭身留在體外，如同一根可怕的針。我必須砍掉箭翎，把箭的尾端拔出，並且避免撕裂他的肉或留下可能造成潰爛的碎片。

我馬上用奇隆教我的方法調製了一杯藥水讓他喝下：裡面混合了罌粟與柳樹皮，讓病人頭昏眼花，對疼痛的感受變得遲鈍。他無法拿起杯子，於是我一手拿著藥水，一手將他扶起來撐著他的頭，讓他順利喝下，我感覺到他的汗、白沫與血流到我的丘尼卡上。

我力求鎮定，不讓對方看出我的驚慌。在我看來，這個人應該只比我大一歲。涅斯托爾的兒子安提洛克斯是一名臉長得十分俊美的年輕人，極受父親的寵愛。我無法放著他不管，也無法把箭翎從傷口拔出。我該怎麼做？

在我身後，一名將傷患運來的士兵焦慮不安地站在門邊。我回頭向他示意。

「刀子，快點，越利越好。」我自己嚇了一跳，想不到自己居然能發出這麼有威嚴的聲音，而這個命令也馬上獲得士兵的遵從。他拿出一把磨利的短刀，原本是用來切肉，上面還留有乾掉的血跡。士兵用丘尼卡把刀擦乾淨後遞給我。

男孩的臉已經鬆弛下來，舌頭也癱軟在嘴邊。我俯身向前抓住箭桿，用潮濕的手心壓住箭翎。然後另一隻手開始用刀子鋸箭，我緩緩地鋸，盡可能不牽動到男孩的肩膀。他發出鼻音，嘴裡喃喃自語，顯然藥水已經生效。

我一邊鋸，一邊努力固定箭桿。我的背開始發疼，我責怪自己讓他的頭落在我的膝上，未能讓他更舒服地躺著。終於，羽毛的部分切斷了，剩下最後一段木頭，但花不了多少時間，木頭也切斷了。

然而，接下來繼續要做的也一樣困難：從肩膀的另一頭將箭桿拔出。我深呼吸一口氣，拿起防止感染的藥膏，仔細地塗在箭桿上，除了可以讓我在拔箭時能更順暢，同時也有防止傷口腐敗的效果。然後，我一次只拉一小段距離，慢慢地把箭抽出來。最後，彷彿經過很長一段時間，箭桿的尾端終於拔出，上面沾滿了鮮血。最後，我靈機一動，把傷口包紮好，然後繞過整個胸部捆綁固定。

日後波達勒里歐斯告訴我，我一定是瘋了才這麼做，居然在這種角度下鋸箭，而且還鋸那麼慢——這麼做很可能讓傷者痛苦萬分，而且箭桿尾端可能會斷掉。箭桿如果斷在體內就完了，傷者鐵定救不回來，這時只能捨棄他去救別的傷患。但馬卡翁親眼看到傷者肩膀復原的狀況良好，毫無感染，也不疼痛。因此下次又有人被箭射中時，他特地叫我過來，給了我一把鋒利的刀子，在一旁以期待的眼神看著我處理箭傷。

這是個奇怪的時期。一方面，我們無時無刻擔心著阿基里斯可怕的命運，另一方面，諸神爭戰的耳語也傳遍各處。然而即使是我也無法讓自己一直生活在恐懼中。我聽說住在瀑布旁的人，久而久之會聽不見水聲——我想，不斷為阿基里斯擔心受怕的我，應該也能逐漸習慣這樣的威脅才是。日子一天一天地過去，而阿基里斯依然活著。幾個月過去了，有時我甚至可以一整天完全忘記他可能死亡的事。這樣的奇蹟持續了一年，然後是兩年。

其他人似乎也緩和了緊繃的情緒。我們的營地越來越像一個大家庭，大家圍繞著晚餐的營火聚集在一起。當月亮升起，點點繁星戳破黑暗夜幕之時，大家都不約而同地聚在一處——阿基里斯與我，還有年老的波以尼克斯，以及幾名女子——原本只有布莉瑟絲，現在卻多了一小群畢恭畢敬的女子，他們也跟布莉瑟絲一樣得到善待。還有奧托梅頓，他是當中最年輕的，只有十七歲。他是個沉默寡言的年輕人，阿基里斯與我看著他成長茁壯，他學會駕馭阿基里斯桀驁不馴的馬匹，同時也能在戰場上熟練地駕駛戰車。

阿基里斯與我樂於擔任主人的角色，當我們為大家遞肉與倒酒時，我們也開始體驗成為一名成年人的感覺。當營火逐漸熄滅，我們抹去餐後臉上的油膩，吵著要波以尼克斯說故事。坐在椅子上的他，身子往前傾，開始說著自古流傳下來的傳說。火光照著他瘦骨嶙峋的臉龐，他的五官在光影中呈現出立體的樣子，宛如德爾菲的神諭，每個人都想從他臉上讀到一些預言與啟示。

布莉瑟絲也會說故事，她講的內容奇異而夢幻——一連串魔法的傳說，被符咒鎮住的神明，以及不慎放走神明的凡人；她口中的神非常奇怪，形體一半是人，一半是動物：這些是鄉野的神祇，跟城市人崇拜的高高在上的神祇不同。這些故事在布莉瑟絲低沉如誦經的語調講述下，別有一番風味。有時這些故事還非常好玩——例如她模仿獨眼巨人（Cyclops）的樣子，以及她揣摩獅子尋找躲藏的人類時鼻子發出的低吼聲。

之後，當只有我跟阿基里斯兩人時，他會重覆這些故事的片段，提高他的聲音，彈奏幾個豎琴的音符。這些可愛的事物在他手中一下子就成了悅耳的樂曲。我感到開心，因為我覺得阿基里斯終於看見她，終於了解我為什麼可以在他不在的時候，整天與她在一起。我覺得，她現在是我們的一份子。是我們的夥計，終其一生都將是如此。

某天夜裡，跟往常一樣，眾人齊聚在營火前，阿基里斯突然問布莉瑟絲有關赫克特的事。

布莉瑟絲原本仰躺著，頭靠在自己的手上，她手肘內部的肌膚被營火烘得紅通通的。然而一聽到阿基里斯的聲音，她有點驚訝，連忙坐起身子。他通常不會直接對她說話，她對阿基里斯也是如此。或許這跟她村落發生的事有關。

「我知道的不多，」她說。「我從未看過他，也未接觸過普里阿摩斯家族任何成員。」

「但妳應該聽過關於他的事。」阿基里斯坐著，身子微微向前。

「一點點，但我知道比較多的是關於他妻子的事。」

「什麼事都可以。」阿基里斯說。

她點點頭，然後輕輕地清了一下喉嚨，她平常說故事之前也會如此。「她的名字叫安德蘿瑪可（Andromache），是奇里乞亞（Cilicia）國王艾提翁（Eetion）的獨生女。據說赫克特對她的喜愛遠超過世上任何事物。」

「赫克特第一次見到她是在他前往奇里乞亞王國要求貢金的時候。安德蘿瑪可歡迎他，並且在當晚的宴席上為他表演娛興節目。宴席結束之時，赫克特便向她的父親要求迎娶安德蘿瑪可。」

「想必她十分美麗。」

「人們說她很美，但絕非赫克特見過的女子中最美的。她特出的地方是她溫和的脾氣與和藹的性格。民眾喜歡她是因為她經常賑濟糧食與衣物。她懷孕了，但我不知道後來她的孩子如何。」

「奇里乞亞在哪兒？」我問。

「在南方，沿著海岸，騎馬很快就到。」

「在勒斯博斯島附近。」阿基里斯說。布莉瑟絲點點頭。

之後，等到其他的人都散去，他說，「我們掠奪了奇里乞亞。你知道嗎？」

「不知道。」

他點點頭。「我知道艾提翁那個人。他有八個兒子，他們試圖阻止我們。」

從他放低音量來看，我已經聽出他話裡的意思。

「你殺了他們。」全家，一個都不剩。

雖然我極力隱藏，但他還是瞧出我臉上的表情。但他從未跟我說過謊。

「是的。」

我知道他每天殺人；他回來時總是全身沾滿濕淋淋的鮮血，在晚餐之前他會努力地刷洗，想去除這些血污。但有時候，例如現在，還是有一些事會讓我震驚不已，我想到這些年過去了，他讓多少人淚流不止。而現在連安德蘿瑪可也要哭泣，而赫克特也因為他而悲傷。阿基里斯似乎置身於與我截然不同的世界裡，儘管他現在跟我如此接近，而我可以感受到他的體溫。他的手放在他的膝蓋上，雖然因為持矛而磨出繭來，但還是美麗如昔。這世上沒有任何一雙手像他的手一樣溫柔，或致命。

抬頭看著天空，星辰全被掩蓋了。我可以感覺到空氣的沉悶。今晚即將有暴雨來襲。雨水將會浸泡、充滿大地，直到所有裂縫都被填補為止。大水將從山頂傾洩而下，將所有阻擋在面前的東西全部席捲一空，無論是動物、房舍還是人。

他就像洪水，我想。

阿基里斯的聲音打斷了我的思緒。「我留了一個活口，」他說。「最小的兒子。讓他們的家族能繼續傳承。」

如此微不足道的仁慈，聽起來有如恩寵，令人感到詭異。然而還有哪個戰士會這麼做？滅族是一件可資誇耀的事，是一項可以證明自己的力量，為自己創造名聲的光榮行為。這個倖存的兒子將生兒育女；他可以延續家族姓氏並且將家族的故事傳承下去。這個家族是保住了，儘管某方面來說是以緬懷的方式維繫著。

「我很高興。」我說，我感到安慰。

火堆中的木頭逐漸成為灰燼。「真是奇怪，」他說。「我總是說赫克特與我無冤無仇。但現在他卻無法對我這麼說。」

24

好幾年過去了，大埃阿斯底下一名士兵開始抱怨戰爭曠日持久。起初，沒人理會這個人，因為他長得奇醜無比而且又行為不檢。但此人舌粲蓮花，他說，四年了，什麼也沒看到。金銀財寶在哪？女人在哪？我們什麼時候可以回家？大埃阿斯捶他的頭，但這人不願閉嘴。瞧，他們是怎麼對我們的？

逐漸地，他的不滿從這個營地散布到另一個營地。此時正值最討人厭的季節，特別的潮濕，打起仗來特別的辛苦。傷者日多，士兵們全身起疹子，腳踝沾滿泥巴，傳染病也開始橫行。大批叮人的蚊蠅在營地各處盤旋，看起來如同一團黑雲。

沉悶而渾身發癢，士兵們開始在廣場閒晃。起初他們只是三兩成群低聲說著。然後最早抱怨的那名士兵也加入他們，而他們的聲音也越來越大。

四年了！

我們怎麼知道她是不是在特洛伊城？有誰看到她了？

特洛伊絕不會向我們臣服。

我們應該停止戰爭。

阿伽門農聽到這些耳語，於是下令將這些嚼舌根的人抽了幾鞭子。第二天，說的人變成兩倍；其中有不少是邁錫尼人。

阿伽門農派人全副武裝去驅散他們。這些人先是一哄而散，等到阿伽門農的人走了，他們又回到原地。為了解決此事，阿伽門農下令讓方陣步兵一整天看守著廣場。然而這是件苦差事——烈日曝曬，加上蚊蠅騷擾。到了一天即將結束之時，疲憊不堪的方陣步兵已有人開小差，不遵號令者於是越來越多。

阿伽門農派間諜暗中調查是哪些人在抱怨；這些人於是被逮捕並且遭受鞭打。第二天早上，已有數百人拒絕戰鬥。有些人裝病，有些人連病也不裝。消息慢慢傳開，越來越多人稱病不出。士兵們把刀劍盾牌扔到臺上，堆積成山的武器堵塞了廣場。當阿伽門農想清出一條路通過廣場時，這群人只是雙手抱胸，動也不動。

在自己的廣場遭到抵制，阿伽門農怒不可遏，緊握權杖（這是一根外頭箍著鐵皮的硬木）的手指也開始泛白。此時，站在阿伽門農前面的那個人突然對著他的腳吐口水，阿伽門農立即舉起了權杖，重重打在那人頭上。我們都聽到骨頭碎裂的聲音，那人倒地不起。

我認為阿伽門農不是有意這麼做。他整個人愣住了，只是看著腳邊的屍體，一動也不動。另一個人跪下來把屍體翻過來；頭骨有一半已經被敲碎了。消息很快像火一樣延燒出去。許多人連刀子都拔出來了。我聽見阿基里斯喃喃自語；然後便從我身旁離開。

阿伽門農一副大夢初醒的樣子，自覺闖下大禍。他大意地未讓他的衛隊陪同前來。現在他遭到包圍；就算有人要幫他也愛莫能助。我屏住呼吸，覺得自己可能會眼睜睜看著他被殺。

「希臘人！」

眾人驚訝地朝喊聲的來源望去。阿基里斯站在高臺的盾牌堆上。他不愧是全軍最了不起的戰士，俊美的臉孔與強壯的身軀，令人肅然起敬。

「你們很生氣。」他說。

這句話引起眾人的注意。他們是很生氣。將領坦然接受士兵的怒氣，這種事很少見。

「說出你們的不滿。」他說。

「我們想回去！」群眾後方傳來聲音。「這場戰爭毫無希望！」

「將軍對我們說謊！」

贊同的低語如浪潮般襲來。

「已經四年了！」這是最後一句話，也是最憤怒的一句話。我無法責怪他們。對我來說，四年太漫長了，我必須不斷與悲慘的命運角力。但對士兵來說，他們的人生有一部分被偷竊了：他們無法與妻兒相處，無法享受天倫之樂。

「你們有權利質疑，」阿基里斯說。「你們覺得自己被誤導，因為有人向你們保證能獲得勝利。」

「是的！」

我看了阿伽門農一眼，他的臉因憤怒而鐵青。但他仍塞在群眾當中，無法掙脫也無法發言。

「告訴我，」阿基里斯說。「你們是否認為最了不起的希臘人打的是一場沒有希望的戰爭？」

群眾默不做聲。

「回答我。」

「不是。」有人回道。

阿基里斯認真地點點頭。「不，我不這麼認為。我可以發誓。我在這裡是因為我相信我們終將勝利。我會待在這裡直到戰爭結束。」

「你可以這麼做。」另一個人說道。「但我們這些想走的人怎麼辦呢？」

阿伽門農張開嘴巴要回答。我可以想像他大概要說什麼。沒有人可以離開！離開的人一律處死。但他很幸運，因為阿基里斯比他早一步說話。

「如果你們想走的話，隨時可以走。」

「真的嗎？」大家面面相覷。

「當然。」他停住，然後露出他最誠摯、最友善的笑容。「但當我們拿下特洛伊時，我可要拿走你們應得的那一份。」

我感覺到空氣中那股緊張感已被驅散，甚至聽到有人忍不住笑出來。阿基里斯王子提到即將贏得的財寶，只要貪婪還在，就表示還有希望。

阿基里斯看到大家的變化。他說，「我們應該掌握戰局，別讓特洛伊人以為我們怯戰。」他拔起閃亮的寶劍，指向天空。「誰敢向特洛伊人挑戰？」

眾人發出讚同的喊聲，於是在一名將領的帶領下，大家再度穿上了盔甲，拿起了長矛。他們抬起那個死人，然後將他扛走；反正大家平日都認為這個人是個麻煩人物。阿基里斯從臺上縱身一躍，經過阿伽門農身旁，向他點頭行禮。邁錫尼王什麼話也沒說。但我發現他一直看著阿基里斯離開。

經過這場險些造成譁變的事件之後，奧德修斯想了一個辦法讓士兵有事可做，免得造成不安：興建巨大的柵欄，將整個營地包圍起來。他計畫的圍牆長十英里，將我們的營帳與船隻與外圍的平原區隔開來。木牆底下則挖掘壕溝，溝裡密密麻麻插著削尖的木樁。

當阿伽門農宣布這項計畫時，我敢說一定有人看出這想法存著什麼心。幾年來，營地與船隻從未受到威脅，即使特洛伊獲得多少援軍也一樣。畢竟，有誰能過得了阿基里斯這關呢？

但迪歐梅德斯向前一步，他稱讚這項計畫，並且以夜襲和焚船來威脅大家。焚船這個理由確實讓大家動搖——沒有船的話，我們要怎麼回去呢？最後，大家的眼神明亮而急切。當他們愉快帶著斧頭進森林伐木時，奧德修斯找到了最初掀起麻煩的士兵特爾希特斯（Thersites），並且把他打昏了。

軍隊的譁變自此告終。

從那時起，情況起了變化，也許是因為眾人通力合作建造木牆，也許是因為使用武力的時間減少。整個軍隊從最低階層的步兵到最上層的將軍，都開始把特洛伊當成自己的家。我們的入侵成了占領。在此之前，我們仰賴掠奪土地與村落為生。現在我們開始興建，不只是木牆，還包括城鎮：熔鐵爐，牛圈（裡面養了從鄰近村落偷來的牛），甚至陶工的棚子。業餘工匠因此開始製作陶器以取代我們從希臘帶來的舊碗舊瓶，其中很多都已經破碎裂開。我們擁有的每件事物都是臨時的、四處搜尋得來的，有些物品的使用方式也跟過去不同。唯有國王自己的甲冑依然維持不變，上面的紋章與裝飾依然磨得光亮而純粹。

士兵越來越不像軍人，反倒像是村民。這些人離開奧里斯時，還以克里特人、賽普勒斯人與阿爾戈斯人自居，現在他們全是希臘人——他們因為與特洛伊人不同而被歸為一類，他們分享食物、女人、衣物與戰爭故事，他們各自的特點逐漸消失。阿伽門農統一希臘的豪語，看來並非毫無道理。即使經過一段時間，這種同胞情誼依然存在，而在原本交相攻伐的時代，這種情感絕對不可能出現。有一個世代的時間，曾經共同出兵特洛伊的國家，彼此之間未再發生戰爭。

就連我也深受影響。在這段期間——六、七年來，我越來越常待在馬卡翁的帳篷裡，越來越少跟阿基里斯上戰場——我也認識了其他國家的人。每個人終究有受傷看病的時候，也許只是為了腳趾受傷或指甲倒生這種小事。奧托梅頓也來醫治過，他的手上長了嚴重的癤，不斷流血。士兵與他們的女奴同寢，之後帶著這些大肚子的女人過來，我們因此也幫忙接生。

來我們帳篷的不只是一般士兵：我也認識了一些國王。涅斯托爾在一天結束後，喉嚨總想喝點甜的，因此來我們這兒吃點熱蜂蜜；梅內勞斯因為頭痛而想吃點鴉片；大埃阿斯則是胃酸過多。這使我發現他們有多信任我，他們用一種帶著希望的表情向我尋求醫治；我開始喜歡這些人，儘管他們在會議上仍難以相處。

我在營地建立起一定的名聲。人們希望我醫治他們，因為我的手腳迅速而且比較不會造成疼痛。波達勒里歐斯越來越少待在帳內——當馬卡翁不在時，全由我來代班。

當我們走過營地，我一一跟士兵們打招呼，這點令阿基里斯感到驚訝。我很高興他們舉起他們的手，指著已經復原的傷痕。

這些士兵離去之後，阿基里斯搖頭說。「我不知道你怎麼記得住這些人。在我眼中，這些人長得一模一樣。」

我笑了，並且再度指著這些人。「那是斯特內洛斯（Sthenelus），迪歐梅德斯的戰車兵，那是波達爾克斯（Podarces），他的兄弟是第一個陣亡的希臘人，記得嗎？」

「這種人太多了，」他說。「如果他們記得我，這件事會簡單一點。」

聚在我們爐邊的人越來越少，在不經意間，這些女人一個接一個成了謬爾米東的愛人，然後成了妻子。她們不再需要我們的營火；她們有自己的營火。我們很高興。營地裡的笑聲，夜間愉悅的聲音，乃至於隆起的肚子——謬爾米東露出滿意的笑容——是我們樂於看見的事，士兵的幸福就像金線一樣，為我們的營帳縫上美麗的飾邊。

這段時間，布莉瑟絲一直是孤家寡人。她的美貌使許多謬爾米東追求她，但她還是沒有愛人。相反地，她扮演著類似年長女性的角色——一個帶著糖果與春藥，以及帶著柔軟的手巾隨時為人拭淚的女人。我對大家的感覺也就是如此，我回想起在特洛伊的某個夜裡：阿基里斯與我坐在一起，波以尼克斯笑著，奧托梅頓結結巴巴地說著笑話中最重要的笑點，而布莉瑟絲則是睜著神祕的雙眼，開懷地笑著。

我在黎明前醒來，感覺空氣中首度傳來初秋的寒意，我的皮膚感到刺痛。今天是舉行慶典的日子，我們要把第一次收獲的果實獻給阿波羅。身旁的阿基里斯充滿了暖意，他赤裸的身體依然沉浸在夢鄉中。帳內非常陰暗，但我隱約可見他臉孔的輪廓，他強壯的下巴與眼眶柔和的曲線。我想叫醒他，我想看見那雙張開的眼睛。我已看過數千數千次，但怎麼樣都看不膩。

我的手輕輕滑過他的胸膛，撫摸著下方的肌肉。我們倆現在都變得比較強壯，這是白天在白色帳篷與戰場磨練的結果；有時我會被自己的模樣嚇一跳。我看起來已經是個男人，體格跟我的父親一樣寬廣，只是有點駝背。

在我的撫摩下，阿基里斯打了個寒顫，點燃了我的欲望。我揭開被子，好讓自己看著他完整的身軀。我低頭吻他，然後往下輕柔地親吻他的身軀，直到他的腹部。

晨曦緩緩透入門簾。帳內逐漸光亮起來。我注視著他醒來的瞬間，他在矇矓中認出是我。我們的肢體滑向彼此，順著以往探尋過的路徑前進，卻依然感到興奮而羞澀。

之後，我們起身吃早餐。我們掀開布簾，讓怡人的微風吹拂潮濕的肌膚。從門口望出去，謬爾米東交錯穿梭著進行平日的工作。我們看到奧托梅頓衝到海裡游泳。我們看到海洋在陽光照耀下，誘人而溫暖。我的手一如以往地放在他的膝上。

她不是從門口進來。她直接出現在那裡，在營帳的中央，就在不久之前，那裡完全空無一物。我倒吸一口氣，驚慌地把放在他膝上的手抽回來。我知道這很蠢，但我還是這麼做了。她是女神；無論何時她都能看見我們。

「母親。」阿基里斯向她打招呼。

「我收到警告。」她說的每一個字，尾音還沒結束就被硬生生切斷，就像貓頭鷹咬穿骨頭一樣。帳內光線昏暗，但忒提斯的皮膚卻燃燒著，發出寒冷而明亮的光線。我可以看見她臉孔發出的每一道光，以及她泛著微光的袍子的每一道衣褶。上次我這麼近距離看她已是很久之前的事，我記得是在斯基羅斯島。與當時相比，此時的我已有很大的變化。我變得更有力量，體格也更魁梧，臉上的鬍子也生長得極為茂盛，必須每日刮鬍。但她的外表絲毫沒有改變。當然，她當然不會有任何變化。

「阿波羅感到憤怒，他正尋找方法要對抗希臘人。你今天要向他獻祭嗎？」

「是的。」阿基里斯說。我們總是遵守祭典，我們會照規矩割開牲畜的喉嚨與烘烤油脂。

「你必須這麼做，」她說。她眼睛緊盯著阿基里斯，似乎完全沒看見我。「要舉行一場大獻祭。」這是我們規模最大的獻祭儀式，一共要宰殺一百頭羊或牛。只有最富有與最有權勢的人才負擔得起這麼奢華的敬神儀式。「不管別人怎麼做，你都得這麼做。諸神已經選邊站，你不能讓他們有發怒的理由。」

我們必須一整天不斷地屠殺牲畜，整個營地會有一個星期的時間聞起來像藏骸所。但阿基里斯點頭。「我們會這麼做。」他保證。

她雙唇緊抿，兩道紅色的痕跡活像傷口邊緣。

「還有別的事。」她說。

即使她的目光未對著我，我仍對她感到恐懼。她所到之處，空氣中總充滿了緊張與壓迫，她總是捎來凶兆、憤怒的神祇與一千種近在眼前的危險。

「什麼事？」

她猶豫了一下，恐懼感充塞在我的喉頭，我動彈不得。能讓女神說不出話的事，肯定極為恐怖。

「那是個預言，」她說。「兩年之內，謬爾米東最優秀的戰士將會死亡。」

阿基里斯面無表情，毫無反應。「我們早就知道這一天會到來。」他說。

但她隨即搖頭。「不，這個預言說，此事發生時你還活著。」

阿基里斯皺眉。「妳覺得這個預言指什麼？」

「我不知道，」她說。她的眼睛十分巨大，就像深不可測的黑色池水，準備將他一飲而盡，拉進她的體內。「我擔心其中有詐。」命運之神很清楚這些謎團，除非到了最後時刻，迷霧不可能消散。然而若真到水落石出之時，我們也只能痛苦哀嘆。

「你要當心，」她說。「要處處留意。」

「我會的。」他說。

她似乎不知道我在帳內，但現在她看見我了，她皺起鼻子，彷彿聞到惡臭似的。她回頭對阿基里斯說，「他配不上你，永遠配不上。」

「對於這件事，我們的想法不同。」阿基里斯回道。他說話的語氣彷彿這種話他已經說過好幾遍。或許真是如此。

她發出低沉而輕蔑的聲音，然後消失無蹤。阿基里斯轉身對我說。「她在害怕。」

「我知道。」我說。我清清喉嚨，想把哽在喉頭的那股恐懼去除。

「誰是謬爾米東最優秀的戰士，你認為呢？如果不把我算在內的話。」

我回想隊伍中每一位軍官。我想到奧托梅頓，他現在已經成為阿基里斯在戰場上可靠的副手。但我不認為他們可以稱之為最優秀。

「我不知道。」我說。

「你覺不覺得，預言指的可能是我的父親？」他問。

留守普提亞的佩琉斯，曾經與海克力斯及波修斯並肩作戰。在他活躍的時期，他以敬神與勇氣著稱，但這是否能用來解釋現在與未來，不免令人存疑。因此我只能坦承說，「或許是吧。」

我們沉默了一會兒。然後他說，「我想我們很快就會知道是怎麼回事。」

「預言說的不是你，」我說。「至少我們可以確定這點。」

當天下午，我們照他母親的吩咐，舉行了大獻祭。謬爾米東堆起高聳的祭壇火堆，我拿著盛血的碗，阿基里斯負責割開一頭又一頭牲畜的喉嚨。我們將富含脂肪的大腿，連同大麥與石榴一起放在火堆中焚燒，並且將上好的美酒倒在木炭上。阿波羅感到憤怒，她曾經這麼說。阿波羅是力量最強大的神祇之一，他射的箭像光一樣快，能讓每個人的心臟停止跳動。我不是那麼敬神的人，但在那一天，我對阿波羅的崇拜與敬虔絕對不下於佩琉斯。而無論誰是謬爾米東最優秀的戰士，我也對每個神祇祈禱，希望他一切平安。

布莉瑟絲要我教她醫術，並且承諾傳授我當地的藥草知識做為回報，這些藥草對於馬卡翁日漸短缺的藥品可說是一項福音。我同意了，於是我每日跟她到森林，穿過低矮的灌木叢，在潮濕的腐木下找到蕈類，它細緻柔軟宛如嬰兒的耳朵。

而在這段日子裡，有時布莉瑟絲的手會有意無意地碰觸我的手，她會抬頭看著我，對我微笑，她的耳朵與頭髮垂掛的水滴就像珍珠一樣。她的長裙為了方便特別拉高到膝蓋打了結，露出她結實而穩健的雙足。

有一天，我們在某個地方停下來吃午餐。我們享用用布包裹起來的麵包與乳酪，幾條乾肉，以及用我們的手從溪裡舀起的清水。時值春日，我們四周環繞著安那托利亞沃土的恩澤。三個星期的時間，大地已經彩繪上各種顏色，長滿了爭奇鬥豔的花朵。她逐漸從野地的興奮中平息下來，開始做起夏日的工作。這是一年當中我最喜愛的時節。

我應該知道這種事遲早會發生的。或許你會認為我實在太遲鈍了，居然無法領會這種事。我跟布莉瑟絲講起奇隆的故事，她聆聽著，她的眼睛就像我們坐著的土壤一樣烏黑。我說完了，而她依然沉默不語。這並不會讓我感到奇怪；她總是如此沉靜。我們緊靠著坐在一起，頭湊到一塊兒，彷彿在商議什麼陰謀似的。我可以聞到她吃的水果香氣；我可以聞到她為其他女孩搾的玫瑰油，那氣味仍留在她的指間。我想，她與我是如此親密。她嚴肅的神情與慧黠的雙眼。我想像她小時候的樣子，在樹上攀爬，奔跑時細長的手腳飛舞著。真希望我能早點認識她，她可以跟我一起待在我父親的宮殿裡，她可以與我的母親一起打水漂。我幾乎可以想像她在那裡，在我的記憶邊緣徘徊停留。

她的唇碰著我的唇，我驚訝於自己並未閃躲。她的嘴如此柔軟又帶點遲疑。她的雙眼緊閉，露出甜蜜的樣子。也許是習慣，也許是欲望驅使，我張開雙唇。分離了。經過一段時間，從腳下的土地，微風帶來了陣陣花香。然後她縮了回去，眼睛低垂，彷彿聽候著判決。脈搏在我的耳邊作響，但與阿基里斯引發的脈動不同。那是令我更為吃驚的事物，我害怕自己會傷害她。我把我的手放在她的手上。

她知道。她可以從我握她的手的方式，從我看她的眼神了解我的心意。「我很抱歉。」她低聲說。

我搖搖頭，但想不出該說什麼。

她豎起了肩膀，就像折起的雙翼一樣。「我知道你愛他，」她猶豫而緩慢地說出每一個字。「這些我都知道，我只是想——有些人除了有妻子，還可以有愛人。」

她小巧的臉龐看起來十分悲傷，我無法保持沉默。

「布莉瑟絲，」我說。「如果我要娶妻，那麼一定是妳。」

「但你不想娶妻。」

「我是不想。」我盡可能輕柔地說。

她點點頭，眼神又低下來。我可以聽見她平緩的呼吸，以及她胸部些微的顫動。

「對不起。」我說。

「你也不想有孩子？」她問。

這個問題嚇了我一跳。我覺得自己還不像真正的大人，儘管大多數人到了我這個年紀已經有了好幾個小孩。

「我不認為我可以為人父母。」我說。

「我不這麼想。」她說。

「我不知道，」我說。「妳呢？」

我不經意地反問，但似乎掘入對方的心底，她猶豫了一下。「也許吧。」她說。此時我才聽懂她到底在問什麼，但為時已晚。我羞紅了臉，對於自己的輕率感到困窘。同時也覺得丟臉。我想說些什麼。或許想謝謝她。

但她已經起身，拍拍衣服。「我們可以走了嗎？」

我無計可施，只能站起來跟上她的腳步。

當晚，我的腦子不斷地想著那幅情景：布莉瑟絲與我的孩子。我看到踉蹌的雙腿、黑髮與母親的大眼。我看見我們坐在營火旁，布莉瑟絲、我還有孩子，孩子正把玩著我雕刻的小木頭。然而，這幅景象似乎少了些什麼，帶著一股令人隱隱作痛的空虛。阿基里斯在哪兒？死了？或者他從頭到尾未曾存在？我無法過著這樣的人生。*但布莉瑟絲並未要求我這麼做*。她願意提供既有的一切，她、孩子還有阿基里斯。

我轉頭看著阿基里斯。「你想過生兒育女的事嗎？」我問。

他的眼睛閉著，但他還沒睡著。「我有孩子了。」他回道。

每次想起這件事，我還是覺得記憶猶新，內心也震顫不已。他與德伊達梅亞的孩子。一個男孩，忒提斯告訴他，孩子取名為尼歐普托勒莫斯（Neoptolemus）。*新的戰爭*。他另一個名字是皮魯斯（Pyrrhus），因為他有一頭火紅的頭髮。我每次想到這件事就心神不寧——一部分的阿基里斯在這個世界上遊蕩著。「他長得像你嗎？」我曾問過阿基里斯這個問題。阿基里斯聳聳肩。「我沒問。」

「你想見他嗎？」

阿基里斯搖搖頭。「由我母親來撫養他是最好的選擇，他跟她在一起是好事。」

我不同意他的說法，不過此時不是爭執此事的時候。我等著，等他問我我是否想要孩子。但他沒有，他的呼吸甚至變得更徐緩。他總是比我更早入睡。

「阿基里斯？」

「嗯？」

「你喜歡布莉瑟絲嗎？」

他皺著眉，但眼睛仍舊閉著。「喜歡她？」

「喜歡她這個人，」我說。「你知道我的意思。」

他睜開眼睛，表情帶著警戒，這一點倒是超乎我的預期。「這跟孩子有什麼關係？」

「沒有關係。」但我明顯是在說謊。

「她想有孩子嗎？」

「也許。」我說。

「跟我嗎？」他說。

「不。」我說。

「那就好，」他說，眼皮再度垂了下來。過了一會兒，我確信他已經睡著了。但他突然出聲，「跟你。她想跟你生小孩。」

我默認了。他坐直了身子，毛毯從他身上落下。「她懷孕了嗎？」他問。

這是第一次，他的聲音帶著緊張。

「沒有。」我說。

他凝視我的眼睛，想從中尋出蛛絲馬跡。

「你想有孩子嗎？」他問。我看出他臉上的掙扎。嫉妒對他來說似乎是陌生的感受，一種與他完全挨不著邊的情感。他覺得心裡不痛快，卻說不出口。我突然覺得在他面前提這種事有點殘酷。

「不，」我說。「我完全沒想過這種事。」

「如果你想有孩子，也沒有關係。」他小心翼翼地說出每一個字；他想做到公平。

我又想到黑髮的孩子。我想到阿基里斯。

「沒這回事，別多心了。」我說。

看見他臉上浮現輕鬆的神情，我突然感到一陣甜蜜。

從那時起，情況變得有點詭異。布莉瑟絲一直躲著我，但我還是照常去找她，而我們也像以往一樣散步。我們聊著營地的傳言與醫術。她未再提及妻子，而我也謹慎地不提孩子。我還是能從她的眼中看到她對我的溫柔。我也盡可能地投以溫柔的目光。

25

戰事進入到第九年，某日，一名女孩登上高臺。她的臉頰有瘀青，看起來就像被葡萄酒潑灑到臉上一樣。頭髮垂落的緞帶不住地顫動著，儀式的髮帶顯示她是服侍神明的女子。我聽到有人說，她是祭司的女兒。阿基里斯與我交換了一下眼神。

臉上的恐懼無法掩蓋她的美貌：淡褐色的大眼鑲在圓臉上，柔軟的栗色頭髮蓬鬆地覆蓋在耳邊，此外還有著修長的少女體態。我們看著，她的眼眶濕潤，深色的池水溢過池岸，沿著臉頰流淌而下，最後從下巴滴落地面。她並未拭淚，因為她的雙手被反綁在身後。

當人群越聚越多，她抬起雙眼，向天空默默祈求。我用手肘輕輕推了阿基里斯一下，他點點頭；但在他出聲之前，阿伽門農搶先一步。他一手搭在她瘦弱無力的肩膀上。「這是克呂瑟絲（Chryseis），」他說。「我要這個女孩。」然後他將她拉下臺，粗魯地帶她進帳。我看到祭司卡爾卡斯皺眉，他的嘴欲言又止，彷彿想要反對。但他終究沒有出聲，最後由奧德修斯完成戰利品分配的工作。

之後，過了快一個月，女孩的父親來了，他沿著沙灘走來，手執鑲金的權杖，上面掛著花環。他留著安那托利亞祭司慣有的長鬍子，披頭散髮，髮上裝飾著搭配手中權杖的緞帶。他穿著紅色與金色條紋的袍服，寬鬆的下擺像波浪般翻動拍打著雙腿。他後頭跟著一群抬著沉重木箱的助祭。他不管後頭的人腳步蹣跚，只是自顧自地大步向前。

這一小群人走過大埃阿斯、迪歐梅德斯與涅斯托爾的營帳——涅斯托爾的營帳就在廣場旁邊——然後登上高臺。阿基里斯與我風聞此事，馬上奔跑穿過速度較慢的士兵，此時那人已手持權杖站在臺上。當阿伽門農與梅內勞斯登上臺子接近他時，他並不理會他們，只是驕傲地站在他的財寶與屬下抬起的木箱前。阿伽門農憤怒地看著這個自以為是的傢伙，但他按捺住怒火，一句話也沒說。

終於，眼前聚集了夠多的士兵，這些人全是在口耳相傳下從營地各處跑來的。女孩的父親仔細地看著臺下每一個人，他的眼神掃過群眾，無論是國王還是平民，無一遺漏。最後，他的目光落在阿特勒斯的孿生兒子身上。

他的聲音宏亮而雄渾，這樣的嗓子若能領導全軍誦念禱文可說是再適合不過。他報上姓名，克呂塞斯（Chryses），是阿波羅的大祭司。然後他指著已經開啟的木箱，裡面的黃金、珠寶與銅器，在陽光照耀下閃閃發亮。

「這些並不能告訴我們，是什麼風把你吹來的，克呂塞斯祭司。」梅內勞斯的聲音雖然平淡，卻也帶著不耐。特洛伊人不應該登上希臘國王的臺子放言高論。

「我來是為了贖回我的女兒克呂瑟絲，」他說。「希臘軍隊非法地從我們的神廟將她帶走。她是個瘦弱的女孩，年紀尚輕，頭上還繫著髮帶。」

希臘人交頭接耳。想贖人的人應該跪下乞求，豈有像國王一樣對著眾人高談闊論之理。然而此人是大祭司，他不臣屬於任何人，只臣屬於他的神，因此也就任由他這麼做了。他帶來的黃金，價值是女孩的兩倍，而祭司的請求，也無法坐視不理。非法，這個指控就像刀劍一樣鋒利，但我們無法說他是錯的。就連迪歐梅德斯與奧德修斯都不得不點頭稱是，而梅內勞斯雖然張嘴卻無話可說。

但阿伽門農走到前面，他的身形像熊一樣魁梧，他的脖子因憤怒而肌肉賁張。「這就是你乞求的方式嗎？我沒當場殺了你算你走運。我可是這個軍隊的指揮官，」他惡狠狠地說。「這裡輪不到你發號施令，我的答案只有一個：不。沒有什麼贖不贖回的問題。她是我的戰利品，我現在不會讓你帶她走，未來也不會。我不會為了你帶來的這些廢物或其他東西改變心意。」他緊握著拳頭，離祭司的喉嚨只有幾英寸的距離。「你最好現在就給我離開，不要讓我在營地裡再看見你，祭司，否則的話就連你的花環也救不了你。」

克呂塞斯咬緊牙關，是出於恐懼，還是忍住不做回應，我們不得而知。他燒灼的眼神流露著苦澀。他隨即一言不發地走下高臺，然後大步走向沙灘，沿原路回去。他的助祭扛著木箱緊跟在他的身後。

即使阿伽門農已經離開，士兵們仍在我身旁議論紛紛，我看著遭到羞辱的祭司逐漸遠去的身影。在沙灘盡頭的人說，祭司一邊走一邊放聲大哭，而且對著天空揮舞著權杖。

當晚，有東西像蛇一樣溜進我們的營地，迅速無聲，忽隱忽現。瘟疫開始了。

第二天當我們起床時，發現騾子倒在柵欄旁，氣若游絲，嘴邊出現黃色的泡沫黏液，雙眼渙散。到了中午則是狗兒——牠們發出哀鳴聲，然後對著空氣猛咬，舌頭出現帶血的泡沫渣滓。到了傍晚，所有的牲畜要不是死了，就是瀕臨死亡，牠們躺臥在帶血的嘔吐物中顫抖著。

馬卡翁與我，還有阿基里斯，只要看到牲畜一倒下就予以焚燬，避免營地遭受這些浸泡著膽汁的屍體污染，當我們將屍體丟進火堆時，骨頭不斷在火堆中發出劈啪的聲響。當晚，我與阿基里斯連忙用海鹽擦洗身體，然後從森林的溪流中取水。我們不使用西摩伊斯河（Simois）或斯卡曼德河的水，但其他人卻在這兩條曲折的特洛伊大河裡清洗而且飲用裡面的水。

稍晚，我們躺在床上，低聲地猜測，我們只能聽著彼此呼吸的聲音，留意喉頭是否聚著痰液。但我們什麼也沒聽見，我們只是不斷複述奇隆教給我們的療法，聽起來就像喃喃自語的祈禱聲。

第二天早晨，人也出現類似的症狀。數十人突然身體不適，無法站立，他們的眼睛凸出而濕潤，嘴唇破裂，臉頰出現許多血絲。馬卡翁、阿基里斯、波達勒里歐斯與我，最後甚至還包括了布莉瑟絲，我們奔跑著拉走每個剛倒下的人——他們就像被矛或箭射中了一樣突然倒下。

在營地的另一頭也出現大量的病人。十人、二十人乃至於五十人，他們顫抖著要水，撕開衣物以舒緩身上火燒般的疼痛。不久，他們的皮膚裂開，如同磨損的毯子一樣出現破洞，開始流膿與露出果泥般的血肉。最後，激烈的顫抖終於停止，如同急流轉變成停滯的沼澤，他們的腸子排出深色的東西，其中夾雜著血塊。

阿基里斯與我不斷地堆起一個又一個的柴堆，焚燒我們所能找到的每一塊木頭。最後，我們放棄了必要的尊嚴與儀式，從一次燒一具屍體變成整批焚燒。我們甚至沒有時間等候，因此所有死者的骨灰全混雜融合在一起。

終於，絕大多數國王也加入我們的行列——首先是梅內勞斯，然後是大埃阿斯，他們一口氣將整片樹林砍光，堆起一個個柴堆。當我們努力控制疫情時，迪歐梅德斯與士兵一起，他發現有少數人仍藏在帳裡。這些人因發燒而顫抖，同時也嘔吐不止，但他們的朋友不願將他們交出來，送往火葬場。阿伽門農也未離開他的帳篷。

一天過去了，然後又過了一天，每一支部隊，每一個國王，都損失了數十名士兵。但奇怪的是，我跟阿基里斯注意到，我們用手闔上眼皮的那些人，沒有人是國王。他們全是小貴族與士兵。我們也注意到，沒有女人受害。我們交換了眼神，越來越感到懷疑，尤其是受害的男子幾乎清一色突然慘叫，然後雙手摀著瘟疫侵襲的胸口，像是有人用箭射死他們似的。

瘟疫爆發以來已到了第九夜——屍體、焚燒，就連我們的臉上也沾上膿汁。我們站在帳篷裡氣喘吁吁，感到疲憊不堪，但我們隨即脫掉身上的丘尼卡，然後扔到火裡燒掉。我們懷疑這不是自然的災害，不是疾病造成的。它來自別的地方，突然而且如同一場災難，就像奧里斯靜止不動的空氣一樣。這是神明不悅引起的。

我們想起克呂塞斯與他對於阿伽門農褻瀆神明的憤怒。阿伽門農無視於戰爭的規範與公允的贖金。我們也想起他服侍的神明是誰。光明、醫藥與瘟疫之神。

當月亮高照之時，阿基里斯溜出營帳。過了一段時間他回來，身上帶著海水的味道。

「她怎麼說？」我從床上坐起來，問道。

「她說我們想的沒錯。」

瘟疫爆發的第十天，我們在謬爾米東的跟隨下，大步沿著沙灘走向廣場。阿基里斯站上高臺，雙手圍在嘴邊，讓他的聲音能傳到遠處。他用力呼喊著，聲音蓋過火堆的呼嘯、女人的哭泣與瀕死者的哀嚎，他要求營地每個人都聚集過來。

緩慢地、心存恐懼地，大家蹣跚向前，在陽光下瞇著眼睛。他們看起來臉色蒼白，宛如驚弓之鳥，他們害怕瘟疫的箭射中他們的胸膛，就像石頭投進水裡，然後腐爛就像池塘漣漪一樣不斷散布開來。阿基里斯看見人們逐漸聚攏，他穿好甲冑，佩戴寶劍，他的頭髮就像水倒在明亮青銅上發出微光。雖然沒有明文禁止統帥以外之人召集會議，但在特洛伊這十年來，還沒有人這麼做過。

阿伽門農與邁錫尼人穿過人群登上臺子。「這是什麼意思？」他問道。

阿基里斯向他行禮。「我想召集眾人宣布與瘟疫有關的事。可否允許我在此發言？」

阿伽門農的肩膀因羞憤而聳立起來；他早該召開會議，他知道這點。他無法責難阿基里斯提出這樣的要求，特別是在眾目睽睽之下。這兩個人的對比從未像今日這麼鮮明：阿基里斯看起來神情輕鬆，他知道自己要做什麼，也完全不受瘟疫的影響；阿伽門農的臉孔則活像個守財奴，皺著眉頭看著大家。

阿基里斯等待眾人聚集，包括國王與平民。然後他走向前，微笑說。「諸位國王，」他說，「諸位貴族，以及希臘王國的子民，在瘟疫肆虐下，我們如何繼續打這場戰爭？我們早該知道，我們一定是惹惱了神明，神明才降災在我們身上。」

許多人開始交頭接耳，早就有人懷疑是神明降災。世上的災難與幸運，哪一次不是出自神明之手？但聽到阿基里斯明白表示，著實讓大家鬆了一口氣。他的母親是女神，他知道是怎麼回事。

阿伽門農雙唇緊繃，露出了牙齒。他站得太靠近阿基里斯，彷彿要把他擠下臺似的。阿基里斯似乎沒注意到。「我們有祭司在此，他與諸神最為親近。我們何不讓他說話？」

底下的人紛紛表示贊同。我可以聽見金屬的撞擊聲，阿伽門農抓著自己的手腕，緩緩地勒緊他的臂鎧。

阿基里斯轉身對國王說。「你不是建議我這麼做嗎，阿伽門農？」

阿伽門農瞇著眼睛。他不信任慷慨這種事；他什麼也不信任。他看著阿基里斯一會兒，等待著後頭的陷阱。終於，他毫無謝意地說道，「是的，我是這麼建議。」他粗魯地示意邁錫尼人。「叫卡爾卡斯過來。」

他們拉著祭司穿過人群。他看起來變得更醜陋了，鬍子長得參差不齊，零亂的頭髮散發著一股汗酸味。他總是在說話前先用舌頭點一下自己的嘴唇。

「尊貴的國王與阿基里斯王子，突然找我有什麼要事，我尚未做好準備。我沒想到——」他怪異的藍眼在兩人之間閃爍著。「我沒預料到我要在這麼多人面前說話。」他說著甜言蜜語，姿態低下，彷彿逃離巢穴的黃鼠狼。

「你給我說。」阿伽門農命令他。

阿基里斯用清楚的聲音激勵他。「你是否曾獻上供品？你是否曾經祈禱？」

「我——呃，當然，我獻上了祭品。但……」祭司的聲音顫抖著。「我擔心我說的話會觸怒這裡的某個人。他擁有極大的權力，而且絕不會輕易饒恕他人對他的侮辱。」

阿基里斯蹲下來，溫和地用手拍著祭司畏縮的肩膀。「卡爾卡斯，大家都已經死到臨頭了，還有空擔心這個嗎？在場有誰能讓你三緘其口呢？至少我不會，就算你說是我也不可能。你們有誰不讓卡爾卡斯說話嗎？」阿基里斯看著眾人，大家全都搖頭。

「你看到了吧？凡是神智清楚的人絕不可能傷害祭司。」

阿伽門農脖子的青筋暴露，粗如船上的纜繩。此時我突然意會到哪裡有點奇怪，原來是他一直一個人站著。他的弟弟或奧德修斯或迪歐梅德斯遠本都站在他的身旁，今天卻離他遠遠的。

卡爾卡斯清清喉嚨。「占卜顯示，我們惹惱了阿波羅。」阿波羅。眾人聽到這個名字宛如夏日小麥般望風披靡。

卡爾卡斯瞧了一眼阿伽門農，然後又望向阿基里斯。他嚥了一下口水。然後說，「占卜說，他的僕人克呂塞斯遭受無禮的對待，因此冒犯了他。」

阿伽門農的肩膀變得僵硬起來。

卡爾卡斯結巴地說。「為了安撫阿波羅，我們必須歸還克呂瑟絲，而且不能要求贖金。阿伽門農國王必須祈禱與獻上供品。」他停了下來，他的最後一個字突然間哽住，彷彿一口氣沒順過來。

阿伽門農的臉脹成了紫紅色。看來過度的驕傲與愚蠢使他未能發現自己的錯誤，現場靜得嚇人，我連人們踩在沙粒上的聲音都聽得一清二楚。

「謝謝你，卡爾卡斯，」阿伽門農說道，他的聲音突然變得沙啞尖銳。「你總是為我帶來好消息，上一次是我的女兒。你說殺了她，因為我觸怒了女神。現在你又在我的軍隊面前羞辱我。」他在眾人面前變了態度，他的臉因憤怒而扭曲。「我難道不是你們的主帥嗎？我不是讓你們吃好穿好，該有的獎賞也一樣不少？我的邁錫尼人難道不是軍隊的主力嗎？這女孩是我的，是我的戰利品，我不會放棄她。你們忘了我是誰嗎？」

他停下來，彷彿期望著有人否定他的話，但沒人這麼做。

「阿伽門農國王。」阿基里斯走上前。他隨和而且近乎愉快地說，「我想沒有人會忘記你是軍隊的指揮官。但你似乎忘了我們都是國王或王子，或家族領袖。我們是盟友，不是奴隸。」有幾個人點頭，有更多的人也想點頭。

「現在，我們大難臨頭，你卻只在乎失去一名女子，卻不顧念將士的性命，別忘了，這場瘟疫可是你引起的。」

阿伽門農發出了無法辨認的雜音，他的臉充滿了怒氣。阿基里斯伸出手。

「我無意羞辱你。我只是想結束這場瘟疫。把這個女孩送回她父親身邊吧。」

阿伽門農憤怒地說。「我了解你，阿基里斯。你自以為是女神之子，所以你可以隨意地耍弄國王。你沒搞清楚，你畢竟也是個凡人。」

阿基里斯正要開口回應。

「你最好給我閉嘴，」阿伽門農說，他的話就像鞭子一樣毒辣。「你再說一句，你就會後悔。」

「我會後悔？」阿基里斯的臉依然平靜。他並不高聲說話，但每個人都能聽清。「我不這麼認為。偉大的國王，你沒有本錢這麼對我說話。」

「你在威脅我嗎？」阿伽門農叫道。「你們都聽到了，他這不是在威脅我嗎？」

「這不是威脅。沒有我，你的軍隊會如何呢？」

阿伽門農的臉變得兇惡起來。「你總是自以為是，」他輕蔑地說。「我們實在應該讓你留在原來的地方，不該去找你，讓你永遠躲在你母親的裙底。或是躲在你自己的裙底。」

眾人感到不解，開始交頭接耳。

阿基里斯雙拳緊握，但並未舉起，他的冷靜似乎也到了極限。「你不要顧左右而言他。如果我不召開會議，你還要讓多少人死去？你能回答這個問題嗎？」

阿伽門農的聲音蓋過阿基里斯。「這些勇士來奧里斯，跪著向我效忠。只有你沒有。我想我們已經縱容你太久，現在正是時候。」——他學著阿基里斯的口氣——「你必須宣誓效忠。」

「我不需要向你證明自己。也不需要向任何人證明自己。」阿基里斯的聲音依舊冷淡，他揚起下巴，對一切充滿輕蔑。「我來這裡是出於自己的意志，我能來是你們幸運。我跟你們不一樣，我可不會向人跪下。」

這句話說得過火了，我感覺四周的人開始動搖。阿伽門農抓住這個機會，就像一隻鳥急著啣下一條魚。「你們都聽到這個傲慢的傢伙說的話。」他轉身對阿基里斯說。「你不行跪禮？」

阿基里斯的臉就像石頭一樣嚴峻。「不。」

「那麼你就是這個軍隊的叛徒，你將接受叛徒應有的懲罰。你的戰利品必須成為抵押品，受我看管，直到你向我順從與屈服為止。讓我們從那個女孩開始，布莉瑟絲，她叫這個名字吧。她將做為你逼迫我歸還的那名女孩的替代品。」

我感覺自己的呼吸快要中止。

「她是我的，」阿基里斯說。他每一個字都說得斬釘截鐵。「是希臘人給我的，你無權取走她。如果你這麼做，你的人生將有重大的損失。好好考慮，國王，在你為自己帶來災禍前收手吧。」

阿伽門農迅速回應，他不可能在眾人面前收回成命。不可能。

「我不怕你。我要定她了。」他轉身命令他的邁錫尼人。「把那女孩帶來。」

我周圍的國王都露出震驚的神色。布莉瑟絲是戰利品，是阿基里斯榮譽的活見證。一旦奪走她，阿伽門農等於否定了阿基里斯的貢獻與價值。眾人竊竊私語，我希望有人能出言反對。但沒人挺身而出。

由於他轉過身去，阿伽門農並未看見阿基里斯的手已握在劍柄上。我屏住呼吸。我知道他做得到，一刀刺穿阿伽門農懦弱的心臟。我看見他臉上的掙扎。我仍不知道是什麼阻止了他；或許他覺得殺死阿伽門農太便宜他了。

「阿伽門農，」他說。我對於他聲音的強悍感到恐懼。國王轉身，阿基里斯用一根指頭指著他的胸膛。他又驚又氣。「你今天的話招致了你自身的死亡，以及你的士兵的死亡。我不會再為你作戰。沒有我，你的軍隊將會失敗。赫克特將磨碎你，你將只剩骨頭與帶血的塵土，我將看著這一切並且嘲笑你。你會來到我面前，痛哭求饒，但我不會原諒你。阿伽門農，他們會因為你在這裡做的一切而死。」

他對著阿伽門農的雙足之間吐口水。然後他走到我面前，然後經過我的身旁，我在頭暈目眩下也跟著尾隨他離開，走在我身後的則是數百名謬爾米東，他們穿過群眾，回到自己的營帳。

他大步走著，快速在沙灘上行進著。他正在氣頭上，皮膚就像火燒似的。他的肌肉極其緊繃，我不敢碰他，怕像拉緊的琴弦瞬時折斷。即使我們抵達營地，他也未停下腳步。他並未轉身跟士兵說話。他用力掀開營帳的簾布，然後進帳。

他的嘴扭曲著，我從未看過他流露出如此醜陋而緊繃的樣子。他的眼神充滿狂野。「我會殺了他，」他發誓。「我會殺了他。」他抓起長矛，在木頭的爆裂聲中，矛桿斷成兩截。碎屑散落在地上。

「我幾乎當場就要殺了他，」他說。「我是該殺他。他怎敢這麼做？」他把水壺丟到一旁，打壞了椅子。「那群懦夫！你看到他們的樣子了，一個個都緊咬著嘴唇，不敢說話。我希望阿伽門農把他們的戰利品都奪走。我希望他把這些人一個個都吞吃下肚。」

此時外頭傳來聲音，語氣中充滿了恐懼與試探。「阿基里斯？」

「進來。」阿基里斯咆哮著。

奧托梅頓不敢喘息，說話結結巴巴。「很抱歉打擾你。波以尼克斯要我留在廣場，這樣我才能知道一些訊息向你回報。」

「然後呢？」阿基里斯問道。

奧托梅頓有些遲疑。「阿伽門農問赫克特為什麼還活著。他說他們不需要你。他說或許你——或許你不像你說的那麼了不起。」阿基里斯的手指又折斷一根長矛。奧托梅頓嚥了一下口水。「他們來了，他們現在就要帶走布莉瑟絲。」

阿基里斯背對著我；我看不見他的臉。「你退下吧，」他對他的戰車駕駛說。奧托梅頓退出去，於是帳內只剩下我們兩個。

他們就要來帶走布莉瑟絲。我站起來，雙手握拳。我感覺自己變得堅強，不願屈服，彷彿我的腳穿透了土地，一腳踏進世界的另一端。

「我們必須採取行動，」我說。「我們可以把她藏起來。藏在樹林裡或是——」

「他會付出代價，現在，」阿基里斯說。他的聲音透出強烈的勝利感受。「讓他把她帶走。那麼他就開啟了自己滅亡的命運。」

「你是什麼意思？」

「我必須跟我母親談談。」他準備走出帳外。

我抓住他的手臂。「我們沒有時間。等你回來他們早就把人帶走。我們必須現在就採取行動！」

他轉身。他露出令人陌生的眼神，他的瞳孔變得巨大而深沉，幾乎吞噬了他的臉龐。他似乎只想著長遠的事。「你在說什麼？」

我看著他。「布莉瑟絲。」

他回看著我。我無法看穿他眼睛表露的情感。「我無能為力，」他最後說了這麼一句。「如果阿伽門農選擇這條路，那麼他就要承擔後果。」

我的身上彷彿被綁了千斤大石，被人扔進海中，直接掉進了海底深處。

「你不能讓阿伽門農帶走她。」

他轉過頭去，不想面對我。「這是他的選擇。我已經告訴他這麼做會有什麼後果。」

「你知道他會對她做什麼。」

「那是他的選擇，」他又說了一次。「他要奪去我的榮譽？他要懲罰我？隨便他。」他的眼睛深處燃燒著烈火。

「你不幫她？」

「我無能為力。」這是他的最後答覆。

我感到一陣暈眩，彷彿喝醉了似的。我說不出話來，也無法思索。我從未對他生氣；我不知道該怎麼對他發火。

「她是我們的一份子。你怎麼能讓他帶走布莉瑟絲？你的榮譽在哪？你怎麼能讓他玷污她？」然後，我突然想起什麼，感到一陣噁心。我往帳外走去。

「你去哪裡？」他問。

我的聲音沙啞而粗魯。「我必須警告她。她有權利知道你的決定。」

我站在她的營帳外。營帳很小，覆蓋著褐色的皮革，我退了幾步。「布莉瑟絲。」我聽到自己的聲音。

「請進！」她的聲音溫暖而愉快。我們在瘟疫期間一直沒有時間說話，除非必要，否則我們一直避免接觸。

在帳內，她坐在凳子上，研缽與磨杵放在她的膝上。空氣中充滿了刺鼻的豆蔻味。她笑著。我因為悲傷而感到痛苦。我該如何告訴她這件事？

「我——」我試著要說，但又止住了。她看著我的臉，她的微笑消失了。不久，她起身來到我身邊。

「怎麼了？」她用冰涼的手腕壓著我的額頭。「你生病了嗎？阿基里斯還好嗎？」我感到羞愧。但我沒有時間自憐。他們就要來了。

「有事情發生了，」我說。我的舌頭變得僵硬；我無法直接說出想說的話。「阿基里斯今天向眾人說，這場瘟疫是阿波羅造成的。」

「我們也這麼想。」她點頭，她的手輕柔地放在我的手上，安慰著我。我幾乎無法繼續說下去。

「阿伽門農——他非常生氣。他與阿基里斯大吵一架。阿伽門農決定懲罰他。」

「懲罰他？怎麼懲罰？」

現在她從我眼中看出了端倪。她的臉沉靜而緊繃。「發生什麼事？」

「他派人過來，要把妳帶走。」

我看到她臉上出現驚慌的神色，雖然她極力隱藏。她的手指緊抓著我。「我會怎麼樣呢？」羞恥感燒灼著我的每一寸神經。就像惡夢一樣，我希望能被喚醒，獲得解脫。然而我永無醒覺之日，這是真的。他不會幫忙的。

「他——」我無法說得更多。

夠了。她知道。她的右手抓著自己的衣服，九天來的粗活讓她的手皸裂破皮。我結巴著試圖安慰她，告訴我們會將她奪回，她不會有事。謊言，全是謊言。我們都知道她在阿伽門農的帳內會有什麼樣的遭遇。阿基里斯也知道，但他還是要送走她。

我的心宛如經歷了大洪水與末日：我希望來一場地震、火山爆發與洪水。只有這些才能平息我的憤怒與悲傷。我希望這個世界能夠傾覆，就像一碗蛋一樣倒扣在我的腳上，摔個粉碎。

帳外號角響起。她的手伸向臉頰，拭去她的淚水。「你走吧，」她低聲說。「快走。」

26

遠方有兩個人沿著延伸的沙灘朝我們走來，他們穿著阿伽門農營地的亮紫色袍服，上面印著傳令官的標誌。我認識他們，這兩個人是塔爾提比歐斯（Talthybius）與尤里貝特斯（Eurybates），他們是阿伽門農最重要的信差，說是耳目也不為過。恨意哽著我的喉頭，我恨不得他們快快去死。

他們越來越近，經過耀眼的謬爾米東衛兵旁，後者的盔甲發出充滿威脅性的碰撞聲。這兩個人在離我們十步遠的地方停住——也許他們認為，如果阿基里斯生氣，這樣的距離可以讓他們逃過一劫。我縱容自己於邪惡的想像中：阿基里斯縱身一躍掐住他們的脖子，然後讓他們如獵人手中的死兔子一樣鬆垮無力。

他們結結巴巴地致意，雙腳忐忑不安地動著，眼睛不敢直視。然後他們說，「我們來接那名女孩離去。」

阿基里斯回答他們——冷漠而苦澀，但露出了一絲苦笑，他按捺著自己內心的怒火。我知道，他是故作優雅與寬容，但我卻對他語調中的平靜恨得牙癢癢的。他喜歡自己的這種形象，這個遭到無禮對待的年輕人，堅忍地接受自己的戰利品被偷，他打算讓她成為全營士兵眼中的殉道者。

布莉瑟絲正等著我。她的雙手是空的；她不打算帶任何東西前往。「我很抱歉。」我低聲說。她沒有說她沒事；她當然不可能沒事。她傾身向前，我可以聞到她氣息中的溫暖與香氣。她吻了我。然後從我身旁經過，並且離開。

塔爾提比歐斯站在她的一側，尤里貝特斯站在另一側。他們的手指緊緊掐著她手臂的皮膚。他們拉著她向前走，急著離開此地。她被拖著走，幾乎差點跌倒。她回頭看著我們，我想破除她眼裡的絕望。我看著阿基里斯，希望他能抬頭，希望他改變心意。但他一動也不動。

他們很快就走出我們的營地。過了一會兒，我已經無法從其他深色人影中辨識出他們——這些人影在沙地上走著，他們也許邊走邊吃，毫不顧忌地談論國王間的爭吵與不和。我怒火中燒。

「你怎麼能讓她走？」我咬牙切齒地問阿基里斯。

他面無表情，就像外語一樣難以參透。他說，「我必須跟我母親談談。」

「去啊。」我咆哮著。

我看著他離去。我的胃像被燒成了炭渣；手心因指甲緊摁而疼痛。我已經不認得這個人。他已經不是過去的那個阿基里斯。我對他感到憤怒，我的熱血因此澎湃。我永遠不會原諒他。我想像自己扯爛整座帳篷，砸毀豎琴，朝著自己的肚子猛刺，然後流血而死。我希望他的臉充滿悲傷與毀恨。我希望粉碎他臉上冷冰冰的石頭面具，因為它使我認識的那個男孩消失無蹤。他明知把她交給阿伽門農會發生什麼事，但他還是這麼做了。

現在，他希望我繼續無能而順從地在這裡等候。我無法提供阿伽門農任何好處，好讓她安全無恙。我無法賄賂他，也無法懇求他。邁錫尼國王等了好久才獲得這麼一場勝利。他不會讓她走。他就像一頭狼，守護著自己的肉骨頭。在佩里翁就有這樣的狼，一旦餓極了，牠們就會獵捕人類為食。奇隆說過，「如果狼跟著你，那麼你給牠的東西必須比你更有價值。」

在阿伽門農心中，只有一件東西比布莉瑟絲更有價值。我從腰帶猛力地抽出刀子。我不喜歡流血，但現在我已沒有選擇。

衛兵發現我時已經太晚，他們驚訝得來不及舉起武器。其中一人突然回神想抓住我，但我反抓住他的手臂，他只好鬆手放行。他們的臉因為驚訝而顯得遲緩愚鈍。我不就只是阿基里斯養的寵物兔嗎？如果我是一名戰士，那麼他們還會跟我搏鬥，但我不是戰士。等到他們想到應該阻止我時，我已經走進帳內。

首先映入眼簾的是布莉瑟絲。她的手被綁著，瑟縮地躲在角落。阿伽門農正背對著門口，對她說話。

他轉身，為有人打擾他而發怒。但當他發現是我時，臉上突然閃過勝利的表情。他想，我是來求他的。阿基里斯派我來向他討饒，搞不好我還會軟弱地發怒，讓他看笑話。

但我舉起刀子，阿伽門農睜大眼睛。他伸手去拿腰間的刀子，同時叫喚衛兵。但他還來不及說話，我便揮刀砍向自己的左手腕。它劃傷了皮膚，但切得不夠深。我又砍了一次，這回我找到了血管。鮮血在密閉空間裡噴出。我聽見布莉瑟絲發出恐怖的聲音。阿伽門農的臉也濺到鮮血。

「我發誓我帶來的消息句句屬實，」我說。「我以我的血發誓。」

阿伽門農退後幾步。鮮血與誓約留在他的手上；他一直都很迷信。

「好吧，」他簡短地說，試圖維持他自尊自貴的形象，「說說你帶來的消息。」

我可以感覺到鮮血不斷從我手腕流出，但我不打算止血。

「你正處於極大的危險之中。」我說。

他嗤之以鼻。「你在威脅我嗎？這就是他派你來的目的？」

「不。我並不是他派來的。」

他瞇起眼睛，我看見他思索著，企圖將零碎的線索拼湊成完整的圖像。「但是，你來也一定獲得了他的祝福。」

「不。」我說。

現在，阿伽門農開始認真聆聽了。

「他知道你對這個女孩存有什麼目的。」我說。

從眼角餘光，我知道布莉瑟絲聆聽著我們的談話，但我不敢直接看她。我的手腕的脈搏沉悶地跳動著，我可以感受到溫暖的血液充滿我的手，而後又流盡。我丟下刀子，按住我的血管，以減少失血。

「然後呢？」

「你難道不感到納悶，為什麼他不阻止你帶走她？」我的聲音帶著輕蔑。「他可以殺死你的人與你所有的軍隊。你難道不認為他有本事讓你無法靠近？」

阿伽門農的臉變紅了。但我依然不讓他說話。

「他讓你帶走她。他知道你無法抗拒與她同寢，而這將是你滅亡的開始。她是他的，是他透過戰功公允獲取的。如果你侵犯她，所有人都會感到不滿，包括諸神。」

我緩緩地、仔細地說，而這些話就像箭矢一樣，每一句都射中了鵠的。我說的句句屬實，但阿伽門農被驕傲與欲望蒙蔽，而未能看清真相。她固然受到阿伽門農看管，但她仍是阿基里斯的戰利品。侵犯她等於侵犯阿基里斯本人，這是對他的名譽的最大侮辱。而阿基里斯可以為此殺了阿伽門農，即使梅內勞斯都不能說這麼做不公。

「光是取得她，都已經到了你權力的極限。眾人之所以允許你這麼做，是因為阿基里斯太驕傲，但他們容忍的限度也到此為止。」我們遵從國王，但只在合理範圍之內。如果連最了不起的希臘人的戰利品都無法保全，那麼誰能保全自己的戰利品呢？他們不可能容許這樣的國王繼續統治下去。

阿伽門農從未想到這點。他的成功來得太容易，使他沖昏了頭。他失望地說，「我的謀士從未說過這些。」

「或許他們不知道你的目的。或許他們這麼做是為了有利於他們自己的目的。一旦你失敗了，誰能接著統治呢？」

他知道答案。奧德修斯與迪歐梅德斯，他們會以梅內勞斯做為名義上的領袖來進行統治。他終於體悟到，我帶給他的禮物有多貴重。他差一點成為眾人訕笑的傻子。

「你為了警告我而背叛他。」

這是真的。阿基里斯想把阿伽門農推到劍上，而我抓住了他。這些話濃烈而苦澀。「是的。」

「為什麼？」他問。

「因為他是錯的。」我說。我的喉嚨感到刺痛沙啞，彷彿我大口吃進了沙子與鹽巴。

阿伽門農打量著我。我向來以誠實與好心腸著稱，他沒有理由不相信我。他微笑。「你做得很好，」他說。「你對於你真正的主子顯示了忠誠。」他沉默了一會兒，享受著這份虛榮，然後說道，「他知道你這麼做嗎？」

「還不知道。」我說。

「喔。」他眼睛半閉著，想像著整件事。他似乎認為勝利已掌握在他的手裡。阿伽門農喜歡看見別人痛苦。沒有別的事比這件事更能讓阿基里斯痛苦：他最親近的人居然倒戈投向他最痛恨的敵人。

「如果他過來向我行跪禮請求原諒，我發誓我會放了她。是他的驕傲使他喪失了榮譽，不是我。你這麼告訴他。」

我沒有回應。我起身，走向布莉瑟絲。我割斷綁住她的繩索。她眼眶含著淚；她知道我這麼做的代價是什麼。「你的手腕。」她低聲說。我無法回答她。我的腦袋搞不清楚是勝利還是絕望。帳篷的沙子已被我的血染紅。

「請善待她。」我說。

我轉身離去。她現在沒事了，我對自己說。阿伽門農對於我給他的禮物心滿意足。我從丘尼卡撕下一小塊布包紮手腕。我感到暈眩，但我不知道這是失血過多還是因為我剛才做的事引起的。慢慢地，我沿著這條漫長的沙灘之路走回營帳。

我回來的時候，阿基里斯站在帳外。他的丘尼卡因為跪在海中而濕透。他面無表情，只有在臉龐的邊緣處可以看出他有些疲倦，就像一塊磨損的布；我也是一樣。

「你去哪兒？」

「我去營地。」我還沒準備好要告訴他。「你的母親呢？」

「她很好。你在流血。」

繃帶已經滲出血來。

「我知道。」我說。

「讓我看看。」我聽他的話進到帳內。他抓著我的手臂，拆開繃帶。他用水清洗傷口，然後用壓碎的蓍草與蜂蜜包紮好。

「是刀子割的嗎？」他問。

「是的。」

我們知道風暴即將來臨，但我們只能盡可能等待。他用乾淨的繃帶包紮傷口。他拿了摻水的酒與食物給我。我可以從他的表情看出，我看起來一定相當虛弱。

「你能告訴我是誰傷了你嗎？」

我想像自己說著，是你。但這麼做實在太孩子氣。

「我自己割的。」

「為什麼？」

「為了誓約。」我毫不猶豫地說了，我看著他，完全不閃避地面對著他。「我去找阿伽門農。我告訴他你的計畫。」

「我的計畫？」他說這句話時毫無情緒起伏，彷彿這一切完全與他無關。

「讓他強姦布莉瑟絲，這樣你就可以向他復仇。」這麼公開地把話說出口，連我自己都嚇了一跳。

他站起來，稍稍轉過身去，不讓我看到他的臉。我看著他的肩膀，他的姿態，他緊繃的脖子，猜想著他的想法。

「所以你警告他了？」

「是的。」

「你知道如果他做了，那麼我就會殺了他。」他的語氣還是一樣平板單調。「或者是流放他。逼他退位。眾人將會拿我當神一樣崇拜。」

「我知道。」我說。

我們陷入沉默，空氣中充滿危險的味道。我一直等著他轉身面對我。無論是咆哮，還是揮拳。他確實轉身了，終於，他願意面對我。

「犧牲我的榮譽來換取她的安全。你應該很滿意這樣的交易？」

「背叛你的朋友算得上什麼榮譽。」

「真想不到，」他說。「你居然會反對背叛這種事。」

這席話已超過我能忍受的程度。我提醒自己想著布莉瑟絲。「這是唯一可行的做法。」

「你選擇她，」他說。「而不選擇我。」

「我不願選擇你的自傲。」我的意思是指傲慢。高傲足以讓星辰墜落，即使是諸神，如果使用暴力與陷入狂怒，其醜陋與凡人無異。

他握緊拳頭。現在，或許他會攻擊我。

「名聲等同於我的生命，」他說。他的呼吸充滿混濁的雜音。「這是我唯一僅存的。我來日無多。後人的記憶是我唯一能追求的。」他用力嚥了一下口水。「你知道這點。而你仍讓阿伽門農毀了我的名聲？你是在幫他破壞我的名譽嗎？」

「我沒有，」我說。「我希望保有的是一個值得讓人回憶的人。我希望回憶中的你依然是你，不是某個殘酷的暴君。要讓阿伽門農付出代價，方法多的是。我們可以那麼做，我可以幫你，我發誓。但絕不是這種做法。你今天做的一切，毫無名譽可言。」

他再度背對我，一句話也不說。我看著他沉默的背影。我記得他穿的丘尼卡的每個褶痕，我清楚黏在他皮膚上的每一粒乾掉的鹽與沙。

終於，他說話了，他的聲音疲倦而受挫。他同樣不知道該如何對我生氣。我們兩個就像潮掉的木頭一樣難以點燃。

「所以你辦妥了？她安全了？她肯定安全了。否則你不會回來。」

「是的，她安全了。」

他的呼吸帶著疲倦。「你是個好人，比我好多了。」希望重新燃起。我們傷害了彼此，但不是致命傷。布莉瑟絲不會受到傷害，阿基里斯回憶起原本的自己，至於我的手腕終會康復。這些都需要時間，而我們終將回到原來的樣子。

「不，」我說。我起身走向他，我的手碰觸他溫暖的肌膚。「那不是真的，你今天太衝動，現在你又恢復理智了。」

他深呼吸一口氣，肩膀跟著上下起伏。「話不要說得太早，」他說。「以後我會做出什麼事，你還不曉得。」

27

在我們帳篷內的地毯上有三顆小石頭，不知道是無意間被我們踢進來的，還是它們自己躡手躡腳地潛進來的。我把它們撿起來，用手握著似乎剛剛好。

當阿基里斯說這些話時，他似乎不再那麼消沉。「……我不會再為他戰鬥。他試圖奪走我應得的榮耀。他想陷我於不義，讓眾人懷疑我。他無法忍受別人的功績超過他。但他終究會學到教訓。在沒有最了不起的希臘人協助下，我會讓他知道他的軍隊的真正價值。」

我沒有答腔。我可以感覺到他的鬥志昂揚。就像看到風暴正在形成，卻找不到遮風蔽雨的地方。

「沒有我的保護，希臘人將會失敗。阿伽門農將被迫討饒或者死路一條。」

我還記得他去見他母親時的樣子。狂野，興奮，堅毅如同花崗岩。我可以想像他跪在母親面前，憤怒地哭泣，用他的拳頭搥打著崎嶇的海中礁石。他們羞辱他。他們毀壞他不朽的名聲。她聆聽著，她的手指漫不經心地摸著她長而白、柔軟如同海豹的喉嚨，然後開始點頭。她有了主意，這是神想出來的主意，她充滿了復仇與憤怒的意念。她告訴他，然後他停止哭泣。

「他會這麼做嗎？」阿基里斯困惑地問道。他指的是宙斯，諸神之王，他的頭被雲霧圍繞著，他的手可以握住雷電。

「他會的，」忒提斯說。「這是他欠我的。」

偉大的仲裁者宙斯會由他的天平來決定。他會讓希臘人不斷地失敗，直到他們快被趕入海中為止，船錨與繩索將絆住他們的腳，他們身後的桅杆與船頭將裂成碎片。然後，他們會知道他們必須仰賴誰。

忒提斯向前吻了她的兒子，他的臉頰留下了紅色而明亮的海星。然後她轉身離開，就像一顆石頭滑進水裡，很快就潛到了海底。

我讓手中的小石落在地上，剛好掉在原來它們座落的位置上，是有心還是無意，是預兆還是偶然呢？如果奇隆在此，他能解讀一切，告訴我們禍福。但他不在這裡。

「如果他不討饒呢？」我問。

「那麼他會死。他們全都會死。除非他求饒，否則我絕不會作戰。」他揚起下巴，一副指責的樣子。

我累壞了。我的傷口疼痛，我的皮膚也滿是骯髒的汗水。我沒有回應。

「你聽到我說什麼了嗎？」

「我聽到了，」我說。「希臘人將會死亡。」

奇隆曾經說過，國家是凡人最愚蠢的發明。「沒有任何人的生命比其他人來得寶貴，無論他是誰。」

「如果他是你的朋友呢？」阿基里斯曾這麼問我，當時我們還在玫瑰色的石英洞裡，他一邊問一邊踢著牆。「或者是你的兄弟？你是否對待他如同對待陌生人一樣？」

「你問了一個哲學家爭論不休的問題，」奇隆說。「或許，他比你有價值。但陌生人也是某人的朋友與兄弟。這麼看來，誰的生命重要呢？」

我們沉默了，我們當時才十四歲，這些事對我們來說太難了。現在，我們已經二十七歲，而這依然是難解的疑問。

如詩人所云，他是我半個靈魂。他不久將會死亡，而他的名聲將流傳後世。那是他的子嗣，他最珍視的自我。我該因此指責他嗎？我救了布莉瑟絲。我無法拯救每個人。

我現在知道，我該如何回答奇隆。我會說：沒有答案，無論你怎麼選擇，都是錯的。

當晚，我又回到阿伽門農的營地。我走著，發覺大家都在看我，既感到好奇，又投以憐憫。他們看著我的身後，想知道阿基里斯是否跟著過來。但他沒有。

當我告訴他我去哪裡時，他的臉上又蒙上一層陰影。「告訴她我很抱歉。」他說，眼神也跟著低垂。我沒有回應他。他覺得抱歉是因為他現在想出更好的復仇方案嗎？這個方案不只將打倒阿伽門農，連他忘恩負義的軍隊也要跟他一起陪葬？我不讓自己糾結在這個想法上。他已經說了抱歉，這樣就夠了。

「進來。」她說，她的聲音有些陌生。她穿著金線縫製的衣服，脖子上戴著天青石項鍊，手腕戴著白銀雕飾的手鐲。當她起身時，首飾碰撞發出清脆的聲響，彷彿穿著盔甲一樣。

我看得出來，她感到十分困窘。但我們沒有時間交談，因為阿伽門農就緊跟在我身後。

「你看見了吧，我是多麼善待她。」他說。「營地裡所有的人都看得出來我對阿基里斯有多尊重。只要他願意道歉，那麼我將回復他應得的榮譽。可惜的是，他年紀輕輕，架子就這麼大。」

他自鳴得意的神情令人看了有氣。但我能期待什麼？之所以如此不就是我造成的嗎，用他的榮譽來換取她的安全。「這正可彰顯您的大度，尊貴的國王。」我說。

「轉告阿基里斯，」阿伽門農又說。「告訴他我有多善待布莉瑟絲。你可以隨時來看她。」他露出令人不自在的微笑，然後站在一旁，一直盯著我們看。他毫無離開的意思。

我轉頭看著布莉瑟絲。我學過一點她的語言，此時正好派上用場。

「妳真的好嗎？」

「我很好，」她用單調如誦經般的安那托利亞語回答。「我還要待多久？」

「我不知道，」我說。我確實不知道。要多熱才能讓鐵熔化彎曲呢？我輕輕吻了她的臉頰。

「我很快就會再來看妳。」我用希臘語說。

她點點頭。

阿伽門農看著我離開。我聽見他問，「他跟妳說什麼？」

我聽見她回答，「他讚美我的衣服。」

第二天，所有國王都率軍前去與特洛伊人作戰；普提亞人按兵不動。阿基里斯與我吃了一頓漫長的早餐。為什麼不呢？反正無事可做。如果我們喜歡的話，我們甚至可以游泳，或下棋，或一整天賽跑。從離開佩里翁之後，我們再也沒有這麼逍遙了。

然而這不像是休閒，倒像是屏氣凝神，就像老鷹準備俯衝捕捉獵物的前一刻。我聳著肩，忍不住看著底下空無一人的沙灘。我們等著看神明會怎麼做。

我們並沒有等很久。

28

當晚，波以尼克斯一跛一跛地走上來，告訴我們決鬥的消息。早上，當兩軍對峙之時，帕里斯趾高氣揚地走在特洛伊人戰線前，他身上的黃金盔甲閃閃發亮。帕里斯提出挑戰：單打獨鬥，贏的人擁有海倫。希臘人叫囂著同意了。哪個人不想早日結束這場戰爭？何不以單挑來決勝負，一勞永逸地解決此事？而且帕里斯看起來是個容易擊敗的對手，他看起來軟弱無力，纖細的臂部看起來就像未婚的女孩。波以尼克斯說，最後還是梅內勞斯走向前去，他答應這場對決，希望藉此恢復自己的名譽與贏回自己美麗的妻子。

這場對決一開始用矛，而後很快改用劍。帕里斯的速度超乎梅內勞斯的預期，他不像是戰士，但敏捷的腳步確實了得。最後，特洛伊王子失足，梅內勞斯抓住他頭盔上的馬尾，將他拉倒在地。帕里斯的雙腳無助地猛踢著，手指不斷地抓著快將勒昏的頦帶。然後，突然間，頭盔鬆脫了，不見帕里斯的蹤影。只見到充滿塵土的地面，沒看到特洛伊王子的身影。士兵們到處張望耳語：他在哪兒？梅內勞斯也跟著士兵一起張望，沒注意到特洛伊陣中有人放冷箭。結果一箭射中他的皮盔，直抵他的腹部。

血往下流淌到大腿，浸濕了他的腳。其實這幾乎可以說是皮外傷，但希臘人當時不知道。他們叫囂著衝進特洛伊人的戰線，對於對方的背信感到憤怒。一場血腥的戰鬥於焉展開。

「那帕里斯呢？」我問。

波以尼克斯搖頭。「我不知道。」

雙方一直打到下午，才在另一次號角聲響起後結束。此時赫克特提出第二次停戰。為了洗刷帕里斯逃跑與有人放冷箭的恥辱，他提出第二次決鬥。由他代替弟弟出戰，並且接受任何人的挑戰。梅內勞斯又自告奮勇，卻被阿伽門農阻止，他不希望弟弟命喪最強的特洛伊人之手。

希臘人抽籤決定誰與赫克特對陣。我可以想像現場氣氛之緊張，在搖晃頭盔之前的寂靜無聲，之後，有支籤掉了出來。奧德修斯低頭撿籤。大埃阿斯。大家都鬆了一口氣：他是唯一有可能在這場戰鬥中取勝的人。也是當天唯一需要上場作戰的人。

於是大埃阿斯與赫克特戰鬥，他們相互擲石、擲矛，兩人的盾牌都被打得粉碎，直到夜幕低垂，雙方只能鳴號收兵。場面看起來異常文明：兩軍平靜地列陣對峙，最後大埃阿斯與赫克特握手言和。士兵們低聲說，如果阿基里斯在這兒，結局將不是如此。

在報告完戰況之後，波以尼克斯人已困乏，於是在奧托梅頓攙扶下回到自己的營帳。阿基里斯轉身看著我。他的呼吸急促，耳尖因興奮而潮紅。他抓住我的手，向我說著今日的事件，他的名字如何在每個人的嘴邊傳揚，以及少了他的力量造成的影響，他就像獨眼巨人一樣，在所有士兵心目中有著極重的份量。這一天的戰況令阿基里斯極其亢奮，就像火燒乾草一樣熾烈。這是第一次，他渴望殺戮：當他的矛射穿赫克特的心臟時，便是光榮降臨的一刻。聽到他這麼說，我感到不寒而慄。

「你看到了嗎？」他說。「好戲就要開始！」

我無法擺脫心裡的不安，似乎有什麼事即將發生。

第二天黎明，我們聽到號角聲。我們起身爬上山丘一看，有一隊騎兵從東方奔向特洛伊。他們的馬匹高大而且極為快速，後頭拉著輕型的戰車。領頭的戰車上坐著一個巨人，他的個頭甚至比大埃阿斯更勝一籌。他留著黑色長髮，跟斯巴達人一樣塗油，讓頭髮散在背後。他手裡拿的是一個馬頭形的軍旗。

波以尼克斯也加入我們。他說，「呂基亞人（Lycians）」是安那托利亞人的一支，長久以來一直是特洛伊人的盟友。令人不解的是，過去幾年他們從未出兵援助特洛伊人。但現在彷彿受到宙斯召喚似地來到此地。

「他是誰？」阿基里斯指著那個巨人，也就是他們的領袖。

「薩爾皮頓（Sarpedon）。宙斯之子。」太陽照耀著那人的肩膀，他的身軀因馳騁而汗水淋漓；他的皮膚是深金色。

城門大開，特洛伊人蜂擁而出迎接他們的盟友。赫克特與薩爾皮頓緊握彼此的手，然後率領他們的軍隊進入戰場。呂基亞人的武器很奇怪：鋸齒狀的標槍，以及看起來像巨大魚鉤的東西，用來撕裂肉體。我們一整天聽著戰場的廝殺聲與騎兵的馬蹄聲。希臘傷兵源源不絕地進入馬卡翁的帳中。

波以尼克斯參加晚間的軍事會議，他是我們陣中唯一仍受禮遇的成員。當他回來時，他眼光銳利地看著阿基里斯。「伊多梅紐斯負傷，呂基亞人擊破左翼，在薩爾皮頓與赫克特的夾攻下，我們將會被擊潰。」

波以尼克斯對於阿基里斯堅不出戰不以為然，但阿基里斯未注意到這一點。他以勝利的姿態對我說。「你聽到了吧？」

「我聽到了。」我說。

日子一天天過去。謠言像叮人的蚊子般漫天飛舞：據說特洛伊軍隊因為阿基里斯的缺席而士氣大振，變得所向披靡勇氣十足。在軍事會議上，諸王為了各種策略而爭吵不休：夜襲、間諜、埋伏。赫克特發動火攻，希臘人像著了火的灌木叢一樣陷入火海，士兵的死傷人數一天多過一天。最後：在恐慌下逃跑的士兵，帶回了撤退與國王受傷的消息。

阿基里斯聽到這些傳言，他來回盤算著。「時機就要成熟了。」他說。

焚燒屍體的火堆燒了一整夜，油煙遮蔽了月光。我試著不去想在這些人當中有那些是我認識的。

當他們抵達時，阿基里斯正彈著豎琴。他們一共有三人——走在最前面的是波以尼克斯，然後是奧德修斯與大埃阿斯。

他們來的時候，我剛好坐在阿基里斯身旁；坐在遠處的是奧托梅頓，他正切著肉準備晚餐。阿基里斯抬頭吟唱，歌聲甜美而嘹亮。我坐直了身子，原本放在阿基里斯腿上的手也縮了回來。

這三個人走到附近，然後站在火堆的另一邊，等待阿基里斯把曲子唱完。阿基里斯放下豎琴起身。

「歡迎。你們會待在這裡吃晚餐嗎，希望如此？」他熱絡地握著他們的手，用微笑來化解他們僵硬的表情。

我知道他們為何而來。「我去看晚餐準備得怎麼樣了。」我含糊地說。我覺得當我離開的時候奧德修斯一直看著我的背。

火盆架上的羊肉條烤得直流油。在煙霧繚繞中，我看見他們圍著營火坐著，彷彿朋友一樣。我聽不見他們說話，但阿基里斯仍保持微笑，完全無視於對方嚴肅的表情。然後他叫我過去，於是我無法再找理由離他們遠遠的。我盡責地端著大淺盤過去，並且坐在阿基里斯旁邊。

阿基里斯隨意聊著戰爭與頭盔的事。他一邊說，一邊幫客人盛菜，這位熱情的主人為每個人盛了第二份，為大埃阿斯盛了第三份。他們一邊吃，一邊聽阿基里斯侃侃而談。等到酒足飯飽，大家抹抹嘴，把盤子放到一旁。大家知道到了談正事的時候。當然，又是奧德修斯起頭。

他首先談起「東西」，他隨意說著，讓聽的人逐漸卸下心防。他有一張實際的清單：十二匹快馬，七座銅製三腳杯，七名美麗的女孩，十根金條，二十個鍋子，還有其他更多東西——碗、高腳杯、盔甲，最後是價值連城的寶物：歸還布莉瑟絲。阿基里斯笑了，然後攤開手真誠地聳聳肩，我曾在斯基羅斯島、奧里斯看過他做這個動作，現在又在特洛伊見到了。

接下來是第二份清單，幾乎與第一份一樣長：這是無數希臘死者的姓名。隨著奧德修斯拿出一塊塊寫字板，念著上面寫得滿滿的名字，阿基里斯的臉色也越來越凝重。大埃阿斯看著自己的手，上面全是盾牌與長矛的碎片造成的傷痕。

最後奧德修斯告訴我們一個我們還不知道的消息，特洛伊人距離我們的木牆已不到一千步，他們在我們黃昏前未能收復的新土地上紮營。我們需要證據嗎？我們或許可以從山丘看到他們守望的火光。他們會在黎明時發動攻擊。

眾人沉默不語，過了一段時間之後，阿基里斯才說話。「不。」他一邊說，一邊把財寶與內疚的問題擺到別處。他的榮譽並不是如此瑣碎的事，並不是靠區區的一次夜間拜訪，或一群人在營火旁開會就能加以回復。榮譽的喪失既然是在眾目睽睽下發生，那麼就應該在大庭廣眾下回復。

伊薩卡國王撥弄著處於他們之間的火燄。

「她並未受到傷害，這一點恐怕你也很清楚。天知道阿伽門農是怎麼找到克制自己的方法，但布莉瑟絲確實完好如初。她以及你的榮譽，正等著你重新取回。」

「你這麼說好像是我自己放棄了自己的榮譽，」阿基里斯說，他的聲音宛如新釀的酒般尖酸。「這不是你編造的嗎？你不就是阿伽門農的蜘蛛，總是用這樣的故事來捕捉蚊蠅？」

「非常詩意，」奧德修斯說。「但明天可就沒有閒工夫做歌了。明天，特洛伊人將會攻破木牆，焚燒戰船。你是否只做壁上觀，完全不插手？」

「那完全要看阿伽門農怎麼做。如果他能改正他對我做的一切，那麼我會擊敗特洛伊人，若有必要，我甚至還會追逐他們直到波斯。」

「告訴我，」奧德修斯問道，「為什麼赫克特還沒死？」他舉起手。「我不期望得到答案，我只是重複許多人想知道的問題。過去十年來，你足足可以殺死他一千次。但你卻不殺他。這讓大家感到費解。」

奧德修斯的語氣說明了他並不感到費解。他知道預言。我很慶幸只有大埃阿斯隨他前來，他不可能聽懂奧德修斯話裡的含意。

「你多活了十幾年，我為你感到高興。但我們這些人呢——」他的嘴扭曲著。「我們這些人只能為了滿足你而在此等待著。是你讓我們困在這裡，阿基里斯。你有過機會，而你也做了選擇。你現在必須做出該做的決定。」

我們看著他。但他還沒說完。

「你精采地堵住了命運的路徑。但你不可能永遠如此。諸神不會讓你如此。」他停頓一下，好讓我們能聽清他說的每一句話。「命運之繩終會平順地延展下去，無論你做不做選擇。我以朋友的身分告訴你，最好的做法是自己面對它，以你自己的步伐走向它，而非由別人來決定。」

「這就是我在做的。」

「很好，」奧德修斯說。「我已經說了我該說的話。」

阿基里斯起身。「那麼，你們該走了。」

「等一下。」輪到波以尼克斯。「我也有話要說。」阿基里斯在自傲與對老人的尊敬間猶豫著，但他還是慢慢地坐下來。波以尼克斯於是開始說話。

「阿基里斯，你小的時候，你父親把你交給我撫養。你的母親已經離去，我是唯一撫養你長大的人，我餵養你，並且把我所知的一切全教給你。現在你已長大成人，但我仍努力看護著你，希望你安全無恙，不受長矛、刀劍與愚蠢的危害。」

我抬頭看著阿基里斯，他看起來緊繃而且處處提防。我了解他擔心什麼——他怕自己被這名長者的和藹所利用，怕被他說的話說服。更糟的是，阿基里斯突然產生疑心——或許波以尼克斯已經與這些人沆瀣一氣，但他的猜疑是錯的。

老人伸出手，彷彿是為了阻止阿基里斯繼續羅織這樣的想法。「不管你怎麼做，我總是一如以往，和你站在一起。但在你決定接下來的做法之前，有個故事我希望你能聽聽。」

他不讓阿基里斯有時間拒絕。「在你父親的父親的時代，有個年輕英雄名叫梅里格，他的城市卡里頓被好戰的庫略特人（Curetes）圍攻。」

我想，我知道這個故事。在很久以前，我曾聽佩琉斯說過這個故事，當時阿基里斯還躲在暗處對著我笑。當時他的雙手還未沾滿鮮血，他的頭顱也未受到死亡的威脅。那是另一段不同的人生。

「起初，庫略特人節節敗退，他們被善戰的梅里格擊敗，」波以尼克斯繼續說。「然後有一天，梅里格遭受侮辱，他的同胞玷污了他的榮譽，於是梅里格拒絕為城市而戰。民眾獻上禮物與道歉，都於事無補。梅里格離開他的房間，去找他的妻子克麗歐佩特拉（Cleopatra），尋求她的安慰。」

當波以尼克斯提到她的名字時，眼睛還瞧了我一下。

「最後，當城市陷落，克麗歐佩特拉的朋友一個接一個地死去，她再也無法忍受。她懇求丈夫能上陣抗敵。梅里格喜愛妻子勝於一切，因此答應她的請求，而他也順利為民眾贏得勝利。然而，即使他拯救了城市，卻為時已晚。太多人因為他的自尊而喪失生命。因此他們不感謝他，也不獻上禮物。他們對他只有怨恨，恨他為什麼不早點行動。」

在沉默中，我聽到波以尼克斯的呼吸，他努力地說完這一大段故事。我既不敢說話，也不敢移動，怕人們從我的表情一眼看穿我的心思。使梅里格重新上戰場的不是榮譽，也不是朋友、勝利或復仇，甚至也不是他自己的生命。而是克麗歐佩特拉，她跪在他面前，臉上滿是淚水。這是波以尼克斯的暗示：克麗歐佩特拉，帕特羅克洛斯。她的名字與我的名字有部分相同，只是順序倒過來。

就算阿基里斯聽懂波以尼克斯的言外之意，他也故意悶不吭聲。他對波以尼克斯依然說話輕柔，但立場毫不鬆動。除非阿伽門農歸還從他身上奪走的榮譽。即使在黑暗中，我仍然看出奧德修斯那個意料中的表情。我幾乎可以聽見他向其他人回報此事時，雙手攤開感到遺憾的樣子：我試過了。如果阿基里斯同意，那麼當然是令人高興。如果他不同意，那麼面對這麼多的獎賞與道歉，他依然拒人於千里之外，恐怕除了瘋狂，除了不可理喻的自尊，再也找不到其他解釋的理由。他們將會憎恨阿基里斯，正如故事中民眾憎恨梅里格一樣。

我感到驚恐，恨不得馬上跪在他面前求他。但我沒這麼做。因為跟波以尼克斯一樣，我已經表明自己的立場，我無法左右這件事，只能被帶著走向黑暗，此時唯一能決定的只有阿基里斯自己。

大埃阿斯不像奧德修斯那麼冷靜，他怒目而視，臉上滿是怒氣。對他來說，前來此地心情也十分複雜。如果阿基里斯不出戰，那麼最了不起的希臘人將會是他。而他因此要負擔額外的重任。

他們離開時，我起身向前攙扶波以尼克斯。我可以看出他今晚的疲累，而他的步伐也十分緩慢。但我離開波以尼克斯——當他躺在床上時，全身上下的老骨頭彷彿發出了嘆息的聲音——回到我們的營帳時，阿基里斯已經入睡。

我感到沮喪。我希望或許兩人還能聊一會兒，可以一起躺在床上說話，確定我在晚餐時看到的那個阿基里斯不是他唯一的面貌。但我沒有叫醒他；我悄悄地走出帳外，讓他一個人進入夢鄉。

在小帳篷的陰影中，我蜷伏在鬆軟的沙土上。

「布莉瑟絲？」我輕聲呼喚著。

先是一陣沉默，然後我聽見了。「帕特羅克洛斯？」

「是的。」

她努力把帳篷的一邊拉高，然後很快地將我拉到帳內。她的臉充滿恐懼。「你來這裡太危險了。阿伽門農正在氣頭上。他會殺了你。」她快速而低聲地說。

「因為阿基里斯拒絕了他派去的使者？」我低聲回道。

她點點頭，並且快速地吹熄了帳篷的小燈。「阿伽門農經常到帳裡看我。你在這裡不安全。」在黑暗中我看不清楚她臉上的憂慮，但從她的聲音可以聽得出來。「你必須離開。」

「我必須跟妳說話，我會長話短說。」

「那麼我必須把你藏起來。他出現時毫無任何預兆。」

「哪裡？」帳篷很小，除了床、枕頭與毛毯，還有幾件衣服，什麼也沒有。

「床。」

她在我身上堆了許多軟墊，然後堆上毛毯。她躺在我身邊，然後蓋上被子。我的周圍充滿她的味道，既熟悉又溫暖。我湊近她的耳邊，用接近氣音的方式跟她說話。「奧德修斯說明天特洛伊人將會打破木牆衝進營地。我們必須找個地方把妳藏起來。也許妳可以躲在謬爾米東帳內或森林裡。」

我感覺到她的臉頰移動著碰著我的臉頰，她搖搖頭。「我辦不到。那些地方是他首先會搜索的，我這麼做只會添麻煩。我在這裡沒有問題。」

「要是特洛伊人占領營地呢？」

「如果可以的話，我會向赫克特的親戚埃涅阿斯投降。他是個敬神的人，他的父親曾是我們村落附近的牧羊人。就算找不到埃涅阿斯，我也可以找赫克特或普里阿摩斯其他的兒子。」

我搖搖頭。「那太危險了。妳不能暴露妳自己。」

「我不認為他們會傷害我。畢竟，他們是我的同胞。」

我突然覺得自己很蠢。對她來說，特洛伊人是解放者，而非入侵者。「當然，」我隨即說道。「妳將會獲得自由。妳會希望跟妳的——」

「布莉瑟絲！」帳篷的布簾被掀了開來，阿伽門農站在門口。

「是的？」她坐直身子，小心翼翼地將毛毯蓋在我身上。

「妳在說話嗎？」

「我在祈禱，主人。」

「躺著祈禱？」

透過厚厚的羊毛毯，我可以看見火炬的光線。他的聲音宏亮，彷彿是站在我們身旁說話。我一動也不動。如果我被抓到，她會遭受處罰。

「這是我母親教我的，主人。這麼做不行嗎？」

「應該教妳更好的方式才對。小神沒有指正妳嗎？」

「沒有，主人。」

「今晚，我跟阿基里斯說，要讓妳回去，但他似乎不要妳了。」我聽見他故意扭曲整件事。「如果他繼續這樣下去，或許我會直接將妳據為己有。」

我握緊拳頭。但布莉瑟絲只是說，「是的，主人。」

我聽見布簾放下來的聲音，光線也消失了。我一動也不動，也不敢呼吸，直到布莉瑟絲回到被窩裡。

「妳不能留在這裡。」我說。

「不礙事的。他只是威脅。他喜歡看到我害怕的樣子。」

她吐露的事實讓我感到害怕。我怎麼能讓她一個人留在這裡，她手腕上的鐲子豈不是像手銬一樣？然而如果我待在這裡，她會更危險。

「我必須走了。」我說。

「等等。」她碰觸我的手臂。「士兵——」她說得有點猶豫。「他們生阿基里斯的氣。他們責怪他造成如此重大的傷亡。阿伽門農暗中派了一些人煽動大家的情緒。他們幾乎忘了瘟疫的事。

他不出戰的時間越長，大家會越恨他。」這正是我最擔心的，波以尼克斯的故事就要成真。「他還是不出戰嗎？」

「除非阿伽門農道歉。」

她咬著嘴唇。「特洛伊人也是一樣，他們最怕的是阿基里斯，最恨的也是阿基里斯。如果可以的話，他們明天就想殺了阿基里斯，以及與阿基里斯親近的人。你自己要擔心。」

「他會保護我的。」

「我知道，」她說，「只要他還活著。但即使是阿基里斯恐怕也不可能同時對付赫克特與薩爾皮頓。」她又陷入猶豫。「如果營地陷落，我會說你是我的丈夫。這會有點幫助。不過你不能說出你跟他的關係。那麼做肯定是死路一條。」她的手緊抓著我的手臂。「答應我。」

「布莉瑟絲，」我說，「如果他死了，我大概也不會獨活。」

她把我的手按在她的臉頰上。「那麼答應我別的事，」她說。「答應我無論發生什麼事，不要把我一個人留在特洛伊。我知道你不會——」她突然停住。「我寧可當你的妹妹跟你一起生活，也不要一個人待在這裡。」

「妳不需要這麼說，」我說。「如果妳想跟來，我絕不會丟下妳。如果戰爭明天結束，我再也見不到妳，那將是我無法忍受的事。」

她的喉嚨傳來笑聲。「我很開心。」我不會再說這種離不開特洛伊的事了。

我將她擁入懷中，緊緊抱著她。她的頭靠在我的胸口。在這一刻，我甚至忘了阿伽門農還有希臘人面臨的危險。我只感覺到她的小手摸著我的肚子，而我撫摸著她輕柔的臉頰。這種契合的感受有點奇異，我吻著她的頭髮，充滿了薰衣草的柔軟與香氣。她嘆了一口氣，依偎得更緊了。我想像我被她甜蜜的臂膀環繞著。我會娶她，我們將擁有孩子。

如果我未曾遇見阿基里斯的話。

「我該走了。」我說。

她掀開被子，用手捧著我的臉。「明天要小心，」她說。「祝福大家，祝福謬爾米東。」她把手指擺在我的唇上，不讓我說出拒絕的話。「這是真的，」她說。「就這麼一次，讓它成真吧。」然後她引領我從帳蓬的側邊，穿過帆布的底部離開。我最後感受到的是她的手，她抓緊我的手向我道別。

當晚，我睡在阿基里斯身旁。他的睡臉是如此純真、入眠與甜美。我喜歡看著他。這是最真實的他，真誠而無欺，淘氣但毫無惡意。他在阿伽門農與奧德修斯玩弄的雙重意義下，以及在他們的謊言與權力遊戲下喪失了自我。他們迷惑了他，將他綁在木柱上，拿著餌來引誘他。我撫摸他柔軟的前額。我希望我能為他鬆綁，如果他願意的話。

29

我們在喊叫與雷聲中醒來。晴天裡突然起了風暴。沒有下雨，只是一片灰曚曚，乾燥的空氣中傳來爆烈聲，鋸齒般的閃電劈砍著，宛如巨人的手掌般落下。我們趕緊走出帳門一觀究竟。煙霧、刺鼻味與黑暗，從沙灘上向我們這裡飄來，空氣中傳來陣陣閃電炸開地面的味道。攻擊開始，宙斯遵守他的承諾，在特洛伊人攻擊時也以天體的異象激勵他們。我們感覺到一股重擊，深沉地打在地面上——或許那是巨大的薩爾皮頓領導的戰車進行衝鋒所致。

阿基里斯緊握著我的手，他的臉依然平靜。這是十年來第一次特洛伊人威脅到我們門前，第一次越過大草原推進至此。如果他們攻破木牆，他們就會燒掉戰船——那是我們唯一回家的方式，唯一能讓我們像個軍隊而不是像個難民一樣回家的工具。這正是阿基里斯與他的母親所召喚的：少了阿基里斯，希臘人將遭到擊潰，陷於絕望。他的價值將在剎那間獲得無庸置疑的證明。但什麼時候才夠呢？他什麼時候才要介入？

「我不會參戰，」當我問他時，他這麼回答。「除非阿伽門農求我原諒他，或赫克特直接走到我的營地，並且威脅我最親愛的人時，我才會有所行動。否則我已經發過誓，我絕不會出手介入。」

「如果阿伽門農死了呢？」

「把他的屍體帶來給我，那麼我將戰鬥。」他的面容如雕像般不可動搖，就像一尊嚴肅的神像。

「你難道不怕大家恨你？」

「他們應該恨的人是阿伽門農。是他的驕傲殺死他們。」

還有你的驕傲。但我看出他的神情，他深色的眼神顯示他不計後果，而且絕不屈服。然而另一方面我也看出他不知如何是好。我跟他相處了十八年，他從未後退一步，也從未輸過。如果他被迫認輸，那會是什麼樣的情景？我擔心他，擔心自己，擔心所有的人。

我們著裝然後吃早餐，阿基里斯勇敢地談著未來。他談到明天，或許我們可以游泳，可以攀爬柏樹的樹幹，可以查看海龜下的蛋在陽光照射的溫暖沙灘中孵化了沒有。但我無心聽他說話，我看著灰色的天幕逐漸下沉，想著沙地上令人顫慄蒼白無血色的屍體，以及我認識的人在遙遠處垂死的呼喊。在天黑之前，還會有多少人被殺呢？

我看著他凝望著海洋。海面異樣地平靜，彷彿忒提斯屏住了呼吸。在早晨陰暗厚重的雲層籠罩下，他的眼睛變得深沉而巨大。他那頭火燄般的頭髮正舔舐著他的前額。

「那是誰？」他突然問道。在下方的海灘，一個遙遠的人影被擔架抬進了白色帳篷。某個重要人物，旁邊有一群人圍繞著他。

我找到了離開的藉口。「我過去看看。」離開我們的營地，戰場的聲音變得更清晰：馬匹被壕溝木樁刺穿的嘶叫聲，指揮官無助的吶喊聲，以及刀劍的撞擊聲。

波達勒里歐斯穿過我的身旁進入帳內。空氣中充滿了草藥與血、恐懼與汗的味道。涅斯托爾靜悄悄地出現在我右邊，他的手重重按在我的肩膀上，透過我的丘尼卡，我可以感受到他微微顫抖著。他痛苦地說：「我們輸了！木牆被突破了！」

在他身後，馬卡翁呼吸急促地躺在草蓆上，他的腳有一塊擴散開來的血泊，那是從一處箭傷流出來的。波達勒里歐斯已經在治療他。

馬卡翁看著我。「帕特羅克洛斯。」他一邊說一邊喘氣。

我走到他身旁。「你還好嗎？」

「目前還無法判斷，我想——」他突然停止，眼睛緊閉著。

「不要跟他說話。」波達勒里歐斯厲聲說。他的手沾滿他兄長的血。

涅斯托爾急促地說著，歷數一件又一件不幸的事：木牆被攻破，船隻陷入危險，許多國王受傷——迪歐梅德斯、阿伽門農、奧德修斯，他們遭受痛擊，被打得落花流水。

馬卡翁張開眼睛。「你不能勸勸阿基里斯嗎？」他嘶啞地說。「拜託，就當是為了大家。」

「是啊！普提亞必須援助我們，否則我們會一敗塗地！」涅斯托爾緊緊抓著我，我的臉被他驚慌的嘴噴濕了。

我閉上眼睛，想起波以尼克斯的故事，卡里頓人跪在克麗歐佩特拉面前，他們的淚水沾濕了她的雙手與雙腳。在我的想像中，克麗歐佩特拉並未看著他們，她只是伸出雙手，彷彿在幫他們拭淚。她凝望的其實是她的丈夫梅里格，希望他能給一個答覆，但他的嘴型顯示出她必須說的答案：「不。」

我甩開老人的手，急欲擺脫空氣中籠罩的恐懼酸味，我背對著馬卡翁因疼痛而扭曲的臉以及老人伸長的手，逃出帳外。

我一走到外頭，就聽到可怕的爆裂聲，彷彿船身被撕成兩半，又像巨大的樹木粉碎後倒在地面。那是木牆倒塌的聲音。隨後傳來的是夾雜著勝利與恐怖的喊叫聲。

舉目所及盡是搬運死去同袍的人、以臨時拐杖支撐跛行的人，或在沙地上匍匐著，後面拖著斷掉肢體的人。我認識他們——他們的軀體滿是傷疤，那是我用藥膏治療包紮過的身體，是我用手指清理鐵屑、銅屑與鮮血後的身體。當初在我治療結束時，他們一邊談笑一邊感謝，最後還扮了鬼臉。現在這些人再度遭到摧殘，他們全身是血，骨頭斷裂。這一切全因為他，也因為我。

在我面前，一名年輕人的腿被箭射穿，但他掙扎著站直身子。他是色薩利王子尤里皮勒斯。

我想也沒想，馬上彎著手臂撐住他的肩膀，扶他進入他的營帳。他因為疼痛而神智不清，但他仍認得我。「帕特羅克洛斯，」他勉強擠出一句話。

我跪在他面前，用手扶著他的腿。「尤里皮勒斯，」我說。「你能說話嗎？」

「該死的帕里斯，」他說。「我的腿。」腿肉腫大而撕裂。我拿出短刀，開始治療。

他咬緊牙關。「我已經搞不清楚自己比較恨誰，是特洛伊人還是阿基里斯。薩爾皮頓光靠他的雙拳就打破了木牆。大埃阿斯盡其所能地阻擋他們。他們現在已經攻進來了，」他一邊喘一邊說。「他們已經來到營地。」

聽到他這麼說，我感到一陣驚慌，但我努力克制逃跑的衝動。我試著專注在眼前的事情上：從他的腿中拔出箭頭，然後包紮傷口。

「快點，」他說道，但他的咬字已不清楚。「我必須回去。他們會把船燒掉。」

「你不能出去，」我說。「你流太多血了。」

「不，」他說。但他的頭突然往後重重落下；他已經瀕臨昏迷。他接下來是生是死，視乎眾神的意旨。我已經盡力了。我深呼吸一口氣，走出帳外。

已經有兩艘船著火，特洛伊人放火燒掉桅杆。許多人絕望地叫著跳上甲板急欲滅火。其中我認得的只有一個人，那就是大埃阿斯，他站在阿伽門農的船頭，巨大的身影與天空形成對比。他無視火燄，只是拿著長矛戳刺著底下宛如魚兒爭食的特洛伊人。

我站在那裡，整個人像凍住似的，只有雙眼凝望著。我看見一隻動作極快的手，在混戰中，那隻手一下子攀住了船隻尖銳的鼻頭。然後是手臂，結實、強壯而黝黑，還有頭部，接著是肩膀寬闊的軀體從沸騰的人群中冉冉升起，宛如浮現於海面的海豚背。現在，赫克特古銅色的身軀在廣闊的海洋與天空之間扭曲著，他懸吊在半空中。他的臉孔光滑而祥和，他的眼睛望向高處——一個念著祈禱文的男子，一個敬神的戰士。他攀著船首，手臂的肌肉賁張糾結，他的盔甲掛在他的肩上，臀部的骨骼宛如神廟的飛簷。他的另一隻手擺動著明亮的火把，朝著船上的甲板扔去。

他扔得很準，火把剛好落在老舊腐爛的纜繩與掉落的船帆上。火舌迅速延展開來，順著纜繩，然後點燃了下方的木板。赫克特微笑著。為什麼不呢？他已經掌握勝局了。

大埃阿斯發出挫折的吶喊聲——又一艘船著火了，士兵紛紛從燃燒的甲板驚慌地跳船逃生，赫克特動作敏捷難以掌握，他很快就消失在底下的人群裡。他的力量鼓舞了士卒努力向前。

此時有個矛尖從後方閃現，在陽光下，發出魚鱗般的銀光。它閃耀著，速度快得無法看清，突然間大埃阿斯的大腿浮現一大片淺紅色。我在馬卡翁帳下工作了一段時間，知道這表示矛尖切穿了肌肉。他的膝蓋搖晃了一下，慢慢地彎曲。最後他倒下了。

30

阿基里斯看著我奮力奔跑上來，我的舌頭可以嘗到我喘息時的血腥味。我哭泣著，我的胸膛顫抖著，我的喉嚨感到乾渴疼痛。現在的他成了眾人怨恨的對象。沒有人記得他的光榮、他的誠信或他的美；他輝煌的一面終將化為灰燼，歸於毀滅。

「發生了什麼事？」他問。他皺著額頭，感到關切。他還不明白嗎？

「他們快死了，」我上氣不接下氣地說。「全部。特洛伊人已經攻進營地；他們正在燒船。大埃阿斯受傷了，現在只有你能救他們。」

當我說話時，他的臉依然冷漠。「如果他們快死了，那也是阿伽門農的錯。我告訴過他，如果他取走我的榮譽會發生什麼事。」

「昨天晚上他提出——」

阿基里斯喉嚨發出不耐的聲音。「他什麼也沒提出。幾個三腳凳，一些盔甲。他沒有更正他的侮辱，也未承認自己的錯誤。我過去幫他節省過多少時間，我不只一次救了他的軍隊，還有他的性命。」從他的聲音可以聽得出來，他努力控制自己的怒氣。「奧德修斯也許會舔他的靴子，還有迪歐梅德斯，還有其他人，但我不會。」

「他是個丟臉的傢伙。」我像個孩子似的抓著阿基里斯。「我知道，所有的人都知道。但你必須忘了他。就像你說的，他會自取滅亡。但不要因為他的錯而責怪所有的人。不要因為他的瘋狂而對眾人見死不救。他們愛你，也尊敬你。」

「尊敬我？他們當中沒有任何人跟我站在一起反對阿伽門農。沒有任何人為我說話。」他語氣的苦澀令我吃驚。「他們只是袖手旁觀，任由他侮辱我。彷彿他是對的！我為他們辛苦了十年，而他們的回報竟是背棄我。」他的眼神變得陰沉而遙遠。「他們做了選擇。我不會為他們流淚。」

下方的沙灘傳來桅杆斷裂的聲響。煙霧更濃厚了。更多船著火。更多人死亡。他們會詛咒阿基里斯，希望他被最黑暗的鎖鏈深鎖在冥府之中。

「是的，他們很愚蠢，但他們依然是我們的人民！」

「謬爾米東才是我們的人民。其他人就由他們自生自滅。」他想走開，但我抓住他。

「你是在自取滅亡。你不會因此受到眾人愛戴，你會遭到怨恨與詛咒。求你，如果你——」

「帕特羅克洛斯。」這個字極其尖銳，他從未用這種口氣叫過我。他的眼神壓迫著我，他的聲音就像法官的裁決。「我不會這麼做。別再問了。」

我看著他，他站得筆直，宛如一根刺向天空的矛。我找不到適合的話跟他說。或許已經沒有這樣的話。灰色的沙土，灰色的天空，還有我乾渴焦燥的嘴。一切似乎都到了盡頭。他不願出戰。士兵不斷地死去，他的榮耀也將隨之俱亡。他一點也不願意讓步，而且毫無憐憫之心。然而，我的心仍不斷搜尋各個角落，希望能找到軟化他的事物。

我跪下來，將他的手按在我臉上。我的臉頰淌滿眼淚，就像深色岩石上奔流的水。「那麼，就當是為了我，」我說。「為了我救救他們。我知道我提出的是什麼樣的要求。但我還是提了，為了我，好嗎？」

他低頭看著我，我發現我的話確實令他動搖，我看見他眼裡的掙扎。他嚥了一下口水。

「別的事可以，」他說。「任何事都行，只有這一件，我辦不到。」

我看著他美麗的臉龐變得如鐵石一般，我感到絕望。「如果你愛我的話——」

「不！」他的臉因緊繃而變得僵硬。「我不答應！如果我屈服了，此後阿伽門農就能無時無刻地羞辱我。諸王不會尊敬我，平民也不會！你以為我希望他們全死絕嗎？但我還是辦不到。我不能！我不會讓他得逞！」

「那麼我們換個做法。至少派出謬爾米東。讓我代替你出征。讓我穿上你的盔甲，由我來領導謬爾米東。他們會以為那是你。」此話一出口，我們兩人都嚇了一跳。它們出自我的口中，卻不像我說的話，彷彿是神明藉由我的嘴說出來似的。然而我利用這些話，如同溺水者緊抓著浮板一樣。「你覺得如何？這樣一來，你既可以不違背誓言，又能拯救希臘人。」

他看著我。「但你不會戰鬥，」他說。

「我不需要戰鬥！他們怕你，只要我一出現，他們就會四處逃竄。」

「不，」他說。「這太危險了。」

「沒問題的。」我抓著他。「一點也不危險。事情會很順利的。我不會靠得太近。奧托梅頓會跟我在一起，此外還有謬爾米東。如果你不能出戰，那就罷了。但你可以用這種方式救他們。讓我代勞吧。你說過你願意答應我別的事。」

「但——」

我不讓他有機會回答。「想想！阿伽門農會知道你依然違背他的旨意，但人們將會愛你。世上再沒有比這更大的名聲了——你將向他們證明，光是你的幻影就比阿伽門農所有的軍隊來得強大。」

他聆聽著。

「拯救他們的將是你的威名，而非你的長矛。他們將嘲笑阿伽門農的無能。你覺得如何？」

我看著他的眼睛，看見不情願的他逐漸讓步，一寸又一寸。他想像著，特洛伊人看見他的甲冑就望風潰逃，阿伽門農完全無法與他爭鋒，而眾人全拜伏在他腳下表達感激。

他舉起手。「對我起誓，」他說。「你要發誓，此次前去作戰，絕對不能與對方交鋒。你要待在戰車上跟奧托梅頓一起，讓謬爾米東走在你前面。」

「好的。」我把手按在他的手上起誓。「當然，我不是瘋子，只要嚇嚇他們，這樣就夠了。」我全身汗濕而且頭昏眼花。我終於找到一條路，穿過他的自尊與憤怒的重重迴廊。我可以拯救大家；我可以拯救他。「你願意讓我去？」

他又猶豫了一下，他綠色的眼珠子不斷地看著我。然後，慢慢地，他點頭了。

阿基里斯跪下來，幫我扣上，他的手指極為快速，我完全無法跟上，只感覺到他很快地拉緊肚帶，將我的腰帶綁緊。一件接著一件，他幫我穿戴整齊：銅製的胸甲與護脛，緊緊貼著我的皮膚，皮製的襯裙。幫我穿好之後，他隨即以低沉、短促而又持續的聲音給我指示。我不許戰鬥，不許離開奧托梅頓，不許離開其他謬爾米東。我待在戰車上，一遇到危險就立即離開；我可以追擊逃跑的特洛伊人直到特洛伊城，但不許在那裡與他們作戰。最重要的是，我必須遠離城牆，因為牆上有弓箭手，看到靠近的希臘人就會放箭。

「現在不比過去，」他說。「那時我可是在戰場上。」

「我知道。」我活動我的肩膀。盔甲不靈活、沉重而且無法彎曲。「我覺得自己像達芙妮（Daphne）。」我對他說，我感覺自己好像穿戴著全新的月桂樹肌膚。阿基里斯並未跟著發笑，他只是交給我兩根長矛，矛尖已磨得閃閃發亮。我拿著長矛，雙耳突然間熱得發燙。他又說了幾句，繼續給我忠告，但我一句也聽不進去。我只聽見自己的心臟躍躍欲試地跳動著。「快點，」我記得自己這麼說。

最後，頭盔遮住我的深色頭髮。他用一面光滑的銅鏡讓我觀看。我看著鏡中穿著盔甲的自己，過去我總用手去撫摸自己的樣子。頭盔上的羽飾，掛在腰際的銀色寶劍，與黃金打造的佩帶。這些不會讓人誤認，大家一看這身裝束就認定是阿基里斯。唯一不同的是眼睛，我的眼睛比阿基里斯來得大，顏色也較深。他吻我，溫暖而芬芳的氣息直抵我的喉頭。然後他牽著我的手，我們走到外頭，來到謬爾米東面前。

謬爾米東已列隊完畢，他們一穿上盔甲，瞬間產生一股懾人的氣勢。層層金屬閃耀著，宛如有著明亮雙翼的蟬。阿基里斯引導我走上戰車，戰車已然套在三匹馬上——不要離開戰車，不要擲矛——我了解他所擔心的，我要是真的戰鬥，一下子就會被人識破。「我不會有事的。」我對他說。然後我轉過身去，讓自己習慣站在戰車上的感覺，並且揣摩著長矛放置的地點與雙腳站定的位置。

在我身後，阿基里斯對著謬爾米東講話，他舉起手對著甲板冒煙的船隻揮舞著，黑色的灰燼直衝天際，船上還有許多人扭打成一團。「要平安把他帶回來。」他對他們說。他們點頭，並且用矛敲擊盾牌表示贊同。奧托梅頓站到我前面，抓住韁繩。我們都知道戰車的必要性。如果我在沙灘上奔跑，大家一看就知道我不是阿基里斯。

馬兒噴著鼻息，牠們感受著身後的戰車兵。輪子有點傾斜，我的步履有些蹣跚，長矛也晃得東倒西歪。「保持平衡，」他對我說。「這樣會容易些。」正當大家在等待時，我把一根長矛換到左手，笨拙的我讓長矛打到自己的頭盔，把頭盔給打歪了。我趕緊把頭盔扶正。

「我不會有事。」我對他說，也對自己說。

「你準備好了嗎？」奧托梅頓問道。

我看了阿基里斯最後一眼，他站在戰車旁，一副落寞的樣子。我握住他的手，而他緊抓著。「一切小心。」他說。

「我會的。」

我有很多話要說，但就這一次，我們沒有說出口。可以等下次再說，也許今晚與明天，還有未來。他放開我的手。

我轉身對奧托梅頓說，「我準備好了。」戰車開始行駛，奧托梅頓朝接近海浪沙質較密實的沙灘行駛。當我們經過這塊地面時，我可以清楚感受到其中的不同，輪子似乎緊抓著地面，車子也變得非常穩定。我們朝著船隻行駛，速度逐漸加快。我感覺海風吹拂著頭盔上的羽飾，我知道馬尾正在我身後飄揚著。我舉起了長矛。

奧托梅頓放低身子，好讓我能看清楚前方。車輪揚起沙子，車後的謬爾米東身上的甲冑發出鏗鏘的響聲。我的呼吸開始急促，我一直握著矛桿，直到我的手指發疼。我們沿著弧形的沙灘前進，途中經過伊多梅紐斯與迪歐梅德斯的空帳篷。終於，我們遇到第一批士兵。他們的臉孔模糊地經過，但我聽到他們的喊聲與歡欣的情緒。「阿基里斯！是阿基里斯！」我感覺到沛然莫之能禦的解放感。這個做法有效。

現在，距離兩百步就是船隻與軍隊，車輪的吵雜聲與謬爾米東整齊劃一的腳步聲引起了他們的注意。我深呼吸一口氣，在我的——他的——盔甲裡挺直了肩膀。我揚起頭顱，高舉長矛，雙足頂緊戰車的側板，祈禱不會遭遇撞擊而將我撞飛出去，我吶喊著，一股狂暴的聲音震撼著我的全身。數千張臉孔，無論是特洛伊人還是希臘人，當他們轉頭看著我時，臉上湧現著震驚與喜悅的表情。在撞擊聲中，我們衝入戰陣。

我再度吶喊，他的名字讓我的喉嚨激昂沸騰起來。我聽到正在戰鬥的希臘人的喊聲，大家又重新燃起希望。特洛伊人開始在我面前潰散，他們一面敗逃，一面感受著恐怖。我露出勝利的笑容，而當我看見他們奔跑時，我的血脈賁張，心中突然湧現強烈的愉悅感。但特洛伊人是勇士，並不是所有人都選擇逃跑。我舉起長矛，做出威嚇的樣子。

或許是盔甲的緣故，影響了我的動作。或許是多年觀察阿基里斯的結果。我的肩膀的位置不再像過去一樣搖晃而笨拙。我的肩膀變得更高、更壯、更平衡。就在此時，我不假思索地扔出手中的長矛，它迴旋地刺進一名特洛伊人的胸膛。他對著伊多梅紐斯的船揮舞的火把也拋到了沙地上。他是否流血，是否頭骨裂開，露出他的腦子，我沒辦法看見。死了，我想。

奧托梅頓的嘴巴動著，眼睛也睜大了。阿基里斯不是要你不要戰鬥嗎，我猜他是這麼說的。但我的手又舉起另一根長矛。*我可以的*。此時馬兒調頭，前方散布著一群人。我再次感受到相同的感覺，完美的平衡感，泰然自若地等待時機。我看見一名特洛伊人，我用力擲出，我的拇指感受到木頭揮擊的力量。他倒下了，刺穿了他的大腿，我想他的骨頭已經碎了。兩個。我周圍的人全喊著阿基里斯的名字。

我抓著奧托梅頓的肩膀。「我要另一根長矛。」他猶豫了一下，於是拉扯韁繩，放慢速度，好讓我可以傾身到轟隆作響的戰車側面去拔起插在屍體上的長矛。矛桿似乎自動跳到我的手上。我的眼睛已經在尋找下一張臉。

希臘人開始重整旗鼓——梅內勞斯殺死我身旁的一名男子，涅斯托爾的一個兒子故意用他的長矛敲了我的戰車一下，彷彿是為了沾點運氣，而後他果然射中了一名特洛伊王子的頭。特洛伊人氣急敗壞地爬上戰車，全面撤退。赫克特也在陣中，他狂喊著要大家別自亂陣腳。他登上戰車，開始領導士兵回到木牆大門，然後行經狹窄的堤道跨越壕溝，返回木牆外的大平原上。

「走！追擊他們！」

奧托梅頓露出極不願意的樣子，但還是遵從我的命令，調轉方向開始追擊。我從屍體拔出更多長矛——有時半拖著屍體才得以拔出矛尖——追擊堵在木牆門口的特洛伊戰車。我看到那些戰車駕駛回頭看見我的樣子，臉上浮現驚慌喪膽神情，他們眼前的阿基里斯，宛如鳳凰般從怒火中重生。

不是每一匹馬都像赫克特的馬一樣靈巧，有些戰車滑出堤道摔進壕溝裡，駕駛只能步行逃命。我們追擊著，阿基里斯如神明般的駿馬，宛若騰空似地快速奔馳。我可以要求戰車停下來，因為四散的特洛伊人此時已爭相奔逃進城。但在我身後是重新振作的希臘人，他們高呼我的名字。他的名字。因此我不能停下來。

我用長矛一指，奧托梅頓讓馬匹繞了個圓弧，然後策馬向前。我們超前了脫逃的特洛伊人，於是我們繞了個圈與他們對個正著。我用長矛對準這兒，又對準那兒，所到之處，開腸剖肚，咽喉、肺臟與心臟全都劃開了。我無情而精準地繞過鈕扣與銅甲，直刺血肉之軀，噴灑出來的紅色宛如酒袋上的鋸齒狀孔洞。從我在白色帳篷工作時起，我已經知道人體的每個弱點。這對我來說並不難。

從短兵相接的混戰中突然衝出一輛戰車。戰車的駕駛身形相當巨大，當他鞭打著嘴裡冒著泡沫的馬匹全力奔馳時，他的長髮也隨風飄逸。他深色的眼睛直盯著我，他的嘴巴因憤怒而扭曲。他的盔甲就像海豹身上的皮一樣合身。他是薩爾皮頓。

他高舉手臂，長矛瞄準我的心臟。奧托梅頓大叫一聲，猛力拉扯韁繩。此時一陣風聲掠過我的肩膀。矛尖插入我身後的地面。

薩爾皮頓叫嚷著，是詛咒還是挑戰，我不知道。我舉起長矛，彷彿在做夢一樣。這個人殺死許多希臘人。正是此人硬生生地打破木牆大門。

「不！」奧托梅頓抓住我的手臂。他用另一隻手猛力抽打馬匹，於是我們在戰場上劃開一道口子。薩爾皮頓將戰車調頭，換了另一個方向，一時間我以為他要放棄。但他又轉過來，並且舉起長矛。

整個世界像炸開來似的。戰車震到空中，馬兒嘶叫。我被拋到草地上，頭撞擊到地面。我的頭盔往前傾，遮住了眼睛，我趕緊將它推回去。我看見我們的馬匹彼此糾結在一起；其中一匹倒地，身上插著一根長矛。我眼前不見奧托梅頓的蹤影。

薩爾皮頓從遠處趕到，他的戰車無情地朝我這裡駛來。我沒有時間逃跑，只能站起來面對他。我舉起長矛，將它當成我想勒死的長蛇般緊握著。我想像阿基里斯會怎麼做，我試圖站穩腳步，使勁繃緊後背的肌肉。阿基里斯會仔細注意看似密不透風的盔甲的接縫處，或者由自己創造一個罅縫。但我不是阿基里斯。我看到的是別的東西，這是我唯一的機會。他幾乎要來到我的面前。我擲出長矛。

長矛擊中薩爾皮頓的腹部，那是盔甲最厚的部位。但由於地面崎嶇不平，而我又使盡全力擲出，因此雖然長矛未能刺進去，卻讓他倒退了一步。這樣就夠了。薩爾皮頓的體重使戰車傾斜，他因此摔出車外。馬兒從我身旁衝過去，而他則被拋在地上，一動也不動。我握住劍柄，恐懼著他可能起身殺了我；然而我看見他脖子上的傷口，角度極不自然。

我殺死了宙斯之子，但這還不夠。必須讓眾人認為這是阿基里斯做的。塵土覆蓋在薩爾皮頓的長髮上，宛如蜜蜂身體底部沾滿花粉一樣。我拾起長矛，然後使盡力氣將它插進薩爾皮頓的胸口。鮮血噴濺出來，但軟弱無力。薩爾皮頓早已沒了心跳。當我把長矛拔出時，血液也是緩緩流出，就像球莖從地表的裂縫掉出一樣。這麼一來，大家就會認為這是薩爾皮頓的致命傷。

我聽到吶喊聲，人群蜂擁而來，有騎乘戰車的，也有奔跑的。呂基亞人看見我的矛上沾了他們國王的鮮血。奧托梅頓的手抓住我的肩膀，硬是將我拉上戰車。他解開死去的馬匹，然後調整好右輪。他倒抽了一口氣，臉色嚇得發白。「我們要趕快離開。」

奧托梅頓駕馭著急切的馬兒，我們快速穿越原野，甩開追逐的呂基亞人。我的嘴上有狂野的金屬味。我甚至沒注意到自己與死亡擦身而過。我的腦子裡迴盪著紅色的野蠻景象，大量的血從薩爾皮頓的胸口噴出。

我們逃走時，距離特洛伊非常接近。高大的城牆聳立在我面前，巨大的方石，恐怕只有神明的協助才能完成，至於城門則是以巨大黑色的古青銅打造。阿基里斯曾警告我要當心塔樓上的弓箭手，但特洛伊人的潰敗來得如此突然，此時沒有人來得及回城守衛。特洛伊成了不設防的城市，小孩都能夠征服它。

攻陷特洛伊讓我產生一種邪惡的愉快。他們活該失去自己的城市，這是他們的錯，他們該負起一切的責任。我們失去了十年的時光，許多人喪失了生命，而阿基里斯也會死，正因為特洛伊人。*特洛伊人該負全責。*

我跳下戰車，跑到牆邊。我的手指找到中空的石縫，就像瞎子的眼窩一樣。*爬上去。*我的腳在神明切削的石塊上尋找一切可供攀爬的缺口，哪怕那缺口有多麼細微。我的動作並不優雅，而是努力地扒抓，我先在石塊上挖出洞來，再緊抓著石頭往上攀爬。是的，我攀爬著。我會攻破這座堅不可摧的城市，並且抓住海倫這個珍貴的黃金蛋黃。我想像自己將海倫拖出城外，然後在梅內勞斯面前扔下她。到此為止。不會再有人為她的虛榮而死。

*帕特羅克洛斯。*音樂般的聲音從我頭上傳來。我抬頭一看，一名男子從牆上俯身看著我，宛如太陽放射著光線，深色的頭髮及肩，箭袋與弓隨意地吊在他的身軀上。我在吃驚之下，稍微往

下滑了一點，膝蓋被石塊刮了一下。他的容貌俊美，皮膚光滑，臉龐如同精細雕刻的石像，閃耀著凡界所無的光芒。黑色的眼珠。阿波羅。

他笑了，彷彿這一切符合他的預期，我心裡這麼想。然後他伸出手，他的手臂伸展出不可思議的長度，從他的腳邊一直延伸到我緊抓石塊的地方。我避上眼睛，只感覺到有一根手指提著我的盔甲的背部，將我拉上去，然後又將我放下。

我落地的力道大了點，盔甲發出撞擊聲。我對於這個衝擊感到印象模糊，也對於自己突然間回到地上的挫折感感到不明所以。我以為我正在攀爬城牆。但城牆依然在我面前，難以攀爬。我決定堅持到底，因此我再度攀爬；我不會因為這樣就被擊倒。我的精神錯亂，我因為做著拯救海倫的白日夢而過度興奮。石塊就像深色的水流，不斷流動著讓我滑落，而我又繼續往上攀爬。我忘了阿波羅，忘了我為什麼落下，我的腳為什麼踩在剛才踩過的裂縫裡。我想，或許這就是我在做的，精神錯亂——爬牆，然後又從牆上摔下。而這一次，當我抬頭看，阿波羅的微笑消失了。手指拽起我的丘尼卡，讓我晃盪幾下，然後讓我墜落。

我的頭再次摔在地上，使我因此昏迷而沒了氣息。在我周圍，許多模糊的臉紛紛湊了過來。他們是來幫我的嗎？然後我感覺到：都是汗水的前額因空氣的冷冽而感到刺痛，我深色的頭髮散了開來，終於解放了。我的頭盔。我看到頭盔在我身旁，倒扣著像個空的蝸牛殼。我的盔甲也被震鬆了，阿基里斯為我綁上的帶子全被阿波羅解開了。我的外殼從我身上脫離，散落在地面上。

凍結的沉默被特洛伊人沙啞、憤怒的喊叫聲打破。我在驚嚇中恢復了神智：我失去了武裝而且隻身一人，而他們知道我其實是帕特羅克洛斯。

跑。我拔腿就跑。一根長矛射來，擦過我小腿的皮膚，留下一道紅色的線條。我閃過伸出的手，驚慌地掙脫，而我的胸也遭到重擊。在恐怖的朦朧中，我看到一個人拿著長矛對準我的臉。但我的手腳夠快，長矛從我的頭髮旁掠過，近得如同愛人的氣息。一根長矛朝我的膝蓋刺來，想讓我無法行動。我跳起來，震撼於自己竟還沒死。我這輩子動作從沒有這麼迅速。

我沒看到從背後射來的矛。它刺進了我背部的皮膚，從我的肋骨下方刺穿。我腳步不穩，被長矛的力道推向前方，也被撕裂的疼痛與腹部灼熱的麻木感所震撼。我感受到一股力量的牽引，矛尖已被拔出。熱血從我冰冷的皮膚噴出。我想我叫喊著。

特洛伊人的臉搖晃著，而我倒下了。我的血從我的指縫流出，染紅了草地。群眾四散，我看見一個人走到我面前。他似乎是從遠處前來，從某個高處降下，而我則彷彿躺在峽谷的深處。我認識這個人。他臀部的骨頭像神廟的飛簷，他的額頭堆起了皺紋，一副嚴肅的樣子。他並未看著環繞在他周圍的人；他走路的樣子彷彿他在戰場上是隻身一人。他過來殺我。赫克特。

我的氣息短促，感覺到新傷撕裂的疼痛。記憶一陣一陣地浮現，就像耳朵裡血液的脈動。他不能殺我。他不可以殺我。如果他這麼做，阿基里斯不會讓他活命。而赫克特必須活下去；他必須永遠不死，即使他已經老了，即使他已經萎縮到皮膚下的骨頭已經鬆脫，就像溪流裡的石頭一樣。他必須活著，因為他的生命——我一邊想著，一邊抓著青草讓自己後退——是阿基里斯是否流血的最後一道堤壩。

絕望中，我轉身朝著周圍的人，胡亂抓著他們的膝蓋。拜託，我低沉而沙啞地叫著，拜託。

但他們不看我；他們只看著他們的王子，普里阿摩斯的長子，以及他無情地走向我。我的頭猛力地往後轉，我看到他現在已經接近了，他舉起矛。我唯一聽到的聲音是我自己不斷起伏的肺，空氣吸進我的胸部，又呼出我的胸部。赫克特的矛就在我的上方，傾斜著像個投擲者。然後它朝著我降下，一道明亮的銀光。

不。我的雙手像驚弓之鳥般在空氣中揮動著，試圖阻止長矛無情地朝我的肚子射來。但我像嬰兒一樣軟弱無力，無法抵擋赫克特的力量，我的手掌不敵，如同紅色緞帶般散開。矛頭刺入體內的巨痛讓我停住了呼吸，整個腹部突然湧現難忍的疼痛。我的頭仰躺在地上，最後我看的景象是赫克特，他嚴肅地俯視著我，扭轉我體內的長矛彷彿他在攪動著鍋子。最後我心裡掛念的是：阿基里斯。

31

阿基里斯站在山丘上，看著戰爭的黑影移動到特洛伊前方的原野地帶。他無法從臉孔或身材認出誰是誰。希臘人往特洛伊城衝鋒的那一刻，宛如潮水般向前推進；在陽光下，刀劍與盔甲的閃光宛如魚鱗一般。如帕特羅克洛斯所言，希臘人擊潰了特洛伊人。不久帕特羅克洛斯將會回來，而阿伽門農將在阿基里斯面前下跪。他們又能過著幸福的日子。

但阿基里斯感受不到。他覺得自己麻木了。士兵掙扎哀嚎的戰場，看在他眼裡竟如同蛇髮女妖的臉孔，使他慢慢地化為石頭。無數的蛇在他面前扭曲著，最後聚集在特洛伊城下的黑結之中。有國王死了，還是王子，而希臘人正奮力奪回屍體。誰？他遮住陽光，仔細地觀看，依然毫無頭緒。帕特羅克洛斯會告訴他。

他看見的全是零零散散的事物。士兵回到位於沙灘的營地。奧德修斯，一跛一跛地走在其他國王身旁。梅內勞斯似乎抱著什麼，只看到一隻沾著青草的腳露在外頭晃盪著。權充使用的裹屍布露出了蓬亂的頭髮。麻木逐漸轉變成憐憫，最後一刻，是崩潰。

他想抽出寶劍割開自己的喉嚨。但手撲了個空，這才想到：他已經把劍交給我。然後，安提洛克斯拿著他的護腕，其他人議論紛紛。他能看見的只是沾血的衣物。他大吼一聲嚇退了安提洛克斯，又把梅內勞斯打倒在地。他撲在屍體上。真相令他的內心翻攪，令他無法呼吸。一股細流奪眶而出，一波接著一波，無法止住。他抱著自己的頭，猛力扯著自己頭髮。一綹綹金絲落在血淋淋的屍體上。帕特羅克洛斯，他說，帕特羅克洛斯。帕特羅克洛斯。他不斷地呼喚，直到只剩下聲音。奧德修斯跪坐著，催促著將吃的與喝的端上來。阿基里斯怒火中燒，當下差點殺了奧德修斯。但他不願放下我。他無法放下。他緊緊抱著我，我可以感覺到他胸膛微弱的心跳，就像飛蛾的雙翼。一陣回音，僅餘的一點魂魄仍繫在我的屍體上。苦痛也只剩一點。

布莉瑟絲飛奔而來，她的臉已然扭曲。她俯在屍體上，她可愛的深色眼睛流著夏雨般溫暖的淚水。她掩面哭泣。阿基里斯沒看著她。他甚至沒看到她。他站起來。

「是誰殺了他？」他的聲音散發著恐怖，刺耳而破碎。

「赫克特。」梅內勞斯說。阿基里斯抓住他巨大的淺灰色長矛，企圖把矛從他手中奪來。

奧德修斯按住他的肩膀。「明天，」他說。「他已經進城了。明天，聽我的，佩里德斯。明天你可以殺了他。我發誓。現在你必須吃東西，然後休息。」

阿基里斯哭泣著。他雙手環抱著我，他什麼也不吃，只是不斷念著我的名字。我看著他的臉，彷彿中間隔著水，像魚兒看著太陽一樣。他流淚，但我無法拭去他的淚水。現在的我只剩殘餘的魂魄，是尚未被埋葬的半條生命。

他的母親來了。我聽見了。那是海浪拍岸的聲音。如果我生前令她生厭，那麼當她看見兒子緊抱著我的屍首時，想必更無法忍受了。

「他已經死了。」她說，以她一貫平板的聲調。

「赫克特死定了，」他說。「明天就是他的死期。」

「你沒有盔甲。」

「我不需要任何東西。」他咬牙切齒；他努力地一個字一個字說出口。

她伸出手，蒼白而冰冷，想把他的手從我的屍體移開。「他自找的。」她說。

「不要碰我！」

她退後幾步，看著阿基里斯將我抱在懷裡。

「我會拿盔甲給你。」她說。

阿基里斯一直持續如此，帳篷的門簾掀開，走進一張張充滿猶豫的臉孔。波以尼克斯、奧托梅頓、馬卡翁。最後是奧德修斯。「阿伽門農來看你了，他把女孩還給你。」阿基里斯沒說話，她已經回來了。或許他什麼都視而不見。

在搖曳的火光中，兩名男子面對面。阿伽門農清一清喉嚨。「該是盡釋前嫌的時候了。我特地來此，把女孩還給你，阿基里斯，她完好如初，而且過得很好。」他停下來，彷彿期待對方感謝似的。但此時只是一片沉默。「我想，一定是神明讓我們神智不清，才彼此產生嫌隙。但這都過去了，我們現在又是盟友了。」最後一句話說得特別大聲，這是特別為了讓在場的人聽個明白。阿基里斯還是沒回話，他一心想著殺死赫克特，而這也是他內心唯一的支柱。

阿伽門農猶豫地說。「阿基里斯王子，我聽說你明天將會出戰？」

「是的。」他突然回話讓大家都嚇了一跳。

「很好，太好了。」阿伽門農等了一會兒，又說。「那之後你還會出戰嗎？」

「如果這是你要的，」阿基里斯回答。「但我不在乎，我不久就要死了。」

大家聽了面面相覷。阿伽門農突然精神振作起來。

「那好，我們這就算和解了。」他轉身離開，但又停下腳步。「我很遺憾聽到帕特羅克洛斯的死訊。他今天非常英勇。你知道嗎？他殺死了薩爾皮頓。」

阿基里斯眼神一變。他們全身染血，他們都死了。「我希望他能束手不管，讓你們全都去死。」

阿伽門農震驚地說不出話來。奧德修斯打破沉默。「我們讓你一個人靜一靜，阿基里斯王子。」

布莉瑟絲跪在我身旁。她帶來水與布，將我皮膚上的血跡與塵土擦拭乾淨。她輕柔地清洗著，彷彿在為嬰兒洗澡似的，而不是清洗一具死屍。阿基里斯掀起門簾，兩人的眼睛同時注視著我的身體。

「離他遠點。」他說。

「就快好了。我不能讓他躺在這堆髒污的東西裡。」

「我不准妳碰他。」

她的眼睛噙滿淚水。「你以為只有你愛著他嗎？」

「出去。出去！」

「你在他死後關心的比在他生前還多。」她的聲音苦澀中帶著悲傷。「你怎麼能讓他出戰？你明知道他對戰爭一竅不通！」

阿基里斯怒吼著，他把碗盆摔碎。「出去！」

布莉瑟絲毫不畏懼。「殺了我。他也不會回來。十個你都比不上他。十個！你居然送他去死！」

他的聲音已不成人聲。「我試過要阻止他！我告訴他不要離開沙灘！」

「是你讓他走的。」布莉瑟絲走向他。「他為了救你而戰，為了你珍視的名譽而戰。因為他不想看見你受苦！」

阿基里斯把臉埋進手裡。但她並未因此而憐憫。「你配不上他。我不懂為什麼他會這麼愛你。你只關心你自己！」

阿基里斯抬頭看著她。她感到害怕，但並未退縮。「我希望赫克特殺了你。」

氣息通過他的喉嚨，發出吵雜的聲響。「妳以為我不是這麼想嗎？」他反問。

他一邊哭，一邊把我抱上床。我的屍體下垂；帳篷內很溫暖，很快就會出現屍臭味。但他似乎一點也不在意。他整晚抱著我，將我冷冰冰的雙手按在他的嘴上。

黎明時分，他的母親回來了，她帶來盾牌、寶劍與胸甲，是用剛熔的青銅打造的。她看著他著裝，一句話也沒說。

阿基里斯並未等待謬爾米東整裝或奧托梅頓備好戰車，就一個人跑下沙灘，所到之處，希臘人都跑出來觀看。他們拿起武器，追隨他的腳步。他們不想錯過這場戰鬥。

「赫克特！」他吶喊著。「赫克特！」阿基里斯在進擊的特洛伊行列中殺出一條血路，打破他們的胸膛與臉龐，在他們身上留下憤怒的印記。在他們的屍體落地前，他已不見蹤影。十年來因戰鬥而稀疏的草地，這回可一次飲盡王子與國王的鮮血。

然而赫克特故意躲著他，在諸神庇佑下，他在戰車與人群中迂迴奔跑。儘管他不斷逃避，卻沒人說他是懦夫。如果他被抓住，只有死路一條。赫克特穿著阿基里斯的盔甲，他從我的屍體旁取走這副有著鳳凰裝飾的胸甲，這麼醒目的特徵，任誰都不可能看不出來。士兵看著這兩個人來回穿梭：看起來就像阿基里斯自己在追逐著自己。

赫克特氣喘吁吁地朝著特洛伊大河斯卡曼德跑去。河水閃耀著奶油狀的金色，這是被河床的石子染成的顏色，這裡的黃石是特洛伊特有的產物。

但現在河水已非金色，而是混濁攪動的紅色，河中堵塞著屍體與盔甲。赫克特鑽入浪中，在頭盔與飄浮的屍體間游泳。他游到對岸；阿基里斯也躍入河中，緊追不捨。

此時河中出現一個人影，擋住阿基里斯的去路。污水從他肩部的肌肉滑落，從他黑鬍子的縫隙中也不斷流出不潔的河水。他比世上最高大的凡人都要來得龐大，他的力量如同春天雪融的溪流一樣不斷暴漲。他喜愛特洛伊與特洛伊人。夏天，他們會獻上美酒給他，並且將花環擲入河水。其中最虔誠的就是特洛伊王子赫克特。

阿基里斯的臉濺滿血水。「你不能阻止我殺他。」

河神斯卡曼德舉起粗重的權杖，大小就像一根樹幹。他不需要刀刃；只要這根權杖一擊，就足以擊碎人的骨骼，打斷人的脖子。阿基里斯手中只有劍。他的長矛已經深埋在屍體之中。

「這值得你冒生命危險嗎？」河神說。

不，不要。但我無法出聲說話。阿基里斯舉起手中的劍，踏進河中。河神的手掌與人的軀幹一般大小，他揮舞著權杖。阿基里斯先是低頭閃躲，而後向前翻滾躲過河神的第二次揮擊。他找到空檔然後朝河神完全沒有防護的胸部重重一揮。但河神卻輕易地扭曲身形，躲過了他的攻擊。寶劍的尖端跟以前一樣絲毫無損。

河神繼續攻擊。他的揮擊迫使阿基里斯不斷後退到河邊的碎石礫。河神把權杖當成鐵鎚一樣來使用；每次揮擊都能在廣大的河面打出巨大的水花。阿基里斯每一次都必須努力跳開，但河水卻拖慢了他的腳步。

阿基里斯不加思索，全憑直覺揮劍，雖然他的速度極快，卻無法碰觸河神的身體。斯卡曼德的巨大權杖隔開了阿基里斯所有的攻擊，於是阿基里斯只能加快速度，一次比一次快。河神的年紀很大，可以上溯到這座山第一次雪融之時，而他也十分狡猾。這個平原上發生過的一切打鬥他都看在眼裡，因此沒有任何招式是他不知道的。阿基里斯開始放慢速度，他只有一塊薄鐵，卻要抵擋河神巨大的力量。雖然權杖與寶劍相接總會砍下一點木塊來，但這權杖實在太粗，希望藉由這種方式來砍斷權杖可說是癡人說夢。河神開始露出微笑，他計算著眼前這個人閃躲的次數似乎已經超過了用劍阻擋的次數。殘酷的是，他是非輸不可。阿基里斯的臉因為努力與專注而扭曲。他已經到了臨界點，他已使出了全力。畢竟，他不是神。

我看見阿基里斯正屏氣凝神，準備做出最後一擊。他以肉眼難以察覺的速度揮劍砍向河神的頭部，在千鈞一髮間，斯卡曼德肯定會後仰以躲避他的攻擊。這正是阿基里斯要的。我看到他的肌肉緊繃開始發動攻勢；他一躍而起。

這是他人生中第一次因速度不夠快而失利。河神已經看出他的招式，用力一揮就將阿基里斯揮倒到一旁。阿基里斯失足踉蹌，他只是稍稍失去平衡，恐怕任何人都很難看出他哪裡不穩。但河神看出來了。他衝向前去，帶著邪惡的求勝心，利用阿基里斯些微的失衡，想一舉揮動權杖置他於死地。

如果他能更了解阿基里斯一點就好了，如同我一樣。他的雙腿從未踉蹌失足，從我認識他以來，一次也沒有。若說他可能犯錯，那麼也不可能發生在這兒，發生在他細緻的骨骼與弧狀的足弓上。阿基里斯以人類的不完美為餌，而河神真的上鉤了。

斯卡曼德衝上前去，露出了空隙，阿基里斯順手刺向他。河神的體側被切開深長的口子，河水又重新變成金黃色，上面沾染著河神的靈液。

斯卡曼德不會死。但他現在必須虛弱而疲倦地跛行離去，回到山上，回到河水的發源地，去治療他的傷口與恢復力量。他沉入河水中然後離去。

阿基里斯滿頭大汗，氣喘如牛。但他並不歇息。「赫克特！」他喊著。獵捕行動又展開了。

在某處，諸神低聲說道：

他擊敗了我們當中的一員。

如果他攻擊特洛伊，會發生什麼事呢？

特洛伊還不到毀滅的時候。

我的想法是：不用擔心特洛伊。他要的只是赫克特。赫克特，只有赫克特。當赫克特死了，他就會罷手。

在特洛伊高牆下有一處小樹林，裡面有一棵神聖而盤根錯節的月桂樹。來到這裡，赫克特終於停止逃跑。在樹蔭下，兩個人面對面。其中一個人站在陰影下，他的腳像樹根一樣深深紮進土裡。他穿著金色胸甲與頭盔，戴著磨亮的護脛。這副盔甲也適合我穿，不過他比我更強壯一點，胸膛也更寬闊。在他的咽喉上，金屬鐵片已經裂開，露出了皮膚。

另一個人的臉已經扭曲得難以辨識。他的衣服因為在河中戰鬥而濕透。他舉起用梣木製成的長矛。

不，我哀求他。他掌握著自己的生死，他噴灑的將是自己的血。他聽不見我的聲音。

赫克特睜大了眼睛，但他不想再逃。他說，「答應我。殺了我之後，把我的屍體留給我的家人。」

阿基里斯發出哽住的聲音。「獅子與人沒有談條件的可能。我會殺了你，然後生吞活剝。」他的矛尖飛舞著如同黑色旋風，明亮如同晨星，直刺赫克特的咽喉。

阿基里斯回到帳內，我的遺體仍在裡面。他全身都是紅色，紅色，鐵鏽般的紅色，由下往上直到他的手肘，他的膝蓋，他的脖子，彷彿他在巨大的心臟陰暗腔室中游泳，剛剛才離開水面，此時他身上仍在滴血。他用皮繩穿過赫克特的後腳跟，然後拖著他的屍體。整齊的鬍子覆滿塵土，泛黑的臉孔沾滿血泥。阿基里斯把他掛在戰車後面，然後驅車拖行。希臘諸王正等著他。

「你今天大獲全勝，阿基里斯，」阿伽門農說。「好好沐浴休息，然後我們將大擺宴席為你慶功。」

「我不會參加。」他一把推開他們，後面還拖著赫克特的屍體。

「霍庫默洛斯（Hokumoros，意指命運迅速決定），」他的母親用最輕柔的聲音叫喚他。「你不吃嗎？」

「妳知道我不想吃。」

她撫摸他的臉頰，彷彿要幫他擦去鮮血似的。

他縮了回去。「不要碰我。」他說。

她的臉孔突然間變成空白，速度之快連他也沒察覺。她說話時，聲音相當冷酷。

「該把赫克特的屍體還給他的家人，讓他們安葬。你已經殺了他，而且報了仇。這麼做已經夠了。」

「怎麼做都不夠。」他說。

這是我死後第一次，阿基里斯斷斷續續顫抖著睡了一覺。

阿基里斯。我無法忍受你悲傷的樣子。

他的四肢抽動痙攣著。

讓我們安寧。燒了我然後埋了我。我會在陰影處等你。我會的——

但他已經醒了。「帕特羅克洛斯！等等！我在這裡！」

他搖一搖身旁的屍體。我沒有回應，他又哭了起來。

阿基里斯黎明起身，他拖著赫克特的屍體繞行特洛伊城牆，讓特洛伊人看個仔細。他在正午時做了一遍，在傍晚又做了一遍。他沒注意到希臘人開始閃避他的眼神。他沒見到當他經過時人們嘴上的微詞。這種狀況還要持續多久？

忒提斯在帳內等著他，她的身體宛如火燄般高大筆直。

「妳想幹什麼？」他把赫克特的屍體丟在門邊。

她的臉頰出現色斑，就像大理石上的血漬。「你必須停止這一切。阿波羅生氣了。他要對你復仇。」

「隨他去。」他跪下來，仔細梳理我前額的頭髮。我全身用毛毯裹著，以遮蓋味道。

「阿基里斯，」她走向他，抓住他的下巴。「聽好，你做得太過份了，如果阿波羅要對你下手的話，我沒辦法保護你。」

阿基里斯甩開她的手，他露出牙齒，一字一句地說道。「我不需要。」

她的皮膚變得更白了。「別傻了，要不是我——」

「有什麼差別嗎？」他打斷她的話，輕蔑地說。「他已經死了，妳能讓他死而復活嗎？」

「不，」她說。「誰都不可能。」

他站著。「妳以為我看不出妳在竊喜嗎？我知道妳有多恨他。妳一直憎恨他！如果妳沒到宙斯那兒，他恐怕還活著！」

「他是凡人，」她說。「人必有死。」

「我也是凡人！」他叫道。「神有什麼好的，如果不能讓他死而復生？你們這些神又有什麼了不起？」

「我知道你是凡人，」她說。她冷淡地說著每一個字，仿照拼貼著鑲嵌藝術的瓷磚一樣。「我比誰都清楚，我讓你在佩里翁待太久了，它毀了你。」她指著阿基里斯撕毀的衣服，淚濕的臉。「這不是我兒子。」

他的胸部起伏著。「那麼我是誰呢，母親？難道我的名聲還不夠響亮嗎？我殺死赫克特。還有誰該殺呢？讓他們出現在我面前。我會殺光他們！」

她的臉扭曲了。「你太幼稚了。皮魯斯十二歲時就已經比你更像個男人。」

「皮魯斯。」這個名字令他倒抽一口氣。

「他會前來此地，特洛伊將會陷落。這座城市必須靠他的力量才能征服，這是命運之神說的。」她的臉發出亮光。

阿基里斯睜大了眼。「你會帶他來這裡？」

「他是下一個最了不起的希臘人。」

「我還沒死呢！」

「你要這麼說也行。」這句話像鞭子一樣抽在阿基里斯心上。「你知道我吃了多少苦才讓你成為偉大的人嗎?而現在你卻為了這個而毀了一切?」她指著我腐爛的身體,她的臉依然帶著嫌惡。「我已經盡力了。我已經無法保護你了。」

她黑色的眼睛似乎在萎縮,就像消逝的星辰。「我很高興他死了。」她說。

這是她對阿基里斯說的最後一句話。

32

在夜最深沉的時刻，就連野狗也呼呼大睡而貓頭鷹也安靜無聲之時，有個老人來到我們的營帳。他看起來骯髒，衣物破爛，頭髮沾滿黏膩的塵土。他的袍子因游過河水而濕透。但當他說話時，他的雙眼清澈無比。「我是為我兒子來的。」他說。

特洛伊國王從帳門走了過來，在阿基里斯足前跪下。他低著蒼白的頭顱。「你是否願意聆聽一名父親的祈禱，偉大的普提亞王子，最了不起的希臘人？」

阿基里斯低頭看著老人的肩膀，一時以為自己是在做夢。它們因年邁而顫抖，因沉重的悲傷而佝僂。這個老人生了五十個兒子，如今卻只剩下幾個。

「我會聆聽的。」他說。

「願你的慈悲獲得眾神的祝福，」普里阿摩斯說。他冰冷的手按在阿基里斯滾燙的皮膚上。「我遠道而來，是因為我心存希望。我很抱歉，我以如此卑賤的姿態，出現在你的面前。」

這些話似乎稍微喚醒了阿基里斯。「不要跪著說話，」他說。「讓我給你一點吃的跟喝的。」

與普里阿摩斯滿是皺摺的皮膚與緩慢的步伐相比，阿基里斯突然間變得年輕許多。

「謝謝你的殷勤招待，」普里阿摩斯說。他的口音很重，而且說得很慢，但他的希臘語還是說得很好。「我聽說你是個貴族，因此我相信你有貴族的舉止。我們是敵人，但我從未聽聞你有殘酷的行徑。我懇求你將我兒子的屍體還給我，讓我好好安葬他，如此他才不會淪為無主遊魂。」當他說話的時候，他小心翼翼地不讓自己看著角落那具臉朝下的身影。

阿基里斯一直看著他交握雙手的暗處。「你很有勇氣，敢一個人前來，」他說。「你是怎麼進到這個營地的？」

「我蒙受諸神的恩寵，在指引下前來。」

阿基里斯抬頭看著他。「你怎麼知道我不會殺了你？」

「我不知道。」普里阿摩斯說。

兩人都沉默不語。在他們面前擺著食物與酒，但兩人既不吃，也不喝。阿基里斯的丘尼卡上隱約可見他的肋骨。

普里阿摩斯看見另一具屍體，那是我的，躺在床上。他遲疑了一下。「那是——你的朋友？」

「我的至愛，」阿基里斯毫不掩飾地說。「世上最美好的人，卻被你的兒子殺了。」

「我對你的傷痛感到遺憾，」普里阿摩斯說。「也對我的兒子將他從你身邊奪走感到抱歉。但我要懇求你的憐憫。在悲傷之中，人們必須互相幫助，儘管彼此是仇敵。」

「如果我不答應呢？」阿基里斯的語氣突然強硬起來。

「那麼就如你所願。」

雙方又沉默不語。「我還可以殺了你，」阿基里斯說。

阿基里斯。

「我知道。」國王的聲音安靜，毫無懼意。「然而，如果能有一絲機會能讓我兒的靈魂獲得安息，那麼捨棄我的生命也是值得的。」

阿基里斯眼中泛淚；他望向別處，不讓老人看見。

普里阿摩斯的聲音輕柔。「為死者尋求安息是對的。你跟我都知道只有活著的人無法安寧。」

「不。」阿基里斯低聲說。

帳裡沒有動靜；時間似乎靜止不動。阿基里斯起身。「快天亮了，我不希望你回去時有危險。我會讓我的僕人安排好你兒子的遺體。」

他們走了之後，阿基里斯倒在我身旁，他的臉靠著我的肚子。我的皮膚因為他一直流淚而變得滑溜。

第二天，他把我放在柴堆上。布莉瑟絲與謬爾米東在一旁看著，他放妥之後，便敲擊火石。火燄圍繞著我，我覺得自己更進一步滑脫到生命之外，稀薄到只剩下空氣中最微弱的震顫。我渴望冥府的黑暗與沉默，好讓自己能夠安息。

他親自收集我的骨灰，不過這應該是女人的工作。他把骨灰放在金色的甕裡，這是我們營地最好的甕，然後轉身看著在一旁觀看的希臘人。

「如果我死了，我要你們將我們的骨灰混合起來，一起埋葬。」

赫克特與薩爾皮頓死了，但其他英雄隨即取代他們的位置。特洛伊在安那托利亞有許多盟友，共同抵禦入侵者。首先是門農（Memnon），他是有著粉紅色手指的黎明女神與衣索比亞國王的兒子。門農的體格魁梧，膚色黝黑，頭上戴著王冠。他大步向前，後面跟著的士兵也跟他一樣烏黑光亮。他為一個男人而來，他決心與此人單打獨鬥。

前來會他的男子只帶了一根長矛。他的胸甲隨意綁著，原本明亮的頭髮平直而未洗。門農笑了。要打倒這名男子豈是什麼難事。當他倒下時，梣木製的長矛刺穿了他，微笑也凍結在他的臉上。阿基里斯不耐地拔出他的長矛。

接下來是一群女騎士，她們裸露胸部，皮膚像塗油的木頭一樣有光澤。她們把頭髮綁在後方，武器是矛與弓箭。她們把曲線盾掛在馬鞍上，馬鞍呈新月狀，似乎是依照月亮的形狀打造的。女騎士的領袖是一名騎著栗色馬的女人，她披頭散髮，有著安那托利亞人深色、彎曲而銳利的眼睛——她不斷掃視著面前的軍隊，她是潘特希勒亞（Penthesilea）。

潘特希勒亞穿著披風，這正是她失敗的主因——儘管她的四肢如貓一般靈巧，但披風卻使她被拉下馬。她落馬時不失優雅，一隻手順勢抽起綁在馬鞍上的長矛。她倒臥在地，以長矛撐起自己。此時一張臉出現在她眼前，陰沉、黝黑、面無表情。他不再穿著任何盔甲，刻意讓自己的身體暴露在矛尖之下。他朝她而來，既帶著希望，又帶著愁悶。

潘特希勒亞向他刺去，阿基里斯躲過了致命的攻擊，他的身體柔軟得不可思議，而且又極其敏捷。他的身體違背了他的意志，不迎向矛尖帶來的安息，反而不由自主地試圖保全自己的性命。她又朝他刺去，阿基里斯躍過矛尖，像青蛙一樣，身體輕巧而充滿彈性。他發出悲傷的聲音，卻也寄予厚望，因為這個女人殺人無數，從她的馬看來，這個女人應該很像他，速度快而優雅，而且無情。然而事實並非如此。阿基里斯一矛便將她掀到地上，她的胸部如同被犁耙過的地面。她率領的女騎士對著阿基里斯退縮而彎曲的肩膀發出憤怒而悲傷的吼聲。

最後一位是個年幼的男孩，名叫特洛伊羅斯。他們一直讓他留在城內，確保他的安全——他是普里阿摩斯的幼子，是家族的血脈。兄長的死迫使他出城應戰。他雖然勇敢，卻缺乏謀略，而且聽不進旁人的建言。我看見他的兄長抓住他，不讓他出戰，但他卻執拗地甩開他們，一意孤行地跳上戰車。他就像一隻掙脫的灰狗，頭也不回地往前奔馳，執意要為兄長復仇。

矛尖的粗端擊中他正在發育的胸膛。他從戰車跌落地面，手裡仍抓著韁繩，受驚的馬匹持續向前狂奔，他的身體因此被拖行著。他拖曳的矛尖與地上的石頭碰撞著，在塵土中留下了青銅的痕跡。

最後，他鬆開韁繩，站直了身子，他的腿與背到處都是擦傷。逐漸逼近他的這名年紀比他稍長的男子，他的身影籠罩著整個戰場，那張可怕的臉孔殺過無數的士兵。縱然男孩有著明亮的雙眼，而且勇敢抬起他的下巴，但我認為他毫無存活的機會。矛尖刺穿了他柔軟的喉結，墨水般的液體噴灑出來，染紅了我四周的幽暗。男孩倒地不起。

在特洛伊的城牆上，一雙迅捷的手正快速拉著弓弦。他選了一支箭，然後雙足快速登上塔樓，此處可以俯瞰充滿死者與瀕死者的戰場。有個神明正在此等候。

帕里斯要找到目標並不難。那名男子緩慢移動著，就像受傷或生病的雄獅一樣，但他的金髮不難辨認。帕里斯把箭搭上弦。

「我該瞄準哪裡？我聽說刀劍是傷不了他的。除了——」

「他是人，」阿波羅說。「他不是神，只要射中他，他必死無疑。」

帕里斯瞄準。阿波羅摸著他碰著箭翎的手指，然後吐了一口氣，一陣短促的風聲——彷彿吹著蒲公英使其隨風飛揚，又如推送玩具船讓它在水中漂浮。這支箭飛著，筆直而無聲，然後彎曲而下朝阿基里斯的背飛去。

阿基里斯在箭即將射中的前一刻聽見微弱的嗡嗡聲。他稍微轉頭，彷彿看著箭射來。他閉上眼睛，感受著箭尖穿透皮膚，劃開厚實的肌肉，一路穿過肋骨如手指粗的間隙。最後，射中了他的心臟。血從肩胛骨之間噴出，如油脂般深色而光滑。當他的臉落在地上時，阿基里斯笑了。

33

海洋女神拖曳著沾滿海水泡沫的長袍，來到阿基里斯的遺體旁。她們用玫瑰油與花蜜洗淨他，在他的金髮上遍灑花朵。謬爾米東為他堆置柴堆，然後將他放上去。當大火吞噬他時，海洋女神也跟著流淚。他美麗的身體化為骨骸與灰燼。

但也有許多人沒有哭泣。布莉瑟絲站著觀看，直到最後的餘燼熄滅為止。忒提斯挺直脊梁，散亂的黑髮在風中如同彎曲的蛇。國王與百姓聚集在遠處，他們對海洋女神令人毛骨悚然的慟哭與忒提斯雷電般的雙眼感到恐懼。幾乎快流淚的是大埃阿斯，他的腿綁了繃帶，正逐漸康復。但或許他只是想著自己等候已久的晉陞。

火堆慢慢燒盡熄滅。如果骨灰不快點收拾，可能會被風吹散，但理應收拾的忒提斯卻紋風不動。終於，奧德修斯被派去跟她說話。

他行跪禮。「女神，我們想知道妳的意旨。我們該收集骨灰嗎？」

她轉身看著他。或許她的眼裡流露著悲傷；或許沒有。但要判斷是不可能的。

「收集骨灰。埋葬骨灰。我已經做了我要做的事。」

他低下頭。「偉大的忒提斯，妳的兒子希望他的骨灰與——」

「我知道他的心願。依你們的意思去做。這些事與我無關。」

服侍的女孩被叫來收集骨灰；她們把骨灰放進我安息的金甕裡。當他的骨灰落在我的骨灰上時，我是否感受到他的存在？我想到佩里翁的雪花，落在我們紅色的臉頰上，令人感覺寒冷。對他的想望就像饑餓，使我感到空虛。他的靈魂在某處等待，但我哪裡也去不了。將我們葬在一起，在上面刻上我們的名字。讓我們自由。他的骨灰在我的骨灰中安息，但我感受不到任何東西。

阿伽門農召開會議，討論他們要建築的墳墓。

「我們應該在他死的地方建墓。」涅斯托爾說。

馬卡翁搖搖頭。「應該在海灘的中央，在廣場旁。」

「我們不希望設在這裡，可能每天都會被他的墳墓絆倒。」迪歐梅德斯說。

「我想，就設在山丘上。在他們營地旁的高地。」奧德修斯說。

無論什麼地方都行，反正在哪裡已不重要。

「我來接替我父親的位置。」清晰的聲音響徹帳內。

諸王紛紛朝帳門望去。一個男孩站在門口。他的頭髮是淺紅色，與火燄外圍的顏色一樣；他長相俊美，但帶著冷峻，如同冬日的早晨。看到他的模樣，恐怕只有最愚蠢的人才想不出他說的父親是誰。他臉龐的每一處線條都留下了他的印記，如此肖似的面容令我痛苦不已。唯一不同的是他有著尖銳的下巴，跟他的母親一樣。

「我是阿基里斯之子。」他向眾人宣布。

諸王看著他。大多數人甚至不知道阿基里斯有孩子。只有奧德修斯冷靜地說。「請問阿基里斯之子的大名是？」

「我叫尼歐普托勒莫斯，又叫皮魯斯。」火。然而除了他的頭髮，身上沒有任何火的特徵。

「我父親的座位在哪兒？」

伊多梅紐斯坐在原本屬阿基里斯的位子上，他起身。「這裡。」

皮魯斯的眼睛帶著斥責地看著克里特王。「我原諒你的冒犯，因為你不知道我來了。」他坐下。「邁錫尼大人，斯巴達大人。」他微微低頭。「我願為貴軍盡棉薄之力。」

阿伽門農的表情介於不信任與不悅之間。他原以為自己已經擺脫阿基里斯，而這個男孩的表現有些奇怪，令人不安。

「你的年紀似乎還不夠大。」

十二歲。他十二歲。

「我過去一直跟女神住在海底，」他說。「我喝的是瓊漿玉液，吃的是神饌。我來此是為你贏得戰爭。命運之神說了，沒有我，特洛伊無法陷落。」

「什麼？」阿伽門農大為震驚。

「若真是如此，我們真的很高興你能加入我們，」梅內勞斯說。「我們正談論你父親的墳墓該建在哪裡。」

「在山丘上。」奧德修斯說。

梅內勞斯點頭。「這個地點適合他們。」

「他們？」

當場大家都沉默了。

「你的父親與他的夥伴。帕特羅克洛斯。」

「為什麼這個人可以葬在最了不起的希臘人身旁？」

氣氛僵住了。大家等著聽到梅內勞斯的回答。

「那是你父親的心願，尼歐普托勒莫斯王子，他希望他們的骨灰能放在一起。我們不能將他們分開。」

皮魯斯抬起尖銳的下巴。「奴隸不應該在主人的墓裡。如果骨灰已經混在一起，要分開是不可能的，但我不允許父親的名聲遭到污損。墓碑只能刻上他的名字。」

不要如此安排。不要讓我孤伶伶的。

諸王交換了一下眼神。

「很好，」阿伽門農說。「就如你所言。」

我只是空氣與意念，我無計可施。

墓碑的大小反映死者在人們心中的地位。希臘人為阿基里斯的墳墓開採了潔白而巨大的石材，高聳直上天際。上面寫著，阿基里斯。他將長眠於此，向每個經過的旅人訴說自己的豐功偉業：他生前在人世留下的足跡，以及他死後留給世人的回憶。

皮魯斯的旗幟是斯基羅斯島的紋章，那是他母親的國家，而非普提亞。他的士兵也來自斯基羅斯島。儘管如此，奧托梅頓仍盡責地率領謬爾米東與婦女列隊歡迎他。他們看著皮魯斯走在海岸邊，率領著新成立的軍隊，嶄新的盔甲閃閃發亮。藍天下，金紅色的頭髮如同火燄般鮮明。

「我是阿基里斯之子，」他對他們說。「我將繼承父親的權利，今後你們將聽令於我，對我盡忠。」他注意到一名站立的女子，她目光低垂，雙手交疊。皮魯斯走到她面前，用手抬起她的下巴。

「妳叫什麼名字？」他問。

「布莉瑟絲。」

「我聽過妳的名字，」他說。「我的父親因為妳而拒絕戰鬥。」

當晚，他派衛兵帶她過來。他們抓著她的手臂走到營帳。她低著頭表示恭順，毫不掙扎。營帳的布簾掀開，她被推了進去。皮魯斯靠坐在椅上，一條腿隨意在椅邊晃盪。阿基里斯也曾有過這種坐姿。但他的眼睛絕不像皮魯斯那樣空洞，宛如無盡的海洋深淵，裡頭空無一物，只有冷冰冰的魚類屍體。

她對他行跪禮。「主人。」

「父親為了妳與大軍決裂。想必妳一定是個絕妙的床奴。」

布莉瑟絲的眼睛極為深沉而朦朧。「主人這麼說是抬舉我了。我不認為是為了我而拒絕戰鬥。」

「那麼，到底是為什麼呢？妳這個女奴倒是說說看！」他聳起眉毛。看著他對她說話，令人捏了一把冷汗。他就像蛇一樣；你不知道他將攻擊何處。

「我是戰利品，阿伽門農把我帶走，為的是羞辱他。事情就是如此。」

「妳不是他的床奴嗎？」

「不是，主人。」

「夠了。」他發出尖銳的聲音。「不要再對我說謊。妳是營地裡最美的女人。妳是我父親的女人。」

她的肩膀緩緩拱起。「我不值得你如此褒獎我。我不是那麼幸運的女子。」

「為什麼？妳有什麼毛病？」

她猶豫了一下。「主人，你聽過跟你的父親一起合葬的男子嗎？」

他一副感到無聊的樣子。「當然，我過去從未聽過這號人物。我想他只是個無名小卒。」

「但你的父親深愛著他，而且榮耀他。如果他們能夠合葬，他一定會很高興。他不需要我。」

皮魯斯瞪著她。

「主人——」

「住嘴。」震耳欲聾的聲音就像鞭子似地打在她身上。「我要讓妳知道對最了不起的希臘人說謊是什麼下場。」他站起來。「過來這裡。」他只有十二歲，但看起來完全不像十二歲的樣子。他擁有男人的身體。

她睜大了眼睛。「主人，我很抱歉讓你不高興。你可以問任何人，波以尼克斯或奧托梅頓。他們可以證明我沒有說謊。」

「我命令妳過來。」

她站著，雙手笨拙地抓著衣服的皺摺。快跑，我低聲說。不要過去。但她還是走上前去。

「主人，你要我做什麼？」

他走到她的面前，眼睛閃閃發亮。「我想做什麼就做什麼。」

我不知道刀刃是從哪來的。總之她手上拿著刀子，往他身上揮舞。她從未殺過人，不知道要把刀子刺進體內不是那麼容易的事，也不知道做這種事要有心理準備。皮魯斯的動作很快，他扭曲身子，一下子就躲過了。刀刃只輕輕劃過皮膚，留下了皮肉傷。他惡狠狠地將布莉瑟絲摔在地上，而她將刀子朝他臉上扔去，拔腿就跑。

她衝出帳篷，看守的衛兵來不及反應，她跑下沙灘，然後跑到海裡。皮魯斯跟在後頭，丘尼卡被劃開一口子，肚子流了一點血。他站在一臉困惑的衛兵身旁，冷靜地從其中一名衛兵手中接過長矛。

「射她。」一名衛兵喊道。因為她現在已經穿過浪頭。

「等一下。」皮魯斯低聲說。

她的手腳在灰色海浪裡揮動著，就像鳥類穩定地展翅飛翔。她一直是我們三人中游泳游得最好的。她告訴我她曾經一口氣游到特內多斯島，那座島光搭船前往就要兩個小時。當她離海岸越來越遠，我感到勝利的狂喜。唯一能用長矛射到她的人已經死了。她自由了。

長矛從海灘頂端飛出，無聲而精準。矛尖射中她的背，就像石頭擊中浮葉一樣。黑色的海水一下子吞噬她的全身。

波以尼克斯派人潛水尋找她的屍體，但一無所獲。或許她的神明要比我們來得仁慈，她將獲得安息。而我仍將繼續尋尋覓覓，永世不得安寧。

預言所言屬實。皮魯斯來了，特洛伊隨即陷落。當然，他不是獨力完成此事。除了他，還有木馬與奧德修斯的計謀，以及全體將士的努力。不過，是他殺死了普里阿摩斯。是他追捕到赫克特的妻子安德蘿瑪可，她被尋獲時正與兒子躲在地窖。皮魯斯從她懷裡搶走孩子，把他的頭砸在牆上，爆開的頭顱看起來宛如腐壞的水果。就連阿伽門農聽聞此事時也嚇得臉色發白。

特洛伊的骨頭已被打碎，血肉已被吃得精光。希臘諸王搶走所有的金銀財寶與公主，準備滿載而歸。他們打道回府的速度出乎我的想像，所有的帳篷都捲起堆置，所有的牲畜都宰殺保存。海灘收拾得乾乾淨淨，就像被啃個精光的動物屍骸。

我出現在眾人的夢中。*不要離開*，我懇求他們。*除非你們讓我安息*。然而就算有人聽到，他們也不理會。希臘人準備明天啟程，我感到絕望。

皮魯斯希望在返國的前一晚為父親舉行最後一次獻祭。各國國王聚集在墳墓旁，由皮魯斯主持儀式，他特別把特洛伊王室俘虜安德蘿瑪可、赫卡貝皇后（Queen Hecuba）及年輕的公主波呂克瑟娜（Polyxena）帶到現場觀禮。他到任何地方一定帶著這些人，用以彰顯他的勝利。

卡爾卡斯帶了一頭白色的小母牛到墳墓的基座。當他準備拿刀時，皮魯斯卻出言阻止。「一頭小母牛。就這樣？該不會每個人你都用小母牛吧？我的父親是最了不起的希臘人。他是你們當中最頂尖的，而他的兒子也證明自己克紹箕裘。可你獻祭卻如此吝嗇？」

皮魯斯的手朝著波呂克瑟娜公主不成形狀的衣服伸去，然後使勁將她拉往祭壇。「這才是我父親的靈魂應得的祭品。」

他不會要，也不敢要這種祭品。

彷彿在回應我似的，皮魯斯微笑著。「阿基里斯很高興。」他說，然後割開她的喉嚨。

我依然能嘗到血的味道，一股鹽與鐵的氣味。它滲透到埋葬我們的土地裡，令我窒息。亡者也許渴望鮮血，但不是這種鮮血。不是這種。

希臘人明日啟程返國，我感到絕望。

奧德修斯。

他半夢半醒著，眼皮不住地跳動。

奧德修斯，聽我說。

他抽動著。即使在睡夢中，他仍不得安寧。

當你向他求助時，是我幫了你，難道你現在不該幫我嗎？你知道他對我有多重要。你知道，從你帶我們來這之前你就知道。我們能否安息就在你一念之間。

「很抱歉這麼晚了還來打擾你，皮魯斯王子。」奧德修斯露出最隨和的笑容。

「我還沒睡。」皮魯斯說。

「原來如此，難怪你的成就比我們這些人來得大。」

皮魯斯瞇著眼睛看他，他不確定是否自己受到嘲弄。

「來點酒？」奧德修斯拿起酒袋。

「好啊。」皮魯斯用下巴示意兩只高腳杯。「妳退下吧，」他對安德蘿瑪可說。當她收拾自己的衣物時，奧德修斯倒著酒。

「我想，你一定對於自己在這裡的表現感到滿意。十二歲就成為英雄？沒有幾個人能做到這點。」

「沒有人能做到這點。」皮魯斯冷漠地說。「你的來意是？」

「恐怕我是受到罕見的罪惡感驅使而來。」

「哦？」

「我們明天就要啟程返國，留下許多陣亡將士在此。他們所有人都獲得適當的埋葬，也都標上他們的姓名供後人憑弔。但只有一個人。我不是個虔誠的人，但我不希望死者的靈魂仍在生者的世界漂泊流浪。我不希望有不能安息的亡靈來攪擾我。」

皮魯斯聆聽著，他的嘴唇緊繃著，隱約露出平日的嫌惡神情。

「我談不上是你父親的朋友，而他也不認為我是他的朋友。但我推崇他的武藝，也認為他是了不起的戰士。而且十年的時間足以讓你了解一個人，即使你不願了解。因此我要說的是，我認為他不會希望帕特羅克洛斯遭人遺忘。」

皮魯斯僵硬地說。「他真這麼說過？」

「他希望兩人的骨灰放在一起，他希望兩人的骨灰埋於一處。根據這樣的精神，我認為這是他的意旨。」這是第一次，我對奧德修斯的才智感佩萬分。

「我是他的兒子，由我來決定他的遺願。」

「這正是我來見你的原因，我對此事毫無任何利害關係。我只是個誠實的人，希望把事情做對。」

「讓父親的名譽掃地難道是對的嗎？被一個平民所污損？」

「帕特羅克洛斯不是平民。他原是王子，但遭到流放。他在軍中驍勇善戰，許多人讚美他。他殺死薩爾皮頓，而薩爾皮頓是僅次於赫克特的勇士。」

「穿著父親的盔甲，假借父親的威名，他什麼都不是。」

奧德修斯低著頭。「沒錯，但名聲是弔詭的東西。有些人死了之後才得享大名，有些人死了之後才被唾罵。這個世代讚揚的，也許被下個世代厭惡。」奧德修斯伸出他寬闊的手掌。「我們無法確定誰禁得起記憶的屠殺。誰知道呢？」他笑了。「或許有一天就連我這樣的人也能享受大名。或許比你更有名。」

「我懷疑。」

奧德修斯聳聳肩。「我們不知道。我們只是凡人，我們的生命短暫如同火炬。後起之人可以任意地抬舉我們或貶低我們。帕特羅克洛斯在今日是如此，明日卻可能獲得崇高的地位。」

「他不可能。」

「那麼就容我們將其視為一項善行義舉。一個慈悲而虔敬的舉動。榮耀你的父親，讓死者安息。」

「他是父親榮譽的污點，也是我的污點。我不會容許污點存在。帶著你的酸酒滾吧。」皮魯斯的話鋒利如同刀劍。

奧德修斯起身，但並未離去。「你娶妻了嗎？」他問。

「當然沒有。」

「我有妻子。我已經十年沒見到她的面。我不知道她是生是死，也不知道我是否會在回到她身邊之前殞命身亡。」

我一直以為他口中的妻子只是玩笑，只是虛構。但現在他的聲音並不溫和。每個字都慢慢地說出口，彷彿充滿深厚的意義。

「我唯一的安慰是我們必然會在冥府見面。就算此生無望，那麼我們終究還是能在某處相會。我不希望我到了冥府看不到她。」

「我的父親沒有這種妻子。」皮魯斯說。

奧德修斯看著這名年輕人不願妥協的臉龐。「我盡力了，」他說。「記住了，我試過了。」

我記住了。

希臘人搭船走了，我的希望也隨他們而去，我無法跟隨他們。我被束縛在埋骨之地。我環繞在阿基里斯的方尖碑上。碑石或許冰冷得難以觸摸；或許很溫暖。我不知道。上面除了寫著阿基里斯，別無他物。他已經去了冥府，而我依然在這裡。

人們來看他的墳墓。有些人遠遠地觀看，彷彿害怕他的鬼魂將會出現來挑戰他們。其他人則站在基座，看著墓石上雕刻的生平事蹟。這些石雕雖然完成得倉促，卻相當清晰。阿基里斯殺死門農、赫克特、潘特希勒亞。他的事蹟只有殺戮，別無其他。這或許應該是皮魯斯墳墓的樣子，但阿基里斯會希望世人對他的回憶僅是如此？

忒提斯來了。我看著她，她站立的地方，草木枯萎凋零。我對她的憎恨已至極點。她創造了皮魯斯，她愛皮魯斯更甚於阿基里斯。

她看著石雕，除了死亡還是死亡。她伸手，彷彿觸摸著墓石。我無法容忍。

忒提斯。我說。

她的手倏地收回。她消失了。

之後她又回來。忒提斯。她沒有反應。只是站著，看著她兒子的墓。

我葬在這裡，在你兒子的墓裡。

她什麼也沒說，也沒有任何動作，她沒聽見。

妳說奇隆毀了他。妳是女神，冷漠，什麼事也不了解。妳才是毀了他的人。妳看看他在人們心目中的樣子。殺死赫克特，殺死特洛伊羅斯。這些事都是他在悲痛下才做的殘忍之事。或許這種事在諸神眼中被視為美德。但奪人性命有何榮耀可言？人的性命有如螻蟻。妳要把他塑造成另一個皮魯斯？他的人生絕不只是如此。

「他的人生還有什麼呢？」她說。

這是第一次我不感到害怕。她還能對我做什麼呢？

將赫克特的遺體還給普里阿摩斯，我說。這值得後人牢記。

她沉默良久。「還有呢？」

他善於彈奏豎琴。他有著悅耳的歌聲。

她似乎等著我繼續說。

女孩。他收容這些女孩，讓她們不被那些國王糟蹋。

「那是你做的事。」

妳為什麼不去找皮魯斯呢？

她的眼神閃爍著。「他已經死了。」

我心裡感到痛快。怎麼死的？我的語氣像是在命令她似的。

「他被阿伽門農的兒子殺死。」

為什麼？

她並未馬上回答。「他偷了對方的新娘，並且奪去她的貞操。」

「我想做什麼就做什麼，」這是皮魯斯對布莉瑟絲說過的話。妳竟喜愛這樣的人更勝於阿基里斯？

她緊抿著嘴。「你沒有其他回憶嗎？」

我只剩回憶。

「那麼，說吧。」

我差點拒絕她。但對於阿基里斯的痛惜遠勝於我的憤怒。我想說點與死人或神聖無關的事。我希望他仍活生生地存在著。

起初這感覺有點奇怪。我一直想排除她，想獨占阿基里斯。但回憶就像泉水一樣，一經鑽探就無法抑制。它們不是以字詞的方式呈現，而是像夢境，像雨水打濕的土地散發的芬芳。這個，我說，這個還有這個。夏日，他頭髮的樣子。他奔跑時臉的模樣。他的眼神跟參與日課的貓頭鷹一樣嚴肅莊重。這個、這個還有這個。太多的幸福時光，一股腦兒湧現出來。

她閉上雙眼。她眼皮的顏色宛如冬日的沙土。她聆聽著，她也記得這些事。

她記得自己站在沙灘上，烏黑的長髮如同馬尾。青灰色的波浪拍擊岩石。然後，一個凡人的手粗暴地在她光滑的皮膚上留下瘀痕。沙子刮傷了她，她的體內也遭撕裂。之後，諸神讓她與凡人結為夫婦。

她記得自己感覺到孩子在體內，在黑暗的子宮中綻放光明。她不斷向自己複述三名老嫗告訴她的預言：妳的兒子將比他的父親來得偉大。

但其他神祇對這則預言感到恐懼。他們知道強有力的兒子會怎麼對待自己的父親——宙斯的雷電仍帶有燒焦的肉味，與難以驅除的弒父陰影。他們因此將她許配給凡人，試圖限制這個孩子的力量。透過人性的賦予來沖淡神性，使他變得渺小。

她把手放在自己的肚子上，感覺他在自己的體內游泳。她的血將使他更有力量。

然而他還是不夠強壯。我是個凡人！他對她大吼，他的臉髒污、潮濕而黯淡。

妳為什麼不去找他？

「我沒辦法。」從她的聲音可以感受到她撕裂般的痛苦。「我無法到地下。」冥府的陰暗洞穴與游魂，只有死人才能在那裡行走。「這就是殘存的一切。」她說。她的眼睛一直盯著墓碑，這塊石頭將永遠屹立下去。

我回想我認識的那個男孩。阿基里斯，他一邊笑一邊快速扔著無花果。他綠色的眼睛把笑意傳遞到我眼裡。接住，他說。阿基里斯，在晴朗的天空下，攀著樹枝懸掛在河上。他沉睡的鼻息令我的耳朵感到溫暖。如果你非出征不可，我也會跟你一起去。在他環抱下，我彷彿置身於金色的港灣，不再感到恐懼。

回憶一波波出現。她聆聽著，凝視石頭的紋理。我們都在那裡，女神、凡人與男孩。

太陽逐漸在海平面落下，繽紛的色彩灑落在水面上。她在我身旁，在日漸模糊的黃昏中不發一語。她的臉跟我第一天見到她一樣面無表情。她的雙臂交叉擺在胸口，似乎在沉思什麼。

我告訴她一切。對於我們兩人的事，我毫無隱瞞。

我們看著光線在西方天空隱沒。

「我無法讓他成為神。」她說。她鋸齒般的聲音，充滿了悲傷。

但妳創造了他。

許久，她並未回答我，只是坐著，眼睛閃爍著最後即將消失的光線。

「我做了。」她說。起初，我不了解她的話。然後，我看見墳墓，以及她在墓碑上的刻字。上面寫著，阿基里斯。旁邊則是，帕特羅克洛斯。

「去吧，」她說。「他在等你。」

在黑暗中，兩道身影在無望而沉重的黃昏中相會，他們雙手緊握，光明如同一百個金甕從太陽傾洩般遍照大地。

致謝

這部小說的撰寫，是一段歷時十年的旅程。我很幸運，一路上遇到許多友善的神祇，而非碰上憤怒的獨眼巨人。這些年鼓勵我的人實在太多，要對每個人道謝是不可能的——光是把名字一一列出來就可能變成一本書——但有些人的確需要特別提出來，以表達我的謝意。

我尤其要感謝最早閱讀我稿子的讀者，他們給我許多關心與體貼的回應：卡洛蘭・貝爾（Carolyn Bell）、莎拉・費洛（Sarah Furlow）與麥可・布瑞特（Michael Bourret）。我也要感謝經常給我意外驚喜的教母芭芭拉・松恩布洛（Barbara Thornbrough），在長期寫作的過程中，她一直鼓勵我。德雷克家（Drake family）除了在精神上支持我，也在各方面給予我專家的建議。我衷心感謝我的老師，特別是黛安娜・杜博伊斯（Diane Dubois）、蘇珊・梅爾沃因（Susan Melvoin）、克麗絲汀・傑夫（Kristin Jaffe）、茱迪絲・威廉斯（Judith Williams）與吉姆・米勒（Jim Miller）；我要感謝熱情而認真的學生（還有研究莎士比亞與拉丁文作品的學者），他們的回饋讓身為老師的我獲益甚多。

我很幸運能在古典文學、教學生涯與生活上擁有三位了不起的導師：大衛・里奇（David Rich）、約瑟夫・普奇（Joseph Pucci）與麥可・普特南（Michael Putnam）。他們的博學多聞給了我許多幫助。我要感謝布朗大學古典文學系全體師生，本書若出現錯誤與疏漏，文責由作者自負，與他們無關。

我特別要感謝沃特・卡辛思卡斯（Walter Kasinskas），以及集美貌和聰明於一身的諾拉・潘恩斯（Nora Pines），儘管只讀過我早期寫的短篇小說，但她仍堅信我可以成為一名作家。

感謝、感謝、再感謝特立獨行、努力不懈與才華洋溢的約拿・拉姆・柯亨（Jonah Ramu Cohen），他是個英勇奮戰的鬥士，為本書開闢了一條坦途。非常謝謝他的友情襄助。

我對茱莉・巴瑞（Julie Barer）的感謝之語可以堆得像奧林帕斯山一樣高，她是我見過最優秀的經紀人，而且也不得不令人感到欽佩，她與她的團隊創造了奇蹟。

當然，我還要感謝精力旺盛而且幹練的編輯李・布卓（Lee Boudreaux）以及艾可出版社（Ecco）的工作團隊，包括阿比加爾・霍斯坦（Abigail Holstein）、麥可・麥肯吉（Michael McKenzie）、海勒・卓克（Heather Drucker）、芮秋・布雷斯勒（Rachel Bressler）與其他關心我與這部作品的人員。我也要感謝英國布倫斯伯里出版社（Bloomsbury）了不起的編輯群——傑出的亞歷珊德拉・普林戈（Alexandra Pringle）、凱蒂・邦德（Katie Bond）、大衛・曼恩（David Mann）與其他團隊成員，他們為本書完成了難以置信的工作。

我要感謝我的家人，包括我的弟弟巴德（Bud），他這輩子都在忍受我講述阿基里斯的故事，還有戈登（Gordon），他是很棒的繼父。我最感謝的是母親，她始終支持我的追求與決定。她熱愛閱讀，並且將這份熱情傳遞給我。我很幸運能成為她的女兒。

最後絕不能忽略的是拿撒尼爾（Nathaniel），在我的心目中，他有如穿著閃亮盔甲的雅典娜，他的愛、編輯與耐心，使我能完成這本書。

神祇與凡人

諸神

阿芙蘿黛蒂 APHRODITE

愛情與美麗的女神，埃涅阿斯的母親，特洛伊人的支持者。她尤其寵愛帕里斯，《伊利亞德》（*Iliad*）第三卷提到她曾出手干預，使帕里斯免於死在梅內勞斯手裡。

阿波羅 APOLLO

光明與音樂之神，特洛伊人的支持者。《伊利亞德》第一卷提到阿波羅在希臘軍中降下瘟疫，促成了阿基里斯與帕特羅克洛斯的死亡。

阿耳忒米斯 ARTEMIS

阿波羅的孿生姊妹，狩獵之神、月神與處女之神。她對於特洛伊戰爭將造成的流血感到憤怒，於是讓風停止吹動，希臘船艦只能停泊在奧里斯無法出海。在以伊匹格妮雅獻祭之後，阿耳忒米斯才化解怒氣，讓風再次吹動。

雅典娜 ATHENA

智慧、紡織與戰爭女神，擁有強大的力量。她喜愛希臘人，在希臘人與特洛伊人的戰爭中不遺餘力地支持前者，並且時時守護著足智多謀的奧德修斯。《伊利亞德》與《奧德賽》（*Odyssey*）經常提到她的事蹟。

奇隆 CHIRON

唯一的「好」人馬，相傳他是許多英雄的老師，如傑森、阿斯克勒皮歐斯與阿基里斯，此外他也是醫藥與外科手術的發明者。

希拉 HERA

諸神之后，宙斯的姊姊與妻子。與雅典娜一樣，她支持希臘人而痛恨特洛伊人。維吉爾（Vergil）的《埃涅阿斯紀》（*Aeneid*）把她描繪成反派人物，在特洛伊陷落後，持續地騷擾特洛伊英雄埃涅阿斯。

斯卡曼德 SCAMANDER

特洛伊附近的斯卡曼德河河神，特洛伊人的支持者。《伊利亞德》第二十一卷描述了他與阿基里斯的精采打鬥。

忒提斯 THETIS

海洋女神，善於變化形體，她是阿基里斯的母親。命運之神預言忒提斯的兒子將比他的父親來得偉大，這讓覬覦忒提斯的宙斯感到恐懼。他決定讓忒提斯嫁給凡人以限制她兒子的力量。荷馬之後的作家在描述這段故事時，總會提到忒提斯如何想方設法地要讓自己的兒子長生不死，包括了抓著兒子的腳踝，讓他整個身體泡在斯提克斯河（river Styx）裡，並且抓著他接受天火的炙烤，以燒盡他身上的凡人特質。

宙斯 ZEUS

諸神之王，他是許多著名英雄的父親，包括海克力斯與波修斯。

凡人

阿基里斯 ACHILLES

佩琉斯國王與海洋女神忒提斯的兒子，他是他那個世代最偉大與最俊美的戰士。《伊利亞德》說他「健步如飛」並且稱讚他的歌聲。他由仁慈的人馬奇隆撫養長大，而且與遭到流放的王子帕特羅克洛斯建立起終身的夥伴關係。他在青少年時期曾被要求在長壽而沒沒無聞的人生與短命而享有盛名的人生之間做出選擇。結果他選擇了名聲，而且與其他希臘人一起航向特洛伊。特洛伊戰爭來到第九年的時候，他因為與阿伽門農發生爭執而拒絕參戰，直到他深愛的帕特羅克洛斯遭赫克特殺害，他才重返戰場。在盛怒下，他殺死了偉大的特洛伊戰士，拖著他的屍體繞行特洛伊城牆做為報復。阿基里斯最後被特洛伊王子帕里斯所殺，但帕里斯能夠成功，主要是受到阿波羅的暗中襄助。

在阿基里斯最著名的神話中，提到他的致命弱點是他的腳後跟，這種說法其實是非常晚才出現的故事。在《伊利亞德》與《奧德賽》中，阿基里斯並非刀槍不入，他只是武藝超群。但在荷馬之後，神話開始圍繞著阿基里斯的刀槍不入來做文章。其中一個流行的版本提到，女神忒提斯把阿基里斯浸泡在斯提克斯河中，想讓他長生不死；阿基里斯因此全身都不會受傷，只有一處例外，那就是她抓住的腳跟位置。由於我主要的靈感來源是《伊利亞德》與《奧德賽》，而且這兩本著作的詮釋也比較符合現實，因此我選擇接受舊傳統的說法。

埃涅阿斯 AENEAS

女神阿芙蘿黛蒂與凡人安奇塞斯（Anchises）之子，特洛伊貴族埃涅阿斯以他的虔誠敬神著稱。他在特洛伊戰爭中英勇作戰，但他最知名的事蹟卻是戰爭結束後的一連串冒險行動。維吉爾在《埃涅阿斯紀》提到，埃涅阿斯在特洛伊陷落時逃出城外，他率領一小群倖存者前往義大利，娶當地公主為妻，成為羅馬人的始祖。

阿伽門農 AGAMEMNON

梅內勞斯的兄長，阿伽門農統治希臘最大的王國邁錫尼，並且在希臘遠征特洛伊時擔任聯軍統帥。在戰爭期間，他經常與阿基里斯發生爭執，因為阿基里斯始終不承認阿伽門農有指揮他的權力。戰後，阿伽門農剛返回國門，就被妻子克呂泰涅斯特拉殺害。埃斯庫羅斯（Aeschylus）在《奧瑞斯提亞》（*Oresteia*）中描述了這起事件，以及它所引發的悲劇循環。

大埃阿斯 AJAX

薩拉米斯國王，他是宙斯的後裔，以體格魁梧與勇力過人著稱。在希臘戰士中，他僅次於阿基里斯，排在第二順位。他著名的事蹟是，在阿基里斯拒戰期間，他奮勇阻擋特洛伊人對希臘營地的攻擊。然而，阿基里斯死後，阿伽門農卻選擇犒賞奧德修斯，宣稱他是希臘聯軍最有價值的戰士，大埃阿斯在悲憤下發了瘋，然後自殺身亡。索波克勒斯（Sophocles）在悲劇《大埃阿斯》中對他的故事有著動人描述。

安德蘿瑪可 ANDROMACHE

特洛伊附近的奇里乞亞王國公主，她成為赫克特忠實與鍾愛的妻子。阿基里斯在掠奪時殺害了她的家人，因此她痛恨阿基里斯。特洛伊陷落之後，她遭皮魯斯俘虜而被帶回希臘。皮魯斯死後，她與赫克特的弟弟赫勒諾斯（Helenus）以特洛伊為藍本建立了布特洛特姆（Buthrotum）。維吉爾在《埃涅阿斯紀》第三卷講述了他們的故事。

奧托梅頓 AUTOMEDON

阿基里斯的戰車兵，善於駕馭他桀驁不馴的神馬。阿基里斯死後，他成為阿基里斯的兒子皮魯斯的戰車兵。

布莉瑟絲 BRISEIS

她在希臘人掠奪特洛伊鄉野時淪為俘虜，並且成為阿基里斯的戰利品。當阿基里斯不遵阿伽門農的號令時，阿伽門農扣押布莉瑟絲做為對阿基里斯的懲罰。帕特羅克洛斯死後，她被送還給阿基里斯，《伊利亞德》第十九卷提到她與營地其他女子俯在帕特羅克洛斯遺體上哭泣。

卡爾卡斯 CALCHAS

為希臘人出謀畫策的祭司，他鼓吹阿伽門農將自己的女兒伊匹格妮雅獻祭給神明，並且主張把俘虜的女奴克呂瑟絲還給她的父親。

克呂塞斯與克呂瑟絲 CHRYSES AND CHRYSEIS

克呂塞斯是安那托利亞的阿波羅祭司。他的女兒克呂瑟絲被阿伽門農擄走，淪為奴隸。克呂塞斯帶了豐厚的贖金要贖回自己的女兒，卻遭到阿伽門農的拒絕與侮辱。在憤怒下，克呂塞斯向阿波羅哀告，希望他降下瘟疫懲罰希臘聯軍。阿基里斯公開要求阿伽門農把克呂瑟絲還給她的父親，此舉惹惱了阿伽門農，進一步惡化了兩人之間的裂痕。

德伊達梅亞 DEIDAMEIA

呂克梅德斯國王的女兒，斯基羅斯王國的公主。忒提斯為了不讓阿基里斯上戰場，刻意讓阿基里斯男扮女裝，混入德伊達梅亞的侍女之中。德伊達梅亞識破詭計，祕密嫁給了阿基里斯，而且懷了他的孩子皮魯斯。

迪歐梅德斯 DIOMEDES

阿爾戈斯國王。他以才智與力量著稱，是希臘聯軍最有價值的戰士之一。他與奧德修斯同獲女神雅典娜的眷顧，《伊利亞德》第五卷曾提到雅典娜在戰場上賦予他超凡的力量。

赫克特 HECTOR

普里阿摩斯的長子與特洛伊王國的王儲，赫克特以力量、高尚及愛家著稱。在《伊利亞德》第六卷，荷馬描述了赫克特、妻子安德蘿瑪可與他們的孩子阿斯提阿納克斯（Astyanax）之間動人的親情。在戰爭的最後一年，赫克特被阿基里斯所殺。

海倫 HELEN

據說她是世界上最美麗的女子。海倫是斯巴達王國的公主，是蕾妲王后與宙斯（幻化為天鵝）的女兒。她有眾多的追求者，而他們立下誓約，無論她嫁給誰，都會接受並且維護他們的婚姻關係。她嫁給梅內勞斯，但之後卻跟特洛伊王子帕里斯逃走，因而引發了特洛伊戰爭。戰後，她與梅內勞斯返回斯巴達。

海克力斯 HERACLES

宙斯之子，是最著名的希臘英雄，擁有超凡的力量。女神希拉認為海克力斯是宙斯在外頭拈花惹草的產物，因此痛恨他。海克力斯為了平息希拉的怒氣，於是努力完成了十二項功業。他死的時候，特洛伊戰爭尚未開始。

伊多梅紐斯 IDOMENEUS

克里特國王，是國王米諾斯（King Minos）的孫子，米諾斯最為人所知的就是他的妻子與牛交配生下了半人半牛的怪物米諾陶（Minotaur）。

伊匹格妮雅 IPHIGENIA

阿伽門農與克呂泰涅斯特拉的女兒，原本許配給阿基里斯，卻被帶到奧里斯，成了平息女神阿耳忒米斯怒氣的祭品。她的犧牲使風順利吹動，希臘艦隊因此得以航向特洛伊。歐里匹德斯（Euripides）的悲劇《奧里斯的伊匹革妮雅》（*Iphigenia at Aulis*）描述了她的故事。

呂克梅德斯 LYCOMEDES

斯基羅斯國王，德伊達梅亞的父親。他在不知情的情況下收容了男扮女裝的阿基里斯。

梅內勞斯 MENELAUS

阿伽門農的弟弟，他娶了海倫之後，成為斯巴達的國王。海倫遭帕里斯綁架後，他要求所有追求者遵守當年立下的誓約，並且與兄長一起率軍前往特洛伊討回海倫。《伊利亞德》第三卷提到，他與帕里斯決鬥以決定海倫的去留，就在他即將獲勝之際，女神阿芙蘿黛蒂出手幫了帕里斯。戰後，他與海倫回到斯巴達。

涅斯托爾 NESTOR

年邁的皮羅斯國王，曾是海克力斯的夥伴。他年事已高，無法參與作戰，但他是阿伽門農的重要謀士。

奧德修斯 ODYSSEUS

足智多謀的伊薩卡王子，受到女神雅典娜的寵愛。是他提議讓海倫所有的追求者宣誓維護她的婚姻。而他也因此迎娶海倫聰明的堂姊佩妮洛普做為獎賞。在特洛伊戰爭期間，他是阿伽門農的左右手，而且設下了木馬屠城的陷阱。他戰後返鄉的過程格外艱辛，一共耗費了十年，荷馬的《奧德賽》便是以他這段旅程為主題，其中的著名故事包括了他遇到了獨眼巨人，女巫基爾克（Circe）、斯庫拉（Scylla）與卡律布迪斯，以及塞倫女妖（Sirens）。最後，奧德修斯終於回到伊薩卡，與妻子佩妮洛普與長大成人的兒子特勒馬可斯（Telemachus）團聚。

帕里斯 PARIS

普里阿摩斯的兒子，他成為希拉、雅典娜與阿芙蘿黛蒂競逐「最美女神」頭銜的評審，贏家可以拿走金蘋果做為獎賞。每個女神都試著收買他：希拉承諾給他權力，雅典娜承諾給他智慧，而阿芙蘿黛蒂承諾給他世上最美麗的女子。他把金蘋果給了阿芙蘿黛蒂，於是女神協助他從梅內勞斯手中拐走海倫，因而引發了特洛伊戰爭。帕里斯以善射聞名，他在阿波羅協助下射殺了武藝絕倫的阿基里斯。

帕特羅克洛斯 PATROCLUS

梅諾伊提歐斯國王之子。他因為意外殺害一名男孩而遭到流放，並且到佩琉斯的宮廷尋求庇護。佩琉斯收養了他，讓他與阿基里斯一起生活。帕特羅克洛斯是《伊利亞德》中的次要角色，但他為了拯救希臘人，而穿上盔甲假扮成阿基里斯，最後戰死，為整篇故事起了畫龍點睛的效果。帕特羅克洛斯被赫克特殺害，使阿基里斯悲慟莫名，他因此對特洛伊人展開殘酷的報復行動。

佩琉斯 PELEUS

普提亞國王，與海洋女神忒提斯生下阿基里斯。佩琉斯與形體千變萬化的忒提斯進行角力，最後獲勝。這場搏鬥是上古時代人們津津樂道的故事。

波以尼克斯 PHOINIX

佩琉斯的老友與重臣，他以謀士的身分陪同阿基里斯前往特洛伊。《伊利亞德》第九卷提到，波以尼克斯在阿基里斯還在襁褓的時候就照顧他直到成人，但他苦口婆心的說詞仍無法讓阿基里斯回心轉意，出兵援助希臘人。

波呂克瑟娜 POLYXENA

特洛伊公主，皮魯斯在啟程返回希臘之前，以她為祭品來祭拜父親阿基里斯。

普里阿摩斯 PRIAM

年邁的特洛伊國王，他以虔誠敬神與兒女成群聞名於世。《伊利亞德》第二十四卷提到，他大膽地潛入阿基里斯的營帳，求他歸還赫克特的遺體。特洛伊陷落時，他被阿基里斯的兒子皮魯斯殺害。

皮魯斯 PYRRHUS

本名尼歐普托勒莫斯，由於頭髮火紅而被稱為「皮魯斯」，他是阿基里斯與德伊達梅亞公主的兒子，於父親死後參加戰爭。他參與了木馬屠城，殘酷殺害了特洛伊老王普里阿摩斯。維吉爾在《埃涅阿斯紀》第二卷曾提到皮魯斯在攻陷特洛伊上所扮演的角色。

【Echo】MO0027X

阿基里斯之歌
The Song of Achilles

作　　者❖瑪德琳．米勒 Madeline Miller
譯　　者❖黃煜文
封面設計❖張　巖
內頁排版❖張彩梅
總　編　輯❖郭寶秀
責任編輯❖李雅玲
行銷企畫❖羅紫薰

發　行　人❖凃玉雲
出　　版❖馬可孛羅文化
10483台北市中山區民生東路二段141號5樓
電話：(886)2-25007696
發　　行❖英屬蓋曼群島商家庭傳媒股份有限公司城邦分公司
10483台北市中山區民生東路二段141號11樓
客服服務專線：(886)2-25007718；25007719
24小時傳真專線：(886)2-25001990；25001991
服務時間：週一至週五9:00～12:00；13:00～17:00
劃撥帳號：19863813　戶名：書虫股份有限公司
讀者服務信箱：service@readingclub.com.tw
香港發行所❖城邦（香港）出版集團有限公司
香港灣仔駱克道193號東超商業中心1樓
電話：(852)25086231　傳真：(852)25789337
E-mail：hkcite@biznetvigator.com
馬新發行所❖城邦（馬新）出版集團 Cite (M) Sdn Bhd
41, Jalan Radin Anum, Bandar Baru Sri Petaling,
57000 Kuala Lumpur, Malaysia.
電話：(603)90563833　傳真：(603)90576622
Email: services@cite.my
製版印刷❖前進彩藝有限公司
二版一刷❖2022年11月
紙書定價❖400元
電子書定價❖280元

ISBN：978-626-7156-32-2（平裝）
ISBN：9786267156339（EPUB）

城邦讀書花園
www.cite.com.tw

國家圖書館出版品預行編目（CIP）資料

阿基里斯之歌／瑪德琳．米勒（Madeline Miller）作；黃煜文譯．-- 二版．-- 臺北市：馬可孛羅文化出版：英屬蓋曼群島商家庭傳媒股份有限公司城邦分公司發行，2022.11
　面；　公分 --（Echo；MO0027X）
譯自：The song of Achilles.
ISBN 978-626-7156-32-2（平裝）

874.57　　111015085